WOLF DES SÜDENS

WOLF DES SÜDENS

DIE TREPPEN DER EWIGKEIT

ISA DAY

PONGÜ

Bibliografische Information der Deutschen Nationalbibliothek:
Die Deutsche Nationalbibliothek verzeichnet diese Publikation in der Deutschen
Nationalbibliografie; detaillierte bibliografische Daten sind im Internet über
http://dnb.dnb.de abrufbar.

Umschlaggestaltung: Pongü Text & Design GmbH

Herstellung und Verlag: BoD - Books on Demand, Norderstedt

ISBN 9783748116912

1

Er hatte eine Frau getötet — kein außergewöhnliches Ereignis. Er war ein Auftragsmörder und das seit vielen Jahren.

Aber bei diesem Tod handelte es sich um einen Unfall.

Etwas erschreckte sein Pferd Reina am Markttag in einer der belebtesten Straßen Eternas. Sie ging nur ganz kurz durch, vielleicht ein Dutzend Schritte weit, bevor die starke Bindung zu ihm über ihre Panik siegte und sie sich seiner Kontrolle unterwarf.

Dann begann das Wehklagen.

Als er über seine Schulter schaute, sah er eine Frau auf den schmutzigen Pflastersteinen liegen. Ein Mädchen kniete weinend an ihrer Seite. Neben dem Kopf der Frau hatte sich bereits eine kleine Blutlache gebildet, und ihre Augen starrten in die Leere des Todes.

Und Hunderte von Blicken richteten sich in stiller Anklage auf ihn.

In diesem Augenblick wusste er, dass seine Existenz zu Ende ging. Denn im Königreich Eterna war der Preis für ein Leben ein Leben — sein eigenes.

Das alles war erst gestern passiert. Seitdem saß er in diesem Kerker und wartete darauf, dass die Richter kamen und ihm sagten, wann und wo. Vielleicht durfte er sogar wählen.

Er schnaubte.

Als ob! Auch wenn sie es nicht sicher wussten, vermuteten sie, dass er einer der Mörder des Meisters war. Nein, sie würden ihn so öffentlich wie möglich hinrichten, damit alle zuschauen konnten und begriffen, dass das Böse nicht für immer siegte.

Er erhob sich vom Bett, das aus groben Brettern bestand, und durchquerte den Raum zum vergitterten Fenster.

Der Kerker befand sich in einem der kleineren Türme des alten Magistratspalastes. Durch die Eisenstangen konnte er die unzähligen Türme und Turmspitzen von Eterna sehen. Die Stadt galt als eine der schönsten der Welt und war immer sehr geschäftig. Sogar jetzt, mitten in der Nacht, erfüllte das Geräusch vieler, vieler Füße die Straßen. Es glich dem sanften Summen eines Bienenstocks.

Er konnte die schmale Form des Mädchens nicht vergessen. Ihr Rücken war vor Kummer gebeugt, ihre Schultern zitterten. Und als sie ihn ansah, schien ihr Blick so alt wie diese ewige Stadt. Sie gehörte zu den Massen von Eternas Mittellosen — Legionen von Männern und Frauen und Kindern, deren Leben in der Dämmerung der Katakomben unter den Palästen und Villen stattfand, oder aber sie hausten in schäbigen Hütten entlang der mächtigen Wehrmauern, die die Stadt vor Eindringlingen schützten.

Er kannte das Niemandsland gut, das sich hinter eisernen Toren und hohen Steinmauern versteckte. Besucher, die auf den Boulevards spazieren gingen, dachten immer, dass diese Absperrungen schöne Gärten verbargen oder Zugang zu den Quartieren von Sklaven und Dienern ermöglichten.

Er wusste es besser.

In Eterna begann die Unterwelt auf der versteckten Seite der Schönheit, und der Tod wartete in jeder Ritze und jedem Schatten.

Falls sie ihm erlaubten, eine Nachricht zu schreiben und über seinen Besitz zu verfügen, plante er einen Vormund für das Kind zu ernennen oder ihr zumindest etwas Geld zu schicken. Beide Gesten nützten wahrscheinlich nicht viel, aber er hätte wenigstens versucht, das von ihm verursachte Unrecht wiedergutzumachen.

Er verstand immer noch nicht, was passiert war.

Reina, sein wertvollster Besitz, war ein voll ausgebildetes Mörderpferd und die sanfteste Seele, die er kannte — es sei denn, jemand griff ihren Meister an. Sie hatten sich unzählige Male gegenseitig beschützt.

Und er wusste eines mit absoluter Sicherheit: Sie erschreckte sich nicht — niemals.

Selbst als sie die Schlachtfelder der grauen Vorzeit überquert hatten und um sie herum Geister zu Tausenden aus der Erde aufstiegen, behielt sie ihr Ziel im Auge und zögerte nie.

Jemand hatte ihn reingelegt.

Und so endete seine Geschichte hier in diesem Moment — mit sechsundzwanzig Jahren. Er brauchte nicht mehr zu hoffen, eines Tages seine Freiheit zu erkaufen oder in seine Heimat im Süden zurückzukehren.

«*Emilio?*», wisperte der Wind seinen Namen.

Er wandte sich um und ließ den Blick über die Steinmauern der keilförmigen Gefängniszelle huschen.

Ein Schatten bewegte sich in der hintersten Ecke, da, wo das Licht der Fackel nicht hinreichte.

Nur wenige Leute konnten sich an ihn heranschleichen, aber sie konnte es.

«Namenlos», flüsterte er.

Als sie zu ihm rannte und sich ihm in die Arme warf, fing er sie und hielt sie lange fest.

«Es tut mir so leid!»

Sie lehnte sich zurück, um in seine Augen zu schauen. In vielerlei Hinsicht erinnerte sie ihn an das Mädchen, dem er heute die Mutter geraubt hatte, obwohl das Kind unter all dem Dreck hellhäutig und blond war. Fayas Haut schimmerte olivbraun wie die aller wahren Südländer. Ihre Haare und Augen glänzten schwarz wie die Nacht. Aber ihre Augen … ihr Ausdruck war noch älter als der des Mädchens. Dennoch war sie erst neunzehn Jahre alt.

Er musste es wissen. «Wurde ich reingelegt?»

«Ja. Ich habe versucht das Kind zu finden, weil ich wusste, dass du das Geschehene wiedergutmachen willst. Ich fand sie nicht. Da wurde ich misstrauisch. In Eterna gibt es immer einen Zeugen, der bereit ist für Geld zu reden.»

Emilio nickte.

«Nach langem Suchen fand ich sie auf den Feldern des Todes, wo ihre Haut auf einem brennenden Scheiterhaufen schmolz. Ihre Kehle war aufgeschlitzt, und ihre Augenhöhlen leer. Jemand verwendete sie als Opfer in seinem Spiel.»

«Der Meister?»

«Sie war nicht menschlich, Emilio. Ein mächtiger Hexer erschuf sie aus rotem Ton, Fett und Blut. Gemäß meinen Recherchen könnten sogar du und ich diese Imitationen heraufbeschwören, doch ist wahre Macht nötig, um sie wieder verschwinden zu lassen. Schaffst du es nicht, folgen sie dir und treiben dich in den Wahnsinn.»

Emilio schauderte. «Also kann es nicht der Meister gewesen sein.»

«Er hätte dafür bezahlen können. Aber ich habe seine Bücher überprüft. Darin fand sich kein Beweis, dass in diesem Zusammenhang Geld floss, Gefälligkeiten erbracht oder Dienstleistungen versprochen wurden.»

«Du hast *was* getan?»

Sie sah ihn mit ihren riesigen furchtlosen Augen an und legte ihre Fingerspitzen auf seine Lippen. «Du musst mir zuhören, Emilio. Es bleibt nicht viel Zeit, bis sie dich holen. Ich glaube, dass sie dir die Wahl der Treppen der Ewigkeit anbieten werden. Sollten sie das tun, bitte nimm an.»

Er starrte sie sprachlos an. Ihre Bitte warf tausend Fragen auf. Er versuchte, sich für die wichtigste zu entscheiden. «Ich dachte, die Treppen sind ein Mythos.»

«Sie sind echt. Ich bin sie mehrmals hinauf- und hinabgestiegen.»

Und die tausend Fragen explodierten zu einer Million.

Seine Ausbildung siegte über die Neugier. *Konzentrier dich auf die Mission.* «Welche Wahl habe ich?»

Faya nahm seine Hände, führte ihn zur Pritsche, die sein Bett war, und setzte sich mit ihm. «Ich benutze die Treppen für die Missionen unseres Meisters. Deshalb kann ich dir nur sagen, was ich von den Wächtern gelernt habe. Zeigt ein Bösewicht Reue, kann das Gericht der Ältesten ihm eine Alternative zur Hinrichtung anbieten — sich den Treppen der Ewigkeit für eine zweite Chance anzuvertrauen. Dazu musst du alles hinter dir lassen und deinen Wert beweisen. Schaffst du es, darfst du dein neues Leben weiterleben. Versagst du, vernichten sie deine Seele, als hättest du nie gelebt.»

Emilio schnaubte. «Klingt einfach. Warum sollte ich es versuchen? In vielerlei Hinsicht habe ich nie gelebt. Besser, sie töten mich sofort.»

«Lass den Meister nicht gewinnen. Bitte! Wir durften unser erstes Leben nicht aussuchen. Vergib nicht die Chance, dein zweites selbst zu gestalten.»

Er seufzte und löste sich aus ihrem hypnotischen Blick.

Sie kannte ihn zu gut, um ihn zu drängen. Stattdessen legte sie ihren Kopf auf seine Schulter. «Für eine Zelle ist diese nicht übel.»

Er musste grinsen. «Es gibt gute Gesellschaft. Bisher habe ich sieben

Ratten gezählt. Das Wasser ist frisch, die Pritsche sauber, und sie gaben mir sogar einen Eimer.»

«Ein Paradies», seufzte Faya dramatisch.

Sie lachten leise.

«Natürlich könntest du auch mit mir fliehen auf dem Weg, den ich gekommen bin. Da hinten ist eine versteckte Tür. Und die Wände sind durchzogen von Tunneln.»

«Der Tag, an dem ich meine Ehre opfere, ist der Tag, an dem ich sterbe!»

Unbeeindruckt von seiner harten Antwort lächelte Faya und stand auf. «Geh die Treppen runter, Emilio. Versprichst du es mir?»

«Ich werde darüber nachdenken.»

Sie sahen sich für lange Momente an. Er wollte aufstehen und sie umarmen. Wenn er es tat, ließ er sie nie mehr gehen. «Wir sehen uns in der Hölle», flüsterte er schließlich den traditionellen Abschiedsgruß der Mördergilde.

«Wir sehen uns in einem neuen und glücklicheren Leben», antwortete Faya.

Sie verschwand wie ein Schatten. Er war wieder allein mit den Ratten.

2

Er wartete einen ganzen Tag lang, und dann noch einen. Die Wachen kamen, gaben ihm Nahrung und Wasser und leerten den Eimer.

Er hätte dankbar sein sollen. Viele Bewohner von Eterna verbrachten ihr Leben in bitterer Armut — fünf bis zwölf Menschen in einem einzigen schmutzigen und zugigen Raum, der kleiner als seine Zelle war, und ohne regelmäßige Mahlzeiten. Nur Wasser war nie ein Problem. Die Stadt war stolz auf ihre Aquädukte und vielen Brunnen. Und das Wasser zu verschmutzen — egal ob aus Versehen oder mit Absicht — wurde mit dem sofortigen Tod bestraft.

Er hätte dankbar sein sollen, denn er erhielt zwei weitere Tage in einem Leben, das offiziell zu Ende war. Doch das Warten quälte. Sekunden vergingen wie Jahre, Minuten wie Jahrtausende.

Warum brauchten sie so lange? Es gab nur ein Urteil.

Emilio setzte sich im Schneidersitz auf die Pritsche, und lehnte sich mit dem Rücken gegen die raue Steinmauer. Draußen schien die Frühlingssonne. Vögel sangen ihre schönsten Lieder. Und ihm war angenehm warm, was ein Segen war. Als Südländer hatte er sich nie an die Kälte gewöhnt, trotz des grausamen Trainings, dem sein Meister ihn unterworfen hatte.

Also warum jetzt? War die Falle schon lange geplant gewesen? Oder hatte er in letzter Zeit etwas getan, das seine schnelle Entsorgung erforderlich machte?

Unter den letzten Missionen fand sich nichts Besonderes. Ein Diener, der zu viel wusste. Ein dämlicher junger Prinz, der aus der Blutlinie entfernt werden musste, bevor er sie verunreinigen konnte. Ein paar Geschäftsleute, die ihre Konkurrenten hintergangen hatten.

Die Mörder des Meisters lernten früh in ihrer Karriere, seine Befehle nicht in Frage zu stellen. Emilio versuchte normalerweise, überhaupt nicht über sie nachzudenken. Wer das zu intensiv tat, dem drohte der Wahnsinn.

Er schlief ein paar Stunden lang. Bei Einbruch der Dunkelheit war er wieder hellwach.

Kurz nach Mitternacht kamen sie schließlich — drei Richter in schwarzen Kapuzenumhängen, die ihre Körper bis zu den Zehenspitzen verhüllten: einer groß und jung, erkennbar an seinen schnellen Schritten und seiner arroganten Haltung, einer korpulent und alt, und ein kleinerer von unbestimmtem Geschlecht, der sich mit geisterhafter Stille bewegte und sich leicht abseits der anderen hielt. Ihre Kapuzen waren so voluminös, dass kein Lichtstrahl ihre Gesichter erreichte. Selbst Emilio mit seiner hervorragenden Nachtsicht erkannte nur ein leichtes Schimmern, wenn ihre Augen das flackernde Licht der Fackel reflektierten.

Der Alte sprach ihn an. «Höre unser Urteil, Mörder. Du wirst zum Tod verurteilt, weil du aus Versehen eine Frau umgebracht hast, aber wir geben dir eine Wahl. Du kannst dich für den Tod durch Enthauptung entscheiden. Oder du versuchst dein Glück auf den Treppen der Ewigkeit. Und täusche nicht Unwissenheit vor. Wir wissen, dass deine kleine Freundin dir davon erzählt hat.»

Emilio wartete schweigend.

Wie erwartet, wurde einer der Richter — der arrogante junge Mann — bald ungeduldig. «Was sagst du, Mörder?»

«Was macht dich so sicher, dass ich nicht auf der Treppe umkehre und Jagd auf dich mache?», fragte Emilio nonchalant.

Der junge Mann zischte.

Der korpulente Richter lachte. «Friede, Emilio — Wolf des Südens. Die Wahl der Treppen zu erhalten ist eine Ehre. Was willst du wirklich wissen?»

«Warum ich?»

Der Mann zeigte keine sichtbare Reaktion. Interessant. Seine Ausbildung befähigte Emilio dazu, die meisten Menschen zu durchschauen oder ihre Motive zu erahnen. Dieser Mann gab nichts preis. In vielerlei Hinsicht erinnerte er ihn an den Meister. Aber er war es nicht. Keiner von ihnen war es.

«Du bist ein Mann mit außergewöhnlichen Fähigkeiten, Wolf des Südens. Und wenn der Meister dich deiner Familie nicht weggestohlen hätte, hättest du ein großer Mann werden können. Deine Fähigkeiten sind gefragt. Das ist der Grund.»

Schweigen erfüllte die Zelle.

Mal sehen, wie sie auf einen Verhandlungsversuch reagieren.

«Ich wäre möglicherweise dazu bereit, wenn Reina, meiner Stute, nichts passiert. Wenn ihr sie einem neuen verständnisvollen Besitzer gebt, der sie für den Rest ihres Lebens liebevoll umsorgt.»

Dieses Mal reagierten alle Richter. Der kleinste von ihnen gluckste. Der hitzköpfige stampfte vor Ärger mit dem Fuß. Ihr Sprecher wiederum zuckte überrascht zurück.

«Du glaubst, dass du in deiner Situation verhandeln kannst?»

Emilio starrte in die Schwärze unter der Kapuze. «Wer weiß?»

«Dann gebe ich dir mein Ehrenwort, dass deine Stute gut umsorgt und an den bestmöglichen Besitzer gehen wird. Und bevor du fragst: Ich werde nicht von der Formulierung meines Versprechens abweichen. Du musst damit leben, wie es ist. Und nun sag mir! Was soll es sein? Enthauptung oder die Treppen?»

Emilio traf seine Entscheidung. «Ich wähle die Treppen.» Seltsam. Das schien sie zu freuen.

«Dann höre nun genau zu», sagte der korpulente Richter. «Um die Treppen hinunterzugehen, musst du alles zurücklassen und so nackt sein wie am Tag deiner Geburt. Du entscheidest, welchen Ausgang du nimmst. Du wirst das Leben leben, das du dort findest. Schließlich wird es ein zweites Gericht geben. Du weißt nicht, wann und wo. Wenn du dich würdig erwiesen hast, darfst du bleiben, wenn nicht, wird deine Existenz ausgelöscht.»

Mit dem Ende dieser Erklärung wandten ihm die drei Richter den Rücken zu und schritten hintereinander aus der Zelle.

An ihrer Stelle traten zwei Wachen ein. Sie trugen einen Hocker, einen Eimer Wasser, ein Stück Seife und eines der gebogenen Messer, die in Eterna als Rasiermesser dienten.

«Ausziehen!», befahl ein Wachmann.

Emilio fixierte ihn mit seinem Blick. Wurde er wieder reingelegt? Sie konnten ihm mit dem Messer die Kehle durchschneiden.

«Ausziehen!», wiederholte der Wachmann, diesmal weniger hart. «Wir müssen deinen Kopf rasieren, und dann musst du dich waschen.»

Emilio gehorchte. Am Ende spielte es keine Rolle.

«Hinsetzen!»

Sie spritzten Wasser auf seinen Kopf. Er biss die Zähne zusammen, weil es nur eiskalt sein konnte. Überraschenderweise erwies es sich als angenehm warm. Der Wächter rieb ihm Seife ins Haar und arbeitete effizient, ohne dabei grob zu sein.

«Nicht bewegen. Ich fange über der Stirn an.»

Emilio spürte das Schaben des Messers, und seine Haarsträhnen fielen. Sie waren schulterlang, ihre Farbe blauschwarz wie Rabenflügel. Nun wellten sie sich auf dem Steinboden.

Als das Messer seinen Hinterkopf erreichte, hörte er einen scharfen Atemzug.

Sie hatten das Zeichen des Meisters gefunden. Im Gegensatz zu anderen Gildemeistern markierte er seine Schützlinge nicht mit einem Brandeisen. Seine Besitzerklärung war eine einfache Tätowierung — viel weniger schmerzhaft, aber nicht weniger verdammend. Diejenigen, die wussten, wonach sie suchen mussten, konnten sie finden. Und wenn sich die Haare eines Mörders lichteten, war er so gut wie tot. Denn das Zeichen war überall bekannt und gefürchtet.

«Rasier dir den Bart ab und wasch dich dann. Zieh den Lendenschurz da drüben an.»

Sie ließen ihn allein.

Emilio rasierte sich vorsichtig, um seine Haut nicht zu verletzten. Er trat eine Reise ins Unbekannte an, und es wäre dämlich, eine Infektion zu riskieren. Als er mit den Fingern prüfend über die Kopfhaut strich, erkannte er, dass der Wachmann auch vorsichtig gewesen war. Die Haut fühlte sich weich und unversehrt an.

Er rieb sich sein glattes Kinn. Er trug seinen Bart nie länger als die Breite eines kleinen Fingers. Ihn nicht mehr zu haben fühlte sich trotzdem seltsam an.

Er hüllte sich in den Lendenschurz, einen einfachen Streifen aus weißem Tuch.

Die Wachen kehrten zurück. «Gehen wir.» Sie versuchten ihn an den Oberarmen zu fassen.

Er wich ihrem Griff aus. «Eine Frage.»

Sie sahen ihn an.

«Lebt meine Stute — Reina — noch?»

«Ja, sie ist im Stall des Palastes und wird versorgt.»

«Was wird mit ihr geschehen?»

«Das hat dich nicht mehr zu kümmern, Mörder, aber—», der harsche Blick des Wachmanns wurde weicher, «da sie ein Vermögen wert ist, musst du dir keine Sorgen um sie machen. Ihr wird nichts passieren.»

Weitere Zugeständnisse als diese vage Bestätigung konnte er in seiner Lage nicht erwarten. Wenigstens schien es, als hätte der alte Richter die Wahrheit gesagt. Er nickte dankend.

Die Wachen nahmen seine Arme und führten ihn in den Korridor und durch die Gänge des Kerkers. Sie passierten unzählige dunkle, stille Zellen. Entweder ruhten die Gefangenen darin tot und von der Welt vergessen, oder sie waren einfach leer.

Emilio versuchte sich den Weg, den sie nahmen, zu merken, fand es aber außerordentlich schwierig. Der alte Magistratspalast von Eterna war ein gigantischer, über Jahrtausende erbauter Steinhaufen mit unzähligen Türmen, Gebäuden und Gängen. In einigen Bereichen gaben Schilder Auskunft darüber, wo man sich befand. Frühere Missionen hatten ihn dorthin geführt, und er wusste sich zu orientieren.

Dieser Teil des Gebäudes war jedoch nicht markiert. Als sie einen Bereich ohne Fenster erreichten, gab selbst Emilios fast perfekter Orientierungssinn auf. Unmöglich, dass sich die Wachen all diese Gänge und Abzweigungen merken konnten.

Er beobachtete sie aus den Augenwinkeln und stellte fest, dass beide Männer mit den Fingern ihrer freien Hand gegen das Bein klopften. Sie folgten einem Rhythmus, vielleicht einem Lied. Für einen kurzen Moment überlegte er, sie zu verwirren, damit sie sich verzählten und von vorne anfangen mussten. Vielleicht gelang es ihm dann, ihren Code zu knacken.

Gerade noch rechtzeitig erinnerte er sich an seine Lage. Ob er ihren Code kannte oder nicht spielte keine Rolle mehr.

Sie hielten in der Mitte eines kahlen Korridors. Der Stein sah hier älter aus. In seiner Zelle wirkte er gelblich und etwas staubig — derselbe gelbe Sandstein, aus dem die meisten Häuser von Eterna bestanden. Im Sonnenlicht des Frühlings schimmerte er golden, ein falsches Versprechen für naive Besucher. Im Lauf des Sommers verdunkelte sich das Gelb zu einem schmutzigen Ocker und enthüllte so die verdorbene Seele der Stadt. Dann kam der Herbstregen, wusch Sünde und Schlimmeres weg und ließ Eterna wieder in falschem Glanz erstrahlen.

Die Mauern um ihn herum waren zwar golden, aber die Steine glänzten, als hätte ein Riese sie verdichtet und poliert. Was war das für ein Ort? Sie hatten schon lange keine Kreuzung oder Tür mehr passiert, und vor ihnen erstreckte sich der schlichte Korridor.

«Wir müssen dir jetzt die Augen verbinden.»

Das konnte interessant werden. Die meisten Leute machten es falsch, und er kannte Tricks, die er anwenden konnte.

Sie streiften ihm einen Sack aus dichtem schwarzem Stoff über den Kopf und bedeckten seine Augen mit einem zusätzlichen Stoffstreifen, den sie am Hinterkopf verknoteten. Offenbar kannten sie seine Tricks auch.

Ihr Griff wurde fester, als sie ihn weiterführten.

«Wir dürfen dich nicht stolpern, gegen eine Wand laufen oder den Kopf anschlagen lassen. Also beweg dich! Wir haben nicht die ganze Nacht Zeit.»

Sie bogen noch ein paar Mal ab. Nach mehreren hundert Schritten schienen sie endlich da zu sein.

Die Augenbinde wurde entfernt.

Emilio sah sich um und fand sich — in einer Höhle wieder?

«Erblicke die Treppen der Ewigkeit», intonierten die Wachen und ließen seine Arme los.

Emilio drehte sich im Kreis.

Wie waren sie hier reingekommen? Die sie umgebenden rauen Wände zeigten keine Öffnungen. Weit über seinem Kopf verbanden sie sich zu einer gewölbten Decke, die einsturzgefährdet wirkte. Und in der Mitte des offenen Raumes …

«Die Zukunft ist ungewiss. So sind die Stufen nach oben durchscheinend und hängen an einem Faden aus dem Nebel der Möglichkeiten. Mit jedem vergehenden Augenblick wird die Gegenwart zur Vergangenheit und versteinert gemäß den Launen des Schicksals. So besteht die Treppe, die nach unten führt, aus unregelmäßigem Stein.»

Hatten sie ihn betäubt? Das alles konnte nicht echt sein. Und da war ein Fehler in der Erklärung.

«Wenn wir in der Gegenwart leben, warum ist der Boden unter unseren Füßen aus Stein?»

Der Wächter winkte nachlässig mit der Hand, und Emilio wünschte, er hätte den Mund gehalten. Der Boden und die Wände verschwanden, und sie schwebten über einem gigantischen dunklen Abgrund. Ohne visuelle Orientierung dauerte es einen Moment, bis Emilio erkannte, was sich vor seinen Augen abspielte.

Wie der Zeiger einer Uhr drehte sich die Wendeltreppe langsam im Kreis. Die lichtdurchlässigen Stufen der Zukunft wurden zu Steinstufen und sanken in die Vergangenheit. Oder die Treppe bildete die Mittelachse, während er und die Wachen sich gegen den Uhrzeigersinn und nach oben um sie drehten. Beide Wahrnehmungen konnten wahr sein — oder keine.

«Das ist die Zeit», flüsterte Emilio und starrte in die Dunkelheit unter seinen Füßen, dann in den Nebel der Möglichkeiten.

«Los!» Die Wachen zeigten auf die Steinstufen, die nach unten führten.

Emilio fühlte Panik. In seinem Kopf drängten sich die Fragen, und er hatte Angst, mehr Angst als jemals zuvor in seinem Leben.

Konzentrier dich auf die Mission. Geh einfach. Was auch immer passiert, nichts ist mehr wichtig.

Das Überqueren der Leere schien ewig zu dauern. Die Blicke der Wachen bohrten sich in seinen Rücken. Er fühlte seine Zähne klappern. Aus Angst? Oder fror er?

Dann erreichte er die Treppe. Er zwang sich, nicht zurückzublicken, und trat auf die Steinstufe, die sich direkt vor ihm verfestigte und die Gegenwart in die Vergangenheit verwandelte. In dem Moment, als sein nackter Fuß die steinige Oberfläche berührte, gab es einen Ruck in seiner Wahrnehmung und er war vorübergehend blind.

Er wartete. War das der Tod?

Offenbar nicht. Sein Sehvermögen kehrte allmählich zurück, und er fand sich auf einer schmalen Wendeltreppe wieder, ähnlich der eines Turms. Das ganze mystische Drumherum war verschwunden. In der Wand hinter ihm befand sich eine verschlossene Tür.

Er musterte die hellen, regelmäßigen Stufen, die nach oben führten.

«HINAB!» Der Befehl schien sich wie ein Gewicht auf seine Schultern zu legen.

Diese Richtung sah nicht ansprechend aus. Die Fackeln, die einmal pro Umdrehung in Wandhalterungen steckten, warfen ein flackerndes, trügerisches Licht. Spinnweben hingen wie Vorhänge von den rissigen Wänden und der Decke, und Trümmer bedeckten die baufällig wirkenden Stufen.

Emilio zitterte im kalten Luftzug, der aus den Tiefen der Vergangenheit aufstieg.

Ich bin das gefährlichste Lebewesen hier drin, ermunterte er sich.

Er stieg vorsichtig eine Stufe hinab, dann eine weitere. Nach ein paar Runden fand er die erste Türöffnung. Wie weit musste er gehen?

Er überprüfte sorgfältig, was dahinter lag, und blieb dabei in Deckung wie jeder gut ausgebildete Mörder.

Er sah sanfte Hügel und Wiesen, auf die strahlendes Sonnenlicht fiel. Der Luftzug umspielte ihn und flüsterte ihm ins Ohr. *Geh weiter ...*

Also ging er weiter. Jedes Mal, wenn er eine neue Tür fand, hörte er das Flüstern wieder. Wie weit in der Vergangenheit lag sein Ziel?

Inzwischen war ihm eiskalt, und er fürchtete sich. Die Geister, denen er ab und zu begegnete, störten ihn nicht. Sie konzentrierten sich auf sich selbst und ihre zerbrochenen Träume und interessierten sich kaum für die Lebenden.

Aber er traf auch auf seltsame Wesen — einen alten Mönch mit einer Sanduhr in den Händen, eine hochgewachsene Gestalt in einem langen Umhang mit hochgezogener Kapuze, die eine Sense über den Rücken geschlungen trug, und einige andere Kreaturen, die nicht existieren sollten.

Ich fantasiere. Also haben sie mir doch heimlich Drogen gegeben.

Nichts anderes machte Sinn.

Plötzlich stolperte er und fing sich im letzten Moment auf. Verdammt! Seine Handflächen waren aufgerissen. Und er war zu müde, um weiter hinabzusteigen, und verlor dank seines rasierten Kopfes und seines nackten Körpers rasend schnell an Körperwärme. Ohne Wasser und Nahrung war es nur eine Frage der Zeit, bis ihm ein fataler Fehltritt unterlief.

Eine weitere Tür kam in Sicht. Sie zeigte ihm ein dunkles und trostloses Land, in dem sich ein Schneesturm austobte. Der Wind heulte wie ein Schwarm Todesfeen, während er an Hügeln und Bäumen riss.

Bitte nicht hier! Ich hasse Schnee. Und ich halte diese Kälte nicht aus ...

Die Stufe unter seinen Füßen zerbrach. Emilio versuchte das Gleichgewicht zu halten, scheiterte und fiel durch die Tür. Er bereitete sich darauf vor, in einem eisigen Schneehaufen zu landen, und war überrascht, als seine Wahrnehmung sich plötzlich erneut verschob.

Der Effekt war nicht so schlimm wie beim Betreten der Treppe, aber dennoch verwirrend.

Ist das ein Teppich unter mir?

«Der Teufel soll diese verfluchten Treppen holen!», hörte er plötzlich eine schrille Stimme. «Ich ersuche sie um einen Prinzen, und sie schicken mir einen Mörder?»

Völlig erschöpft hob Emilio den Kopf.

Wie der letzte Trottel war er zwei jungen Frauen vor die Füße geplumpst. Sie trugen die zweckmäßige Kleidung von Waldleuten — Lederhosen, lange seidene Tuniken, Wollumhänge und hohe Stiefel, deren Schäfte bis zur Mitte ihrer Oberschenkel reichten.

Eine der jungen Frauen war hübsch, braunhaarig und etwas rundlich. Ihre großen grünen Augen musterten ihn besorgt.

Die andere drohte vor Ärger zu platzen und glich eher einem Dämon als dem dünnen Mädchen, das sie wahrscheinlich unter normalen Umständen war. Ihr feuerrotes Haar hatte sich vor Empörung gesträubt, und der glühende Blick ihrer grünen Augen brannte wie die Feuer der Hölle.

«Runter vom Teppich, Strolch! Du bist nutzlos für mich, ganz egal, was diese verdammten Treppen erreichen wollten. Hätte ich doch nie auf meine dämlichen Berater gehört!»

Mit einem wütenden Grollen warf sie sich herum und stürmte fort von wo auch immer sie sich befanden.

3

Die Flügel der schweren Holztür schlugen mit einem Knall hinter der Rothaarigen zu. Emilio verlor fast das Bewusstsein. Er unterdrückte ein Stöhnen. Egal welche Droge sie ihm verabreicht hatten, sein Körper vertrug sie nicht. Oder war er vergiftet worden und dieser Albtraum Teil seines Todeskampfes?

«Bist du verletzt?» Das braunhaarige Mädchen kniete sich neben ihn hin und half ihm ins Sitzen. «Gerade noch waren wir allein in unserer Kirche. Dann plötzlich bist du über uns aus dem Nichts aufgetaucht und wie ein Stein gefallen. Dem Himmel sei Dank hatten wir den Boden mit Stroh bedeckt und einen Teppich gegen die Kälte darüber geworfen.»

In dem Moment, als sie die Kälte erwähnte, wurde er sich der eisigen Temperaturen bewusst, und seine Zähne begannen zu klappern.

Sie streifte ihm eine weiche Mütze über den Kopf und wickelte ihm eine Wolldecke um die Schultern.

«Die Wächter der Treppen warnten uns, dass du nackt kommen würdest. Da wir nicht wussten, wie groß du bist, konnte ich keine richtige Kleidung mitbringen, aber ich habe Socken und einfache Schuhe aus einem Stück Leder, die man umbindet. Damit kannst du den Hof überqueren, ohne dir die Zehen abzufrieren.»

Er starrte sie immer noch stumm an — unfähig, das Geschehene zu verarbeiten.

Sie steckte seine Füße in dicke Wollsocken und band Lederstücke darum. «Mein Name ist übrigens Maira. Die Rothaarige war meine Schwester Morayn. Wie ist dein Name?»

«Emilio.» Seine Lippen waren so kalt, dass sein Mund über jede Silbe des Wortes stolperte.

«In diesem Fall heiße ich dich willkommen auf Burg Icefjell im Königreich des Nordens, Emilio.»

Konnte seine Situation noch schlimmer werden? «Welches Jahr haben wir?»

«In Eternamzeit zählen wir das Jahr 256.»

Das durfte nicht wahr sein! Diese verdammten Treppen hatten ihn in prähistorische Zeiten geschickt!

Das Mädchen zog ihn ohne Anstrengung hoch ins Stehen. Sein Nacken kribbelte warnend. Waren alle ihres Volkes so stark? Er mochte schlank sein, aber das machte ihn nicht leicht.

«Komm. Lass uns in die Burg gehen.»

Emilio musterte seine Umgebung, während sie zur Tür gingen. Was sie eine Kirche nannte war ein großer Saal im typisch nordischen Stil, das Holz der Wände und Decke geschwärzt durch Ruß und Alter. Die Balken hoch oben wurden von einer Mittelsäule getragen und zeigten eindrucksvolle Schnitzereien. Der Boden bestand aus Steinplatten. Einige trugen Inschriften.

Sie gingen über die Gräber von Menschen. Was für eine Ironie des Schicksals!

Als Maira einen Flügel der Tür aufwarf und der eisige Schneesturm nach ihnen griff, war Emilio bereit zu sterben. Er hatte nicht gewusst, dass die Temperaturen so tief fallen konnten.

«Wie kalt ist es?», presste er durch seine klappernden Zähne hervor.

Maira lachte. «Oh, kalt genug, um dir die Brüste oder Eier abzufrieren, je nachdem ob du ein Mädchen oder ein Junge bist.» Sie schien zu begreifen, was sie gerade gesagt hatte. «Uuh, du bist wahrscheinlich nicht an diese Art von Humor gewöhnt. Wir Nordländer scherzen ständig über die Kälte. Hier, halt dich an dem Pfeiler fest.»

Die Holzsäule zeigte grausige geschnitzte Jagdszenen mit wilden Tieren und Jägern. Beide Seiten schienen den Kampf gleichermaßen zu verlieren. Er sah, wie Männer gefressen und Bestien zerstückelt wurden.

«Die Darstellungen repräsentieren den Krieg zwischen Gut und Böse», erklärte Maira, die seinen Ekel bemerkte. «Ich persönlich glaube, der Künstler liebte einfach Blut und Gewalt. Sei froh, dass die Säule so alt und unser Klima so hart ist. Vater erzählte uns, dass die Schnitzereien einst in grellen Farben bemalt waren. Zumindest erfüllt der Pfeiler die Aufgabe, das Vordach trotz des ganzen Schnees oben zu halten. Sein Zwilling dort zeigt übrigens Frömmigkeit, die gegen Lust kämpft. Jene Bilder möchte ich dir lieber nicht erklären.»

Sie schloss die Doppeltür und verriegelte sie mit einem komplizierten Mechanismus, der für ein so kleines Gebäude übertrieben wirkte.

«Die erste Überlebensregel in unserem Land — verriegele jedes Gebäude immer entweder von außen oder von innen. Es gibt Wölfe und andere listige Dinge im Wald. Sich ihnen über eine Schwelle zu stellen kann böse enden.»

Sie überquerten den Innenhof der Burg. Sein Grundriss war im tobenden Sturm und dem Schneegestöber unmöglich zu erkennen. Emilio war auch zu müde und erschöpft, um sich darum zu kümmern.

Sie schien ihn ein paar Steintreppen hochzuziehen. Dann stand eine Matratze vor ihm. Danach — Dunkelheit.

EMILIO ERWACHTE MIT POCHENDEN KOPFSCHMERZEN. Sein Gehirn schien in einer Trommel gefangen. Das Klopfen war schlimmer als alles, was er je zuvor erlebt hatte.

Als er die Augen öffnete, beugte sich ein riesiger Krieger mit langen, ungepflegten Haaren und einem noch wilderen Bart über sein Bett.

Mit einem Schrei stieß Emilio ihn weg.

«Du bist ja vielleicht ein Morgenmuffel», beklagte sich der Krieger, nachdem er seinen drohenden Sturz geschickt abgefangen hatte. Wegen des andauernden Lärms musste er brüllen.

«Bin ich nicht, es sei denn, jemand steckt mir seine hässliche Visage ins Gesicht!», schrie Emilio zurück. «Was zum Teufel tust du da?» Er schnellte nach vorn und riss dem Mann das Gerät aus der Hand, erkannte das sich drehende Element, das den Lärm verursachte, und stoppte es. Das höllische Trommeln hörte auf. «Was ist das für ein Folterinstrument?» Seine Stimme klang unnatürlich laut in seinen Ohren.

Der Mann schniefte beleidigt. «Ein Hilfsmittel zur Disziplinierung von Rekruten, die nicht aufwachen. Da du wie ein Toter geschlafen hast, dachte ich, es würde sich als nützlich erweisen.»

«Und du bist?» Emilio untersuchte das Gerät flüchtig, erkannte, wie es funktionierte, und löste die Spannung der Feder im Inneren.

«Mein Name ist Almbart. Ich bin verantwortlich für die Ausrüstung der Rekruten auf Burg Icefjell. Du sollst dich beim Prinzregenten melden. Dort drüben findest du einige Kleidungsstücke aus unserem Lager. Erwarte nicht, dass sie passen. Wir sind nicht ausgerüstet, um dürre Zwerge auszustaffieren. Ich nehme an, du kannst dich selbst anziehen?» Der Riese musterte ihn verächtlich.

«Wo ist das Treffen und wann?», fragte Emilio.

«Sobald du bereit bist. Melde dich beim Wachmann vor deiner Tür. Er wird dich zum Treffen bringen. Oh, und es gibt Wasser und Seife, falls du weißt, wie man sie benutzt.»

Emilio stieg aus dem Bett. «Raus!», sagte er in seiner monotonen und fast tonlosen Mörderstimme.

Das Gesicht des Riesen wurde weiß und seine Augen weiteten sich. Vor lauter Eile, den Raum zu verlassen, stolperte er fast über die eigenen Füße.

Genugtuung erfüllte Emilio, vermischt mit einem Hauch Ärger. Sein kleiner Sieg fühlte sich gut an, aber er hätte sich von diesem Idioten nicht provozieren lassen sollen. Jetzt wussten sie, dass sein Temperament nicht das ruhigste war.

Auf dem Weg zum Waschbecken ließ ihn ein plötzlicher heftiger Schwindel taumeln, und sein Magen knurrte. Er musste bald etwas zu essen finden, aber zuerst musste er wissen, worum es bei diesem Treffen ging.

Er trank ein paar Schlucke Wasser, wusch sich und trug bald mehr Schichten Kleidung als je zuvor. Alles war zu groß, aber die oberschenkelhohen Stiefel, die sie für ihn gefunden hatten, passten gut. Und sie stellten ihm sogar einen Dolch und ein kurzes Schwert zur Verfügung.

Ich frage mich, wer ihr Feind ist, denn ich — der Mörder — bin es eindeutig nicht.

Emilio streifte die zur Verfügung gestellte Mütze auf den rasierten Kopf, zog die Kapuze seines Umhangs hoch und öffnete die Tür. Der erwähnte Wachmann erwies sich als ein außergewöhnlich großer junger Mann. Er sah weniger wild aus als Almbart. Sein lockiges Haar und sein kurzer Bart waren sorgfältig gekämmt.

«Hier entlang», sagte er und ging voraus.

Emilio nutzte die Gelegenheit, um die Rüstung und Kleidung des Mannes zu analysieren. In der Art, wie ein Herrscher seine Krieger ausstatte, lag eine Fülle von Informationen. Diesem Königreich schien es gut zu gehen — falls die Annahme stimmte, dass es sich bei seinem Führer um einen gewöhnlichen Wachmann handelte.

Der Mann trug eine Untertunika aus weichem weißem Tuch, deren Säume an den Handgelenken sichtbar waren, und darüber eine braune Tunika aus dickem gebürstetem Stoff. Seine Hosen waren aus dem gleichen Material gefertigt, obwohl sie über den hohen gepanzerten Stiefeln kaum zu sehen waren. Ein langes Kettenhemd bildete die erste Schutzschicht für seinen Oberkörper. Die zweite bestand aus einem Mantel aus gepanzertem Leder, der sich auf Höhe des Schritts in vier Schöße teilte. Wärme spendete ein großzügiger Umhang, den der Wachmann um die Schultern geschlungen trug. Der Helm auf seinem Kopf wies keine Verzierungen auf, hatte aber, ausgehend von den Kerben und Kratzern, mindestens eine Schlacht gesehen.

Das Gewicht der gesamten Ausstattung musste beträchtlich sein und entsprach wahrscheinlich Emilios Körpergewicht, trotzdem eilte der Wachmann leichtfüßig durch die steinernen Korridore. Seine Beine waren unglaublich lang. Machte er zwei Schritte, benötigte Emilio drei für die gleiche Distanz.

Wie standen die Chancen, innerhalb weniger Augenblicke auf zwei Riesen zu treffen? Züchteten sie die irgendwo?

Während er den Wachmann beobachtete, hatte sich ein unabhängiger Teil seines Verstandes ihre Bewegungen durch die Burg eingeprägt. Die Orientierung erwies sich als einfach. Die Gänge waren schmucklos, verfügten jedoch über schmale verglaste Fenster in unterschiedlichen Formen. Eiskristalle bedeckten das Glas, und draußen war es stockfinster. Die Dunkelheit erfüllte ihn mit Unbehagen.

«Wie spät ist es?», fragte er den Wachmann, den die Gegenwart eines Mörders in seinem Rücken kaltzulassen schien.

«Ein paar Minuten nach Mittag.»

«Warum bleibt es dann so dunkel? Es ist später Frühling, nicht wahr?» *Trotz der klirrenden Kälte und der Schneestürme, die wütend gegen die Fenster prallten.*

Emilio erkannte seinen Überlegungsfehler im nächsten Moment. Sein Platz in der Ordnung der Dinge war nur ihm wichtig. Die Treppen enthielten die gesamte Vergangenheit, Gegenwart und Zukunft des Universums. Sie hätten ihn jederzeit und in jeder Jahreszeit ausspucken können — was vielleicht die ultimative Strafe war. Er war im wahrsten Sinne des Wortes heimatlos, da er nicht nur Heimat und Besitz verloren hatte, sondern auch jeden Bezug zu dem, was einmal gewesen war. Nur seine Essenz, sein Wissen und seine Fähigkeiten blieben ihm erhalten.

Unter diesem Gesichtspunkt sah der Tod durch Enthauptung plötzlich wie das gnädigere Urteil aus.

In Gedanken verloren, verpasste er fast die Antwort des Wachmanns.

«Es ist — Frühling, meine ich. Die andere Frage habe ich nicht zu beantworten. Hier rein.» Der junge Mann öffnete eine große, kunstvoll geschnitzte Tür.

Emilio gehorchte und prüfte die Umgebung mit jedem langsamen Schritt, der ihn tiefer in den Raum führte. Er befand sich im Arbeits- und Besprechungszimmer eines mächtigen Mannes. Seine Missionen hatten ihn in viele davon geführt. Es gab den üblichen massiven Schreib- tisch mit einem bequemen, aber eindrucksvollen Stuhl und einen großen Tisch, an dem Strategien geplant und Vorgänge analysiert werden konnten. Zwei Sessel standen vor einem imposanten Kamin, in dem ein Feuer loderte. Gemälde in kunstvollen goldenen Rahmen schmückten die Wände, schwere Vorhänge hingen neben den Fenstern bis auf den Boden hinab, und an einer Wand befand sich ein großer Wandteppich mit einem beeindruckenden Wappen und einem Stammbaum.

Das war eindeutig das Arbeitszimmer des Prinzregenten, aber wo war der Prinz?

Eine ungewöhnliche Gruppe von Personen wartete auf ihn.

Da waren zwei grauhaarige Männer. Einer von ihnen schien vorzeitig ergraut zu sein, denn sein Gesicht wirkte jung, und sein durchtrainierter Körper deutete auf das beste Mannesalter hin. Er stand auf der entfernten Seite des Schreibtisches, etwas hinter dem kunstvollen Stuhl, und trug eine leichte Rüstung. Der andere Mann, der auf dem Stuhl saß, war tatsächlich alt. Er sah auch traurig und müde aus.

Vor dem Kamin kniete ein kleines Mädchen und spielte ein Spiel, das nur für sie verständlich war.

Zwei junge Frauen mit langen braunen Haaren standen an den Fens- tern und gaben vor, in die Dunkelheit hinauszuschauen. Eine davon war Maira. Ihr etwas fülliger Körper war leicht zu erkennen. Die andere sah aus wie Morayn, doch die Haarfarbe stimmte nicht.

Als der alte Mann aufstand, konnte Emilio nur starren. Er war ein Riese, noch größer als Almbart und der junge Wachmann.

Ein unbehagliches Kribbeln breitete sich in seiner Magengrube aus. In seiner eigenen Zeit war Emilio hochgewachsen gewesen, ein oder zwei Fingerbreit größer als die meisten Männer. Dieser Umstand hatte ihn nicht daran gehindert, in einer Menge zu verschwinden. Gleichzeitig verlieh er ihm einen Vorteil gegenüber seinen Verfolgern, da er ihre Bewegungen unbemerkt beobachten konnte.

Nun überragte ihn dieser alte Krieger, der sein Kettenhemd wie normale Kleidung trug, um einen ganzen Kopf.

«Ich dachte, du wärst größer», knurrte der Mann.

Emilios Temperament loderte auf. «Da dies nicht die erste Beschwerde über mich ist, habt ihr eure Bestellung offensichtlich nicht gut formuliert.»

Alle Anwesenden erstarrten, aber nicht für lange.

«Wer zum Teufel hat dem Strolch Waffen gegeben? Bin ich von Idioten umgeben?», hörte er eine schrille Stimme, die er erkannte.

Als er sich der Quelle des Lärms zuwandte, sah er Morayn. Wie in der Kirche war ihr Haar hellrot und schien ein Eigenleben zu führen. Wie war das möglich? Wo hatte sie sich versteckt? Und wo war das zweite braunhaarige Mädchen hin? Die junge Frau, die nicht Maira war?

«Königin Morayn, benimm dich!», schrie der alte Mann.

«Und warum sollte ich?», schrie sie zurück. «Das ist mein Leben und mein Königreich, die hier vor die Hunde gehen!» Ihre Rage schien mit jedem Wort größer zu werden, und ihr Haar hellte sich immer weiter auf, bis es in einem völlig unnatürlichen Orangeton glühte.

Der alte Mann zeigte zur Tür. «Auf dein Zimmer!»

Die Worte wurden von einer Kraftwelle begleitet, die Emilio fast in die Knie zwang.

Morayn ging ohne ein weiteres Wort und schlug die Tür so heftig hinter sich zu, dass einige der Bilder auf den Boden krachten.

Könnte ich mich doch nur unsichtbar machen!

Ob sie es bemerkten, wenn er aus dem Arbeitszimmer schlich oder sich hinter einem Vorhang versteckte?

Der alte Mann stützte seine Fäuste auf den Tisch und holte tief Luft. Als er Emilio wieder ansah, war sein Blick gefasst. «Dreh dich um. Streif die Kapuze runter und nimm die Mütze ab.»

Emilio zwang eine neutrale Maske auf sein Gesicht und seine Gefühle unter eiserne Kontrolle. Er gehorchte.

«Das Zeichen eines Mörders. Ich verstehe nicht, wie das passieren konnte. Kommt, Maira, Meryem. Er ist nutzlos für uns.»

Schwere Schritte entfernten sich, leichtere folgten ihnen. Emilio wandte sich um. Der alte Mann, Maira und das Kind verließen das Arbeitszimmer durch eine versteckte Tür in der Wand hinter dem Schreibtisch.

Der jüngere Krieger blieb, wo er war. Bis auf seine äußerst aufmerksamen Augen, mit denen er alles beobachtete, hätte er eine Statue sein können. Während der ganzen Szene hatte er nicht einmal den Kopf bewegt.

«Ein Wort mit Euch, Herr Ritter?», sprach Emilio ihn an. Ein neuer Schwindelanfall raste durch seinen Körper, und sein Blick verschwamm.

Als er wieder sehen konnte, befand sich der Mann an seiner Seite und hielt ihn sicher am Oberarm. Auch dieser Krieger war riesig. Emilio fühlte sich wie ein Zwerg neben ihm.

«Keiner von ihnen dachte daran, dich zu füttern, oder?», fragte er mit tiefer, grollender Stimme. «Wobei Almbart, der Idiot, es wohl absichtlich vergessen hat.»

Emilio nickte nur.

«Gehen wir in die Küche. Und setz deine Mütze wieder auf. Ich weiß nicht, wie das Zeichen dorthin kam, aber die Antwort ist wahrscheinlich nicht so simpel, wie dieser hirnlose Haufen denkt.»

4

Kurze Zeit später fand sich Emilio in einer behaglichen Küche wieder, wo ihm eine Magd eine Tasse warme Milch mit Honig und ein Festessen aus Brot, Würstchen, Suppe und verschiedenen Käsesorten servierte.

Emilios Magen knurrte vor Erwartung, doch er wusste auch, dass die Dinge nicht immer so waren, wie sie zu sein schienen. Diese Leute mochten ihn hassen, aber bis auf weiteres waren sie seine Familie. «Wie ist eure Lage hier auf der Burg und bei dem schrecklichen Wetter? Gibt es genug Essen für alle?»

Die Magd legte ihm eine von Seife und Laugen gerötete Hand auf die Schulter. Sie hatte ein schlichtes, freundliches Gesicht und ein schönes Lächeln. «Iss einfach, mein Hübscher. Der Prinzregent kümmert sich um uns. Wir erleben Entbehrungen, aber Hunger gehört nicht dazu.»

Emilio überflog rasch die Auswahl und wählte jene Speisen aus, die er essen wollte. In seinem halb verhungerten Zustand musste er aufpassen. Stopfte er aus Fressgier zu viel in sich hinein, zahlte er dafür mit Übelkeit.

Er begann mit einer kleinen Schale Suppe und einer dünnen Scheibe Brot und zwang sich, langsam zu essen. In solchen Situationen half seine eiserne Selbstbeherrschung, die für ihn als Auftragsmörder unerlässlich war. Eine zweite dünne Scheibe Brot, ein paar bescheidene Bissen Wurst und ein kleines Stück Käse folgten. Dann zog sich sein Magen auch schon warnend zusammen.

Der Krieger beobachtete ihn die ganze Zeit. Ab und zu nippte er betont lässig an seinem Getränk, das wie Kaffee aussah, aber anders roch. Er hatte Augen wie ein Panther, eines der tödlichsten Tiere der südlichen Wälder. Ihre Farbe variierte zwischen grün und gelb.

Emilio lehnte sich zurück und erwiderte das Starren gleichgültig. Oder er schaute weg und blinzelte, wenn er den Impuls dazu spürte.

Der Krieger, der mit einem stummen Machtkampf gerechnet hatte, zeigte erste Anzeichen von Ungeduld. Seine Finger klopften gegen den Becher. Er kratzte sich am Oberschenkel.

«Willst du mir nicht sagen, dass du länger schweigen kannst als ich?», knurrte er schließlich.

Emilio erlaubte sich ein kleines Lächeln. «Das würde den Zweck der Übung ruinieren, oder?»

Der Mann schnaubte und grinste.

«Wie lauten dein Name und deine Funktion?», fragte Emilio.

«Ich bin Fjellgard, der Hauptmann der Wachen hier auf Burg Icefjell. Wie ist dein Name?»

«Man nennt mich Emilio — Wolf des Südens.»

«Und du bist ein Mörder.» Das war keine Frage.

«Ja.»

«Seltsam. Ich frage mich, warum die Treppen dich ausgewählt haben. Die Legende besagt, dass sie ihre Hilfe immer auf die Bedürfnisse der Bittsteller ausrichten. Beachte! Ich sagte *die Bedürfnisse* und nicht *die Wünsche* der Bittsteller. Warum denken die Treppen, dass wir einen Mörder brauchen, wenn uns doch ein Prinz fehlt?»

Emilio versuchte von der Honigmilch zu trinken. Sein Magen blieb ruhig. So gönnte er sich einen zweiten vorsichtigen Schluck. Wärme breitete sich in seinen Gliedern aus, so dass er sich schon fast wieder wie ein Mensch fühlte. «Kannst du mir mehr über die Situation in dieser Burg und diesem Königreich erzählen? Was hat euch veranlasst, die Treppen um Hilfe zu ersuchen? Das scheint mir ein ziemlich verzweifelter Schritt.»

«Oh, das war es. Unsere Situation … lass mich nachdenken. Bedenkt man, dass du nicht von hier bist und wir nicht wissen, ob wir dir vertrauen können …» Fjellgard überlegte. «Es spielt wahrscheinlich keine Rolle mehr. Hier also die reine Wahrheit, soweit ich sie kenne. Wir sind ein ganz normales Königreich wie jedes andere, bis auf ein paar Details.

Der bemerkenswerteste Unterschied liegt in unseren Kriegern, die nicht ganz menschlich sind. Wir wissen nicht, wie alles begann, aber sie können sich in etwas verwandeln, das wir Fjellkrieger nennen, schlanke Tiere mit Krallen ähnlich denen eines Drachens. Einmal brachte ein Narr einen kleinen Affen auf unsere Burg und erzählte uns, dass dieses Tier in den Wäldern des Südens lebt. Kennst du es?»

Emilio nickte.

«Die Fjellkrieger bewegen sich wie dieser Affe, aber mit tödlicher Absicht. Wenn sie angreifen, sind sie ein schrecklicher Anblick.»

«Dann sagst du also, dass sie sich wahlweise auf vier oder zwei Beinen bewegen, mit Händen und Füßen geschickt sind, klettern und springen und sich wie Raubtiere verhalten. Wie groß sind sie?»

«Die Kleinsten sind ungefähr so groß wie Hroar, der Prinzregent, den du gerade getroffen hast.»

«Und wie viele sind es?»

«Wir wissen es nicht genau. Vielleicht fünfhundert?»

Emilio starrte den Krieger an.

«Ich scherze nicht, ich schwöre es!», insistierte Fjellgard.

«Warum kennst du ihre genaue Anzahl nicht? Jeder Kommandant kennt die Stärke seiner Armee.» Emilios Stimme war kalt geworden. Das musste ein Kindermärchen sein.

«Sie sind nicht immer hier. Bitte hör mich an! Dann wird manches klarer. Alles hängt von unserem König ab. Bevor er den Thron besteigt, muss jeder neue König zum Sitz der Macht reisen, einem Berg nordöstlich von hier. Dort taucht er sein Schwert in den Brunnen der Unterwerfung und verbindet seine Lebenskraft mit jener der Fjellkrieger. Zwischen dem König und den Kriegern formt sich ein Band, und gemeinsam verteidigen sie fortan das Land. Unser Problem ist, dass wir keinen König mehr haben. Hroars Bruder Eirik starb vor mehr als fünf Monaten. Seine älteste Tochter Morayn versuchte seinen Platz einzunehmen, aber der Brunnen reagierte nicht auf sie, und das Band formte sich nicht.»

«Weißt du, warum?»

«Wir haben gehört, dass es im Süden Herrscherinnen gibt, aber das ist der Norden, Wolf. Sehr wahrscheinlich reagieren der Brunnen der Unterwerfung und die Fjellkrieger nur auf eine männliche Lebenskraft. Für Königin Morayn war es eine bittere Erfahrung, an der sie fast zerbrochen wäre. Sie trainiert mit uns, seit sie ein kleines Kind war. Ich bezweifle, dass es einen Mann gibt, der sie im Kampf bezwingen kann.»

Die Magd füllte Emilios Tasse mit warmer Honigmilch nach.

«Was habt ihr noch versucht? Ihr gabt sicher nicht so schnell auf.»

Fjellgard lächelte traurig. «Alles, was uns einfiel. Hroar, der Morayn zum Sitz der Macht begleitet hatte, versuchte sein Schwert einzutauchen. Als das nicht funktionierte, forderten wir jeden Mann, der kein kompletter Versager war, auf, es zu versuchen. Über die Jahrhunderte produzierten unsere Könige eine Anzahl von Bastarden. So schien es nicht abwegig, dass die Blutlinie noch irgendwo sonst in unserem Königreich existierte. Sogar ich tauchte mein Schwert ein, obwohl meine Vorfahren normale Menschen waren. Aber nichts hat funktioniert.»

«Und dann änderte sich etwas, das es euch nicht erlaubte, auf Morayns Kinder zu warten.»

«Du bist ein unheimlicher und berechnender Bastard. Das ist dir schon klar?»

Emilio zuckte die Schultern. «Manipulation gehört zu meinem Beruf. Dazu zieht man aus Fakten und Beobachtungen Schlüsse. Wenn König Eirik nach längerer Krankheit starb, müsste der Prinzregent kleine Kinder haben, für die er eigentlich zu alt ist. Oder er hat wenigstens versucht, sie zu bekommen.»

Der Hauptmann der Wachen hob besiegt die Hände. «König Eirik war lange Zeit krank. Und ja, Hroar hat es geschafft, zwei Söhne mit seiner Frau zu zeugen und einen außerehelichen dritten, aber sie müssen die Pubertät erreichen, damit das Band entstehen kann.»

«Und der äußere Faktor?»

«Ein Feind — ein Hexer unbekannter Herkunft. Wir wissen nicht genau, was er will. Unser Königreich ist nur ein Königreich. Wir sind nicht reich, aber wir kommen durch. Hier gibt es keine großen Schätze, keine natürlichen Ressourcen wie Gold.»

Emilio starrte in seinen Becher. «Ich glaube, da irrst du. Euer Königreich ist die Heimat eines außergewöhnlichen Schatzes — der Fjellkrieger.»

Als Fjellgard nicht reagierte, sah er auf. Der Mann war leichenblass geworden. Als seine Augen auf Emilios trafen, versuchte er aufzustehen und verlor das Gleichgewicht. Seine Tasse kippte um und verschüttete das kaffeeähnliche Gebräu.

«Was?», fragte Emilio, seine Stimme scharf vor Anspannung.

«Die Fjellkrieger — sie verschwanden mit Eiriks Tod, jeder Einzelne von ihnen. Und dank dir wissen wir vielleicht, warum. Die Treppen seien gesegnet dafür, dass sie dich zu uns sandten!» Damit eilte der Hauptmann der Wachen davon.

Emilio starrte ihm nach und schüttelte langsam den Kopf. «Da irrst du dich, mein tapferer und besorgter Freund», sagte er leise. «Die Fjellkrieger mögen verschwunden sein, aber wir — wir wissen noch gar nichts.»

5

Da Emilio nichts Besseres zu tun hatte, blieb er in der Küche und versuchte, so viel Wärme wie möglich in sich aufzunehmen, bevor er sich wieder der düsteren Kälte stellen musste. Es war ja nicht so, dass er irgendwo gebraucht wurde. Er fühlte sich wohl, und die Magd und die anderen Menschen, die hier arbeiteten, kümmerten sich nicht um seine Anwesenheit.

Irgendwann schlief er ein. In seinem früheren Leben hätte er sich diese Schwäche nicht erlaubt. Hier spielte sie keine Rolle mehr.

Er reagierte instinktiv, als jemand versuchte, ihm den Schädel einzuschlagen. Noch bevor er wach war, hatte er seinen Angreifer auf dem schweren Tisch fixiert und presste sein Messer gegen den Hals des Dummkopfes.

«Nimm deine Hände und Waffen von mir, Strolch!»

Es gab nur eine Person in diesem Königreich, die so kreischte. Und die ihn *Strolch* nannte.

«Dann versuch nicht, mir im Schlaf den Schädel einzuschlagen. Hast du wirklich geglaubt, du wirst mich so leicht los?» Seine monotone Stimme ließ ihre Wangen erröten. Die Farbe ihrer Haare verdunkelte sich von Orangerot zu Braun, und in den wilden Strähnen erschienen violette Reflexe.

«Lass mich los, Strolch!» Sie wand sich, aber niemand befreite sich aus dem Griff eines trainierten Mörders.

«Nicht bevor du dich erklärst, meine Königin.»

Sie zischte und wehrte sich erneut, während das Rot ihrer Wangen sich auf ihr Haar ausdehnte. «Ich habe nicht versucht, dir den Schädel einzuschlagen», erklärte sie schließlich. «Ich war wütend und wollte dich schlagen. Und sag nicht, dass du es nicht verdienst. An diesem ganzen Chaos bist du schuld!»

Es ließ sie los.

Mit blitzenden Augen schnappte sie hoch, bereit, ihn wieder anzugreifen.

Seine kalte Stimme stoppte sie mitten in der Bewegung. «Da ich erst seit Kurzem hier bin, halte ich das für sehr unwahrscheinlich. Ich bin vielleicht eine Enttäuschung für dich, aber ich bin definitiv nicht die Ursache deiner Probleme.»

Er musste einen Nerv getroffen haben. Sie schien kleiner zu werden, und ihre Lippen zitterten. «Verdammt, Strolch! Reib es mir unter die Nase, ja?»

Er seufzte. «Was führt dich in die Küche, meine Königin? War es dein Drang, mich für etwas bezahlen zu lassen, über das ich keine Kontrolle hatte?»

Ihr Rücken wurde steif, und ihre Augen verengten sich. Es war das erste Mal, dass sie sich über eine so kurze Distanz gegenüberstanden, und Emilio erkannte plötzlich, dass er nicht nach unten schauen musste, um ihren Blick zu erwidern. Er war derart hochgewachsene Frauen nicht gewöhnt und fand die Erfahrung beunruhigend. In seinem früheren Leben und zu seiner Zeit waren alle Frauen deutlich kleiner — und viel einfacher zu handhaben.

«Der Prinzregent bittet um deine Anwesenheit in seinem Arbeitszimmer.»

«Tut er das? Und was willst du, meine Königin?»

Ihr Haar flammte orange auf. «Steck deinen Kopf in den Arsch eines Esels, Strolch!»

Sie stieß ihn derb gegen die Brust. Da er seine Füße mithilfe einer einfachen Kampftechnik verankert hatte, bewegte sich sein eigener Körper nicht, während sie sich selbst aus dem Gleichgewicht brachte und nach hinten stolperte. Ihr Knurren hätte einen geringeren Mann zu Tode erschreckt.

«Nach dir, Fratz!» Er packte ihre Schultern, drehte sie in die Richtung, in die sie gehen mussten, und klopfte herablassend auf ihren Hintern.

«Wage es nicht, mich noch einmal anzufassen!», keifte sie und fuhr herum.

«Dann fass mich nicht an, wenn ich dich nicht darum bitte!»

Etwas in seiner Stimme warnte sie. Ihr stechender Blick verlor an Intensität, und sie wandte die Augen ab.

«Verstanden!» Mit einer verächtlichen Kopfbewegung stolzierte sie davon.

Emilio atmete langsam aus und versuchte, sein eigenes kochendes Temperament unter Kontrolle zu bringen. Verdammt! Sein erster wacher Tag in diesem verrückten Königreich, und schon schien er sein ganzes Training vergessen zu haben. In seiner gesamten Karriere als Mörder hatte er sich nie von seinen Gefühlen überwältigen lassen.

Sein Nacken kribbelte.

Als er sich umdrehte, entdeckte er, dass das Küchenpersonal seinen Streit mit der Königin beobachtet hatte. Wie konnte er die Zuschauer vergessen?

Er versuchte, ihre Stimmung zu lesen. Wie viele Feinde hatte er sich mit ein paar rücksichtslosen Worten gemacht? Allerdings wirkten sie eher fasziniert als wütend.

Sein Blick traf den der Magd, die ihm das Essen serviert hatte. Sie grinste und klatschte leise. Eine Köchin kicherte, und eine der älteren Frauen zog ein ganz seltsames Gesicht, halb tadelnd und halb amüsiert.

Also war er nicht der Einzige, der die stürmischen Stimmungsschwankungen der Königin anstrengend fand?

«Stell die Geduld der Herrschaften nicht zu lange auf die Probe, junger Herr», erinnerte ihn eine der älteren Frauen an seine Aufgabe. «Nicht jede Schlacht lohnt sich. Und glaub mir, auf dich warten viele.»

DIE TÜR zum Arbeitszimmer des Prinzregenten war geschlossen, und die Wachen schenkten ihm nicht die geringste Aufmerksamkeit. Emilio klopfte, wie er es vor der Tür des Meisters getan hätte — gerade so laut, dass eine Person drinnen es hören konnte.

Der Prinzregent selbst öffnete ihm. «Komm rein.»

Der Raum war fast leer. Nur Fjellgard saß in einem der Sessel beim Feuer und sah so verärgert aus, wie Emilio sich fühlte.

«Ich habe die Frauen weggeschickt. Ich hatte das Gefühl, dass das vorherrschende Drama einer vernünftigen Diskussion nicht förderlich ist», erklärte der Prinzregent.

Emilios Blick huschte zu den grauen Haaren des alten Riesen, die ihm in gesunden, überraschend dicken Strähnen auf die Schultern fielen.

Hroar grinste. «Ja, mein Haar veränderte seine Farbe auch, als ich jünger war. Das königliche Blut manifestiert sich auf diese Weise. Setz dich in den zweiten Sessel. Ich hole meinen Stuhl.»

Er hob den imposanten Stuhl hinter seinen Schreibtisch mit Leichtigkeit und stellte ihn zwischen die beiden Sessel, so dass er in Richtung des Feuers schaute. Emilio starrte auf das schwere Möbelstück und fragte sich, ob er es überhaupt hätte bewegen können.

Hroar setzte sich hin und beobachtete eine Weile die Flammen. Die Stille fühlte sich gut an.

Schließlich seufzte er. «Mit unserem höllischen Temperament und den damit verbundenen emotionalen Sturmwinden sind wir nicht die einfachsten Menschen. Mir ist bewusst, dass unser erstes Treffen gründlich schiefging. Dafür hast du meine Entschuldigung, junger Herr.»

Emilio nickte höflich und fragte sich, welche Gesprächsstrategie er verfolgen sollte. «Ich schätze deine Fürsorge, mein Prinz.»

Der alte Mann schnaubte. «Nenn mich Hroar. Jeder tut das. Wir sind informell hier im Norden. Der Fjellgard sagte mir, dein Name sei Emilio.»

«Ja.» Moment mal! «*Der* Fjellgard?» Er sah den Mann im anderen Sessel an.

«Fjellgard ist sowohl ein Name als auch ein Titel. Ich hatte einen persönlichen Namen, aber nachdem ich zum Hauptmann der Wachen von Icefjell — dem *Fjellgard* — ernannt wurde, verlor er an Bedeutung.» Die grollende Stimme klang noch tiefer als zuvor. Offenbar hatte nicht nur Emilio eine laute Auseinandersetzung mit der Königin geführt.

«Ich möchte mich auch für den schrecklichen Empfang entschuldigen, den wir dir bereitet haben», fuhr Hroar fort. «Um ehrlich zu sein, weiß ich immer noch nicht, was ich von deiner Anwesenheit halten soll. Wir baten die Treppen um einen Mann von königlichem Blut. Er sollte sich mit den Fjellkriegern verbinden und Morayn heiraten. Wir dachten sogar daran, um jemand mit passendem Temperament und gleichen Interessen zu bitten, damit Morayn und er zusammen glücklich werden können. Schließlich gibt es die Pflicht und es gibt die Liebe, und das Erste ohne das Zweite ist ein bitteres Los. Ich kann mir nicht vorstellen, dass alle Legenden über die Treppen falsch sind. Warum haben sie dann dich geschickt?»

Emilio erwiderte seinen Blick schweigend.

«Dann erzählte mir der Fjellgard von eurem Gespräch in der Küche und den Einsichten, die du ihm ermöglicht hast. Also bist du vielleicht aufgrund deiner besonderen Fähigkeiten als Berater hier. Was ist deine Meinung?»

«Ich verstehe das alles noch weniger als du. In meiner Zeit sind die Treppen zu einem Mythos geworden. Ich wusste nicht, dass sie echt sind, bis ich hierher geschickt wurde.»

«Wie genau hat man dich hierher geschickt?», fragte Fjellgard.

«Als ich nach Abschluss einer Mission nach Eterna zurückkehrte, wurde ich unter einem falschen Vorwand eingekerkert und zum Tode verurteilt.»

Hroar schien amüsiert. «Du, ein Mörder, wurdest für ein Verbrechen eingesperrt, das du nicht begangen hast? Sehen wir mal von der Ironie ab, werfen diese Vorgänge Fragen auf. Glaubst du, du wurdest auserwählt?»

«Das habe ich mich selbst gefragt. Ich bin mir nicht sicher. Die Richter sagten mir, dass meine Fähigkeiten gebraucht werden.»

Stille senkte sich auf den Raum, während die beiden Nordmänner launisch in die Flammen starrten.

Emilio beschloss, seinerseits eine Frage zu stellen. «Wie habt ihr das Zeichen an meinem Hinterkopf erkannt?»

Fjellgard schreckte auf. «Alle überführten Mörder tragen diese Tätowierung. So war es immer schon.»

«Dann sag mir, wofür sie steht.»

«Das C steht für *caedo* 'ich töte'», erklärte Hroar. «Hat der Mörder eine Glatze, wird es auf den Hinterkopf tätowiert, sonst auf die Kehle. Es kennzeichnet die Person als Ausgestoßenen.»

«Nicht zu meiner Zeit. In meiner Zeit ist es das Besitzzeichen des Meisters der Mördergilde. C wie *Castelalto*. Und er platziert es immer da, wo meines ist — dort, wo niemand es unter normalen Umständen sehen kann.»

Die Nordmänner tauschten einen langen Blick.

«Wie weit aus der Zukunft stammst du?», fragte Hroar.

«Etwas weniger als sechstausend Jahre.»

«Dann handelt es sich entweder um einen Zufall, oder dein Meister weiß mehr über die Vergangenheit als du.»

Das war Emilio längst klar.

«Was waren deine Lebensumstände?», fragte ihn Fjellgard. «Wie bist du ein Mörder geworden und der Gilde beigetreten?»

Emilio zögerte. Die Zukunft spielte keine Rolle mehr. Sein neues

Leben, egal wie lange es dauerte, war hier. «Kein Mitglied der Gilde darf aussprechen, was ich euch jetzt verrate», begann er vorsichtig.

«Wir vermuteten bereits so etwas aufgrund deiner Reaktion», sagte Hroar.

Emilio sah in das Feuer. Er konnte diese Männer nicht gleichzeitig anschauen und ihnen erzählen, was ausgesprochen werden musste. «In meiner eigenen Zeit bin ich ein Sklave. Der Meister wählt und stiehlt seine Lehrlinge aus ihren Familien, wenn sie jung sind, meist im Alter von vier oder fünf Jahren. Er wählt nur Jungen aus, obwohl es in der ganzen Zeit auch ein Mädchen gab. Wir fragten uns, aus welchen Gründen er seine Auswahl traf, denn sie war nicht immer offensichtlich. Es gab vielleicht einen starken und kräftigen Jungen in einer Familie, aber er nahm den schwächeren Bruder, der hinkte.»

Aus den Augenwinkeln sah er, wie die Männer einen langen Blick tauschten. «Wir wurden nicht aufgrund unseres Drangs zu töten ausgewählt, wie ihr zu denken scheint. Stattdessen spricht der Meister zwei einfache Drohungen aus. Er droht der Familie, das gestohlene Kind umzubringen, wenn sie auch nur ein Wort über den Diebstahl verliert. Und er droht dem Kind, seine ganze Familie niederzumetzeln, sollte es jemals ungehorsam sein oder sich selbst töten.»

«Bastard!», schimpfte Fjellgard.

Hroar schüttelte mitfühlend den Kopf. «Wie war deine Familie?»

«Wunderbar. Ich hatte fünf Schwestern, drei ältere und zwei jüngere. Mein Vater und meine Mutter waren gute Menschen, und sie liebten uns sehr.» Emilio schaffte es, seine Stimme neutral zu halten, aber eine Träne rann ihm aus dem Augenwinkel und tropfte auf den Stoff seines Umhangs.

Die Männer mussten sie bemerkt haben, denn sie schwiegen eine Weile lang.

Hroars Augenbrauen arbeiteten, während er wütend ins Feuer starrte. «Den einzigen Jungen aus einer Familie zu stehlen ist ein großes Risiko. Warum tut er so etwas? Und wie sollte deine Familie dein Fehlen vertuschen? Selbst in der ärmsten Gemeinde bleibt die plötzliche Abwesenheit eines Kindes nicht unbemerkt», knurrte er.

«Wenn er dich mitnimmt, inszeniert er eine Begegnung mit deiner Familie. Mehrere seiner Männer bedrohen sie, während ein weiterer dir ein Messer an die Kehle hält und dich zwingt, dem gesamten Austausch zuzuhören. Deine Familie wird behaupten, dass eine plötzliche Krankheit dich dahinraffte. Hast du ein Grab, ist es leer. Wenn nicht, bist du einfach weg.»

«Und danach?»

«Du trainierst, übernimmst die Rolle, die der Meister für dich vorsieht, und führst seine Missionen aus. Gemäß deinen Fähigkeiten legt der Meister einen Preis für deine Freiheit fest. Aber selbst diejenigen, die im Verlauf ihrer Karriere genügend verdienen, kommen nie davon. Ich kannte zwei, und beide starben innerhalb von Wochen, nachdem sie die Gilde verlassen hatten.»

«Natürlich ohne die Beteiligung des Meisters.» Fjellgard hob eine Augenbraue.

«Natürlich.»

«Also hast du dein ganzes Erwachsenenleben allein gelebt, immer im Schatten, immer ein Wanderer.»

Emilio zuckte die Schultern. «Während der Ausbildung freundest du dich mit den anderen Lehrlingen an, obwohl der Meister das hasst. Und du hast deine Tiere. Ich hatte eine wunderbare Stute, Reina …» Emilios Stimme brach. «Aber das spielt keine Rolle mehr.»

Hroar räusperte sich. «Ich möchte dir mein Mitgefühl für all die erlittenen Verluste aussprechen, auch im Namen des Fjellgards. Trotzdem sind wir sehr dankbar für deine Fähigkeiten und dein Wissen. Wirst du uns helfen?»

Emilio nickte. «Ich werde tun, was ich kann, aber ich weiß nichts über eure Zeit, dieses Königreich oder die Orte um euch herum, außer dem, was mir bereits erzählt wurde.»

«Das könnte reichen.» Hroar sah Fjellgard an. «Besorgst du uns Essen und Getränke? Ein leerer Magen fördert schlechte Entscheidungen.»

Fjellgard erhob sich und sprach mit den Wachen im Korridor.

Kurze Zeit später brachten Diener kleine Tische, die sie neben die Stühle der Männer stellten, und trugen Speisen auf.

«Ich esse lieber vor dem Feuer», erklärte Hroar. «Diese alten Knochen mögen die Kälte nicht mehr so sehr wie früher.»

Emilio schaute zu den Fenstern. Dicke Eiskristalle bedeckten die Scheiben und verbargen die Dunkelheit draußen.

«Und du scheinst die Kälte zu hassen.»

«Das tue ich.» Leugnen hatte keinen Sinn.

«Dann trink vom Wurzeltee — dem dunklen, öligen Getränk mit dem starken Geruch. Es brennt ein wenig, weil die verwendeten Pflanzen wärmende Eigenschaften besitzen.»

Ein Diener reichte Emilio eine große Tasse. Sie enthielt die kaffeeähnliche Substanz, die Fjellgard in der Küche getrunken hatte. Er schnupperte vorsichtig daran. Auftragsmörder hielten sich von berauschenden Substanzen fern, weil sie den Körper schlecht riechen ließen und die Sinne trübten. Dieses Getränk schien aber ungefährlich zu sein.

Beide Männer aßen herzhaft.

Emilio musste immer noch vorsichtig mit seinem Magen sein. Das letzte Mal, als er sich so schwach fühlte, hatte er zuvor zehn Tage lang gehungert. Diese verzweifelten Leute hätten ihn nie so lange schlafen lassen. Doch wie sollte er die Zeit zwischen seiner letzten Mahlzeit im Kerker des Magistratspalastes und diesem Moment abschätzen? Sein Bartwuchs bot wahrscheinlich den besten Hinweis — es sei denn, jemand hatte ihn im Schlaf rasiert, was er für unwahrscheinlich hielt.

Als er sich am Kinn kratzte, stellt er alarmiert fest, dass die Stoppeln weniger als einen Tag alt waren. Sein Abstieg über die Treppen schien fast seine ganze Kraft verbraucht zu haben.

«Was glaubst du, wo unsere Fjellkrieger sind?», fragte Hroar.

«Kenne ich alle wichtigen Fakten?» Emilio sah Fjellgard an.

Offensichtlich nicht, denn der Mann seufzte.

«Es gibt zwei weitere Dinge, die wir zu wissen glauben. Erstens: Solange sie nicht an einen König gebunden sind, können die Fjellkrieger ihre menschliche Gestalt nicht annehmen. Zweitens: Solange wir keinen König haben, wird die Sonne in unserem Königreich nicht aufgehen.»

«Ist es deshalb immer dunkel?»

Fjellgard nickte. «Die Finsternis gilt als äußeres Zeichen unserer Trauer. Aber vielleicht steckt mehr dahinter. Wir sind jetzt seit mehr als fünf Monaten ohne König. Es ist möglich, dass ein Teil der Verbindung zwischen ihm und seinen Kriegern die Sonne in unserem Königreich aufgehen lässt.»

Was für ein seltsamer Gedanke!

Er starrte die beiden Männer an und fragte sich, wie er seine nächste Frage formulieren sollte. Er entschied sich für den direkten Weg. «Weshalb sprecht ihr in Vermutungen und nicht Tatsachen?»

Hroar nahm den Blick nicht von den Flammen im Kamin. Licht und Schatten tanzten auf seinem zerklüfteten Gesicht und schufen eine dämonische Maske. Als er schließlich den Kopf wandte, um Emilio anzusehen, war sein Blick leer und todmüde. «Weil wir es nicht wissen. Nur der König und die Fjellkrieger sind mit den Details ihrer Bindung vertraut, und wenn der König stirbt, ist all dieses Wissen verloren — ein großer Nachteil in unserer Situation. Ich erinnere mich, wie ich mit den Fjellkriegern sprach, und an die Gesichter einiger ihrer Befehlshaber, aber alles andere ist weg. Als mein Bruder starb, riss er uns alles Wissen aus den Köpfen.»

Was für eine katastrophale Situation!

Mitgefühl erfüllte Emilios Herz. Das war nicht die versprochene Chance auf ein neues Leben. Wahrscheinlich hatten die Richter ihn angelogen und nutzen die Treppen aus Bequemlichkeit, weil sie so Kriminelle loswerden konnten, ohne sie hinzurichten.

Aber diese Leute brauchten Hilfe. Vielleicht wusste er etwas, das für sie einen Unterschied machte. Doch wo sollte er anfangen? Und was musste er wissen?

«Habt ihr eine Karte vom Kontinent?», fragte er.

Fjellgard nickte, stand auf und holte eine große Pergamentrolle vom Schreibtisch des Königs. Emilio nahm sie entgegen und kniete sich auf die Dielen vor dem Feuer. Er rollte die Karte auf. Was er sah, ergab keinen Sinn.

«Was sind das für Portale?»

«Schwellen des Weltengefüges.» Hroar schien seine Worte für eine ausreichende Erklärung zu halten. Emilios verständnisloser Ausdruck belehrte ihn eines Besseren. «Du weißt nicht, was das Weltengefüge ist oder eine Schwelle.»

«Tu ich nicht.»

«Glaubst du an Magie?»

«Nein, aber es gibt Hexerei — Illusionen und dergleichen.»

«Dann musst du noch eine Menge lernen, Junge.»

6

A ls Emilio sich eine Weile später schlafen legte, drehten sich all
die erhaltenen Informationen in seinem Kopf. Wissen mochte
er das, was Hroar und Fjellgard ihm erzählt hatten, nicht
nennen, weil vieles davon wie reiner Aberglaube klang.

Andererseits war er in fast prähistorischen Zeiten gelandet.

Und sechstausend Jahre machten wahrscheinlich einen großen Unterschied. Was, wenn ihre Informationen so wahr waren wie seine?

Zu seiner Zeit war Eterna ein vom Weltenmeer umspülter Kontinent
mit der Stadt Eterna als Knotenpunkt der Macht in den zentralen
Ebenen. Der Kontinent unterteilte sich in mehrere hundert Königreiche,
einige davon mit schneebedeckten Bergen, andere mit Seen und Flüssen,
fruchtbaren Ebenen, Wäldern oder Wüsten. Alles völlig normal.

In *ihrer* Zeit, so behaupteten sie, lebten sie in einem Multiversum von
Welten, das sie das *Weltengefüge* nannten. Es trieb vor sich hin im Meer
der Ewigkeit — eine große, weite Leere ähnlich dem Himmel. Das Königreich des Nordens und einige weitere Königreiche bildeten nur eine Welt
unter vielen. Um nach Eterna zu reisen, verließen sie ihre Welt durch ein
magisches Portal — *Schwelle* genannt —, das ihre Welt mit einer anderen
verband.

*Steh ich immer noch unter Drogen? Oder bin ich gestorben und das ist
die Hölle?*

Emilio putzte die Zähne und wusch sich, während er vor Kälte zitterte. Was sollte er von einer Welt halten, deren Waschbecken mit Heizschränken ausgestattet waren?

Im Bett wurde ihm nicht warm, obwohl er das zur Verfügung gestellte Nachthemd, Leggings, Socken, eine Strickjacke und eine Mütze trug. Nichts half, nicht einmal die Nase unter die Decken zu stecken und den Zwischenraum mit seinem Atem zu erwärmen.

Das Himmelbett konnte er unmöglich bewegen. Aber vielleicht die große Truhe am Fußende. Er schaute nach und entdeckte, dass sie Räder hatte.

Er schob die Truhe näher zum Feuer, bis er seine Wärme fühlte, aber die gelegentlich fliegenden Funken ihn nicht erreichten. Zwei gefaltete Decken boten ihm eine bequeme Matratze. Er legte sich hin, bettete seinen Kopf auf das mit Daunen gefüllte Kissen und hüllte sich mit einem erleichterten Seufzer in das Federbett.

Er schlief sofort ein, aber nicht für lange.

Der Boden knarrte fast unhörbar, als sich jemand in sein Zimmer schlich. Die Schritte waren leicht und schnell, wahrscheinlich die einer Frau. Emilio verfolgte ihren Weg. Er endete im Sessel neben seinem behelfsmäßigen Bett. Der Eindringling setzte sich mit einem wütenden Zischen hin.

Emilio öffnete die Augen und erwiderte Königin Morayns stürmischen Blick. Zumindest nahm er an, dass sie es war. Er würde es erst wirklich wissen, wenn sie anfing zu kreischen und ihre Haare die Farbe änderten.

«Du bist so ein zerbrechliches Geschöpf», beschuldigte sie ihn.

Er fühlte sich zu wohl und faul, um beleidigt zu sein. «Früher war ich das nicht. Nicht in meiner Zeit.»

Sie schnaubte. «Ich hasse kahle Männer!»

«Ich habe keine Glatze. Um hierher zu kommen, musste ich alles zurücklassen, sogar die Haare und den Bart. Sie werden nachwachsen.»

«Iieeh, du trägst einen Bart?»

«Wenn du dieses Gesicht zu oft machst, bleibt es dir», ermahnte er sie milde. «Sogar du kannst hübscher dreinschauen.»

Sie zögerte. «Nennst du mich hässlich?»

«Das ist schwer zu sagen. Normalerweise lenkt dein Geschrei mich ab, bevor ich dich genauer anschauen kann.»

Leuchtend rote Reflexe wanderten durch ihr honigfarbenes Haar, aber die Farbe flammte nicht auf.

«Und im Moment?», fragte sie fast schüchtern und ohne ihre übliche Streitlust.

Mitgefühl erwachte in seinem Herzen. Er wusste, wie es sich anfühlte, in einer hoffnungslosen Situation gefangen zu sein. Mit all den schlechten und rätselhaften Dingen, die um sie herum vorgingen und ihr Königreich bedrohten, musste sie fast verrückt werden.

Er musterte sie — ihr Gesicht, ihre Haare und ihren Körper.

Wenn sie nicht wütend war, trug ihr Gesicht einen gelassenen Ausdruck. Ihre grünen Augen waren groß, umgeben von langen Wimpern, und sie hatte eine dieser länglichen, schmalen und leicht nach oben gebogenen Nasen, die ihren Besitzer einer Elfe gleichen ließen.

Sein Blick wanderte über ihr unberechenbares Haar. Änderte es seine Farbe, sträubte es sich wie das Fell einer Katze und wurde zu einem gigantischen Busch. War es hingegen honigbraun wie nun, schimmerten die langen Strähnen mit tausend Reflexen.

Ihr Körper war sehr schlank. Konnte sie wirklich eine ausgebildete Kriegerin sein? «Zeigst du mir deine Handflächen?»

Sie gehorchte, und er sah die Schwielen und Narben eines trainierten Kämpfers. Ihre Finger waren kräftig. Ihren Griff brach niemand so leicht.

«Ich bin sicher, alle Barden singen Hymnen über deine Schönheit», fasste er seine Beobachtungen zusammen.

«Es gibt keine Barden in unserem Königreich», erwiderte sie ein wenig wehmütig.

Nachdenkliches Schweigen erfüllte den Raum.

«Ich habe gehört, was du Fjellgard und meinem Onkel heute Nachmittag erzählt hast. Du willst uns helfen. Wir werden sehen, ob es etwas nützt.»

Und der friedliche Augenblick war vorbei. Ihre rotzfreche Art entfachte seine Wut. «Du meinst, du hast gelauscht?»

«Man nennt es nicht Lauschen, wenn eine Königin es tut.»

Mörder nannten es *Sammeln von Informationen*, aber er hatte nicht die Absicht, ihr das zu sagen. «Und hat es sich gelohnt?»

«Es hat mir gezeigt, dass du nicht nur schwach, sondern auch ein Idiot bist. Sonst wüsstest du über das Weltengefüge, seine Welten und seine Schwellen Bescheid.»

Emilio knirschte mit den Zähnen. «Es gibt kein Weltengefüge in meiner Zeit, nur einen großen, abwechslungsreichen Kontinent mit schneebedeckten Bergen und dem Eismeer im Norden und Ebenen und Wüsten im Süden.»

«Wie kann das sein? Das Multiversum ist ewig. Du bist wahrscheinlich nie über die Grenzen von Eterna hinausgekommen — ein verwöhnter Stadtbengel. Schau mich nicht so an! Einmal habe ich Eterna besucht, und da sah ich sie. Sie trugen lächerliche Kleidung und redeten komisch.»

«Ein richtiger Stadtbengel hätte dir die Kehle durchgeschnitten. Diejenigen, die komisch reden, sind Künstler oder Ähnliches.»

Sie knurrte und schüttelte den Kopf. Ihre Locken glänzten. Rote Reflexe hellten das dunkle Honigbraun auf. Unerwartet sprang sie auf die Füße. «Wir werden morgen miteinander trainieren. Sei bereit, wenn sie dich holen kommen!»

Emilio seufzte und schloss die Augen. «Und wann wäre das?»

Diesmal warnte sie ihn nicht im Geringsten, aber sein jahrelanges Training rettete ihn. Er packte ihre Hand mit dem Dolch, verdrehte ihr das Handgelenk und nutzte ihren Schwung, um sie über sein Behelfsbett auf den Boden zu schleudern. Er prallte auf ihre Brust und presste ihr den Atem aus den Lungen.

Danach hörten die meisten Gegner auf zu kämpfen. Sein Körper war schmal, aber seine Muskeln hart wie Stahl, und seine Größe machte ihn schwer. Er war auch ein Meister darin, herumschlagende Arme und Beine zu fixieren. Normalerweise erstickte er seine Gegner innerhalb von Momenten oder brach ihnen das Genick.

So sehr ihn diese Rotzgöre nervte, sie zu töten, stand ihm nicht zu.

Er bedauerte seine Zurückhaltung sofort. Sie kämpfte wie ein wütender Tiger, warf ihn fast ab und verpasste ihm mehrere schmerzhafte Hiebe.

Er drehte sie blitzschnell auf den Bauch, verdrehte ihre Arme und legte sich mit seinem gesamten Gewicht auf sie. «Schade, dass ich dich nicht töten kann, du verzogener Fratz», knurrte er ihr vor Wut kochend ins Ohr. «Warum überschreitest du ständig alle Grenzen? Warum kannst du mich nicht in Ruhe lassen? Ich bin das Geringste deiner Probleme.» Er hob ihre verdrehten Arme. Ihr schmerzerfülltes Grunzen erfüllte ihn mit grimmiger Genugtuung.

«Geh ...»

«Ich breche dir die Arme, wenn du es sagst», drohte er leise.

Sie hörte auf sich zu wehren, und er seufzte fast vor Erleichterung. Wenn alle Frauen in diesem Land sich wie sie benahmen, war es ein Wunder, dass diese Menschen sich überhaupt fortpflanzten. Dank seiner

Ausbildung konnte er sie bezwingen — mehr oder weniger —, aber auch er verspürte den Drang zu fliehen.

Der Gedanke an Babys war nicht der schlauste in seiner Situation. Auf einmal, mit der Nase so nah an ihrem Haar, wurde ihm ihr Duft bewusst. Sie roch nach wilden schneebedeckten Bergen und Pinienwäldern und etwas, das ihn an den kostbaren Honig erinnerte, der in seiner Heimat geerntet wurde.

«Ernsthaft? Jetzt bekommst du einen Ständer?», zischte sie und versuchte ihn abzuwerfen.

Emilios Temperament explodierte. Er sprang von ihr weg und ergriff dabei das Messer, das neben ihnen lag.

«Raus!»

Wie sie den Befehl verstand, wusste er nicht. Seine Stimme war so flach und tonlos, dass er sie selbst kaum hörte.

Sie floh.

Er fühlte einen Funken Befriedigung. Als ihre Augen sich für einen letzten kurzen Blick trafen, hatte er etwas in ihren Tiefen gesehen, das vorher nicht da gewesen war. Nicht ganz Angst, aber Besorgnis.

Die Tür schloss sich. Er öffnete seine Wahrnehmung und verfolgte Morayns Weg durch den Korridor draußen und die Treppen hinunter auf eine tieferliegende Etage. Dort verlor er sie, immer noch zu aufgewühlt, um seine Fähigkeiten auszuschöpfen.

«Ich wünsche dir rastlose Träume, meine Königin», fluchte er. Wut lief durch seine Adern wie flüssige Lava. Er hob den Arm, um das Messer zu werfen, hielt sich aber im letzten Moment zurück. Er brauchte es, und seine Gastgeber störten sich wahrscheinlich daran, wenn er die kunstvollen hölzernen Wandverkleidungen durchlöcherte.

Geist über Materie, rief er sich in Erinnerung. *Die effektivste Waffe eines Mörders ist seine Selbstbeherrschung.*

Warum hatte sein Körper ihn dann verraten? Das war ihm noch nie passiert.

Emilio zitterte und unterdrückte ein Husten. Die unerträgliche Kälte machte ihn wahrscheinlich wahnsinnig — so wie alle anderen Menschen in diesem Königreich und insbesondere seine Königin.

7

Emilio gelang es zu schlafen, aber er wachte müde und nervös auf. In der ewigen Dunkelheit draußen wüteten die Stürme noch immer und warfen sich mit unveränderter Wucht gegen die Mauern der Burg.

Während er sich wusch, klopfte es. Emilio schlüpfte schnell in eine Tunika und streifte die Kappe auf seinen Kopf. Dann öffnete er die Tür. Es war Fjellgard, begleitet von zwei Mägden.

Der Mann schien in bester Stimmung zu sein. «Königin Morayn spuckt Feuer und schimpft wie ein Rohrspatz, hauptsächlich über dich. Bitte sag mir, dass du sie besiegt hast», sagte er beim Eintreten und sah sich in der Kammer um. Emilios improvisiertes Bett schien ihn nicht zu überraschen.

«Versuchen alle Frauen in diesem Königreich, ihre schlafenden Gäste zu ermorden?»

«Nur jene, die ihnen etwas bedeuten», sagte Fjellgard todernst. «Ich bin hier, um deine Unterbringung zu ändern. Ich dachte mir, dass du nicht in der Stimmung bist, mit Almbart zu verhandeln.»

«Es könnte meine Stimmung heben, ihn zu töten.»

«Du bist vielleicht schlecht gelaunt! Trotz seiner fehlenden zwischenmenschlichen Fähigkeiten ist Almbart gut in dem, was er tut. Also verschon ihn bitte.»

Emilio wartete stumm darauf, dass der Krieger fortfuhr.

Fjellgard grinste. «Die Königin tobt wegen deiner Abneigung gegen die Kälte. Hroar meinte es gut, als er dir dieses repräsentative Gemach gab, aber es ist das eisigste auf der ganzen Burg. Zieh dich fertig an, und ich zeige dir ein anderes. Und vergiss nicht, Morayn dafür zu danken, dass sie den Wechsel ermöglicht hat. Ich wette, wir werden ihre Haare orange glühen sehen.»

Emilio lachte und überprüfte dann rasch die Reaktionen der Dienstmädchen.

«Keine Sorge, junger Herr», sagte eine von ihnen. Sie war in den Dreißigern, eine würdevolle Frau mit einem herben Gesicht und den blausten Augen, die Emilio je gesehen hatte. «Wir lieben unsere königliche Familie, aber wir sind nicht blind für ihre Unzulänglichkeiten. Ich bin Freya, die Dame dieser Burg. In anderen Königreichen würden sie mich die Verwalterin nennen.»

Also war das gar keine Magd, trotz ihres schlichten Kleides.

Fjellgard nahm eine Hand der Frau und küsste ihre Finger hingebungsvoll. «Freya ist nicht nur die Dame dieser Burg, sondern auch meine Frau und Seelenverwandte. Sie wird dafür sorgen, dass du nicht wieder auf einer Truhe schlafen musst.»

Ihre Liebe und ihr Glück waren fast greifbar. Emilio freute sich für die beiden, fühlte sich aber auch sehr allein.

«Wir haben dir frische Kleider gebracht, junger Herr», sagte die zweite Magd, die fast noch ein Kind war. «Wir werden dafür sorgen, dass du jeden Tag neue hast. Wir hätten dir gestern Abend gerne schon alles gebracht, aber es hat eine Weile gedauert, bis wir passende Knabenkleidung fanden.»

Emilio errötete, als er erkannte, dass *junger Herr* wahrscheinlich etwas anderes bedeutete, als er ursprünglich angenommen hatte. «Für wie alt haltet ihr alle mich?»

Freya tauschte einen Blick mit ihrem Mann. «In unserem Königreich wird der Wert eines Mannes nicht an seinem Alter gemessen. Als Knabe lebte Hroar mehr als ein Jahr lang allein in den wilden Wäldern.»

«Du weichst aus, meine Liebe», unterbrach Fjellgard sie mit einem Lächeln.

«Ja, das tue ich. Es gab einige Diskussionen über das Thema, junger Herr. Die meisten denken, dass du so alt bist wie Maira, also neunzehn. Andere gehen davon aus, dass du so alt wie Morayn sein könntest — zweiundzwanzig.»

Sie hielten ihn für einen Knaben! «Ihr habt meinen Bartschatten bemerkt?» Er zeigte auf sein Kinn und die Bartstoppeln, die über Nacht gewachsen waren.

«Das muss nichts bedeuten. Ich begann mich mit zwölf Jahren zu rasieren», sagte Fjellgard stolz.

«Um Himmels willen, ich bin sechsundzwanzig und übe meinen Beruf seit siebzehn Jahren aus.» Und wieder gelang es ihm nicht, das Aufblitzen seines Temperaments zu unterdrücken. Er musste vorsichtig sein, sonst verspielte er jeden Vorteil, den er im Moment noch hatte.

«Sechsundzwanzig?» Freya hob überrascht die Augenbrauen. «Also bleibst du so klein? Sogar ich bin größer als du!»

Emilio rollte die Augen. «In meinem Zeitalter gelte ich als hochgewachsen. Frauen sind normalerweise zwischen so und so groß.» Er zeigte auf die Mitte seiner Brust und auf sein Kinn.

«In der Zukunft werden sie zu Zwergen», sagte Fjellgard, die Stimme vor Staunen noch rauer als sonst. «Das ist enttäuschend!»

Emilio unterdrückte ein Stöhnen und nahm die Kleider entgegen, die die jüngere Magd ihm reichte. Wenigstens überragte sie ihn nicht. Aber vielleicht war sie tatsächlich noch ein Kind. Wer wusste das schon in dieser verrückten Zeit und an diesem verrückten Ort?

Er beeilte sich mit dem Ankleiden und bemerkte, dass sein Körper während des kurzen Gesprächs ausgekühlt war. Gerade noch rechtzeitig gelang es ihm, ein Husten zu unterdrücken.

«Komm mit, ich zeig dir das andere Zimmer.» Fjellgard ging voraus. «Sechsundzwanzig?», wiederholte er, als sie allein im Flur waren.

«Ja.»

Er schüttelte den Kopf. «Unglaublich.»

Emilio vergab ihm die Skepsis, als er sich im neuen Gemach umschaute. Es lag weiter den Flur entlang und auf der gegenüberliegenden Seite von seiner ersten Kammer.

Verglichen damit, war es klein, aber gemütlich. Ein riesiger Kachelofen füllte eine Ecke. Daneben stand ein bequemes Himmelbett. Es gab einen Kleiderschrank und einen beheizten Waschtisch, ähnlich dem, den er gerade benutzt hatte. Zarte Weißtöne und Moosgrün kontrastierten mit dem dunklen Glanz kunstvoll geschnitzten Holzes.

«Es ist perfekt», staunte Emilio. «Und warm. Hier darf ich wirklich bleiben?» Hätte er sich doch nur die Zunge abgebissen, statt diese Frage zu stellen! Ein paar kurze und scheinbar unbedeutende Worte, aber sie enthüllten all seine erlittenen Misshandlungen.

Fjellgard legte ihm eine Hand auf die Schulter. «Es gehört dir, so lange du bei uns bleibst. Und jetzt komm. Das Frühstück wartet. Danach treffen wir uns für eine weitere Besprechung. Und Morayn kann es kaum erwarten, dich am Nachmittag zu verprügeln.»

«Ich Glückspilz!» Emilio unterdrückte einen Seufzer.

NACH EINEM WOHLTUENDEN Essen befand sich Emilio erneut im Arbeitszimmer des Prinzregenten. Wie durch ein Wunder stand nun ein dritter Sessel da. Er ersetzte den kunstvoll verzierten Stuhl, der sich wieder an seinem Platz hinter dem Schreibtisch befand. Und Emilios Sessel war über Nacht ein Fell gewachsen. Er kuschelte sich mit dem Rücken in die Decke und fragte sich, wer ihm diese Annehmlichkeit verschafft hatte.

«Du magst es also.» Ein Lächeln erfüllte Hroars Augen. Mit einem Grunzen sank der Prinzregent in seinen eigenen Sessel.

«Ja, sehr. Vielen Dank. Und es tut mir leid, dass ich deine Erwartungen nicht erfülle.»

«Was haben meine Erwartungen damit zu tun, dass du das Eisfuchsfell auf deinem Sessel genießt?»

Emilio seufzte. «Du weißt, was ich meine.»

Hroars Gesicht wurde ernst. «Lass uns das mit den Erwartungen etwas aufschieben. Nun, da du dein neues Wissen über das Weltengefüge und unser Königreich überschlafen hast, was denkst du?»

«Dass ich viel zu wenig über die Fjellkrieger weiß. Lass mich zusammenfassen, was ich bisher erfahren habe. Danach sehen wir weiter.»

Hroar nickte.

«Die Fjellkrieger sind männliche Gestaltwandler, die sich nur dann in ihre menschliche Gestalt verwandeln können, wenn sie sich durch ein Ritual an den rechtmäßigen König des Nordens gebunden haben. Dieses Ritual findet am Brunnen der Unterwerfung auf dem Sitz der Macht statt. Wo die Fjellkrieger herkamen und wie das Bündnis begann ist unbekannt. Die furchterregenden Krieger können sich frei und nach Belieben im Königreich bewegen. Wenn sie gebraucht werden, ruft der König sie über das Band, das ihn mit ihnen verbindet. Derzeit ist der Verbleib der Fjellkrieger unbekannt. Fjellgards Männer haben das Königreich durchsucht, wahrscheinlich mit Unterstützung der zivilen Bevölkerung. Bis jetzt wurde nicht die geringste Spur der Krieger gefunden.»

«Es gibt Fakten in dieser Zusammenfassung, die wir dir nicht erzählt haben. Und alle sind korrekt», bemerkte Hroar. «Jetzt ist es Zeit für deine Fragen.»

«Welcher Aspekt überwiegt bei den Fjellkriegern — der menschliche oder der andere?»

«Wir wissen es nicht. Sie verstehen uns in beiden Erscheinungsformen. In ihrer menschlichen Gestalt sehen sie aus wie wir und reden wie wir.»

«Fühlen sie sich völlig menschlich an oder erkennt man, dass sie auch etwas anderes sind?»

Hroar wog seine Antwort ab. «Ich kann nicht sagen, was du mit deinen geschulten Instinkten erkennen würdest. Für mich sahen sie immer völlig menschlich aus, wenn auch sehr präsent und energisch. Einige von ihnen waren mit Eirik befreundet. Er hat sich nie beschwert, dass sie seine Erwartungen in irgendeiner Form enttäuscht hätten.»

«Also sind es Individuen, die Namen haben?»

«Ja, mein Bruder kannte den Namen jedes Einzelnen, obwohl das eine Folge der Verbindung sein könnte. Ich habe auch versucht, mir einige davon zu merken. Aber wenn du das Band nicht teilst, bleiben die Namen nicht hängen.»

Emilio nickte. «Namen haben große Macht. Würdest du sie kennen, könntest du die Fjellkrieger wahrscheinlich in diesem Augenblick zu dir rufen, obwohl du nicht an sie gebunden bist.»

Hroars Augen weiteten sich. «Dann werde ich versuchen, mich zu erinnern. Vielleicht können mir Fjellgard oder Freya helfen. Sie hörten auch viele der Namen.»

Der Versuch war so gut wie jeder andere, obwohl wahrscheinlich ein mächtiger Zauber das Band schützte. Emilio prüfte die neuen Informationen. Was musste er noch wissen? «Kannst du mir sagen, was sie motiviert?»

«Nein, sie werden nicht bezahlt. Sie essen nichts, zumindest nicht das, was wir ihnen zu geben versuchen. Aber …»

«Aber …?»

«Ich erinnere mich an eine Zeit, als ich jung war und mein und Eiriks Vater König. Unser Königreich wurde angegriffen. Die Feinde belagerten diese Burg. Dann kamen die Fjellkrieger uns zu Hilfe. Das Gefühl der Erleichterung, das sie uns brachten, war immens. Ich stand Seite an Seite mit ihnen auf den Wehrmauern, und auf einmal konnte ich mich voll auf den Feind konzentrieren. Ich fühlte mich beschützt und wusste, dass alles gut werden würde.»

«Du vermutest, dass ihre Energie sie irgendwie an diesen Ort bindet.»

«Ja.»

«Gibt es unerforschte Gebiete in deinem Königreich, und können die Fjellkrieger es verlassen?»

Eine Magd brachte Tassen mit heißem Wurzeltee.

«Danke!» Er lächelte sie an und sie kicherte. Wie Freya und die Magd am Morgen hatte er sie noch nie zuvor gesehen. Die Hausangestellten schienen sich abzuwechseln, damit alle einen Blick auf ihn werfen konnten.

«Du bist das Interessanteste, was uns seit einiger Zeit passiert ist», bestätigte Hroar und trank von seinem Tee. «Ah, so gut. Nun, was unser Königreich betrifft, gibt es unbekannte Gebiete. Wir haben unter der Annahme gesucht, dass die Fjellkrieger sich an einem sinnvollen Ort aufhalten und sich nicht im entlegensten Tal unserer Berge verstecken. Das Problem ist, dass wir nicht wissen, was für sie von Bedeutung sein könnte. Ihre Existenz ist ein Rätsel. Als ich jünger war, fragte ich mich, ob sie Familien — Frauen und Kinder — haben und wo sie leben, wenn sie nicht bei uns sind. Der rechtmäßige König könnte es wissen, aber wenn es so war, verbarg Eirik das Wissen sogar vor mir, seinem Stellvertreter. Was das Verlassen dieses Königreichs betrifft, so reiste ich vor etwa zehn Jahren mit Morayn und ihrer Mutter nach Eterna in der Hoffnung, dass die Heiler der Königin Genesung bringen könnten — was sie taten. Wachmänner und eine Gruppe von Fjellkriegern begleiteten uns zum Schutz.»

«Also können sie trotz des Bands ihre Heimat verlassen, selbst wenn der König hierbleibt.» Was bedeutete, dass sie überall sein konnten. «Leiden sie unter der Kälte?»

«Ich glaube nicht. Ich sah, wie sie unter Schnee schliefen, sich ausgruben und ohne einen Hauch von Steifheit davonrannten.»

«Verdammt.»

«Ja, das war auch unsere Schlussfolgerung.»

Mit Erlaubnis des Prinzregenten holte Emilio die Karte des Königreichs vom Schreibtisch, rollte sie vor dem Feuer auf den Boden aus und betrachtete sie nachdenklich. «Was ist mit diesem Hexer, den Fjellgard erwähnte?»

Als Hroar nicht sofort antwortete, sah Emilio auf.

«Morayn, kommst du raus?», fragte der Prinzregent.

Er erhielt keine Antwort. Hroar seufzte, erhob sich und ging zur Wandverkleidung, um eine versteckte Tür zu öffnen. Der Gang dahinter war leer.

«Ich kann nicht glauben, dass sie nicht zuhört.» Hroar ging zur Tür seines Arbeitszimmers und riss sie auf. Er fand sich Fjellgard gegenüber, der die Hand zum Anklopfen erhoben hatte.

«Wo steckt der kleine Teufel?», bellte er.

Fjellgard, der überrascht zusammengezuckt war, ließ die Hand fallen. «Im Hof, wo sie gerade meine Männer zu Tode ängstigt. Niemand will mehr mit ihr trainieren, nachdem sie einem Mann die Nase gebrochen und einen zweiten so schwer verletzt hat, dass er für eine Weile weder sitzen noch laufen kann.»

«Komm rein.» Hroar schloss die Tür und wandte sich an Emilio, der immer noch über der Karte kniete. «Wir haben nicht viel Zeit. Morayn weiß, was ich dir sagen werde, trotzdem bleibt das Thema unglaublich schwierig. Ich glaube, dass mein Bruder getötet wurde. Als seine Frau vor sechs Jahren bei der Geburt von Meryem starb, war er traurig, riss sich aber für die Mädchen zusammen. Etwa zwei Jahre später verschlechterte sich seine Gesundheit. Er wurde verrückt. Für die Fjellkrieger schien es eine schwierige Zeit, weil die Krankheit des Königs die Bindung destabilisierte.»

«Denkst du, der Hexer hatte bei all dem seine Hand im Spiel?»

«Wahrscheinlich nicht, was den Wahnsinn betrifft. Alle Könige des Nordens werden im Alter verrückt — wenn sie nicht vorher im Kampf den Tod finden. Dieser Fluch begleitet unsere Familie schon lange. Ich bin jedoch überzeugt, dass der Hexer Eirik aktiv getötet hat. Mein Bruder war bis zum Ende körperlich gesund. Nur sein Verstand war weg.»

«Wie und wo habt ihr ihn gefunden?»

«Im Wald neben der Straße, die zum Sitz der Macht führt. Wilde Tiere hatten sich an seiner Leiche gütlich getan und sie in Stücke gerissen. Wir wissen nicht, wie Eirik dorthin gekommen ist.»

«Aber er war es?»

Hroar und Fjellgard tauschten einen langen Blick. «Wir denken ja.»

Emilio erhob sich. «Bei allem Respekt. Wenn es noch möglich ist, dann muss ich die Leiche sehen.»

E milio folgte Fjellgard über ein Dutzend Treppen und durch einen versteckten Tunnel in die kleine Kirche.

«Die Mädchen wissen nichts von diesem Durchgang. Bitte behalt das Geheimnis für dich», warnte der Mann.

«Das werde ich.» Emilio musterte die große Halle, in der er in dieser Zeit und an diesem Ort angekommen war.

Das Gebäude war fast kreisrund, mit farbigen Glasfenstern, die in regelmäßigen Abständen die Holzwände schmückten. Ihre Bilder waren wegen der ständigen Dunkelheit draußen schwer zu erkennen, aber sie schienen Szenen aus der Natur darzustellen — Hirsche und Rehe und was sonst in dichten Wäldern lebte. Was er für eine Mittelsäule und geschnitzte Dachbalken gehalten hatte, war in Wirklichkeit ein Baum. Er wuchs aus dem Stein in majestätischer Pracht, und seine kunstvollen Zweige stützen das Dach.

«Eine Kirche ist ein Tempel? Ein Ort der Anbetung, an dem ihr eure Toten ehrt?»

«Ja. Der Raum ist jetzt kahl wegen des unendlichen Winters. Normalerweise trägt der Baum zu dieser Jahreszeit Blätter und Blumen.»

«Ist er von außen sichtbar?»

«Die oberen Äste schmücken die Kirche wie eine Krone.»

Es war ein friedvoller Ort, erfüllt von alter Weisheit und heiterer Energie. Das schreckliche Wetter draußen schien weit weg.

Emilio beobachtete, wie Fjellgard den Teppich vor ihnen aufrollte und das darunterliegende Stroh zur Seite wischte. Eine Steinplatte mit einem Eisenring wurde sichtbar. Er packte ihn und zog. Die Platte klappte hoch wie eine Falltür.

Emilio trat neben den Mann. Stufen führten in die Dunkelheit hinab. Unter der Kirche lag eine Katakombe oder Krypta.

«Muss ich etwas wissen?»

«Zeig unseren toten Königen einfach den Respekt, den sie verdienen.»

Fjellgard nahm eine Fackel aus einer Wandhalterung und stieg die Treppe hinunter. Er musste sich weit vorbeugen, um durch die Öffnung zu passen.

Für einmal war Emilio froh, dass sie ihn für einen Zwerg hielten. Vorsichtig nahm er Stufe um Stufe, wurde sich seiner Umgebung bewusst und keuchte. Er stand auf einem Steinboden, ähnlich dem in der Kirche — inmitten der gigantischen Wurzeln des Baumes, die den Raum durchquerten, in die Wände drangen oder sich tiefer nach unten bohrten. Wo Platz war, hatten die Wurzeln verzierte Holzsarkophage ausgebildet. Es mussten etwa dreißig oder vierzig sein. Ihre Farbe schien einen Hinweis auf ihr Alter zu geben. Die ältesten schimmerten fast schwarz, die jüngeren in einem hellen Braun.

Fjellgard ging zu einem Sarkophag, der fast weiß war. Er schaute auf den Deckel, sichtlich bewegt.

«Verzeih mir, Eirik, mein Freund», flüsterte er und steckte die Fackel in einen eisernen Halter neben dem Sarkophag.

Der Deckel ließ sich leicht zur Seite schieben.

Emilio wartete, bis Fjellgard ihn zu sich winkte.

Er ging rüber und sah in den Sarg. Der Anblick drehte ihm fast den Magen um. Als Mörder war er an den Tod gewöhnt. Aber in seiner Welt kam der Tod selten mit solcher Grausamkeit.

Er zwang sich, genau hinzusehen. Mit jedem Augenblick wuchs sein Unbehagen.

«Was ist?»

«Erzähl mir mehr. Die Überreste sind tiefgefroren?»

«Ja, wir fanden sie, als sie noch etwas warm waren, und brachten sie zur Burg. Dann mussten wir entscheiden, was wir tun sollten. Normalerweise wird die Leiche eines Königs aufgebahrt. Aber angesichts der angerichteten Zerstörung … Am Ende legten wir ihn in diesen Sarg, schlossen den Deckel und erlaubten allen, sich hier unten von Eirik zu verabschieden. Nicht viele kamen. Die Stürme wüteten damals schon.»

Emilio nickte langsam, während sein Unbehagen sich in Angst verwandelte. «Was ist das Geheimnis der Särge?»

«Wenn ein König alt und krank wird, beginnt ein neuer zu wachsen, damit er rechtzeitig bereit ist. Der Prozess dauert in der Regel ein Jahr. Im Rahmen ihrer Pflichten kommt die Freya mindestens einmal im Monat hierher, damit die Vorzeichen nicht übersehen werden.»

«Wächst schon wieder ein neuer Sarkophag?»

«Nicht soweit wir wissen.»

Emilio umrundete die hölzerne Wanne, alle Sinne wachsam, und stieg dabei behutsam über die Wurzeln, die ihm den Weg versperrten.

«Wolf des Südens, sprich mit mir!», befahl Fjellgard.

«Ich glaube nicht, dass das die Leiche des Königs ist. Ich denke, dass das eine durch Hexerei geschaffene Imitation ist. Aber vielleicht irre ich mich.»

«Kannst du das überprüfen?»

Was hatte Faya gesagt? *Roter Ton, Fett und Blut.*

«Ja.»

«Dann lass es uns tun!»

Emilio erwiderte Fjellgards Blick über den offenen Holzsarg hinweg. «Wir brauchen ein kleines Stück vom Körper, um es zu verbrennen. Was ist, wenn ich mich irre?»

Der Mann überlegte. «Eignen sich dafür auch Haare?»

«Ja, sie eignen sich sogar besser als Haut wegen ihres spezifischen Geruchs.»

Fjellgard zog seinen Dolch und griff langsam in den Sarkophag. Mit der Spitze hob er eine halbwegs saubere Haarsträhne an, nahm sie in die Hand und schnitt sie ab. «Es tut mir leid, Eirik.»

Er wollte die Strähne Emilio geben. Der weigerte sich, sie entgegenzunehmen. Stattdessen hielt er ihm den Dolch hin.

«Ein pingeliger Mörder!», spottete Fjellgard und legte ihm die Strähne über die Klinge.

«Hexerei ist gefährlich. Schon die bloße Berührung kann einen umbringen.» Emilio kauerte sich hin und wischte einen Teil des Bodens frei von Staub und den Trümmern der Zeit. Der Stein war fast weiß. Er legte die Strähne darauf. «Kannst du mir eine kleine Flamme geben?»

Fjellgard reichte ihm einen langen Span, den er in seiner Tasche getragen und an der Fackel entzündet hatte.

Emilio setzte die Haarsträhne in Brand. Als sie Feuer fing, bestätigte sich sein Verdacht. Sie brannte mit einer langsamen, stumpfen

Flamme und verströmte den Geruch von Schlachtfeldern, nicht Horn. Am Ende blieb ein schmutzig rotes Pulver übrig. «Das Bild eines Mannes aus rotem Ton, Fett und Blut», fasste er seine Erkenntnisse zusammen.

Im nächsten Moment blieb fast sein Herz stehen, als jemand neben ihm loskreischte. «Verdammt, Fjellgard, du Idiot! Hast du überhaupt keinen Verstand? Wie konntest du auf diese Illusion reinfallen?»

Und der lautstarke Streit begann.

Fjellgards Nerven schienen auch Schaden genommen zu haben. Seine tiefe, raue Stimme klang viel höher als sonst, während er die Königin anbrüllte. Wenigstens konnte er schreien.

Emilio saß auf dem eiskalten Boden und versuchte vergeblich, wieder zu Atem zu kommen. Sein Herz schlug so heftig, dass es ihm fast aus dem Mund hüpfte.

Diese Leute waren alle total verrückt! Und Barbaren! Er mochte ein Mörder sein, aber er respektierte wenigstens die Toten. Und in den Sarg zu greifen, den Kopf an den Haaren herauszureißen und ihn vor Fjellgards Gesicht zu schütteln war einfach nur dumm. Hexerei konnte nicht wie ein Fleck abgewaschen werden.

«HÖRT SOFORT AUF!», peitschte ein Befehl durch den unterirdischen Raum. Wie schon einmal im Arbeitszimmer des Prinzregenten kam er mit erdrückender Kraft. Zum Glück saß Emilio. So konnten wenigstens seine Knie nicht einknicken.

Sanfte Hände hoben ihn auf die Füße. Freya. «Komm mit mir, junger Herr. Du musst dir das nicht anhören.»

Nach und nach blieb die grauenhafte Szene hinter ihnen zurück. Als sie durch den Geheimgang gingen, verwandelte sich der Lärm in undeutliches Gemurmel, und als sie die Burg erreichten, hörte er gar nichts mehr.

«In der Küche habe ich Essen und Honigmilch für dich.»

Seine Hände zitterten und seine Zähne klapperten immer noch, als Freya ihn an den vertrauten Tisch setzte. Er verschränkte die Arme, um das Zittern zu stoppen.

Eine Magd stellte einen dampfenden Becher vor ihn. Vorsichtig wickelte Emilio seine Finger darum und erkannte, dass nur ein Teil von ihm sich erschreckt hatte. Der Rest von ihm war fast erfroren.

Eine andere Magd brachte ihm Essen.

Freya setzte sich auf die gegenüberliegende Seite des Tisches. «Du musst uns für absolute Barbaren halten.»

«So etwas in der Art», gab Emilio zu. «Warum fürchten sie sich nicht?»

«Oh, sie werden sich fürchten. Im Moment sind sie einfach zu wütend dafür. Und es scheint, dass wir an Magie gewöhnt sind, während dein Zeitalter sie weitgehend vergessen hat.» Sie bemerkte seinen fragenden Blick. «Neuigkeiten verbreiten sich schnell in dieser Burg. Was der Prinzregent weiß, weiß mein Mann. Was der Fjellgard weiß, weiß ich. Und so weiter. Es gibt keine Geheimnisse. Hier ist Suppe für dich. Iss!»

Er gehorchte. Langsam kehrte ein bisschen Wärme in seinen Körper zurück. «Ich fühle mich wie ein Narr», gab er zu.

«Nach allem, was ich beobachtet habe, bist du am für dich schlimmstmöglichen Ort, egal ob man es aus dem Blickwinkel deiner Vergangenheit oder deiner Neigungen betrachtet — oder dem deiner offensichtlich zerbrechlichen Gesundheit», fügte sie hinzu, als er hustete. «In der kurzen Zeit seit deiner Ankunft hast du die Königin bereits zur Weißglut getrieben. Und du hast ein unerwartetes und sehr wichtiges Geheimnis ans Licht gebracht.»

Und sich in einer Gruft aufgrund eines Mädchens fast zu Tode erschreckt. Was war er doch für ein fähiger Mörder!

«Warum stopft dieser Strolch schon wieder Essen in sein Gesicht!», unterbrach ein vertrauter Schrei ihr friedliches Zusammensein.

Freya erhob sich und starrte auf die Königin hinab. Der Größenunterschied betrug etwa eine Handspanne, aber die Frau ließ ihn wie das zehnfache erscheinen.

Morayns wütende Haarfarbe beruhigte sich.

«Weil ich ihm zu essen gegeben habe. Er ist sechstausend Jahre gereist, um bei uns zu sein, und es scheint eine beschwerliche Reise gewesen zu sein, meine Königin. Würden wir die Gastfreundschaft in diesem Königreich so sehr hochhalten, wie wir es gerne behaupten, schliefe er immer noch friedlich in seinem Gemach. Aber nein, einige Leute stürzen sich mit ihren Problemen auf ihn, während wiederum andere ihn in eiskalte Krypten schleppen, ohne ihm einen wärmenden Umhang zu geben.» Sie starrte ihren Mann an, der hinter Morayn aufgetaucht war.

Fjellgard erwiderte ihren Blick verlegen.

Emilio starrte auf seine Suppe und stellte sich vor, unsichtbar zu sein. Verstohlen aß er weiter und achtete darauf, den Löffel nicht gegen die Schale zu schlagen. Wer wusste, wann er wieder zu essen bekam?

«So wie du das sagst, klingt es, als wären wir die schrecklichsten Menschen, meine Liebe.»

«Ihr seid völlig hirnlos, ihr alle. Ich bin für ein paar kurze Tage weg, und ihr stürzt diese Burg ins Chaos. Aber das hört jetzt auf. Lasst den Jungen in Ruhe!»

«Aber wir wollen …»

Aus den Augenwinkeln sah Emilio, wie der Fjellgard erblasste und die Küche eiligst verließ.

«Muss ich auch gehen?», fragte Morayn. Sie klang fast amüsiert.

«Das hängt davon ab, ob du Hunger hast und dich benimmst.»

Mit einem verärgerten Seufzer fiel Morayn auf den Stuhl neben Emilio. «Glaub nicht, dass du deiner Abreibung entkommst, Strolch!», zischte sie ihn an. «Genieß die kurze Gnadenfrist.»

«Was immer du sagst, Fratz.» Er hätte sich wirklich für den Tod durch Enthauptung entscheiden sollen, als die Richter ihn vor die Wahl stellten.

FREYA BEHIELT ihn in ihrer Küche, so lange sie konnte. Am frühen Nachmittag kamen Hroar und Fjellgard. Die Männer wirkten riesig im vergleichsweise niedrigen Raum. Ihre Scheitel stießen fast gegen die geschwärzten Balken der Decke.

«Weil sich die Schneestürme verschlimmern, trainieren die Wachen heute Nachmittag drinnen. Ich werde dich ihnen vorstellen, Wolf des Südens. Sie müssen dich kennen, und du sie», erklärte Hroar.

Um an seiner Seite zu kämpfen oder ihn zur Strecke zu bringen, fügte Emilio in Gedanken hinzu.

Inzwischen fühlte er sich zutiefst deprimiert. Die Königin war die längste Zeit in der Küche geblieben, um beleidigende Kommentare auf ihn abzuschießen, wann immer Freya sich außer Hörweite befand.

Wenn er nicht bald von diesen Leuten wegkam, wurde er genauso verrückt wie sie. Er war es gewohnt, allein zu arbeiten — und hatte es gemocht. Nur die Atmung seines Pferdes und die Gedanken in seinem Kopf. Nur kontrollierte Gefühle, Abwägungen und die Mission.

Als sie ihr Ziel erreichten, entdeckte Emilio, dass Hroar mit «drinnen» die Realität beschönigt hatte. Die Trainingshalle der Wachen war ein großzügiger überdachter Bereich. Sägespäne bedeckten den Boden, und die Wände bestanden aus groben Steinblöcken. Hoch oben unter dem Dach erlaubten offene Fensterbögen den Sturmwinden und dem dichten Schneefall ungehinderten Zugang.

Er erinnerte sich an ähnliche Gebäude aus dem Eterna seiner Zeit.

Diese wurden vom Adel im Sommer genutzt, wenn die Sonne zu heiß brannte, um mit den Pferden auszureiten.

Die sengende Hitze war so viel besser gewesen als diese alles durchdringende Kälte.

Über die Halle verstreut trainierten Wachen verschiedene Kampftechniken. Sie trugen schwere Rüstungen, ähnlich der des ersten Wachmannes, den Emilio getroffen hatte. Er sah mehrere Gruppen mit Schwertern und Äxten und eine mit Hellebarden. Bogenschützen zielten auf Strohpuppen, die entlang der gegenüberliegenden Wand aufgereiht standen. Einige halbnackte Männer rangen. Ihre verschwitzten Körper dampften in der eisigen Luft.

Eine Gruppe nach der anderen wurde auf die Neuankömmlinge aufmerksam und hielt inne, um sich Hroar und Fjellgard zuzuwenden. Unvermeidlich wanderte ihr Blick weiter zu Emilio und verwandelte sich in ungläubiges Staunen.

Er war ähnlich bestürzt.

Bis zu diesem Zeitpunkt hatte er versucht, sich selbst davon zu überzeugen, dass Hroar, Fjellgard, Almbart und der junge Wachmann, der ihn zum Arbeitszimmer geführt hatte, eine Ausnahme darstellten. Jetzt wusste er es besser.

Jeder einzelne der anwesenden Männer war mindestens einen halben Kopf größer als er, äußerst muskulös und wahrscheinlich doppelt so schwer.

Und sie waren haarig! Die Ringer sahen aus wie Bären in Lederhosen. Die Bogenschützen, von denen die meisten die Ärmel ihrer Hemden hochgekrempelt trugen, hatten Unterarme, die dicker als sein Oberschenkel und haariger als die von Affen waren.

Hinsichtlich der Kopfzier schienen lange Haare der letzte Schrei zu sein. Einige der Männer trugen wilde Mähnen, andere Zöpfe bis zur Taille. Emilio sah Bärte in allen möglichen Variationen. Und alles wuchs in männlicher Fülle. Bei manchen Gesichtern war der Bart vom Kopfhaar nicht zu unterscheiden. Ein schalkhafter Gott hätte sie umdrehen und auf den Scheitel stellen können, ohne dass ein Betrachter den Unterschied bemerkte.

In diesem Königreich war er die Missgeburt.

«Hier.» Hroar, der in einer Truhe an der Wand herumgekramt hatte, hielt ihm ein Kettenhemd hin.

«Das ziehe ich nicht an.»

«Dann werden sie dich töten.»

«Warten wir es ab. Ich brauche stumpfe Trainingswaffen — Dolche und kurze Schwerter — sowie Asche und Wasser.»

Sie brachten ihm das Verlangte. «Was soll es sein? Zehn zu eins», fragte er laut genug, damit alle es hörten, und kniete sich für seine Vorbereitungen in das Sägemehl.

«Du bist ein rotzfrecher Bastard.» Ein riesiger Wachmann starrte ihn mit zusammengekniffenen Augen an.

Beim Betreten der Halle hatte Emilio sich sogleich einen Überblick über den Grundriss und die Anwesenden verschafft. Dabei identifizierte er diesen Riesen als den kommandierenden Offizier, obwohl der Wachmann sich bemüht hatte nicht aufzufallen. Eine Ausstrahlung natürlicher Autorität zu verbergen erforderte viel Übung. Auch im Aussehen unterschied er sich erheblich von seinen Männern. Während die meisten Wachen Löwenmähnen und lange Bärte bevorzugten, trug er die pfeffer-und-salzfarbigen Haare kurz und war glatt rasiert. Er wirkte kompetent, verschlagen und tödlich.

Neben dem Mann stand Morayn. Ihre Augen glühten und ihr Mund glich einer dünnen Linie. Ihre Hand ruhte auf dem Griff ihres Schwertes. Sie trug volle Rüstung. Stiefel, Helm und Umhang waren schlicht und identisch mit denen der Wachen. Ein kunstvoll geformter Brustharnisch schützte ihren Oberkörper. Darunter trug sie eine lange Tunika aus gepolstertem Leder, deren Ärmel und Schöße mit Metallringen verstärkt waren.

Das respektlose Glotzen der Wachen nervte. Ebenso hasste er es, von oben herab behandelt zu werden. Sein Temperament erwachte. «Und wer bist du?», fragte er und starrte in die stürmisch grauen Augen des Riesen.

Einige der Männer zischten.

«Er ist Olin, der Kommandant der Wachen», erklärte Hroar, als hätte er die aufbrodelnde Aggressivität in der Halle nicht bemerkt. «Während der Fjellgard für die Sicherheit von Burg Icefjell verantwortlich ist, bewacht Olin das Königreich. Er führt bei Krieg unsere Männer in die Schlacht. Und wie Fjellgard ist er ein sehr guter Freund von mir.»

Olin lächelte, und um seine äußeren Augenwinkel tauchten sternengleiche Fältchen auf. Jetzt sah er überraschend jung und schelmisch aus. Er setzte sich in Bewegung, um Hroar und Fjellgard männlich zu umarmen.

Als er sich wieder Emilio zuwandte, war sein Gesicht kalt und berechnend.

Schulter an Schulter schienen die drei Giganten ihre eigene Bergkette zu bilden. Wie ein Rudel Raubtiere, das seine Beute fixierte, hielten sie sich ganz still. Nur ihre Augen folgten ihm auf Schritt und Tritt.

Nie im Leben hatte er sich einsamer und isolierter gefühlt.

Emilio gab vor, alle zu ignorieren, und konzentrierte sich auf seine Vorbereitungen. Er hatte die Asche mit Wasser vermischt und die stumpfen Klingen damit bedeckt. In der eisigen Luft war die ölige Paste schnell getrocknet. Er schob die Waffen wieder in ihre Scheiden, die er entlang der beiden ihm zur Verfügung gestellten Gürtel anordnete. Alles war von minderwertiger Qualität im Vergleich zu den Werkzeugen, die er einst besessen hatte. In Wahrheit brauchte er die Klingen nicht einmal — ein ausgebildeter Mörder arbeitete mit dem, was verfügbar war —, doch schien es ihm ratsam, einige seiner Fähigkeiten zu verbergen.

Nach Abschluss der Vorbereitungen trat Emilio in die Mitte der Halle. «Zehn von euch, kommt schon! Zeigt, was ihr draufhabt. Mir wird kalt und langweilig.»

Olin schnaubte und traf eine Auswahl. «Macht ihn fertig, Männer, aber tötet ihn nicht!»

Die Wachen umzingelten Emilio und beobachteten jede seiner Bewegungen. Er wusste, dass er sie besiegen konnte, war aber trotzdem besorgt. Ihre Größe verschaffte ihnen eine gefährliche Reichweite. Und wenn er Olin als Maßstab nahm, waren alle bestens ausgebildet.

Plötzlich gingen sie mit furchterregenden Kampfschreien auf ihn los. Wie vermutet, kämpften sie auszeichnet und verfügten über blitzschnelle Reflexe. Ihr Fehler war, dass sie ihn nicht für eine ernsthafte Bedrohung hielten. Er arbeitete rasch und effizient, während er ihren Angriffen mit Leichtigkeit auswich. Einige prallten zusammen. Alle schauten sich verwirrt um, als sie ihn nicht mehr fanden.

Olin gab einen leisen Pfeifton von sich. Hroar schluckte hörbar.

«Dieser Feigling ist abgehauen!», beschwerte sich einer der Angreifer.

«Ja, nachdem er jeden Einzelnen von euch getötet hat. Seht euch an!», bellte Olin.

Ruß schwärzte Kehlen und verdunkelte Achselhöhlen, dort wo die Brustharnische keinen Schutz boten. Die Wachen fluchten leise, insbesondere diejenigen, die an beiden Stellen Flecken auf sich fanden.

Emilio trat aus seinem Versteck hinter Hroar hervor.

«Das war beeindruckend, junger Herr», gab der Kommandant widerwillig zu. «Ich habe noch nie jemanden so effizient kämpfen sehen. Wo …?»

Auf einmal schlugen Emilios geschulte Sinne Alarm, und sein Körper handelte, bevor sein Verstand seine Beobachtungen analysiert hatte. Er hechtete in Morayns Richtung, packte sich etwas aus der Luft, brach dem Ding das Genick und trennte den Kopf mit einem stumpfen Trainingsschwert vom Leib.

Ein grausiger Körper wand sich im Sägemehl zu seinen Füßen, die langen Krallen sogar im Todeskampf lebensgefährlich. Das hässliche Ding war schwarz und sah aus wie eine Kreuzung zwischen einer Katze, einem Wolf und einem Affen.

Trotz der Enthauptung hörten die mit furchterregenden Zähnen bewaffneten Kiefer nicht auf zu schnappen. Emilio warf den Kopf weg, bevor sie ihn verletzten.

Er fühlte sich krank. In seinem Magen schien ein schwerer Stein zu liegen. Diese Kreatur konnte nur etwas sein.

«Bitte sagt mir, dass ich nicht gerade einen Fjellkrieger getötet habe», bat er tonlos.

Hroar, die Königin und die Wachen rührten sich nicht. Sie schienen zutiefst geschockt.

Plötzlich erschien Fjellgard an Emilios Seite und packte seinen Arm. «Zeig mir deine Hände, Wolf! Hat es dich gebissen?»

«Ich glaube nicht. Warum?»

Fjellgard packte ihn am Nacken, schleppte ihn zu einem Wasserfass, das an der Wand stand, und stieß seine Hände und Arme einschließlich des Trainingsschwertes hinein. «Waschen! Schnell!»

Emilio gehorchte, während ein Zittern über seinen Körper lief, weil das Wasser eiskalt und ihm auch über Bauch und Beine geschwappt war. Schließlich waren seine Hände sauber und er zog sie heraus.

Fjellgard strich Emilios Ärmel zurück und kontrollierte die freigelegte Haut genau. «Nichts! Du hattest unglaubliches Glück, mein Freund.»

Er streifte seinen eigenen Umhang von den Schultern und wickelte ihn um Emilio. «Rasch ins Warme mit dir. Hroar und Morayn, folgt uns! Wachen, volle Aufmerksamkeit! Kein Mitglied der königlichen Familie bleibt je allein.»

EMILIO DURFTE sich in seiner Kammer, vor deren Tür sich zwei Wachen postierten, umziehen. Fjellgard blieb die ganze Zeit an seiner Seite. Alle Sinne des Mannes befanden sich in höchster Alarmbereitschaft.

Emilio schwieg und verhielt sich ebenso wachsam.

Offensichtlich war die Gefahr nicht gebannt. Und sie musste beträchtlich sein, wenn dieser erfahrene Krieger so besorgt reagierte.

«Prüf nochmals deinen ganzen Körper auf Verletzungen», verlangte Fjellgard, als Emilio nackt war.

Emilio stellte sich neben den Kachelofen und gehorchte. Fjellgard überprüfte seinen Hinterkopf und seinen Rücken. Dann durfte er sich anziehen.

Eine niedergeschlagene Versammlung erwartete sie im Arbeitszimmer des Prinzregenten. Hroar saß hinter dem Schreibtisch mit Meryem, der jüngsten Prinzessin, auf dem Schoß und sprach leise mit den königlichen Schwestern. Maira hielt eine seiner großen Hände. Morayn schaute wütend drein wie stets.

«Setz dich», sagte Fjellgard. Er zeigte auf Emilios üblichen Sessel und ließ sich in den gegenüberliegenden fallen.

Hroar erhob sich, übergab Meryem an Morayn und setzte sich zu ihnen.

«Das Ding, das du getötet hast, war kein Fjellkrieger, Wolf», erklärte er sofort. «Fjellkrieger sind schneeweiß und haben blaue Augen, ähnlich wie die von Freya. Das war etwas, das nicht existieren dürfte, ein Dämon, erschaffen durch rabenschwarze Hexerei. Sein Biss bringt den schrecklichsten Tod. Ich bin froh, dass du unversehrt bist. Danke, dass du meiner Nichte das Leben gerettet hast!» Er legte eine Hand auf sein Herz. Dann streckte er die Handfläche in einer anmutigen Geste aus.

Emilio akzeptierte den Dank mit einem Nicken.

Morayn, die sich neben Fjellgards Stuhl aufgestellt hatte, faltete die Arme vor der Brust und schnaubte. «Ich hätte das Ding allein töten können. Es war nicht nötig mich zu retten!»

«Du wusstest nicht einmal, dass es da war, Nichte. Keiner von uns wusste das. Wie hast du es bemerkt, Wolf?»

«Durch meine Ausbildung und Erfahrung. Auch wenn etwas unsichtbar ist, ist es deswegen trotzdem da. Ähnlich wie ein Geist.»

«Es gibt keine Geister, Strolch. Also glaubst du nicht an Magie, aber Geister existieren natürlich», spottete Morayn.

Er hatte ihre aufsässige Art so satt. «Wenn du nicht an Geister glaubst, Fratz, versuch das der Frau zu erklären, die auf dem Stuhl unter dem Bild da drüben sitzt. Das ist sie auf dem Bild, aber ihr Haar ist jetzt kurz und lockig.» Obwohl er die anwesenden Geister normalerweise ignorierte, wusste er doch immer, wo sie waren.

Seine Aussage erzeugte ein tiefes Schweigen.

«Dieses Porträt zeigt Eiriks Frau, die Mutter von Morayn, Maira und Meryem», erklärte Hroar. «Sie trug ihr Haar kurz, nachdem Eternas Heiler sie geheilt hatten.»

«Der Strolch will uns nur Angst einjagen. Jemand muss ihm das erzählt haben», wütete Morayn, während ihre Haarfarbe mit jedem Herzschlag greller wurde.

Am Ende seiner Geduld wollte Emilio gerade die Augen verdrehen, als der Geist ihm ein schelmisches Grinsen sandte, ihm zublinzelte und sich unsichtbar machte.

«Kannst du sie fragen, ob Eirik bei ihr ist?», fragte Fjellgard, seine Stimme wie stets tief und grollend.

«Nein, sie ist verschwunden.»

«Wie praktisch!», fauchte Morayn. «Durchschaut denn niemand seine List? Der Strolch versucht sich unentbehrlich zu machen.»

Hroar ignorierte seine Nichte. «Hast du Eirik gesehen, seit du hier bist, Wolf?»

«Du müsstest ihn beschreiben.»

«Wir sind Zwillinge. Er wurde ein paar Minuten vor mir geboren.»

Emilio ging seine Erinnerungen durch. «Ich glaube nicht. Da waren Wachmänner, von denen einer einen langen Pelzmantel trug, eine alte Frau, die in der neuen Kammer zu wohnen scheint, die du mir zugeteilt hast, die verstorbene Königin und einige andere Frauen, die vielleicht Mägde waren. Da ihr euch alle gleich kleidet, ist es schwer zu sagen.»

«Im Zentrum steht also die Frage, ob Eirik tot oder am Leben ist. Sollte Letzteres zutreffen, würde das erklären, warum du dich nicht mit den Fjellkriegern verbinden konntest, Morayn.»

«Insofern ich mich denn überhaupt mit ihnen verbinden *kann*.»

Es war der erste normale Satz, den Emilio je von ihr gehört hatte.

«Aber woher kommen dann die ewige Nacht da draußen und die Stürme? Dunkelheit herrscht, wenn der Norden um seinen König trauert», sagte Fjellgard.

Hroar seufzte. «Was bleibt zu tun? Wir haben das ganze Königreich durchsucht, und alle unsere Leute halten Ausschau.»

Niemand antwortete ihm.

«Dann schlage ich vor, wir essen und gehen danach früh ins Bett. Vielleicht bringt der Schlaf neue Ideen.»

Der Tisch wurde gedeckt, und sie speisten in bedrückter Stimmung. Hroar war der Erste, der aufstand. «Ich werde jetzt zu Bett gehen. Denkt daran, dass der Umkreis der Burg magisch gesichert wurde. Nichts wird diese Barrieren überwinden können, aber es wäre auch eine schlechte Idee sich hinauszuschleichen.» Er starrte Morayn an.

Sie nickte.

«Gute Nacht allerseits. Wolf, grüß meine Mutter von mir.»

9

D er Geist der alten Dame saß neben dem Ofen, als Emilio die Kammer betrat. Er gab den Gruß weiter, aber sie ignorierte ihn.

Er war nicht überrascht. Falls sie ihn sah, war er ihr egal. Aber vielleicht wusste sie etwas.

Emilio nahm einen Hocker, stellte ihn direkt vor ihren Sessel und setzte sich. Was tat Ghost Singer — sein Freund aus der Gilde — normalerweise, bevor er mit Geistern sprach?

Emilio konzentrierte sich auf die Atmung, bis sein Herzschlag langsamer wurde. Dann dehnte er sein Bewusstsein aus.

Der Geist sah ihn überrascht an.

«Dein Sohn, Hroar, lässt dich grüßen. Er benötigt dringend die Information, ob sein Bruder — dein Sohn Eirik — noch lebt. Gibt es etwas, das du mir sagen kannst?»

Tränen liefen ihr über die Wangen, und er sah ein Bild in seinem Kopf — den zerstörten Leichnam in der Krypta.

«Das war nicht dein Sohn, meine Königin, sondern eine Illusion, geschaffen durch Hexerei.»

Sie schüttelte den Kopf, während ihr Körper sich auflöste.

«Egal, meine Königin. Danke, dass du mit mir gesprochen hast.»

Sie war weg.

Emilio fragte sich, was er mit dem Rest des Abends anstellen sollte. Er war körperlich erschöpft, sein Geist aber seltsam wach. Da erinnerte er sich an etwas, das er gesehen hatte, und steckte den Kopf in den Flur hinaus. «Darf ich die Bibliothek betreten?»

Die Wachen starrten ihn feindselig an. Einer hatte Rußflecken am Hals.

«Wenn es sein muss», sagte der andere.

Emilio trat aus seiner Kammer. Sie lag als letzte auf der linken Seite des Korridors, der an einem imposanten zweiflügeligen Portal endete. Eine kleinere Tür darin stand offen und dahinter …

Bücher. Hunderte von Büchern!

Emilio schlenderte die steinernen Regale entlang, fasziniert von der Menge des angesammelten Wissens, und wünschte sich, er könnte sie alle lesen. Er fand eines der ältesten Bücher der Menschheit. Ehrerbietig hob er es aus dem Regal und ging zurück zu einer Lesenische, die er links vom Eingangsportal entdeckt hatte.

Der Kachelofen, der sein Zimmer beheizte, erstreckte sich durch die Wand in diesen Teil der Bibliothek und schuf eine behagliche Atmosphäre. In einer Schale brannte ein ungewöhnlich helles Feuer, das für exzellentes Licht sorgte. Er hatte es schon früher in den Gängen und sogar im Arbeitszimmer des Prinzregenten bemerkt. Seine Neugierde war groß. Er streckte die Hand aus, bis die trägen Flammen sie umloderten. Wie er vermutet hatte, war das Feuer magisch und brannte kalt — ein weiteres der vielen Geheimnisse dieser Zeit.

Emilio kletterte in einen von Pelzen bedeckten Sessel und begann zu lesen. Er verlor sich in den Mythen der Vergangenheit, die von der Entstehung des Weltengefüges erzählten.

«FINDEN denn die Überraschungen kein Ende? Du kannst lesen, Strolch?»

Die Frage der Königin riss ihn in die Realität zurück — oder vielmehr in den Albtraum, zu dem seine Realität geworden war.

«Warum hast du gerade dieses Buch ausgewählt?» Sie setzte sich in den gegenüberliegenden Sessel und zog die Beine hoch. Sie trug warme Nachtwäsche, ihre Füße geschützt von Socken und weichen Pantoffeln, die nun leer auf dem Boden standen.

«In meiner eigenen Zeit existiert es nicht mehr, obwohl sein Titel noch bekannt ist.»

«Seit wann bist du hier, Strolch?»

«Seit dem Abendessen, Fratz. Was willst du hier so lange nach Mitternacht?»

«Ich konnte nicht schlafen. Warum hast du mein Leben gerettet?» Ihre Augen waren seltsam verletzlich, als sie ihn anschaute.

Er zuckte die Schultern. «Instinkt, schätze ich. Sicher nicht wegen deiner charmanten Persönlichkeit.»

Zu seiner Überraschung schnaubte sie und ihre Mundwinkel hoben sich ein klein wenig. Ihre Hand spielte mit den Strähnen des Fells, das ihren Sessel bedeckte. «Glaubst du, dass mein Vater am Leben ist?», fragte sie nachdenklich.

«Ich weiß nicht. Ich habe deine Großmutter danach gefragt. Sie zeigte mir die Leiche in der Krypta, fing an zu weinen und verschwand.»

«Hast du sie wirklich gesehen, Strolch? Oder denkst du dir das aus?»

«Ich sah eine Frau von ungefähr achtzig Jahren mit langen lockigen Haaren, die im Vergleich zu dir winzig war. Sie trug eine Kette, von der eine Lupe baumelte, um den Hals.» Emilio schloss das Buch vorsichtig und legte es auf den Beistelltisch. An seinen müden Händen erkannte er, wie schwer es war.

«Entweder bist du hervorragend im Sammeln von Informationen, oder du hast tatsächlich ihren Geist gesehen. Was trifft zu, frage ich mich?»

Beides. Aber das musste sie nicht wissen. «Warum bist du hier?»

«Wie gesagt: Ich konnte nicht schlafen. Der Dämon scheint mir mehr Angst eingejagt zu haben, als ich dachte, obwohl ich nicht weiß, warum ich das dir gegenüber zugebe, Strolch. Wahrscheinlich machst du dich ja doch nur über mich lustig.»

«Warum sollte ich, Fratz? Er machte auch mir Angst.»

Sie runzelte die Stirn. «Welcher Mann gibt zu, dass er Angst hat? Hast du keinen Stolz!»

Sie wirkte so gelassen und vernünftig. Warum flammte ihr Haar nicht in all den verrückten Farben auf? Spielte sie ihm gerade einen aufwendigen Streich?

Emilio testete seine Umgebung mit allen Sinnen. Nein, sie war allein, abgesehen von den beiden Wachen im Flur, die trotz der späten Stunde aufmerksam blieben.

«Ich bin kein Krieger, nur eine Art Handwerker. Wenn ich arbeite, kontrolliere ich die Situation, wähle den Ort und entscheide, wann ich handle. Krieger stellen sich unbekannten Umständen und passen sich ständig an veränderte Situationen an.»

«Das ist wahr.» Sie starrte ins Leere und knabberte am Knöchel ihres Zeigefingers. «Danke, dass du mir das Leben gerettet hast, Strolch.»

Sie sah ihn direkt an, ihr Blick hypnotisch. Äußerlich wirkte sie gefasst, aber in den grünen Tiefen wütete ein Sturm aus Emotionen. Er entdeckte Wut, Angst, Schmerz, Verwirrung, Hoffnung und bodenlose Traurigkeit.

«Gern geschehen, Fratz», antwortete er leise.

Ihre Lippen begannen zu zittern. Sie wandte ihr Gesicht ab und nagte erneut am Fingerknöchel. «Wahrscheinlich bin ich bescheuert, das auch nur zu fragen, aber kannst du dem Weg, den mein Vater nahm, irgendwie folgen — selbst nach all der Zeit?»

Emilio hätte diese Fähigkeiten gerne vor allen verborgen. Da sie ihn direkt gefragt hatte, antwortete er wahrheitsgetreu. «Grundsätzlich ja. Ich bin aber nicht sicher, ob meine Wahrnehmung auch in diesem Königreich funktioniert. Zudem könnten die tobenden Stürme und die Unmengen von Schnee ein Problem sein.»

«Ich bin auch bis zu einem gewissen Grad dazu in der Lage. Meine Fähigkeit basiert nicht wie deine auf der Verfolgung von Spuren, sondern auf dem Blut, das ich mit meinem Vater teile. Wenn wir unsere Eindrücke vergleichen und sie sich überschneiden, haben wir vielleicht etwas, womit wir arbeiten können. Hilfst du mir?»

Indem er sie hinaus in die klirrende Kälte und diese schrecklichen Schneestürme begleitete? Warum eigentlich nicht? Wenn er sich selbst umbrachte, ersparte er den Wächtern der Treppen die Arbeit. In dieser Welt gab es keine Chance auf ein zweites Leben für ihn. Da konnte er auch gleich aufgeben.

«Kannst du mir zur Verfügung stellen, was ich brauche? Ein Pferd, Kleidung und Waffen?»

«Das ist nicht so einfach, da du kein erwachsener Mann bist.» Als Emilio die Augen rollte, korrigierte sie sich. «… da du nicht so hochgewachsen bist, wie unsere Männer es normalerweise sind. Aber mit der Hilfe von Freya und dem Schmied sollten wir es schaffen. Bist du ein guter Reiter?»

«Ja.»

«Dann beginnen wir morgen früh mit den Vorbereitungen.»

Er erwartete, dass sie ihn nach seiner Zusage allein ließ. Sie aber blieb, wo sie war, tief in Gedanken versunken. Sollte er weiter im Buch lesen?

«Hast du eine Frau? Eine Familie?»

Ihre unerwartete Frage erschreckte ihn, und er antwortete unverblümt. «Mörder dürfen nicht heiraten oder Affären haben. Und der Meister tötet alle Kinder, die wir zeugen — normalerweise mit ihrer Mutter, bevor sie geboren werden.»

«Er klingt wie ein wirklich schrecklicher Mann.»

Emilio zuckte die Schultern. «Das ist er, und beängstigend. Niemand hat je herausgefunden, was ihn motiviert.»

«Was meinst du damit?»

Er sollte nicht darüber reden. «Wenn du ein Opfer ausspionierst, musst du zuerst verstehen, was diese Person motiviert — für gewöhnlich Gier, Rache, Machthunger oder das Bedürfnis, etwas Wertvolles zu schützen. Sobald du das erkannt hast, entwickelst du deine Strategie. Dieser Ansatz funktioniert nicht mit dem Meister. Er hat ganze Königreiche zerstört, ohne die Macht zu übernehmen. Er sammelt Reichtümer, scheint sich aber nicht für das Geld zu interessieren. Und so weiter.»

«Ich dachte, die Leute bezahlen ihn für die Beseitigung von Hindernissen?»

«Das tun sie, aber das macht nur etwa die Hälfte unserer Arbeit aus. Den Rest der Zeit erledigen wir persönliche Aufträge des Meisters.»

«Du hast recht. Das ist beängstigend.» Sie seufzte und erhob sich. «Geh schlafen, Strolch! Wir haben morgen viel zu tun!»

Sie ging, ohne sich umzuschauen.

«Ja, meine Königin.» Und einfach so war er wieder wütend.

DIE VORBEREITUNGEN STARTETEN am nächsten Morgen. In Freyas Arbeitszimmer musste Emilio sich bis zum Lendenschurz ausziehen und einen Haufen Kleider anprobieren. Sie passte den Schnitt mit Nadeln an und gab alles zum Ändern an die Mägde.

Der Tag gehörte zu den angenehmeren, die Emilio in diesem seltsamen Königreich erlebt hatte. Die Verwalterin verfügte über einen gemütlichen Arbeitsraum, der ein Stockwerk über der Küche lag. Holzregale, gefüllt mit ledergebundenen Wirtschaftsbüchern, säumten die Wände. Es gab einen Schreibtisch mit einem bequemen Stuhl, einen Kachelofen und einen Arbeitstisch. Ein großes Glasfenster schien auf den Innenhof mit der Kirche hinauszuschauen. Da es draußen stockfinster war, konnte Emilio nicht sicher sein.

«Du bist ein attraktiver Mann», lobte sie ihn, während ihre Augen über die harten, schlanken Muskeln seines Körpers wanderten. «Schade, dass du so klein bist.»

Emilio seufzte nur.

Mit dem Schmied zu verhandeln war eine andere Geschichte. Der Mann murrte und knurrte, während er den Sitz des Ledermantels und der oberschenkelhohen Stiefel, die er zur Anprobe mitgebracht hatte, prüfte.

«Waffen!» Er ließ ein klirrendes Bündel auf den Arbeitstisch fallen.

Emilio überprüfte den Inhalt. «Wie viele darf ich nehmen?»

«So viele du willst. Sag mir einfach, wie du sie trägst», bellte der Schmied.

«Welche empfiehlst du?»

Zwei Messer und zwei kurze Schwerter wurden ihm präsentiert. «Und du brauchst Pfeil und Bogen. Unsere Wölfe sind so groß wie du. Diese Spielzeugschwerter werden dir nichts gegen sie nützen.»

Emilio testete die Waffen und stellte fest, dass der Schmied es trotz seines ungehobelten Verhaltens gut mit ihm meinte. Alle vorgeschlagenen Klingen wirkten wie zierliche Kunstwerke, aber ihr Stahl war unzählige Male gefaltet worden, bis sie ebenso stark wie flexibel und perfekt ausbalanciert waren.

«Kannst du eine Rüstung für ihn fertigen, Brant?», fragte Freya, die schweigend zugeschaut hatte. Sie saß hinter ihrem Schreibtisch.

Noch ein Knurren. «Wenn du sicher bist, dass du sie an den Jungen verschwenden willst.»

«Brant!»

Emilio sah Freya an. «Ich habe noch nie eine Rüstung getragen. Und das, was die Wachen tragen, ist viel zu schwer für mich.»

Freya nickte. «Ich weiß. Aber im Eismeer lebt ein geheimnisvolles Tier. Sein Körper ist mit leichten und elastischen Schuppen bedeckt, die gelegentlich am Ufer zu finden sind. Es ist ein seltsames Material, das als kostbar gilt, aber gleichzeitig von den Wachen als weibisch verachtet wird. Wenn wir diesen Ledermantel damit panzern und den Bereich um den Oberkörper herum zu einer Art Harnisch aushärten, sollte er perfekt für dich sein.»

Emilio seufzte fast wieder. Während sein männlicher Stolz an ihrer Erklärung Anstoß nahm, erkannte sein Herz etwas anderes. Hroar, Fjellgard und Freya waren unglaublich nett zu ihm und überschlugen sich fast, um ihn mit dem zu versorgen, was er brauchte. Und das alles für einen unerwünschten und nutzlosen Gast. Er hatte großes Glück, diese

Menschen gefunden zu haben — und fühlte sich wie eine schreckliche Last.

«Wenn es so wertvoll ist, wäre es nicht besser, zuerst meine Fähigkeiten zu testen?», fragte er. «Wenn ich den Spuren nicht folgen kann, gibt es keinen Grund, das Material an mich zu verschwenden.»

Freya stand auf, kam um den Schreibtisch herum und blieb vor ihm stehen. Ihr Blick bohrte sich suchend in seinen. Sie nahm seine Hände. «Ich habe elf Kinder großgezogen. Einige von ihnen sind bereits erwachsen, der Rest wird es bald sein. Ich dachte, ich hätte alles gesehen, jedes Drama, all die Träume und Enttäuschungen — bis ich dich traf. Wenn ich nur wüsste, wie ich den Schmerz in deinen Augen heilen kann.»

Emilio zwang sich, ihren Blick zu erwidern.

«Warum bist du dir so sicher, dass du nicht lange bleiben wirst, Emilio?»

«Die Richter, die mich die Treppen runtergeschickt haben, erzählten mir von einem zweiten Gericht. Wie können sie mich begnadigen, wenn ich eure Erwartungen nicht erfülle?»

«Ich wünschte, ich wüsste es. Aber bitte gib nicht auf! Deine Ankunft hat so vieles in Bewegung gesetzt. Du musst darauf vertrauen, dass du der richtige Mann für diese Aufgabe bist.»

Emilio nickte und befreite seine Hände aus ihrem Griff.

Der Schmied, sichtlich in Verlegenheit gebracht von Freyas emotionalem Appell, hielt Emilio etwas Durchsichtiges vors Gesicht. «Hier, eine der Schuppen. Willst du sie nun an deinem Mantel befestigt haben, oder nicht?»

«Brauche ich sie?», fragte Emilio Freya.

«Ja. Ohne sie wirst du draußen keinen Tag überleben.»

Was für eine zauberhafte Welt die Treppen für ihn ausgesucht hatten!

10

E milio verbrachte den Abend mit der königlichen Familie im Arbeitszimmer. Da er sich in ihrer Gegenwart sicher fühlte, schlief er für eine Weile in seinem Sessel. Seltsam, dass ein mit anderen Menschen verbrachter Tag so anstrengend sein konnte! Doch was wusste er schon? Sein altes Leben war einsam gewesen.

Als er wieder aufwachte, saß Morayn mit Meryem an ihrer Seite am Tisch und brachte dem jungen Mädchen das Lesen bei.

Je länger Emilio sie beobachtete, desto stärker wurde seine Verwirrung.

Morayn bemerkte es. «Was, Strolch? Missbilligst du es, wenn Mädchen lesen lernen?»

Zuerst verstand er nicht einmal, was sie meinte. In seinem Zeitalter waren nur die Ärmsten Analphabeten. Das Eterna der Zukunft war in vielerlei Hinsicht ein Sündenpfuhl, aber bereits sehr wenig Geld ermöglichte eine rudimentäre Bildung. Bescheidene Mittel, sorgfältig investiert, finanzierten ein Universitätsstudium. Einige der bedeutendsten Gelehrten seiner Zeit — Ärzte, Philosophen, Astronomen — hatten ihr Leben als Kinder von Taglöhnern begonnen.

«Hör auf zu träumen, Strolch, und sag mir, warum du uns so ange-starrt hast!», forderte Morayn ihn heraus. Feurige Reflexe tanzten in ihrem Haar. «Hältst du sie für dumm, weil sie etwas länger braucht, um Lesen zu lernen?»

«Nein, ich habe mich nur gefragt, warum du einem blinden Mädchen das Lesen beibringen willst.»

Seine Aussage sorgte für einen unglaublichen Aufruhr.

«ICH BIN NICHT DUMM. ICH BIN NICHT BLIND! DU BIST EIN BÖSER MANN!»

«WIE KANNST DU ES WAGEN, ZU BEHAUPTEN, SIE SEI BLIND!»

«HAST DU KEINE AUGEN IM KOPF?»

Meryem, Morayn und Maira schrien ihn alle auf einmal an, verfluchten ihn und beschimpften ihn aufs Übelste. Alle drei Haarschöpfe leuchteten in einem furchterregenden orangeblonden Farbton.

Währenddessen starrten ihn die Erwachsenen — Hroar, Fjellgard und Freya — mit riesigen Augen an.

Meryem rannte kreischend aus dem Arbeitszimmer. Die Tür knallte zu. Zwei Porträts lösten sich von ihren Befestigungen und krachten auf den Boden.

Plötzlich stand Morayn mit blitzenden Augen vor ihm, die Arme in die Hüften gestemmt. «Entschuldige dich, Strolch! Sofort!»

Emilio hob begütigend die Hände. «Es tut mir leid. Ich habe mich geirrt», sagte er mit einem hörbaren Quietschen in der Stimme.

«Oh, es sollte dir besser leidtun!», knurrte sie, drehte sich um und rannte ihrer kleinen Schwester hinterher.

Maira folgte ihr nach einem mörderischen letzten Blick zu ihm.

Stille breitete sich aus.

Was war gerade passiert?

Kleider raschelten leise. Fjellgard sah zuerst seine Frau, dann Hroar an. «Wie hast du es bemerkt, Wolf?»

Bloß keine weitere Konfrontation! Emilio schüttelte den Kopf. «Wie ich Morayn sagte: Ich habe mich geirrt.»

Hroar erhob sich und ging zur Wand. Bei den abgestürzten Porträts handelte es sich um das seiner Mutter und das eines älteren Mannes, der ihm sehr ähnlich war — möglicherweise sein und Eiriks Vater.

«Ich bin froh, dass wir sie mit Stahl verstärken ließen. Mit all den Hitzköpfen in dieser Familie hätten sie sonst keinen einzigen Tag überlebt.» Er zeigte Emilio die metallüberzogenen Rückseiten der Rahmen. Spezielle Klammern schützten die Ecken. «Und du hast dich nicht geirrt, Wolf. Ich habe es in dem Moment bemerkt, als du deine Frage gestellt hast. Wie konnte sie es so lange vor uns geheim halten? Selbst Morayn wusste es nicht, und die beiden stehen sich nahe.»

Der Prinzregent schien eine Antwort zu erwarten. Emilio hätte lieber geschwiegen, verstand aber seine Sorge. «Es gibt Fähigkeiten und Tricks, eine Blindheit zu überspielen — ein ausgezeichnetes Gespür für Richtung und Entfernung oder ein fast perfektes Gedächtnis. Einer meiner Kollegen lässt sich von Geistern helfen. Sie versorgen ihn mit den nötigen Informationen und leiten ihn. Ihr müsstet die Kleine fragen.»

Hroar seufzte. «Und das werden wir. Falls sie sich jemals beruhigt.»

MORAYN EILTE DEN FLUR ENTLANG, ihre schnellen Schritte lautlos. Aufmerksam wie immer bemerkten die Wachen ihre Annäherung sofort und beobachteten sie. Sie hielt einen Finger an die Lippen und schaute fragend zu seiner Tür.

Der befehlshabende Wachmann schüttelte den Kopf und zeigte auf das Portal der Bibliothek.

Er las? Schon wieder?

Morayn trat durch die halb offene Tür und schaute nach links. Und da war er. Der Mörder.

Heute Abend hatte er einen Beistelltisch vor den Sessel gezogen und das Buch darauf gelegt, so dass er es nicht halten musste. Seine Stiefel lagen unordentlich auf dem Boden. Ein langer Schaft kreuzte den anderen.

Warum sollte er …?

Erst da bemerkte sie, dass er im Schneidersitz saß. Der massive Sessel, entworfen für die breitschultrigen und großen Nordmänner, bot ihm viel Platz. Er wirkte darin wie ein Kind. Der Eindruck wurde durch die Tatsache verstärkt, dass alle seine Kleider zu groß für ihn waren.

Die Freya hatte hervorragende Arbeit geleistet, überhaupt etwas Passendes zu finden. Schließlich war es viele Jahre her, seit Hroar und Eirik jung gewesen waren, und all ihre Sachen wurden später von Freyas Söhnen getragen. Als der Jüngste den immer weitergereichten Kleidern entwuchs, taugten sie nicht einmal mehr als Lumpen.

So waren Mantel, Tunika und Unterhemd zu breit für seine Schultern und die Ärmel zu lang. Er bemerkte es wahrscheinlich nicht einmal, aber alle paar Minuten schob er die Bündchen und Säume der verschiedenen Ärmel zurück, so dass sie seine Finger nicht bedeckten. Was bedeutete, dass er im Moment nicht fror. War ihm kalt, schob er die Hände wie ein

Mönch in die gegenüberliegenden Ärmel und zog die Schultern zusammen.

Er wirkte so unglaublich zerbrechlich. Aber dieser Eindruck stimmte nicht.

Morayn hatte von einem Geheimgang aus zugesehen, als Freya ihn am Morgen all die Kleider anprobieren ließ — und genoss einen ausgezeichneten Blick auf seinen fast nackten Körper. Schade nur, dass der Lendenschurz dabei am Platz geblieben war.

In vielerlei Hinsicht war er der schönste Mann, den sie je gesehen hatte — mit perfekt ausgeformten Muskeln ohne das kleinste bisschen Fett, angenehmen Proportionen und genau dem richtigen Schatten an Körperbehaarung, um sie neugierig zu machen. Sogar seine braune Haut faszinierte sie.

Die meisten Nordmänner hatten eine Haut so weiß wie ein Fischbauch, waren haariger als Bären und kratziger als Eber. Ihren Onkel auf die Wange zu küssen, fühlte sich an wie mit einem Igel zu kuscheln. Sogar die Haare auf seinem Kopf waren dick wie Draht. Und das Zeug wuchs überall. Es begann hoch auf den Wangenknochen, bedeckte Kinn und Kehle und setzte sich vorne und hinten am Oberkörper, den Armen und Beinen fort. Es wuchs ihm sogar in Büscheln aus den Ohren und der Nase. Die einzigen haarlosen Stellen auf Hroars Körper waren seine Stirn, die Sohlen von Händen und Füßen und der Nasenrücken — na ja, der größte Teil des Nasenrückens.

Der Bart des Mörders wuchs ziemlich spärlich, folgte einer schmalen, scharf begrenzten Linie entlang des Kiefers und bedeckte den Bereich unterhalb der Nase und das Kinn, aber nichts weiter. Es gab sogar zwei kahle Stellen unter den Winkeln seiner fein geschwungenen Lippen. Der Umriss wirkte elegant, und sie konnte es kaum erwarten, dass die Stoppeln länger wurden.

Der Mörder überraschte sie, indem er die Mütze abnahm. Mit der Hand strich er sich über den Kopf, während er weiterlas. Er war völlig in den Text vertieft. Seine Pupillen huschten hin und her.

Er hatte sie nicht angelogen, was sein Haar betraf. Es schien schwärzer zu sein als die Nacht und begann schon wieder zu wachsen. Wahrscheinlich juckte es dabei wie die Hölle.

Vor Jahren, zu Beginn ihres Kampftrainings, hatte sie sich ungeschickt angestellt und eine Kopfwunde erlitten, die mit silbernen Klammern geschlossen werden musste. Der Heiler hatte nur eine kleine Stelle rasiert, aber sie erinnerte sich gut an den fast unwiderstehlichen Drang sich zu kratzen.

Er blätterte eine Seite um, respektvoll und vorsichtig im Umgang mit dem alten Pergament.

Auf dem großen Buch wirkten seine Hände kindlich klein, aber Morayn fand sie schön. Seine Finger waren lang und sensibel wie die eines Künstlers.

Nein, das war kein Krieger — und doch das tödlichste Wesen, dem sie je begegnet war.

Es gelang ihr einfach nicht ihn zu ignorieren, was sie erzürnte.

Und so hatte sie ihm aufs Gemeinste zugesetzt und dabei schmerzhafte Treffer gelandet.

Sie wusste es, weil sein Gesicht nicht ganz so ausdruckslos war, wie er dachte. Und dann seine Augen! Immer wenn sein Temperament überzukochen drohte, leuchteten sie wie die eines Raubtiers, und ihr meist friedliches Braun nahm einen beunruhigenden Orangeton an. In diesen Momenten erinnerte er sie an die Wölfe, die durch die nördlichen Berge streiften, und sie fragte sich, ob das der Ursprung seines Namens war.

Obwohl sie ihn andauernd provozierte, hatte er, abgesehen von einigen ätzenden Bemerkungen, keine Vergeltung geübt.

Ein Nordmann hätte sie spätestens nach der Hälfte der ausgeteilten Gemeinheiten über sein Knie gelegt und ihr den Hintern versohlt. Hroar jedenfalls hatte es sich bei ihren letzten Temperamentsausbrüchen ernsthaft überlegt.

Seltsam, dass ein Mann mit so einem gewalttätigen Beruf sich so friedliebend verhalten konnte!

Ein Husten riss sie aus ihrer Träumerei. Er rieb sich die Brust mit den Knöcheln.

Sie wusste, dass Freya sich um ihn sorgte, weil er nicht so robust war, wie er aufgrund seiner offensichtlichen Fitness sein sollte. Selbst das reichliche Essen, mit dem sie ihn versorgte, schien nicht zu helfen.

Vielleicht war der Gang über die Treppen der Ewigkeit gefährlicher, als die Wächter die Bittsteller glauben ließen.

Morayn hoffte es nicht. Sie wollte nicht, dass ihm etwas passierte.

Pergament raschelte, als er das ledergebundene Buch ehrfürchtig schloss und seine Handflächen auf den hinteren Umschlag legte. Sein Gesicht zeigte entrücktes Staunen — verursacht durch ein gewöhnliches Buch, das in jeder Bibliothek vorhanden war, den Schöpfungsmythos des Weltengefüges.

«Du bist ein geübter Leser», sagte sie leise. «Nur wenige Leute hätten dieses Buch in zwei Abenden beendet — oder irgendein in der alten Sprache verfasstes Buch.»

Er sah sie langsam an. Ihre Anwesenheit schien ihn nicht zu überraschen. Hatte er die ganze Zeit über gewusst, dass sie ihn beobachtete? Nein, Wangen und Stirn waren blass geworden. Er verbarg nur seine Überraschung gut.

Morayn gefiel nicht, was sie in seinem Gesicht sah. Die dunklen Ringe unter seinen Augen hatten sich verstärkt. Die Augen selbst, umgeben von diesen wunderbar dichten Wimpern, schauten wachsam. Allerdings hatte sie ihm auch keinen Grund gegeben, ihr zu vertrauen.

«Bist du gekommen, um mich weiter anzuschreien?», fragte er monoton wie stets, wenn er wütend war.

«Nein.» Sie setzte sich in den gegenüberliegenden Sessel und atmete tief durch. «Ich möchte mich entschuldigen. Es tut mir leid, dass ich dich so gemein angegriffen habe. Ich komme nicht besonders gut mit Überraschungen klar.» Es war schwierig für sie, diese Worte auszusprechen, obwohl er sie verdiente.

«Ja, das hast du bewiesen.»

Morayn wartete einige Augenblicke. Als er nicht weitersprach, fragte sie: «Nimmst du meine Entschuldigung an?»

«Können wir uns auf etwas weniger Drama einigen, wenn ich es tue? Ich kann mit einer von euch umgehen. Zu dritt treibt ihr selbst den mutigsten Mann in ein Gelübde des ewigen Schweigens.»

Sie mochte seinen trockenen Humor. «Ich werde mich bemühen — und hoffe, dass es mir gelingt. Oder hast du noch etwas bemerkt, das du uns wie eine Brandbombe auf den Kopf werfen kannst?»

«Nun, ich bin mir ziemlich sicher, dass Freya schwanger ist, aber so nah wie ihr euch alle steht, wisst ihr das gewiss.»

Vielleicht sollte ich ihm doch einfach den Hals umdrehen!

«Das *ist* eine weitere Bombe. Nach ihrer letzten Geburt sagten ihr die Heiler, dass sie nie wieder schwanger werden kann.»

Er hob abwehrend die Hände. «Huh! Dann vergiss, dass ich gesprochen habe. Sie will wahrscheinlich nichts sagen, falls es sich zum Schlechten wendet.»

«Ja, wahrscheinlich.» Morayn konnte ein Lächeln nicht unterdrücken. «Aber das sind wunderbare Neuigkeiten. Wenn wir ihr die Daumen drücken, verläuft hoffentlich alles reibungslos.» Sie erwischte ihn beim Starren. «Was?»

«Du meinst, du und ich Seite an Seite, statt gegeneinander?», fragte er zweifelnd.

«Ja, Strolch.» Sie grinste herausfordernd.

Er versuchte, ihren Gesichtsausdruck zu lesen. «Ich weiß nicht, Fratz. Ich kann mit deiner Wut umgehen, aber wenn du mich so anlächelst, will ich vor Angst fliehen.»

«Hey!» Sie hielt inne, als sie den Glanz in seinen Augen bemerkte. «Du machst dich über mich lustig.»

«Das könnte sein.» Sein Blick ging zurück zum Buch, und er strich zärtlich über den vergoldeten Rücken. «Warum solltest du plötzlich nett zu mir sein? Bisher hat mein bloßer Anblick dich erzürnt.»

Sie seufzte und bemühte sich, ihre zappelnden Hände ruhig zu halten. «Du hast jedes Recht zu fragen. Und ich werde ehrlich antworten, aber du wirst mich oberflächlich finden.»

Er wartete, während sie zögerte.

«Als du mich vor dem Dämon gerettet hast, dachte ich zuerst, dass du mich angreifst. Ich fühlte verärgerte Genugtuung, dass meine schlechte Meinung von dir korrekt war.»

«Du hieltest mich für einen Strolch, der nichts Gutes im Schilde führt.»

Sie bestätigte seine Einschätzung nicht, obwohl er recht hatte. «Dann wurde mir klar, gegen was du kämpfst und wie effizient du die schreckliche Kreatur unschädlich machtest. Und dass ich ihre finstere Gegenwart nicht einmal gespürt hatte. In diesem Augenblick änderte sich etwas für immer …»

Wütende Tränen sammelten sich in ihren Augen, aber sie wollte verdammt sein, wenn sie jetzt einen Rückzieher machte!

«Die einzige weibliche Erbin des Königreichs des Nordens seit Menschengedenken zu sein wird immer wie ein Fluch auf meinem Leben lasten. Das härteste Kampftraining, die besten Fähigkeiten im Fährtenlesen und all das Wissen über unsere Geschichte werden nie die Tatsache ändern, dass ich mit Brüsten und einer Gebärmutter zur Welt kam. Diese Ungerechtigkeit erfüllt mich mit Wut und Verzweiflung. Die Liebe und Wertschätzung meiner Familie helfen, aber nicht viel.»

Er hörte immer noch zu, sein Ausdruck verwirrt, aber aufmerksam.

«Hätte der Fjellgard dich nicht gepackt und dazu gezwungen, das Blut des Dämons abzuwaschen, hätte ich es getan. Jeder weiß, dass der Biss eines Dämons tödlich ist.»

«Was versuchst du mir zu sagen, Morayn?»

«Mein ganzes bisheriges Leben fand in diesem Königreich statt, abgesehen von der lange zurückliegenden Reise nach Eterna. Es ist seltsam, jemanden von außerhalb zu treffen. Du weißt, dass Hroar neben all den anderen Anforderungen so fürsorglich war, die Treppen um einen Gefährten zu bitten, den ich lieben kann. Als meinen Liebhaber sehe ich dich nicht, aber ich würde viel dafür geben, wenn du mein Freund wärst.» Sie legte die Hand auf ihre Brust und bot ihm dann die Fläche in der ritualisierten Geste ihres Königreichs dar. «Danke, dass du mir das Leben gerettet hast.»

Sein Gesichtsausdruck wurde weicher. «Gern geschehen. Und ich werde dein Freund sein, wenn du meiner bist.»

11

Emilio frühstückte mit Hroar und Fjellgard, als sich die Tür des Arbeitszimmers öffnete und die drei königlichen Schwestern hereinmarschierten. Morayn ging voran, gefolgt von der Kleinen, und Maira bildete die Nachhut.

Sie hielten direkt neben seinem Stuhl, und er blickte mit leichter Besorgnis auf.

«Wir haben uns gestern Abend ausgesprochen, Strolch. Jetzt haben meine Schwestern dir etwas zu sagen.» Morayn trat zur Seite.

Maira war die Erste. Sie sah zerknirscht aus. Ihre Haarsträhnen bewegten sich von selbst, geschmeidig wie Schlangen, und violette Reflexe knisterten durch das sanftmütige Braun.

Dieses unglaubliche Haar zeigte also nicht nur Wut an, sondern enthüllte auch andere starke Gefühle. Er hatte sich gestern Abend darüber gewundert, als er versuchte, Morayns Stimmung zu lesen.

«Ich möchte mich für mein Verhalten entschuldigen, junger Herr», sagte Maira. «Ich habe dich zu Unrecht angeschrien.»

Emilio nickte nur.

Maira trat zur Seite und schob Meryem nach vorn. Das Haar der Kleinen leuchtete noch aufgeregter als das ihrer älteren Schwester.

«Es tut mir leid. Hilfstdumirherauszufindenwasichtue?» Sie packte ihn flehend am Unterarm. Ihr Gesicht sah hoffnungsvoll aus, und ihr Blick schien seinen zu finden.

Die Worte stürzten so rasch aus ihr heraus, dass er sie beim besten Willen nicht verstand. «Wiederholst du, was du gesagt hast, Meryem? Meine Ohren sind nicht so schnell wie deine Zunge», bat er.

«Bist du bescheuert? Hilfst du mir herauszufinden, was ich tue?» Sie betonte jede einzelne Silbe.

Hroar knurrte warnend.

Emilio grinste. Die Reue mochte echt sein, aber sie hatte keine Chance gegen ihre Ungeduld. Er sah den Prinzregenten an.

«Wir brauchen einen weiteren Tag für die Vorbereitung eurer Reise, Wolf. Falls du Zeit hast, wären wir alle sehr dankbar, wenn du mit Meryem arbeiten würdest. Wir müssen verstehen, wie sie ihre Blindheit überspielt.»

«Bitte sag ja!», quietschte Meryem und schüttelte seinen Unterarm.

Er befreite sich aus ihrem Griff und nahm ihre kleinen Hände. «Versprichst du mir, dein furchterregendes Temperament zu kontrollieren?»

«Oooh, das könnte schwierig werden», gab sie zu.

«Nun, wenn du bereit bist, es zu versuchen, dann bin ich bereit, es zu riskieren.»

«Ja!» Sie warf die Arme um ihn. Ihre Stirn schlug gegen seine.

Die Kopfnuss tat weh, aber ihr Überschwang brachte ihn zum Lachen, und er umarmte sie. «Wir fangen gleich nach dem Frühstück an.»

WIE ER ES ERWARTET HATTE, schaute ihm die ganze Familie zu. Sogar Freya fand Zeit und wirkte dabei ebenso gehetzt wie neugierig. Er hätte ein kleineres Publikum bevorzugt, aber er erinnerte sich daran, wie es war, eine Familie zu haben — die grenzenlose Liebe und die wunderbare Nähe. Er vermisste beides noch immer, selbst nach all den Jahren. Seine Schwestern waren inzwischen erwachsen und wahrscheinlich verheiratet. Und seine Eltern hatten vielleicht weitere Kinder gehabt — unter ihnen ein Junge, der in die Fußstapfen des Vaters trat.

Sein Herz verkrampfte sich, und er verbannte die schmerzhaften Gedanken in den hintersten Winkel seines Bewusstseins.

«Zuerst müssen wir ein gemeinsames Verständnis schaffen, Meryem. Dafür muss ich dir viele Fragen stellen. Setzt du dich zu mir und beantwortest sie?»

«Das werde ich, aber was meinst du mit dem gemeinsamen Verständnis?» Sie rutschte auf den Stuhl neben ihm.

«Es könnte sein, dass wir die gleichen Worte benutzen, aber etwas anderes damit meinen. Insbesondere muss ich verstehen, was das Wort *sehen* für dich bedeutet.»

Ihre Miene offenbarte ihre Zweifel, zeigte aber auch Neugierde und hellwache Intelligenz. «Dann stell deine Fragen!», befahl sie.

«Beschreib diesen Raum.»

Sie tat dies erstaunlich detailliert.

«Woher weißt du, dass das Feuer dort drüben ist?», fokussierte er auf einen Aspekt ihrer Beschreibung.

«Ich sehe es.» Sie drehte ihre Augen in Richtung der Flammen.

Interessant. «Ich werde deine Augen jetzt mit meinen Handflächen bedecken. Siehst du es immer noch?»

«Ja, und deine Hände sind kalt!», beschwerte sie sich.

Emilio grinste. «Deshalb habe ich das gemeinsame Verständnis erwähnt, Meryem. Eine Person mit normalem Sehvermögen kann nichts sehen, wenn ich meine Handflächen über ihre Augen lege.»

Sie begriff, was er meinte. «Frag weiter! Komm schon, lass es uns herausfinden!»

«Hast du einen kleinen Spiegel, Fratz?», fragte er Morayn.

Sie nickte und holte ihn.

«Als Nächstes werde ich eine Kerze auf den Tisch stellen und einen Lichtreflex auf deine Augen richten, Meryem. Sag mir, wenn sich etwas ändert.»

Er stellte die Kerze auf ihre linke Seite und tat wie beschrieben. «Hast du eine Veränderung bemerkt?»

«Nein, aber ich kann die Kerze sehen.»

Das hatte er sich schon gedacht. Er bat Meryem aufzustehen und dem Feuer den Rücken zuzuwenden. «Sind die Flammen noch da?»

«Nein.»

Während er mit seinen Tests weitermachte, stellte er fest, dass sich eine ungewöhnliche Ruhe über den Raum gesenkt hatte. Diese Familie war immer in Bewegung. Sie redeten, kämpften, schrien oder — nicht ganz so häufig aufgrund der unsicheren Zeiten — lachten. Nun jedoch beobachteten ihn alle wie hypnotisiert. Selbst das kleine Mädchen blieb ruhig, trotz seiner unzähligen Fragen und der seltsamen Dinge, die er sie tun ließ.

Äußerst interessant waren ihre Antworten zu den Familienporträts und den Geistern. Sie konnte die Umrisse der Menschen auf der Leinwand erkennen, aber nicht die blasse Präsenz ihrer Mutter und Großmutter.

«Lasst mich meine Beobachtungen und Vermutungen zusammenfassen», sagte er schließlich. «Meryem hat eine raffinierte Methode entwickelt, um sich ähnlich wie wir Sehenden zu orientieren. Erstens kann sie Wärmequellen identifizieren. Da dies nur funktioniert, wenn sie dem heißen Objekt gegenübersteht, glaube ich, dass sie das mit ihren Augen tut. Ihre Eindrücke sind überraschend detailliert. Sie konnte eine von zwei Flammen unterscheiden, sobald die Kerzen einen Fingerbreit voneinander entfernt waren.»

«Gut gemacht, Kleine!», sagte Maira und umarmte das Mädchen.

«Zweitens benutzt sie ihre Stimme und deren Echo, um Hindernisse zu lokalisieren. Ich kenne das von meinem blinden Freund. Deshalb redet sie meist lauter als nötig und dreht sich, wenn sie auf etwas antwortet, von euch weg.»

«Und ich dachte immer, dass es dich nicht interessiert, was ich dir sagen oder beibringen wollte», gab Morayn zu.

Meryem zog eine Schnute. «Du dachtest, ich sei dumm.»

«Selbst wenn das stimmt, so habe ich es zumindest nie ausgesprochen. Ich glaube, ich war die meiste Zeit verwirrt. Es tut mir leid.»

Der Kleine nickte.

«Ihre dritte Fähigkeit ist interessant. Irgendwie kann sie unsere Energie wie einem Umriss wahrnehmen. Das funktioniert für echte Menschen, für die meisten Porträts und für Rüstungen, die schon oft getragen wurden. Als wir durch die Waffenkammer und die Schmiede gingen, habt ihr selbst gesehen, wie sie alte Rüstungen ohne Probleme identifizierte. Auf die neue, die der Schmied gerade fertiggestellt hatte, reagierte sie jedoch nicht.»

«Wie erklärst du dir das?», brummte der Fjellgard.

«Unsere Essenz überträgt sich auf die Dinge, die wir tragen und berühren, und hinterlässt generell Spuren in der Welt. Als Mörder arbeite ich mit dieser Art der Energie. Sie erlaubt es mir zu fühlen, wenn mich jemand heimlich beobachtet, und auf der Mission werde ich versuchen, den König anhand dieser Spuren zu finden.»

Hroar runzelte die Stirn. «Wie soll das mit den Gemälden funktionieren?»

«Ein talentierter Maler erkennt die Essenz seines Modells und überträgt sie auf sein Werk. Deshalb lösen manche Bilder eine so starke Reaktion in uns aus und andere nicht. Wer auch immer eure neusten Familienporträts gemalt hat, bewies große künstlerische Leidenschaft.»

«Es war Eirik, der seine Frau und unsere Mutter malte — in einer

Zeit, als unsere Welt noch in Ordnung war.» Hroar lächelte wehmütig. «Er war nicht besonders talentiert. Was ihm an Fähigkeiten abging, machte er mit Eifer wett.»

«Dann konnte ich eine letzte Erkenntnis gewinnen. Bedenkt man, was ich euch bisher berichtet habe, kam diese unerwartet. Deine Mutter und Schwägerin beobachten und folgen uns seit Beginn der Tests. Meryem ist sich ihrer Anwesenheit nicht bewusst. Es scheint, dass ein Mensch, wenn er einmal tot ist, keine Spuren mehr hinterlässt — was mich vor die Frage stellt, weshalb ich dann Geister sehen kann.»

«Macht mich das dumm?», fragte das Mädchen.

Solcher Schmerz! Emilio nahm ihre kleine Hand in seine. «Nein, das tut es nicht. Du bist ein hellwaches Mädchen und hast alles toll gemacht.»

«Kannst du mir das Lesen beibringen?»

Die Erwachsenen wurden traurig. Morayn presste ihre Lippen zusammen, und Maira streckte die Hand nach Meryems Schulter aus.

«Das sollte möglich sein. Aber da ich morgen zu einer Mission aufbreche, muss ich jemandem aus deiner Familie zeigen, was dabei zu tun ist. Können alle lesen?»

Besagte Familie starrte ihn an, als ob ihm Hörner gewachsen wären.

«Ja, aber ich will, dass Freya es mir beibringt. Sie hat eine so schöne Stimme und ist geduldig.»

«Maira, kannst du einen Teil von Freyas Pflichten übernehmen, während sie Meryem unterrichtet?», fragte Hroar.

«Natürlich, aber ich möchte auch wissen, wie es funktioniert.»

Sie wollten keinen Moment länger warten. Er musste liefern, genau hier und jetzt.

Emilio fragte nach den Dingen, die er brauchte — ein Brett aus weichem Holz oder Kork, eine dicke Nadel, Tinte, eine Feder und Pergament. Als er sich an die Arbeit machte, stand Morayn direkt hinter seinem Stuhl und beschrieb für Meryem, was er tat. Die anderen beobachteten ihn ebenso stumm wie fasziniert.

Als Emilio bereit war, begann er zu erklären. «Wie zuvor erwähnt, war einer meiner Freunde in der Gilde — Ghost Singer — blind. Der Meister hatte es nicht bemerkt, als er ihn seiner Familie stahl. Wir befürchteten, dass er ihn töten würde, falls er es herausfand. Solange die Geister da waren, lasen sie Ghost Singer vor. Aber Gespenster kommen und gehen. Sie wohnen bei Familien, nicht bei heimatlosen Wanderern wie uns.»

Eine Hand auf seiner Schulter erschreckte ihn. Als er hinter sich schaute, trafen seine Augen auf Morayns, deren Grün vor Mitgefühl ganz dunkel schimmerte.

Emilio konzentrierte sich wieder auf seine Arbeit und weigerte sich, den Blicken der Anwesenden zu begegnen. «Als Lehrlinge lebten wir alle zusammen in einem halb verfallenen Herrenhaus im ältesten Viertel von Eterna. Wachen bewachten die Türen, damit kein Feind versuchte, die Zöglinge des Meisters zu vernichten. Jeden Morgen kamen Lehrer, sonst aber blieben wir unter uns und lernten selbständig. Es gab eine ganze Bibliothek aus Schriftrollen. Am Anfang lasen wir Ghost Singer die Texte vor. Aber sein Gedächtnis war nicht so präzise, egal wie sehr er sich konzentrierte. Dann brachte uns der Meister ein kleines Kind — das einzige Mädchen, das er je stahl — und sie war auch blind. Und wir wussten, dass wir eine andere Lösung finden mussten.»

«Wie alt warst du?», fragte Hroar leise.

«Etwa acht. Mehrere von uns suchten, aber alle gaben schließlich auf, alle außer mir. Ich zog das kleine Mädchen groß. Sie war zu jung, um allein zu überleben. Ich glaube, der Meister wollte, dass sie starb.»

Er erzählte zu viel, ließ seine Einsamkeit und Verbitterung sprechen.

Und wenn schon! Vielleicht bin ich dann in ihrer Erinnerung mehr als nur ein Mörder.

«Sie war seine persönlichste Rache, das eine Mal, als er seinen Gefühlen nachgab und nicht aus Berechnung handelte. Wir haben nie herausgefunden, wo er sie stahl. Mit ihrer wachen Intelligenz und ihrer Beobachtungsgabe stellte sie mir unzählige Fragen, als sie älter wurde. Auf die meisten wusste ich keine Antwort. Sie ließ mich die Buchstaben mit ihrem Finger nachzeichnen und konnte unglaublicherweise ertasten, wo Tinte das Pergament bedeckte und wo nicht. Aber der Unterschied war zu diffus, um die Buchstaben zu erkennen. In jenem Moment hatte ich eine Idee. Sie funktioniert mit einseitigen Schriftrollen. Dies traf auf die meisten Schriftrollen der Gilde zu, da der Meister seine Texte auf billigstem Pergament bestellte, dessen Qualität so minderwertig war, dass die Tinte auf der Rückseite durchdrückte. Und die Texte müssen in der alten Sprache vorliegen, die nur Großbuchstaben kennt und weniger Zeichen als die moderne Schrift verwendet. Dann kannst du das tun.»

Emilio zeigte ihnen die Rückseite des Pergaments, an dem er gearbeitet hatte.

«Jeder Buchstabe der alten Sprache wird durch eine simple Anordnung von Nadelstichen gekennzeichnet. Immer wenn ich einen neuen Text las, markierte ich ihn sogleich und wurde ziemlich geübt darin. Faya musste nur die Schriftrollen umdrehen und den Text auf der Rückseite von rechts nach links lesen. Das hier ist dein Name, Meryem.»

Er nahm ihren Zeigefinger und platzierte ihn auf dem Pergament. «Beweg den Finger von rechts nach links. Spürst du, dass der erste und letzte Buchstabe identisch sind?»

Ihr entrücktes Staunen zog ihm das Herz zusammen. Plötzlich sah er das Gesicht eines anderen Mädchens, dessen Haut olivbraun schimmerte, und Erinnerungen stürzten auf ihn ein. «Bitte entschuldigt mich. Ich will jetzt allein sein», sagte er und floh aus dem Arbeitszimmer.

STUNDEN SPÄTER SAß er immer noch in der Bibliothek und starrte ins Leere. Sein Leben war nichts Besonderes gewesen, aber nun war alles weg, verloren in einer unendlich fernen Zukunft, die vielleicht nicht einmal wahr wurde. Die Erkenntnis erfüllte ihn mit tiefer Traurigkeit. Reina, Faya, Ghost Singer … sie alle existierten nicht mehr.

Er hatte alle möglichen Gefühle und Reaktionen durchlaufen — Verleugnung, Wut, den Versuch zu verhandeln und Verzweiflung. Irgendwann in der Verhandlungsphase waren die beiden Geister erschienen, um ihm Gesellschaft zu leisten. Hroars Mutter wählte den gleichen Sessel wie Morayn in der Nacht zuvor. Sie strickte, die geisterhaften Nadeln unheimlich still. Ihre Schwiegertochter stand weiter weg, während sie heiter die Flammen des magischen Lichts beobachtete. Sie hob den Kopf, als jemand mit den Wachen draußen flüsterte.

Die kleine Tür im Portal öffnete sich gerade weit genug, um ein Kind hereinzulassen. Meryem schritt gezielt auf ihn zu. Vor seinem Sessel blieb sie stehen, ihre Augen auf sein Gesicht gerichtet. Sie zeigten den gleichen Grünton wie die ihrer älteren Schwester, und wenn sie ihn so ansah, wäre er nie auf den Gedanken gekommen, dass sie blind war.

Nun, auf ihre eigene Art erkannte sie ihn, zumindest als Umriss. Wenn er sie korrekt verstanden hatte, konnte sie sogar seinem Blick folgen, weil die Augen so viel von der Seele oder Essenz eines Menschen in sich konzentrierten.

«Es tut mir leid, dass du traurig bist.» Sie kletterte neben ihn in den Sessel und legte die Arme um seinen Hals. «Das ist unfair, nachdem du mir so ein großes, großes Geschenk gemacht hast.»

Er erwiderte Meryems Umarmung und streichelte ihr seidiges Haar. Würde sich auch Morayns Haar so weich und lebendig anfühlen? Emilio schob den Gedanken beiseite. «Das ist nicht so schlimm, Kleines. Ich bin froh, dass ich dir helfen konnte.»

Ihr Duft war dem ihrer Schwester ähnlich. Er setzte sich aus der gleichen Ahnung von Schnee, Kiefernholz, Honig und Harz zusammen, doch sein Effekt war reiner und kindlicher und weckte seinen Beschützerinstinkt. Morayns Duft hingegen benebelte ihm die Sinne. Ihre gemeinsame Reise würde die Hölle werden.

«Darf Morayn reinkommen? Sie steht draußen mit Essen, das Freya dir schickt.»

Er schloss seine Gefühle weg, hoffentlich an einem Ort, wo er sie selbst nicht mehr fand. «Natürlich.»

Ein Wachmann öffnete die Tür für die Königin. Sie trug ein Tablett. «Freya schickt dir dieses Essen. Sie befahl mir, es dir notfalls in den Hals zu stopfen.»

Emilio schnaubte. «Tat sie das, Fratz?»

Morayn grinste und stellte das Tablett auf den kleinen Tisch neben ihm. «Nein. Vielleicht habe ich ihre Worte umformuliert. Aber sie hat mir befohlen, dich zum Essen zu bringen. Uns steht morgen eine schwierige Reise bevor. Du wirst all deine Kraft brauchen.» Sie sank mit einem Seufzer in einen Sessel.

Emilio zuckte zusammen.

Morayn sandte ihm einen schiefen Blick. «Sag jetzt nicht, dass ich auf einem Geist sitze.»

«Auf deiner Großmutter, die strickt. Aber es scheint sie nicht zu stören.»

Morayn warf stöhnend den Kopf zurück. «Verdammt, Strolch! Mein Leben war viel einfacher, bevor du gekommen bist.»

«Aber nicht annähernd so interessant», sagte Meryem. «Das hast du selbst gesagt, Schwester.»

Hoppla! Wer hätte gedacht, dass das Gesicht der Königin genauso rot aufleuchten konnte wie das Haar auf ihrem Kopf.

Morayn stand auf der Treppe zum Palas und überwachte die Vorbereitungen im Hof von Burg Icefjell. Es war früh an einem trostlosen Morgen — nicht, dass jemand das bemerkt hätte. Die deprimierende Dunkelheit, die sich seit dem Verschwinden ihres Vaters über das Königreich gelegt hatte, blieb unverändert. Eisige Sturmwinde prallten mit voller Wucht in zerbrechliche menschliche Körper. Und unter den hochgewachsenen und kräftigen Wachen ... der Mörder.

«Besorgt?», fragte Freya und legte mütterlich den Arm um Morayns Taille.

«Ja, vielleicht sogar ängstlich. Wir sollten nicht in dieser schrecklichen Kälte draußen sein. Das ist kein Wetter für Sterbliche.»

Freya nickte. «Ich habe seit Wochen keinen Witz über die Kälte gehört. Ich hätte nie gedacht, dass sie so unerträglich werden könnte. Sogar unsere Wachen frieren.»

Morayns Augen kehrten zu dem Mörder zurück. *Schon wieder.* Er bereitete sein Pferd auf die Reise vor, eine vergleichsweise kleine Stute, die sie für ihn ausgewählt hatten. Seine Hände waren sanft, als er das Fell des Tieres bürstete und es nicht ohne Schwierigkeiten sattelte. Die Stute mochte im Vergleich zu den anderen Pferden klein sein. Gezüchtet als Reittier eines Kriegers überragte sie ihn trotzdem, als wäre er ein Kind.

«Wir hätten ihm ein Pony geben sollen.»

«Morayn!», schimpfte Freya.

Sie errötete und hoffte, dass das unberechenbare Licht die Farbe ihrer Wangen verbarg. Die Fackeln in den Wandhalterungen rund um den Hof knatterten im Sturmwind. Sie bestanden aus einer speziellen Pechmischung und gingen nie aus, auch nicht im stärksten Orkan. Aber durch sie wirkte der Hof ihrer schönen Burg wie der Eingang zur Hölle.

«Musstest du ihn so attraktiv und niedlich ausstaffieren?» Nun, da der Mörder passende Kleidung trug, wirkte er nicht mehr so klein — solange er nicht neben einem Nordmann stand. Freya hatte ihn in feinste Wolle und Seide und kostbares Fell und Leder gekleidet. Sogar die improvisierte Panzerung aus Meeresschuppen, von denen jede Einzelne kristallgleich glitzerte, passte zu ihm.

Freya zögerte. «Eigentlich traf ich alle meine Entscheidungen im Bestreben, ihn bestmöglich vor Kälte und Gefahr zu schützen, was dringend nötig ist. Das federartige Fell des Eisfuchses sieht niedlich aus, aber wie du weißt, sind die Haare hohl und isolieren dadurch ausgezeichnet gegen die Kälte. Und so weiter. Ich hätte nie erwartet, dass er durch all das zum Anbeißen aussieht.»

«Ernsthaft!» Morayn warf ihr einen zweifelnden Blick zu.

Freya ließ ihn keinen Moment lang aus den Augen. «Ja, ernsthaft, Morayn. Ich sorge mich um euch alle, aber am meisten um ihn. Pass gut auf ihn auf, ja? Er mag nicht das sein, was du erwartet hast, aber er hat uns so viel gegeben.»

«Das werde ich.» So seltsam es unter den Umständen schien, aber ihr Versprechen kam aus tiefstem Herzen.

Eine besonders bösartige und eisige Windböe wirbelte eine Armee aus Schneeteufeln auf, die sich bis zur Höhe der Wehrgänge aufblähten.

Freya wickelte sich enger in ihr dickes Schultertuch. «Ich fühlte Hoffnung, als er dich zum Lachen brachte. Und dann gestern mit der Kleinen …»

«Ich weiß.» Morayns Brust füllte sich mit Wärme.

Als er ihr seine Fragen stellte, war Meryem vom ersten Augenblick an fasziniert gewesen. Alle anderen Männer, sogar so fürsorgliche und freundliche wie Fjellgard oder Hroar, hätten die Tests so rasch als möglich hinter sich gebracht. Der Mörder jedoch nahm sich die Zeit, den Hintergrund seiner Fragen zu erklären, und veränderte dadurch die Welt ihrer kleinen Schwester für immer. Nachdem er sich von Erinnerungen überwältigt zurückgezogen hatte, bestand Meryem darauf, sogleich mit dem Lernen zu beginnen.

«Ich erwartete, ganz von vorne anzufangen», sagte Freya verwundert. «Aber als ich ihren Finger auf die Nadelstiche des ersten Buchstabens legte, war es, als würde eine Welle der Energie durch ihren Körper strömen.»

«Ich erinnere mich», bestätigte Morayn.

«Ich kenne diesen Buchstaben!», hatte Meryem geschrien. «Das ist genau die Form, die du mir beigebracht hast, Morayn.»

Und ihre geschickten kleinen Finger glitten den Spickzettel des Wolfes hinab, während sie bei jedem neuen Buchstaben, den sie fand, eine Vermutung anstellte. Da die Buchstaben in der traditionellen Reihenfolge angeordnet waren, hatte sie jedes Mal recht.

«Macht schon! Ich will mehr lesen», hatte sie herrisch verlangt.

Danach war die ganze Familie damit beschäftigt, minderwertiges Pergament mit Nadelstichen zu markieren, und verbrachte einige wunderbare Stunden. Nie würde Morayn das glückliche Leuchten im Gesicht ihrer Schwester vergessen.

«Freya, sollte ich die Mission nicht überleben …»

«Denk nicht einmal daran!», unterbrach Freya sie sofort.

Morayn lächelte über die grenzenlose Liebe, die sie im Gesicht ihrer Freundin sah. «Ich habe darüber nachgedacht, wie wir zukünftig mit Meryems Blindheit umgehen. Wenn das vorbei ist, werde ich entweder jedes neue Buch als einseitige Schriftrollen bei Eternas Schriftgelehrten bestellen. Oder vielleicht können wir die jungen Leute, die wir für ihre Aufgaben in unserem Königreich ausbilden, um Hilfe bitten.»

«Wie stellst du dir das vor?»

Morayn überprüfte rasch den Status der Vorbereitungen. Ihnen blieb Zeit, bis alle zum Aufbruch bereit waren.

«Nachdem ich mich unzählige Male mit der Nadel gestochen hatte, ging ich gestern Abend zu unserem Silberschmied. Er wiederum sah mich an, als hätte ich den Verstand verloren. Dann begriff er, was ich von ihm wollte, und war fasziniert.»

Freya schaute mit gequälter Miene auf ihre eigenen Fingerspitzen. «Emilio ließ es einfach aussehen, nicht wahr? Meine Finger waren nicht mehr so zerstochen, seit ich als Kind nähen lernte, und jene Fähigkeit war hart erarbeitet. Aber wie kann der Silberschmied helfen?»

«Ich hoffe, dass er für jeden Buchstaben einen Stempel und für die Stempel eine Art Führungslineal herstellen kann, so dass sie einer geraden Linie folgen. Es ist nur eine Frage der Zeit, bis Meryem auch schreiben will.»

«Das ist eine geniale Idee! Kann er es tun?»

«Er denkt ja — falls er eine genügend harte Legierung findet, damit die Nadeln auf Dauer spitz bleiben.»

«Und dann können wir den Gerber bitten, aus sonst nutzlosen Fellen Pergament für uns herzustellen, das wir selbst zu Schriftrollen nähen. Du möchtest, dass die jungen Verwalter die Bücher in unserer Bibliothek transkribieren?»

Morayn nickte. «Für alles, was sie im Rahmen ihrer Pflichten aufschreiben, verwenden sie die alte Sprache. Vielleicht sind einige oder alle von ihnen bereit zu helfen.»

«Da bin ich mir sicher, Morayn. Deine Familie wird sehr geliebt.»

Morayn erinnerte sich an etwas und wandte sich Freya zu. *Mal sehen, wie scharf seine Beobachtungsgabe wirklich ist.* «Neben der Blindheit meiner kleinen Schwester erkannte der Mörder noch etwas anderes. Er sagte, dass du ein wunderbares Geheimnis in deinem Herzen versteckst.»

Ihre Freundin wurde leichenblass.

«Sag nichts. Lass mich stattdessen dir etwas sagen.» Morayn umarmte die größere Frau sanft. «Aus tiefstem Herzen wünsche ich mir, dass die geheimsten Hoffnungen in *deinem* Herzen wahr werden. Es war ein gesegneter Tag für unsere Familie, als der Fjellgard dich vom entlegensten Dorf des Königreichs in diese Burg brachte. Wir fanden eine zweite Mutter, eine wunderbare Freundin und eine der intelligentesten und gleichzeitig liebevollsten Frauen, die ich je kennenlernen werde.»

Tränen stiegen in Freyas strahlend blaue Augen. «Ich liebe dich so sehr, Morayn.» Sie erwiderte die Umarmung sanft. «Vielen, vielen Dank für deine berührenden Worte, aber ich muss doch mit dir schimpfen. Du glaubst nicht, dass du lebend zurückkehren wirst, oder?»

In den Armen ihrer Freundin sprach Morayn die Wahrheit. «Ich spüre keine Vorahnung, ob ich zurückkehren werde oder nicht. Gleichzeitig bin ich überzeugt, dass diese Reise nur in tiefer Traurigkeit enden kann.»

«Du erwartest, dass dein Vater tot ist?»

«Das oder Schlimmeres.» Morayn löste sich vorsichtig von Freya. «Und jetzt müssen wir gehen. Die Wachen sind bereit.»

Die Tür zum Palas öffnete sich. Wie gerufen stellten sich Hroar und Fjellgard den eisigen Sturmwinden. Maira und Meryem begleiteten die Männer.

Die Wachen kamen, um sich zu verabschieden. Der Mörder folgte ihnen.

«Bist du sicher, dass du weder mich noch den Fjellgard dabei haben willst, Morayn?», fragte Hroar mit vor Sorge zerfurchter Stirn.

«Wir sind uns in unseren Fähigkeiten ebenbürtig, Onkel. Ich bin die Königin und eine ausgebildete Kriegerin. Du bist der mächtigste Ritter dieses Königreichs und ein ausgezeichneter König auf Zeit — oder auf Dauer. Eine ähnliche Beziehung verbindet den Fjellgard mit Olin. Wir müssen unsere Kräfte aufteilen. Sonst werden wir zu verwundbar.»

Hroar seufzte. «Ich stimme dir zu, aber das bedeutet nicht, dass es mir gefällt. In Ordnung. Wachen, gebt mir eure Gelübde.»

Fünf riesige Männer stellten sich in einer Reihe vor ihm auf. Der kleingewachsene Mörder fand seinen Platz an ihrem rechten Ende, fast vor Morayn.

Während er ein unbekannter Faktor war, kannte sie jeden der Wachmänner gut. In ihrer Kindheit waren sie Freunde oder väterliche Beschützer gewesen. Später wurden sie zu ihren Trainingspartnern. Alle hatten sich freiwillig für die Mission gemeldet.

Für Olin fiel die Opferbereitschaft mit seinen Pflichten zusammen. Als Kommandant war er für jeden Wachmann im Königreich verantwortlich, auch für diejenigen in den entlegensten Außenposten. Die Reise bot ihm die Möglichkeit, Morayn zu beschützen und Informationen zur Sicherheit seiner Männer zu sammeln.

Dann war da Egil, der Heiler, der etwa ein Jahrzehnt älter war als Morayn. Als wildes Kind hatte sie oft harmlose, aber stark blutende Verletzungen erlitten. Sie erlaubte nur ihm, diese zu versorgen, sehr zum Missfallen ihres Vaters, da Egil damals ein Lehrling war und wegen seiner Faszination für Sprengstoffe als verrückt galt. «Warum er?», fragte Eirik sie jedes Mal. Morayn lächelte immer noch über ihren einfachen Grund. Egil hatte blonde Haare — eine Seltenheit unter den Nordmännern — und sah aus wie ein Engel aus den alten Sagen. Beobachtete sie während einer Behandlung die leuchtenden Strähnen, bemerkte sie vor lauter Staunen die Schmerzen nicht.

Von Fiske, dem Stallmeister, wusste sie alles über Tierhaltung. Er war ein paar Jahre älter als sie, ein bulliger und bärenstarker Mann, der eine ruhige, ja sogar schüchterne Art besaß. Er trug sein schwarzes Haar im traditionellen Stil. Dabei wurden die Haare der Schädeldecke zu einem Pferdeschwanz gebunden und jene an den Schläfen zu langen Zöpfen geflochten. Sein Bart war ebenfalls geflochten und mit Knochenperlen verziert.

Der nächste Wachmann zwinkerte ihr grinsend zu. Halvard war gleich alt wie sie und einer ihrer besten Freunde. Sie liebte ihn wie einen Bruder. Obwohl er inzwischen erwachsen war, erinnerte er sie immer noch an den Jungen, mit dem sie im Schlamm gespielt hatte. Das lag an seiner Statur — er war mit Abstand der kleinste der anwesenden Wachen, nur einen halben Kopf größer als sie — und an der Tatsache, dass er seinen Bart sehr kurz trug.

Iver, das fünfte Mitglied der Gruppe, überragte alle. Er war in Olins Alter, ein erfahrener und furchtloser Wachmann. In Tausenden anstrengenden Trainingsstunden hatte er sie im Umgang mit Waffen geschult, ihre Kampftechnik verfeinert und ihr die Kunst der Kriegsführung beigebracht. Er kannte sie von ihrer besten und schlechtesten Seite und gehörte zu den ganz wenigen Menschen, die ihr Temperament unbeeindruckt ließ. Auch war er haariger als ein Bär, was Morayn in jenen Augenblicken geschätzt hatte, wenn sie eine Schulter zum Ausweinen brauchte.

Olin sank auf ein Knie.

«Ich bin Olin, Kommandant der Fjellwachen. Ich bin bereit, mein Leben für die Sicherheit meiner Königin und unserer Truppe zu geben.»

Hroar bedankte sich mit der rituellen Geste der Nordmänner.

«Mein Name ist Egil Fjellgard. Ich verspreche mein Leben …»

Während Fiske, Halvard und Iver ihre Gelübde ablegten, fragte sich Morayn, was der Mörder tun würde.

Als er an die Reihe kam, sah er zuerst sie an, dann Hroar. Sein Gesicht war ausdruckslos und seine dunklen Augen undurchschaubar. «Mein Name ist Emilio – Wolf des Südens. Ich bin bereit, mein Leben für die Sicherheit meiner Königin und unserer Gruppe zu geben.» Geschmeidig und mit einer leichten Verbeugung sank er auf ein Knie.

Seine Worte erfüllten sie mit unerwarteter Freude. *Meine Königin.* Er hatte es schon früher gesagt, meistens im Zorn. Diesmal klang es so, als ob er es ernst meinte.

Wie bei den Wachen zuvor bestätigte Hroar den Schwur des Mörders.

«Steigt auf eure Pferde, Männer, wir reiten!», befahl Morayn, ihre Stimme rau und laut, damit sie nicht vor Angst zitterte.

Während Hroar und Fjellgard die Wachen zum Abschied umarmten, wollte der Mörder zu seiner Stute gehen.

«Nicht so hastig, junger Herr. Kommst du wohl her und tust deine Pflicht!»

Sogar Morayn gehorchte immer sogleich, wenn Freya diesen Ton verwendete. Der Mörder wandte sich ihr nur zu, sein Gesichtsausdruck verwirrt.

«Komm her, Wolf», sagte Freya sanfter und streckte ihre Hände aus.

Er näherte sich vorsichtig. «Was habe ich falsch gemacht?»

Sie ging ihm die letzten Schritte entgegen. «Nichts, aber wir lassen dich nicht ohne einen richtigen Abschied ziehen.» Sie umarmte ihn. Dabei bewegte sie sich ungewöhnlich langsam, denn er schien bereit zu fliehen.

Es dauerte einen Moment, bis seine Arme sich um sie legten. «Aber ich bin weder ein Verwandter noch gehöre ich zu deinem Volk», hörte Morayn ihn sagen. Die Worte verloren sich fast im Pfeifen des Windes.

«Eine Familie wird nicht durch Blut, sondern durch Liebe geschmiedet.» Freya legte ihm die Handflächen auf die Wangen. «Pass auf dich auf und versprich mir, lebend zurückzukehren.»

«Ich werde mein Bestes geben», sagte er.

Sie küsste seine Stirn, als wäre er eines ihrer Kinder. «Sieh zu, dass du das tust, Emilio.»

Hroar und Fjellgard kamen auch, um sich zu verabschieden, ihre Umarmungen so intensiv wie Freyas, aber begleitet von männlichem Schulterklopfen. Der Mörder ging beinahe in die Knie, als sie ihre Kraft nicht kontrollierten.

Alle beobachteten, wie er zu seinem Pferd ging, wo Olin auf ihn wartete.

«Lass mich dir helfen, junger Herr», sagte der Kommandant auf seine übliche schroffe Art.

«Bleib mir bloß vom Leib!» Der Mörder riss ihm die Zügel aus der Hand und sprang so schnell in den Sattel, dass Morayn nur staunen konnte. «Der Tag, an dem ich Hilfe brauche, ist der Tag, an dem ihr mich begrabt!» Er lenkte sein Pferd zu den Toren der Burg, wo er auf den Rest der Truppe wartete.

«Da hat jemand Temperament und Krallen.» Hroar lachte leise. «Ich bin froh, dass der Junge nicht so langweilig ist, wie er uns glauben machen will.»

Morayn verabschiedete sich.

Allzu früh schlugen die Tore der Burg hinter den Reitern zu. Undurchdringliche Dunkelheit umgab sie. Die Flammen ihrer Fackeln boten das einzige Licht in der schwarzweißen Hölle, zu der Tag und Nacht im Königreich des Nordens verschmolzen waren und die sich bis in die Unendlichkeit erstreckte.

Diese Reise ist zum Scheitern verurteilt!

«Los geht's!», schrie Morayn zuversichtlich für ihre Gefährten und führte die Truppe nach Norden.

SIE ENTWICKELTEN SCHNELL eine praktische Routine. Morayn, die einen riesigen schwarzen Hengst ritt, und Fiske, dessen fuchsfarbenes Ross noch größer war, ritten zuvorderst. Die langen Beine ihrer Pferde pflügten einen Pfad durch den fast brusthohen Schnee und wurden auch mit versteckten Senken fertig.

Die zweite Reihe bestand aus Egil, Emilio in der Mitte und Olin. Halvard und Iver bildeten das Schlusslicht. Eine Wache in jeder Reihe trug eine Fackel.

Die Luft klirrte vor Kälte. Das endlose Heulen des Windes war ohrenbetäubend.

Emilios Sinne hatten längst den Dienst quittiert. Er mochte ein Mörder sein, aber in diesem Wahnsinn war er blind wie eine Fledermaus. Und jeder einzelne Atemzug in der eisigen Luft tat weh, fast so als würde eine Unzahl von Hornissen in seine Lungen stechen.

Als sie den Plan im geschützten Arbeitszimmer des Prinzregenten entworfen hatten, schien er machbar zu sein. Gemäß Hroars Erklärung gab es über das ganze Königreich verstreut *Zufluchten* — sichere Behausungen, die ausschließlich den diensttuenden Wachmännern vorbehalten waren.

In den Wäldern entsprachen diese Zufluchten Hütten. Sie boten Schutz vor den Elementen und den Wesen, die nachts das Land durchstreiften. In den kleineren und größeren Siedlungen bestanden sie aus Steinhäusern. Und sie lagen nie weiter als eine bequeme Tagesreise voneinander entfernt. Offenbar schlief kein Nordmann gerne im Dreck.

Zu so einer Zuflucht waren sie unterwegs.

Wie der Fratz im Schneesturm den Weg fand, konnte Emilio nicht erkennen. Er brauchte seine gesamte Energie dafür, das Klappern seiner Zähne zu unterdrücken.

Nach einer Weile lotste Olin sein Pferd direkt neben ihn.

«Du reitest so gut, wie du behauptet hast», lobte er ihn schroff.

Emilio nickte nur.

«Versuch nicht, das Innere deines Mantels mit dem Atem zu erwärmen, so verlockend das schient. Unser Atem ist feucht, und du wirst nur noch mehr frieren. Trag stattdessen den Umhang wie ich.»

Emilio beobachtete und imitierte Olins Bewegungen. Am Ende bedeckte sein Umhang ihn und sein Pferd wie ein Zelt. Den zuvor überflüssig scheinenden Stoff entlang der vorderen Nähte trug er um den linken Arm gewickelt.

«Wenn du zur Waffe greifen musst, heb einfach den Arm, und der Umhang ist aus dem Weg. Aber bis das passiert, wird sein Tuch dich und dein Pferd schützen und die Körperwärme des Tieres dich wärmen.»

Es dauerte nur wenige Augenblicke, bis Emilio erkannte, dass Olin recht hatte. «Danke. — Ich dachte, du und deine Männer hassen mich.»

Der Kommandant zog ein seltsames Gesicht. War das gerade ein Grinsen gewesen?

«Kein Krieger lässt sich gerne von einem Zwerg besiegen. Aber auf deine Art bist du genauso sehr ein Krieger wie wir. Betrachte unsere Schroffheit als Respekt.»

« … sagte er, während ich in der Mitte reite, wo das schwächste Mitglied der Gruppe hingehört. Dir ist schon klar, dass ich das gefährlichste Lebewesen hier draußen bin?»

«Vielleicht.» Der Kommandant schnaubte. «Es sei denn, das grässliche Wetter hat die wirklich schlimmen Monster aus den Bergen ins Tal getrieben.»

«Was meinst du damit?»

«Furchterregende Wesen hausen im ewigen Schnee und Eis unserer Gipfel, Wolf. Sie sind tödlich, aber wir Menschen sind ihnen egal. Sie würdigen uns nicht einmal als Beute, sondern ziehen ihre eigenen, meist einsamen Kreise. Doch mit dieser schlimmen Kälte … Ich weiß nicht. Ich hoffe, sie sind da, wo sie hingehören, weit weg von uns.»

Emilio schauderte und wechselte das Thema. Er nickte zu Morayn, die mit kerzengeradem Rücken vor ihnen ritt. Sie hatte die Fackel von Fiske übernommen und schien sie ohne Anstrengung zu tragen.

«Wie findet sie ihren Weg? Ich kann nur sagen, dass wir uns wie vorgesehen nach Norden orientieren.»

«Du bist im Nachteil, weil du dieses Königreich nie in seiner ganzen Schönheit gesehen hast. Wir folgen einer der Haupthandelsrouten, einer Straße. Siehst du die Vertiefungen im Schnee dort, dort und dort wieder?» Er zeigte nach rechts. «Das sind Grenzsteine. Egal wie dick die Schneedecke wird, über ihnen entstehen Dellen, sobald die weiße Masse sich setzt. In normalen Wintern binden wir auch in regelmäßigen Abständen farbige Stangen an die Grenzsteine, damit die Straße immer sichtbar bleibt.»

. . .

SIE RITTEN STUNDENLANG WEITER. Emilio fiel in eine lähmende Starre. Er fror zwar nicht mehr so sehr, aber das Kreischen des Windes war reine Folter.

In diesem Zustand brauchte er einen Moment, um zu erkennen, dass die Dinge sich zum Schlechten gewendet hatten. Er sah seine Gefährten an. Die Reiter an seiner Seite starrten geradeaus. Ihr Blick war leer. Er schaute hinter sich. Auch die Nachhut hatte den Fokus verloren.

«Fratz!», bellte er.

Keine Reaktion.

«Verdammt, Fratz, schau mich an!»

Morayn reagierte nicht. Ihre Fackel war fast abgebrannt. Die Flammen glühten gefährlich nah an ihrer behandschuhten Hand. Er trieb seine Stute an und ließ sie einige Sprünge weit galoppieren. Ihr kleinerer Körper quetschte sich zwischen die Pferde der Vorhut. Emilio riss Morayn die Zügel aus der Hand und zog. Ihr Hengst stieg voller Zorn.

Sie brachte ihn unter Kontrolle. «Verdammt, Strolch, bist du verrückt!», schimpfte sie, während ihr Reittier immer noch aufgeregt tänzelte.

«Wo sind wir, Fratz?»

Sein Tonfall alarmierte sie. Bestürzt prüfte sie ihre Umgebung.

«Etwas stimmt nicht», sagte Emilio leise und mit allen Sinnen lauschend. «Vor einer Weile fielen wir alle in eine Art Trance. Je weiter wir uns von der Burg entfernen, desto heller wird es. Wir befinden uns nicht mehr auf der Straße. Und der Schneefall hat fast aufgehört.»

Morayn teilte einen Blick mit Olin, der zu Emilio aufgeschlossen hatte.

«Er hat recht. Das fühlt sich wie eine Falle an», sagte der Kommandant.

Die letzten Sturmböen ebbten ab. Eine unnatürliche Stille legte sich über das Land.

Morayn warf abgebrannte Fackel weg und löste Köcher und Bogen aus den Halterungen ihres Sattels.

In der gespenstischen Stille schien jedes Geräusch so laut wie ein Donnergrollen — das schwere Atmen und Schnauben ihrer Pferde, das Knarren der Sättel und Ausrüstung. Emilio hörte sogar den kräftigen Herzschlag von Morayns Hengst.

Dann begann das Heulen.

Ein Ruck ging durch seine Gefährten.

Morayn wurde blass und seufzte dann resigniert. «Und so endet unsere Reise vorzeitig.»

«Wegen eines Rudels Wölfe?», fragte Emilio leise.

«Keine gewöhnlichen Wölfe, sondern diejenigen, die inmitten unserer schneebedeckten Gipfel hätten bleiben sollen. Schau!»

Ihr fehlgeleiteter Ritt hatte sie in ein fast flaches, dünn bewaldetes Gebiet geführt. Umsichtig erzogene Bäume wuchsen in regelmäßigen Abständen — Äpfel und Aprikosen, wenn Emilio sich nicht irrte, wahrscheinlich die Plantage eines Bauern.

Etwas bewegte sich zwischen den Stämmen. Die Umrisse verschmolzen mit der dicken Schneeschicht. Er versuchte aus seinen Beobachtungen schlau zu werden, zunächst ohne Erfolg. Dann dämmerte die Erkenntnis.

Himmel, sie waren riesig! Und näherten sich schnell.

«Verkaufen wir unsere Haut so teuer wie möglich.» Morayn spannte ihren Bogen.

«Warte!» Emilio hob eine Hand. «Lass mich zuerst etwas versuchen. Wie tief ist der Schnee?»

«Wahrscheinlich hüfttief.»

«Kann ich darin laufen?»

Sie schnaubte. «Du kannst es versuchen, Strolch.»

Emilio rutschte aus dem Sattel.

Morayn griff nach unten und packte ihn am Nacken seines Umhangs. «Bist du verrückt? Bleib hier!»

«Wenn du überzeugt bist, dass wir sterben, warum lässt du mich nicht zuerst etwas versuchen?»

Ihre Blicke bohrten sich ineinander. Das Gefühl, das sich in den Tiefen ihrer Augen verbarg, war interessant und ähnlich unerwartet wie das Auftauchen der Wölfe. «Lass es mich versuchen, Morayn», appellierte er an ihre Vernunft. «Ich bin hier auf geborgte Zeit. Auch wenn es nicht funktioniert, kann ich sie wenigstens ablenken, während ihr flieht.»

War das eine Träne in ihren Wimpern? Nein, er musste sich irren.

Sie ließ ihn los.

Mit einem letzten Blick auf ihr blasses Gesicht kämpfte sich Emilio durch den Schnee den Wölfen entgegen, zwei völlig verschiedene Gedanken in seinem Kopf. Er hätte zu gerne gewusst, welche Haarfarbe Morayns Helm und Umhang im Moment verbargen. Gleichzeitig fragte er sich, wie es sich anfühlte, in Stücke gerissen zu werden. Seine verrückte Idee konnte nicht funktionieren.

Der Anführer des Rudels kam fünf Schritte vor ihm zum Stehen. Sein Kopf war gesenkt, sein Schwanz gerade ausgestreckt und sein schneeweißes Fell gesträubt. Er knurrte durch gebleckte Zähne.

Emilio starrte in die brennenden orangegoldenen Augen der Kreatur. Hatte er jemals etwas so Schönes und Majestätisches gesehen?

Er versenkte sich tief in seine Erinnerungen, dann sandte er sein Bewusstsein aus.

Die Zeit schien zu erstarren. Der Augenblick dehnte sich zu einer Ewigkeit. Er hörte die Geräusche der Reiter hinter sich und das bedrohliche Knurren des lauernden Rudels. Sie waren nicht mehr wichtig. Nur sein Willenskampf mit dem Anführer zählte.

Schließlich entspannte sich die Kreatur, setzte sich in den Schnee und betrachtete ihn. Der Rest des Rudels legte sich hechelnd hin. Die Wolfskönigin kratzte sich mit einer Hinterpfote das Ohr.

«Wachen, gleitet ganz langsam von euren Pferden. Fratz, komm zu mir — ebenso langsam», befahl er laut genug, damit seine Gefährten es hören konnten.

Der Wolf zuckte beim Klang seiner Stimme, blieb aber ansonsten ruhig.

Bald näherten sich knirschende Schritte. «Du willst, dass ich dein Weibchen spiele?», fragte sie. Ihre Stimme klang gefasst, aber er hörte das leichte Zittern darin.

Das Mädchen *war* klug. «Ja.»

Sie näherte sich ihm gleichzeitig verspielt und respektvoll und machte sich klein, damit er größer wirkte.

Als sie seine Seite erreichte, nahm er ihre Hand. Selbst durch die dicken Handschuhe, die sie beide trugen, fühlte er, wie eiskalt ihre Finger waren.

«Ich werde dich jetzt küssen, Fratz. Schlag mich nicht.»

«Oh, muss das sein?», beschwerte sie sich.

«Du kannst mir auch Respekt zollen, indem du mein Gesicht leckst — ganz, wie du willst.»

«Das muss dann auch nicht sein. Küssen wir uns.»

Es erforderte immensen Mut, den Blick von dem Wolf abzuwenden. So als würde er es als absolut selbstverständlich erachten, dass diese Kreatur sich ihm unterwarf.

Genieß den Kuss. Es könnte dein letzter sein.

Morayns Augen starrten zu ihm hoch, weil sie sich immer noch kleiner machte. Ihr Blick war entsetzt, das Grün viel dunkler als sonst. Ihr betörender Duft nach Pinienholz, Harz und Honig — verstärkt durch ihre Angst — hüllte ihn ein. Sie war nicht ganz so mutig, wie sie alle glauben ließ.

Emilio lächelte leicht, neigte den Kopf und küsste sie. Er hatte sich gefragt, wie sich das anfühlen würde, seit sie ihn in seiner Kammer angegriffen hatte.

In dem Moment, als sich ihre Lippen berührten, raste eine Welle glühenden Verlangens durch seinen Körper. Er zog sie an sich und sie stöhnte. Seine Lenden reagierten.

«Ernsthaft jetzt?», flüsterte sie gegen seine Lippen. «Es erregt dich, wenn ein Rudel Wölfe und meine Wachen uns dabei zusehen?»

«Du weckst die seltsamsten Gelüste in mir, Fratz.» Er drehte den Kopf, um den Wolfskönig anzusehen.

Das Tier lag entspannt im Schnee und hechelte, den Kopf leicht schief gelegt.

«Ihm scheint es auch zu gefallen. Männer!»

«Wenn dich das ärgert, dann schau jetzt nicht zu deinen Wachen hin. Sag ihnen, sie sollen sich mir auf allen vieren nähern.»

Sie gehorchte. Bald saßen die fünf Wachen zu seinen Füßen im Schnee, der ihnen bis zu den Schultern reichte.

«Glaubst du wirklich, dass das funktionieren wird?», fragte Olin fast tonlos.

«Er weiß, dass ich kein Interesse an seinen Weibchen und dem Rest des Rudels habe. Und er hat kein Interesse an euch. Wenn ich mich seiner Achtung würdig erweise, können wir vielleicht ein Band knüpfen. Ich muss mich ihm jetzt nähern. Bleibt hier.»

Die richtige Mischung aus Überheblichkeit und Respekt zu finden, war gar nicht einfach, besonders als das Tier sich erhob. Der Wolf war so groß wie er. Ihre Augen befanden sich auf gleicher Höhe.

Bitte schau weg, dachte Emilio.

Mit einem leisen Jaulen sprang der Wolf vorwärts. Emilio fand sich damit ab, dass gleich scharfe Zähne sein Fleisch zerrissen. Stattdessen leckte ihm eine große Zunge vom Kinn über die Nase bis zur Stirn und sabberte sein Gesicht voll.

«Uuh, ekelhaft!», hörte er Morayns Stimme, war aber zu erleichtert, um sich zu ärgern.

13

Sie erreichten die Zuflucht — eine Hütte — irgendwann nach Einbruch der Dunkelheit. Die Wölfe, die ihnen den ganzen Weg zurück zur Straße und nach Norden gefolgt waren, fächerten aus und bildeten einen Schutzring um das Gebäude. Es war größer, als Emilio aufgrund der Beschreibungen erwartet hatte.

Er führte sein Pferd in den angebauten Stall, wo Fiske ihm die Zügel aus der Hand nahm.

«Ich muss mich um meine Stute kümmern», protestierte Emilio.

«Ich weiß. Und unter normalen Umständen würde ich dich lassen. Aber du bist halb erfroren und müde. Geh dich aufwärmen und ruh dich aus. Ich werde mich gut um sie kümmern.»

Emilio gehorchte, dankbar für die Unterstützung des Mannes. Ihm war kälter und er war erschöpfter als je zuvor in seinem Leben.

Im Hauptraum hatte Olin bereits ein Feuer entfacht.

«Setz dich!» Der Kommandant zeigte auf einen von acht oder neun Sesseln. Sie bestanden aus groben Holzlatten, ohne Sinn für Ästhetik zusammengenagelt, und waren überraschend bequem. Emilio streifte die hohen Stiefel ab und zog seine Füße unter den Umhang hoch. Innerhalb weniger Augenblicke war er eingeschlafen.

«Wach auf, Strolch! Es gibt zu essen.» Etwas Weiches kitzelte seine Nase und füllte sie mit dem Duft nach Pinienholz und Honig.

Emilio öffnete ein Auge. Morayn hielt eine Strähne ihres langen

Haares zwischen den Fingern.

«Ich hätte aufwachen und mich an diesem Sessel bewusstlos niesen können, Fratz», scherzte er schwach.

Sie lächelte. «Wollen wir noch mal von vorne anfangen? Dann kannst du es versuchen.»

«Nicht nötig. Reiten wir weiter?»

«Nein. Ich habe dich geweckt, weil du essen musst. Hier.» Sie reichte ihm eine großzügig gefüllte Schale und einen Löffel.

Als er sie von ihr entgegennahm, streiften sich ihre Finger. Die Berührung hinterließ ein prickelndes Gefühl. «Danke.»

Rund um ihn herum waren die Wachen dabei, den Eintopf hinunterzuschlingen.

Emilio aß langsamer. Wer auch immer gekocht hatte, verdiente dafür großes Lob.

«Wurzeltee.» Olin gab ihm eine Tasse. «Das sollte deinen Husten lindern.»

Emilio dankte ihm, trank und aß in Gedanken versunken weiter. Nach einer Weile wurde ihm bewusst, dass alle ihn beobachteten.

«Das war sehr beeindruckend, wie du ein Band zu einem Bergwolf und darüber hinaus einem Rudelführer geknüpft hast. Wärst du nicht da gewesen, hätten sie uns alle getötet.» Olin hob seine Tasse. «Danke!»

Die Wachen und Morayn wiederholten seine Worte.

«Wie bist du auf die Idee gekommen, Strolch? Es kann kein Zufall sein, dass du Wolf des Südens genannt wirst.»

Soll er es ihnen verraten? Er traf die Entscheidung gemäß dem Mantra seines neuen Lebens. *Wen interessiert's?*

«Als ich noch bei meiner Familie lebte, verlief ich mich an einem Wintertag im Wald. Sie suchten mich und fanden mich schlafend in einem Nest aus toten Blättern und umgeben von einem Rudel Wölfe, die mich wärmten. Ich habe nicht allzu viele Erinnerungen an diesen Vorfall, weil ich damals fieberte — der Hauptgrund, weshalb ich mich verlaufen hatte. Erinnerungsfetzen deuten darauf hin, dass ich zum Anführer des Rudels ging, ihn um Hilfe bat und mich irgendwie mit ihm verband. Und diese Fähigkeit ist mir geblieben.»

Olin füllte Emilios halb leere Tasse nach. «Was passiert jetzt? Werden die Wölfe bei uns bleiben, oder sind sie morgen früh weg?»

«Ich denke, sie bleiben bei uns, bis wir ihr Gebiet verlassen.»

«Werden sie uns gegen Angriffe verteidigen?»

Emilio tastete nach dem Bewusstsein des Wolfskönigs und erhielt die Bestätigung. «Ja.»

Olin hob seine Augenbrauen. «Du bist ein nützlicher Verbündeter in diesen gefährlichen Zeiten. Fassen wir zusammen, was wir heute gelernt haben: Die ewige Dunkelheit scheint sich um Burg Icefjell zu konzentrieren. Sobald wir das Umland verließen, wurde sie allmählich zur Dämmerung. Auf unserer Weiterreise sehen wir vielleicht sogar wieder Tageslicht. Die Schneestürme scheinen sich ähnlich zu verhalten. Das gilt leider nicht für die Temperaturen. In meinem ganzen Leben habe ich keine so klirrende Kälte erlebt.»

Seine Gefährten nickten.

«Dann ist da die Anwesenheit der Bergwölfe in unserem Tiefland. Hast du eine Ahnung, warum sie hier sind, Wolf?»

Emilio sortierte die Eindrücke, die er über die Verbindung erhalten hatte. «Sie scheinen aus ihrem Territorium in unsere Richtung vertrieben worden zu sein. Sie sind fast so erschöpft wie wir.»

«Nicht gut. Fiske, hast du einen äußeren Einfluss bemerkt?»

«Sie sind sie selbst. Welche Macht auch immer sie in unsere Richtung schickte, hoffte auf einen natürlichen Abschluss der Begegnung.»

Morayn schlug mit der Faust auf ihre Armlehne, zuckte zusammen und pulte einen Splitter aus ihrer Haut. «Alles deutet auf den Hexer hin. Er besitzt die notwendigen Kräfte, um die ewige Dunkelheit und das grässliche Wetter heraufzubeschwören. Er könnte die Bergwölfe erschreckt haben …»

«… und er sandte wahrscheinlich den Dämon, um dich zu töten», vervollständigte Emilio den Satz für sie. «Damals geschah so viel, dass ich eine wichtige Frage vergaß: Was wisst ihr alle über jene Kreaturen?»

Olin seufzte. «Wenig. Bis zum Angriff galten sie als Horrorgeschichte aus der Vergangenheit, eine Sage, die man ungehorsamen Kindern erzählt. Man sagt, sie seien fleischgewordene Manifestationen der schwarzen Seele eines Hexers, geschaffen aus seinem eigenen Blut. Niemand glaubte mehr an ihre Existenz.»

«Was geschieht, wenn ein Dämon und ein Bergwolf sich treffen? Wer würde gewinnen?»

Olin blickte von Morayn zu seinen Männern. Alle zuckten mit den Schultern. «Keine Ahnung, Wolf. Wir sind nicht mal sicher, ob die Bergwölfe sterblich sind oder nicht.»

Stille senkte sich auf den einfachen, aber gemütlichen Raum.

Emilio wäre fast wieder eingenickt. Seine Gesichtshaut kribbelte und brannte zugleich wie stets nach langen Aufenthalten in der Kälte — ein Effekt, den er hasste. Er fühlte sich träge und müde.

Er erschrak, als Morayn sich erhob. «Wir sollten ins Bett gehen, Strolch», sagte sie und hielt ihm die Hand hin.

Was zum Teufel? Er schaute in ihre Augen und sah Besorgnis und etwas anderes, das sie schnell zu verbergen versuchte.

«Ich verstehe nicht.»

Olin knurrte. «Die Königin hat das mit mir und dem Fjellgard besprochen, als wir diese Mission planten. Unsere Situation ist etwas … vage. Der Gebrauch der Zufluchten ist ausschließlich Wachen und der königlichen Familie vorbehalten. Wir hatten noch nie einen Gast. Also mussten wir uns entscheiden, was du bist. Nach langer Diskussion gaben wir dir den Status eines Mitglieds der Herrscherfamilie. Das bedeutet, dass du in der königlichen Kammer schlafen wirst.» Er klang nicht allzu glücklich darüber.

Solange es ein Bett gab, war Emilio mit dieser Entscheidung einverstanden. Er stand auf und ignorierte Morayns Hand. «Geh voraus, Fratz. Ich folge dir.»

Eine versteckte Tür führte in eine geräumige Kammer mit einem großen Bett und mehreren Kinderbetten. Jemand hatte ein Feuer entfacht. Es gab zwei Fenster, die beide mit Brettern verbarrikadiert waren.

«Neben dem Kamin steht ein Waschbecken. Du kannst es zuerst haben», sagte Morayn und löste die Verschlüsse ihrer Rüstung. Ihre Stimme klang schroff. Ihr Haar schien ein Eigenleben zu führen und flackerte mit Reflexen von Violett bis Orange. Vielleicht war sie wütend auf ihn.

Emilio war in einem Zimmer mit einem Dutzend anderer Jungen und einem Mädchen aufgewachsen und kannte keine Scheu. Er zog sich aus, ging zum Becken und legte sein bestes Messer in Reichweite. Das Schicksal bevorzugte die Wachsamen, und solange dieses Königreich bedroht wurde, bestand immer die Möglichkeit eines Angriffs.

Selbst hier in der Wildnis war das Becken beheizt. Es gab weiche Tücher — kleinere, um den Körper zu waschen, und größere, um die Haut zu trocknen. Die grobe Seife hatte einen angenehm herben Geruch.

Er reinigte Haut und Zähne mit der für ihn üblichen effizienten Aufmerksamkeit. Ein stinkender Mörder war ein toter Mörder. Außerdem war sein Körper mit seinen Haaren, der Haut, den Zähnen und Nägeln das Einzige, was ihm und wirklich nur ihm gehörte. Seine Fähigkeiten, sein Schicksal und seine Zukunft gehörten dem Meister — oder jetzt den Wächtern der Treppe. Wer wusste das schon? Sie konnten seinen Körper ausleihen, ihn sinnvoll einsetzen oder misshandeln, aber wegnehmen konnten sie ihn ihm nicht, ohne ihn zu töten. Sie konnten ihm unerträgliche Schmerzen bereiten und sein Leben beenden, aber selbst dann gehörten der Schmerz und der Moment des Todes nur ihm. Diese Erkenntnis hatte ihn in Zeiten tiefster Verzweiflung getröstet.

Als etwas unerwartet seinen Rücken berührte, reagierte Emilio instinktiv und fixierte den Gegner gegen die Wand, bereit, ihm bei der kleinsten Regung den Hals durchzuschneiden.

Schockierte grüne Augen starrten in seine.

«Verdammt, Fratz, was hast du dir dabei gedacht?»

MORAYN ÖFFNETE ihre Rüstung in einem Zustand tiefer Verwirrung, zog sie aus und warf den Rest ihrer Kleidung oben drauf, bis sie nur noch eine knielange Untertunika über ihrem Hemd trug.

Seit der Mörder in Icefjells Kirche aus dem Nichts aufgetaucht und ihr vor die Füße gefallen war, glich ihr Leben einem einzigen Chaos.

Er fügte ihrer Wut eine neue Nuance hinzu, machte sie traurig und fuchsteufelswild, brachte sie zum Lachen und vor Mitleid zum Weinen. Sie hatte sich darauf eingestellt, ihn auf dieser Mission zu beschützen, als wäre er ein hilfloses Kind. Stattdessen hatte er den Spieß umgedreht und ihnen allen das Leben gerettet.

Ihr Moment weißglühender Wut war sein Augenblick kalter Berechnung. Sein sanftes und zurückhaltendes Wesen machte ihn unter normalen Umständen fast unsichtbar. Im Arbeitszimmer des Prinzregenten hätte sie seine Anwesenheit vergessen, wäre da nicht ihre Wut gewesen, die ihn wie ein Leuchtfeuer in ihrer Wahrnehmung markierte.

Und jetzt stand er nackt da und wusch sich, als wäre das die natürlichste Sache der Welt. Nun, das war es. In einem Lager mit anderen Kriegern hätte sie dasselbe getan. Aber das war keine gewöhnliche Situation. Wie konnte er es wagen, sie zu ignorieren und so zu tun, als wäre nichts passiert!

Morayn, die sich von ihm abgewandt hatte, um den Ausdruck auf ihrem Gesicht zu verbergen — die Hoffnung starb zuletzt, selbst mit diesem verräterischen Haar —, schwang herum. Alle Absichten, ihm die Meinung zu sagen, lösten sich in Luft auf.

Weshalb hatte sie das nie zuvor bemerkt?

Vielleicht warst du nicht so sehr an der Rückseite seines Körpers interessiert, als du ihn heimlich in Freyas Arbeitszimmer beobachtet hast.

Wann immer ihr Gewissen sie an ihre dümmeren Momente erinnerte, sprach es mit einer zynischen Mädchenstimme in ihrem Bewusstsein. Morayn verabscheute sie, war aber dankbar für ihre Existenz. Durch sie konnte sie ihr schlimmes Temperament zügeln — nicht immer, aber manchmal.

Er beugte sich tief über das Becken, um das Gesicht zu waschen.

Der riesige Wolfskopf, der auf seine Schultern und den oberen Rücken tätowiert war, schien sich zu bewegen. Die Augen beobachteten sie. Ihre Farbe war die gleiche wie die des Mörders, wenn sein Zorn aufflackerte — ein helles Braun mit einem furchterregenden Orangeton.

Das flackernde Licht des Feuers offenbarte etwas anderes. Narben von Peitschenhieben kreuzten seine Schulterblätter.

Als Prinzessin eines Kriegervolkes kannte Morayn alle verschiedenen Techniken. Es gab Peitschenhiebe, deren Ziel es war zu zerfleischen und zu entstellen. Sie hinterließen schlimme Narben und töteten alle Empfindungen in den betroffenen Hautstellen. Am anderen Ende der Skala standen jene Peitschenhiebe, die wieder und wieder größtmögliche Schmerzen verursachen sollten. Sie heilten zu dünnen, fast unsichtbaren weißen Narben ab. Der Mann hatte Dutzende davon, womöglich Hunderte.

Ohne willentliches Zutun setzten sich ihre nackten Füße in Bewegung, bis sie direkt hinter ihm stand. Ihre Fingerspitzen berührten die Mähne des Wolfes.

Sie wusste nicht, wie ihr geschah.

In einem Moment stand sie da und versuchte zu verstehen, wer so etwas tun konnte. Im nächsten Augenblick fand sie sich gegen die Wand gepresst wieder, ihre Arme und Beine bewegungsunfähig und sein Messer an ihrer Kehle.

«Verdammt, Fratz, was hast du dir dabei gedacht?» Er klang atemlos und ebenso schockiert, wie sie sich fühlte. «Schleich dich nie so an mich heran.»

Seine Klinge schnitt in ihre Haut.

Morayn erkannte, dass sie völlig hilflos war. Er lehnte sich mit dem vollen Gewicht gegen sie und nutzte gleichzeitig eine Kampftechnik, die dieses weit über seine schmale Statur hinaus verstärkte. Sein Halt ihrer Arme und Beine war unlösbar. Ein Nordmann hätte sich vielleicht

bewegen können und sich damit selbst die Kehle an dem Messer aufgeschlitzt.

Der ganze Mann war eine perfekt trainierte Waffe.

Und offensichtlich genauso überrascht wie sie von dem, was gerade
passiert war. Er verharrte bewegungslos, starrte in ihre Augen und atmete
heftig. Jedes Mal, wenn er den Atem in die Lungen sog, presste sich seine
Brust fester gegen ihre Brüste.

Brennende Hitze stieg Morayn zu Kopf. Ihr Körper wurde schwer,
ihre Lippen trocken. Sie leckte sie und wunderte sich über ihre Empfind-
lichkeit.

Seine Wangen färbten sich dunkel, und sein Blick ging zu
ihrem Mund.

Die Hitze ihrer Körper verstärkte seinen ganz persönlichen Duft.
Darin verbanden sich moschusartige, holzige und ledrige Elemente zu
einer berauschenden Mischung.

Morayn wollte sie von seiner Haut lecken. Verlangen stieg in ihr auf.

Küss mich, Strolch, bitte!

Er gehorchte.

Und Morayn stiegen die Tränen in die Augen. Sein Kuss war erfüllt
von tiefer Wertschätzung, zärtlich, aber sicher und voller Begehren. Die
kleinste sinnliche Bewegung seiner Lippen gegen ihre ließ sie nach mehr
verlangen.

«Wenn du das Messer wegnimmst, weiß ich etwas anderes, das wir
tun können», flüsterte sie.

Er erwachte aus seiner Leidenschaft. Plötzlich war sie frei und musste
ihre Handflächen in die Holzwand stemmen, um ihm nicht vor die Füße
zu sinken.

Himmel, war er schön! Und er sah ohne Lendenschurz noch attraktiver aus. Morayn hatte nicht gewusst, was sie erwartete. Mit all der
Körperbehaarung konnten die meisten Nordmänner nackt herumlaufen,
ohne dass ein Mädchen mehr sah, als sie sollte.

Er brachte seine heftige Atmung unter Kontrolle. Sein Gesicht nahm
den üblichen neutralen Ausdruck an. Sie fing an, diese Maske zu hassen.

«Weist du mich zurück?», fragte sie.

Warum konnte sie das Zittern in ihrer Stimme nicht kontrollieren?
Um Himmels willen, sie war die Königin und eine ausgebildete Kriegerin!

«Das habe ich nicht gesagt.» Er kam zu ihr und bot ihr eine Handfläche dar.

Sie legte ihre Hand hinein. Er führte sie zum großen Bett, setzte sich mit ihr hin und platzierte das Messer in Reichweite. Seine Nacktheit schien ihn überhaupt nicht zu stören, während Morayn sich in ihrer Tunika sehr verletzlich fühlte.

«Wir müssen reden.»

Morayn schnaubte. «Ich biete dir Sex, Strolch, und du willst reden? Wie romantisch!»

Er hob ihre Hand an seine Lippen und drückte einen sanften Kuss auf die Knöchel. «Langsam, Fratz. Verlangen vergeht. Aber Ehre, einmal weg, kann nicht wiedererlangt werden. Bitte schau mich an.»

Sie hob stolz den Kopf, obwohl sie wusste, dass Tränen in ihren Wimpern hingen.

«Du bist die Königin, und meine Situation ist unklar. Kannst du diese Entscheidung treffen, ohne später unter ihren Folgen zu leiden?»

Sie starrte ihn an und wunderte sich über das warme Gefühl, das seine Frage in ihrer Brust auslöste. «Mein Volk ist pragmatisch. Unser Königreich mag wunderschön sein, trotzdem kann das Leben von einem Moment auf den nächsten enden. Beziehungen passen sich diesem Umstand an. Freya hatte zwei Gefährten, bevor der Fjellgard sie nach Burg Icefjell brachte. Ihre Kinder sind von vier verschiedenen Männern. Als Königin genieße ich die gleiche Freiheit, solange ich dafür sorge, dass das Königreich sicher ist.»

«Und willst du wirklich mich als deinen ersten Liebhaber? Ich bin ganz anders als diese Männer — in jeder Beziehung.» Er nickte in Richtung Vorderzimmer.

«Wie kommst du darauf, dass du mein Erster bist?» Morayn warf ihren Kopf zurück und starrte ihn an.

Er lächelte nur. «Ernsthaft, Fratz. Das ist weder der Ort noch die Zeit für Stolz.»

Sie blickte zu ihren ineinander verschlungenen Händen, die auf der Decke ruhten. Seine dunkle Haut kontrastierte stark mit ihrer hellen.

Er hatte das Recht zu dieser Frage, und es war Zeit für die Wahrheit.

«Ich hatte Angebote verschiedener Art — Sex zur Entspannung, Freundschaft mit Vorteilen, sogar Heiratsangebote. Aber wenn ich in mein Herz und meine Seele schaute, fühlte ich immer ein Zögern und konnte nie zustimmen. Seit du mir zu Füßen gefallen bist, weiß ich warum.»

Eine sanfte Berührung unter dem Kinn brachte sie dazu, seinen Blick zu erwidern. Er hörte wirklich zu. All seine beunruhigende Aufmerksamkeit konzentrierte sich auf sie.

Morayn lächelte ein wenig traurig. «Ich mag die Nordmänner und schätze sie wegen ihres Ehrgefühls, ihrer unerschütterlichen Ehrlichkeit und ihres fast grenzenlosen Mutes. Es gibt sogar gut aussehende, die sich rasieren, so dass sie nicht ganz so haarig sind. Aber nichts ändert die Tatsache, dass ich etwas anderes für mich will.»

«Berücksichtigen wir neben meiner ungelösten Situation die Tatsache, dass du Zeit brauchen wirst, um dieses *etwas andere* für dich zu definieren — was ist, wenn du heute Abend mein Kind empfängst?»

Plötzlich war die Hitze wieder da, während sich das warme Gefühl in ihrer Brust weiter ausdehnte. «Nichts würde mich mehr freuen», flüsterte sie ohne zu zögern, ihre Stimme rau.

Er atmete überrascht ein. Seine Augen begannen zu brennen.

«Wenn du dir sicher bist, dann komm mit mir.» Ohne ihre Hand loszulassen, erhob er sich und nahm das Messer.

«Wohin gehen wir?»

«Uns waschen. Und danach zurück ins Bett, um uns zu lieben.»

14

S ie erhob sich und folgte ihm willig. Er war sich ihrer Nähe sehr bewusst. Ihr berauschender Duft stellte seine Willenskraft auf eine harte Probe.

«Warum nimmst du das Messer mit?»

«Geh niemals unbewaffnet in feindlichem Gebiet. Wir mögen uns hier drin sicher fühlen, aber das kann sich jederzeit ändern.» Vor allem, wenn sie es mit Hexern und ihren Dämonen zu tun hatten.

Er ließ ihre Hand los und legte das Messer an die gleiche Stelle wie zuvor. Er goss das Wasser, das er benutzt hatte, in den Eimer auf dem Boden und füllte das Becken aus dem Krug wieder auf.

«Und warum muss ich mich waschen? Ich weiß zwar nicht viel, aber ich werde kaum sauberer, wenn ich mit dir schlafe. Oder stinke ich?» Sie schnupperte an ihren Achselhöhlen.

Er musste über ihre Direktheit lächeln, die ihrem Temperament ebenbürtig schien. Es machte ihr wahrscheinlich nicht einmal etwas aus, wenn er ja sagte. Aber das wäre eine Lüge.

Er hob die Tunika über ihren Kopf und ließ sie auf den Boden fallen. Nun trug sie nur noch ihr gepolstertes und gestepptes ärmelloses Hemd. Es war ein clever geschnittenes enges Kleidungsstück, das ihre Brüste bei starker Anstrengung hielt und schützte.

Er nahm ein Tuch. «Du riechst gut, Fratz. Und ja, du wirst nicht sauberer. Aber wir müssen diese Zuflucht vielleicht eilig verlassen, und der Schnee hinterlässt eine Art Rückstand auf unserer Haut. Ich hasse ihn. Du wirst dich morgen besser fühlen, wenn du dir jetzt die Zeit nimmst, ihn abzuwaschen.»

Ihr Blick wurde stechend. «Du spürst den Schneestaub? Die Männer machen sich immer über mich lustig, wenn ich ihn erwähne. Kannst du auch den Schnee riechen?»

«Ja, aber ich finde seinen Geruch nicht angenehm. Ich hasse ihn so sehr, wie ich die Kälte hasse. Es tut mir leid, meine Königin der feurigen Haare und schneebedeckten Berge.»

Zögernd trat sie näher und schlang ihm die Arme um die Taille. Ihre Fingerspitzen auf seinem Rücken zitterten. «Ich bevorzuge auch die warme Jahreszeit. Du magst es nicht glauben, aber im Sommer ist das ein wunderschönes Königreich. Die Luft ist warm, manchmal sogar heiß, und die Tage scheinen endlos. Wir müssen die Dunkelheit und die eisige Kälte vertreiben.»

«Wer weiß? Vielleicht schaffen wir genau das.» Er streichelte ihren Nacken. Wenn sie so nah war, fiel es ihm schwer, sich auf das Gespräch zu konzentrieren.

«Muss ich mich wirklich waschen? Ich würde lieber lernen, dich zu lieben.» Sie presste sich an ihn.

Ihre Nasenspitzen berührten sich fast. «Wer sagt, dass sich das nicht verbinden lässt?», flüsterte er und tauchte das Tuch ins Becken.

Ihr Blick folgte seiner Hand, als er sie zu ihrer Kehle hob und das Wasser aus dem Tuch presste. Die Tropfen rannen über die weichen Hügel ihrer Brüste. Einige wurden von ihrem Hemd aufgesogen. Andere verloren sich in dem Tal dazwischen.

Emilio beugte sich vor und leckte die Feuchtigkeit weg. Mit einem leisen Stöhnen drängte sich Morayn gegen ihn. Ihre Hände fassten seinen Kopf.

«Nimm es für mich ab», streichelte sein Flüstern ihre Haut.

Sie löste die vier winzigen Schnallen, die das Hemd schlossen, zwei auf jeder Seite ihres Körpers. Dann zog sie es über den Kopf. Es fiel ihr aus den Händen, als er sie wieder küsste, diesmal ihre Nackenbeuge.

«Erlaube mir, dir beim Waschen zu helfen, meine Königin.» Er setzte sie auf einen Hocker und begann an ihren Füßen. Dabei kümmerte er sich liebevoll um jeden Zeh und bemerkte, dass sie sich beide kleinen Zehen einst gebrochen hatte — was fast allen passierte, die mit Pferden arbeiteten.

Während er ihren Waden und Knien Tribut zollte, wurden ihre Augen neblig und ihr Atem schwer. Weg war das hitzköpfige Mädchen. Sie wirkte völlig offen und verletzlich.

«Zweifel?», fragte er.

«Nein!»

Er bat sie aufzustehen und zog sie an sich. Mit einem Arm hielt er sie, mit dem anderen wusch er ihr Schultern und Rücken. Von dort wanderte seine Hand weiter zu ihren Beinen. Dabei vermied er stets jene Stelle, wo sie die Berührung herbeisehnte. Ihr Atem strich über die Haare auf seiner Brust.

Sanft drehte er sie um, so dass sie mit dem Rücken an ihn lehnte. Mit einem Stöhnen schmiegte sie die Stirn an seine Schläfe. Ihre Hände kneteten selbstvergessen seine Schenkel. Es schluckte leer, froh, dass die Ausbildung ihn zu einem Meister der Selbstbeherrschung gemacht hatte.

Er konnte ihr kaum widerstehen — diesem unglaublich schönen, feurigen Geschöpf. Jeder schlanke Muskel ihres Körpers war durchtrainiert, ihre Haut straff und doch so weich. Als er mit dem Tuch über ihre Brüste und ihren Bauch strich, wiegte sie sich anmutig. Ihr Haar kitzelte seine Haut, und ihr sanftes Stöhnen wurde häufiger. Auch ihre Arme schienen empfindsam zu sein, denn sie reagierte auf jede Berührung mit Genuss.

Als er zärtlich ihre Hände nach vorne brachte, um ihre Finger zu waschen, sah sie ihn plötzlich an. Er verlor das Gleichgewicht und stolperte gegen sie.

Ihr Grinsen war wölfisch. Sie lernte das Spiel schnell und genoss ihre Macht über ihn.

«Zeit, ins Bett zu gehen, Strolch.» Sie nahm das Messer, packte seine Hand und zog ihn mit sich.

MORAYN ERWACHTE VON EINEM SANFTEN, aber beharrlichen Klopfen. «Meine Königin?», rief Olin leise.

Sie stöhnte etwas Unverständliches.

«In einer Stunde brechen wir auf. Du und dein Mann, ihr müsst vorher essen.»

Morayn stöhnte bestätigend. Olins Schritte entfernten sich. Er wusste, dass sie kein Morgenmensch war und er sich trotzdem auf ihre Professionalität und ihren Gehorsam verlassen konnte.

Heute fand sie es schwieriger als an anderen Morgen. Ihr Körper fühlte sich müde und gleichzeitig entspannt an wie nach einem perfekten Training. Das verdankte sie *ihm*.

Sein Kopf lag auf ihrer Brust, sein Oberkörper angenehm schwer auf ihrem Bauch und Becken. So waren sie nach ihrem letzten Liebesspiel eingeschlafen.

Möglicherweise war sie ein wenig gierig gewesen.

«Strolch?», flüsterte sie und berührte seinen Hinterkopf.

«Mmh?»

«Wir brechen in einer Stunde auf.»

«Ich habe es gehört», murmelte er. «Ich will nicht aufstehen. Du bist ein bequemes Kissen.»

«Und du wirst schwer!», klagte sie und drückte spielerisch gegen seine Schultern. Das war gelogen. Sein Gewicht war genau richtig, substanziell genug, damit sie ihn ernst nahm. Gleichzeitig konnte sie ihn während des Liebesspiels auf den Rücken drehen, wann immer sie wollte.

«Komm schon, Strolch! Ich stehe zuerst auf. Du folgst mir.»

Er rollte von ihr weg.

Morayn wusch sich schnell. Was der Tag bringen würde? Je weiter sie ritten, desto gefährlicher wurde ihre Reise. Es schien ein böses Omen, dass sie bereits gestern auf eines der größten Übel getroffen waren, auch wenn dieses Übel nun als Verbündete mit ihnen reiste.

Als sie fast angezogen war, wanderte ihr gedankenverlorener Blick über das Bett und traf auf seinen. Er beobachtete sie, völlig wach, obwohl sich sein Körper nicht im Geringsten bewegt hatte.

Sie fand seine Stille beunruhigend. In einer Welt, in der kraftvolle Bewegung dem männlichen Ideal entsprach, war er ein Fremdkörper. Er erinnerte sie an eine Eiskatze. Diese weißen Tiere bewegten sich lautlos, wurden fast nie gesehen und waren tödlicher als die Bergwölfe vor der Hütte. Weil sie sich nie auf Kämpfe einließen, solange sie ausweichen konnten, lebten sie mit den Menschen in einem für beide Seiten unbehaglichen Frieden zusammen.

Sie sandte ihm ein Lächeln und verließ den Raum, um sich ihren Wachen zu stellen.

Eine Kakophonie aus anzüglichen Pfiffen begrüßte sie.

«Soll ich den Damensattel für dich vorbereiten, meine Königin?», scherzte Olin mit einer Verbeugung.

Sie ging zu ihm, bis sie Nase an Nase standen oder — präziser gesagt — ihre Nase an seiner Brust. «Der Einzige, der einen Damensattel braucht, bist du, Kommandant, wenn du diese Witze nicht lässt.»

Er grinste, während sein Blick sich in ihren bohrte. Als er fand, was er suchte, entspannte er sich. «Ich bin froh, dass es dir gut geht, Morayn. Wie geht es deinem kleinen Mann? Ich hoffe, du hast ihn nicht mit Haut und Haaren verschlungen.»

Sie wurde ernst. «Seid nicht zu derb zu ihm, Kommandant, Männer.» Sie fixierte jeden einzelnen Wachmann.

«Natürlich nicht. Wir wollen ihn nicht verscheuchen.»

Morayn half bei den Vorbereitungen für das Frühstück und die Abreise. Als Königin war sie trotzdem ein Mitglied der Wachen.

Der Mörder schlich einige Minuten später in den Raum, ihre gepackten Satteltaschen in den Händen.

Die Wachen schmunzelten und benahmen sich größtenteils. Olin und Iver klopften ihm so enthusiastisch auf die Schultern, dass er in die Knie ging. Als die Aufmerksamkeit der Männer woanders hinwanderte, rieb er sich heimlich die misshandelten Stellen.

Sie wusste aus eigener Erfahrung, wie sehr dieses Schulterklopfen schmerzte. Die Wachen testeten so den Wert eines Menschen ohne offenen Kampf.

KURZE ZEIT später brachen sie auf. Als sie die Pferde aus dem Stall führten, erhoben sich die Bergwölfe.

«Willst du heute meine Hilfe, junger Herr? Du musst dich erschöpft fühlen nach den Anstrengungen der vergangenen Nacht.» Olin sah auf den Mörder hinab.

Morayn unterdrückte ein amüsiertes Schnauben.

«Wenn die Hölle zufriert», knurrte der Mörder.

Morayn beobachtete neidisch, wie er geschmeidig aufstieg. Sie war müde, ihre Beine nicht ganz so stark wie an anderen Tagen.

Als Emilio zum Wolfskönig ritt, erschien Halvard mit einem anzüglichen Grinsen an ihrer Seite.

«Mit deiner Erlaubnis, Morayn. Falls du deine Kräfte für heute Abend aufsparen willst.» Augenzwinkernd hob er sie in den Sattel.

«Männer!» Sie schlug ihm spielerisch auf den Kopf, das Metall seines Helmes hart unter ihren Knöcheln trotz der Polsterung ihrer Handschuhe.

Sie kamen gut voran. Bewaldete Hügel lösten die Ebenen ab. Die kahlen Plantagen des Tieflandes verwandelten sich in ebenso kahle Wälder. In normalen Jahren hätten die Eichen, Buchen und Birken ihre

Blätter nun dem reichlichen Frühlingsregen dargeboten. Stattdessen schliefen sie erstarrt in der Eiseskälte dieses unnatürlichen Winters.

Ihr Trupp ritt in der gleichen Formation wie am Vortag. Morayn schaute regelmäßig zurück, um nach dem Mörder zu sehen. Er hatte seinen Platz in der Mitte der Gruppe ohne Protest wieder eingenommen. Er hörte auch aufmerksam zu, wann immer Olin ihm Ratschläge zur Verbesserung seines Wohlbefindens gab. Nicht, dass diese viel geholfen hätten.

Auch ohne die Stürme blieb die Kälte schrecklich. Sie durchbohrte die Haut mit scharfen Nadeln bis auf die Knochen und ließ die Gelenke langsam erstarren. Morayn konnte die Qual durch jahrelanges Training ignorieren.

Wie schaffte er es, damit umzugehen? Nicht so gut, wie es schien. Die Nasenspitze und die wenige sichtbare Haut um seine Augen herum waren furchtbar blass geworden.

Als sie ihr Ziel fast erreicht hatten, begann das sanfte Dämmerlicht, das ihren Weg bisher erhellt hatte, zu verblassen.

Olin nahm den Platz neben Morayn ein und sandte Fiske zurück, um an der Seite des Mörders zu reiten.

«Ich habe ein schlechtes Gefühl», sagte der Kommandant.

Morayn nickte grimmig. «Ich habe den ganzen Tag darauf gewartet, dass etwas passiert. Das ist zu einfach.»

Sie prüften ihre Umgebung. Immer noch nichts.

Olin schüttelte den Kopf. «Hoffen wir, dass wir die Zuflucht bald erreichen. Ich möchte es vermeiden, mit Fackeln zu reiten. Ich halte lieber beide Hände frei.»

Die Straße führte sie auf eine Hügelkuppe. Ein Tal lag ihnen zu Füßen. Auf einer Lichtung stand die Hütte. Ihre Fenster waren von innen erleuchtet.

«Stopp!» Olin hob seine Hand. «Das ist seltsam.»

Sie hielten dicht gedrängt an. Die Flanken ihrer Pferde berührten sich.

«Wer ist auf Reisen?», fragte Iver seinen Kommandanten. Sein Gesichtsausdruck deutete darauf hin, dass er sich auf einen Kampf einstellte.

«Wenn du antwortest, Olin, sag nicht die Namen der Wachen», warnte der Mörder, seine Stimme heiser. «Du weißt nicht, wer zuhört.»

Der Kommandant und seine Männer schauten ihn überrascht an, gehorchten aber. Nach einer kurzen Diskussion einigten sie sich auf drei Gruppen über obskure Hinweise, die selbst Morayn nicht ganz verstand.

«Lass uns hinunterreiten und nachsehen», entschied Olin. «Morayn und Wolf, ihr bleibt hinter uns, aber nicht zu weit. Ich weiß, ihr hasst das, aber keiner von euch ist entbehrlich.»

Morayns Herz schlug schwer. Sie fürchtete den Kampf nicht. Aber die lauernde Bedrohung, die sie umgab? Vor der Warnung des Mörders hatte sie nicht einmal an unsichtbare Spione gedacht.

Als sie den Rand der Lichtung erreichten, öffnete sich die Tür der Hütte, und ein riesiger Wachmann trat in den Schnee hinaus.

«Wie erwartet», kommentierte Olin grimmig. «Bleibt fokussiert, Männer.»

Er hielt etwa zehn Schritte von der Wache entfernt an und wartete.

«Olin», sagte die Riese. «Was führt dich hierher?»

«Ich werde über meine Angelegenheiten sprechen, wenn du mir deinen Namen nennst.»

Der Mann zuckte überrascht mit dem Kopf. «Wie kannst du ihn vergessen haben, mein Kommandant? Ich bin Vidar.»

«Bleibt auf den Pferden», flüsterte Olin Fiske zu und stieg ab. «In diesen gefährlichen Zeiten ist es besser, vorsichtig zu sein, Vidar. Was führt dich und deine Männer hierher?»

«Wir verfolgten eine Gruppe Ausländer. Hier in der Nähe verloren wir sie. Wir werden morgen versuchen, ihre Spuren wiederzufinden.»

Morayn wurde bewusst, dass der Mörder den Wolfskönig beobachtete. Ab und zu ging sein Blick zu den sich unterhaltenden Männern, dann wieder zurück.

Olin, der sich dem Mann ungewöhnlich langsam genähert hatte, erreichte die andere Wache. Vidar öffnete die Arme für die übliche Umarmung.

Der Wolf knurrte.

«OLIN, DÄMON!», schrie der Mörder.

Morayn zog ihr Schwert und erkannte, dass sie ihren geliebten Freund nicht rechtzeitig erreichen konnte.

Sie erstarrte, als Vidars Kopf in den Schnee fiel. Olin hielt beide Schwerter in den Händen. Seine Schultern hoben sich bei jedem heftigen Atemzug, und Grauen verzerrte seine sonst so gelassenen Gesichtszüge.

«Passt auf! Hinter uns», rief der Mörder wieder, schwang sein Pferd herum und galoppierte auf die scheinbar leere Lichtung.

Morayn riss den Bogen aus der Halterung. Sie erkannte, dass Emilio gegen etwas kämpfte, aber wie konnte er ihre Feinde sehen?

Um sie herum traten die Wölfe in Aktion und erschreckten die Pferde der Wachen. Die Männer schrien auf. Sie versuchten ihre Reittiere zu zügeln und gleichzeitig ihre Schwerter zu ziehen oder ihre Streitäxte zu heben.

«Fiske, zu deiner Rechten!», schlug der Mörder Alarm. Sie sah zu ihrem Kameraden hin.

Wie Olin orientierte sich Fiske ohne zu zögern um und hackte in die Luft. Etwas Schwarzes fiel in den Schnee und färbte ihn schmutzig rot.

«Fratz, umdrehen!»

Sie gehorchte und ließ eine Salve von Pfeilen fliegen, die den wahrscheinlichsten Angriffsraum abdeckte. Als sie plötzlich einen Wirbel in der Luft bemerkte, sandte sie mehrere Pfeile dorthin. Ein toter Dämon fiel vor die Hufe ihres Hengstes und ließ ihn vor Schreck wie einen Hasen hüpfen.

Morayns Blick huschte über das Schlachtfeld und suchte nach ähnlichen Störungen. Eine unheimliche Stille hatte sich über alles gelegt, nur durchbrochen vom Knurren der Wölfe und den widerlichen Geräuschen, als sie die Körper der besiegten Dämonen auseinanderrissen.

«Nicht bewegen. Wir haben noch Gesellschaft», warnte Olin leise.

Sie warteten, während sich der Schnee um sie herum mit dem Blut von mindestens zehn toten Dämonen tränkte. Obwohl sie den Feind nicht sehen konnten, hatten sich die Wachen durch ihre Kampfkünste erfolgreich verteidigt.

«Wie viele?», fragte Morayn.

«Mindestens einer mehr.»

Aus Sekunden wurden Minuten. Aus fünf Minuten wurden zehn. Die Kälte breitete sich in ihren Körpern aus und richtete sich häuslich ein. Jeder Herzschlag machte sie verletzlicher.

Der Schrei des Mörders kam fast als Erleichterung. «Egil, vorne links!»

Mit einem Schmerzensschrei wurde Egil in den Schnee geschleudert. Der Dämon materialisierte sich knurrend über ihm, seine Klauen erhoben für den letzten Angriff.

Er konnte nicht einmal blinzeln, bevor Morayns Pfeile, zwei der Messer des Mörders und ein Schwert seinen Torso spickten. Wie ein gefällter Baum stürzte er tot in den Schnee.

«Er hat mich gebissen!», schrie Egil verzweifelt.

Der Mörder galoppierte zu ihm, sprang vom Pferd und zog etwas aus den Ärmeln seines Mantels. Er befreite die verletzte Hand aus Egils schützendem Griff und wickelte ihm dieses Etwas ums Handgelenk.

Dann riss er dem Wachmann das Kettenhemd vom Leib — ein Kraftakt, den er ohne den vorherrschenden Kampfrausch nie geschafft hätte — und band den Oberarm direkt über dem Ellenbogen ab.

Morayn erreichte die beiden zur gleichen Zeit wie Olin.

«Was machst du, Wolf?», fragte der Kommandant. «Kannst du ihm helfen?»

Als der Mörder nicht antwortete, ging Morayns Blick zu seinem Gesicht. Er war kreidebleich und wirkte plötzlich verängstigt.

Warum nun, da die Aufregung vorbei war?

«Wolf!» Olin packte seine Schulter und schüttelte ihn. «Kannst du ihm helfen?»

«Vielleicht. Da er noch am Leben ist, muss das Gift wahrscheinlich sein Herz oder die Lunge erreichen, um zu wirken. Ich kann versuchen, ihn zu retten, aber was ich dafür tun muss, habe ich bisher nur mir selbst angetan.»

«Tu es!», forderte Olin.

«Es besteht die Gefahr, dass es nicht funktioniert oder dass du verblutest, Egil. Selbst wenn es funktioniert, wirst du sehr schwach sein.»

«Bitte», flehte der Verwundete.

Unerwartet wandte sich der Mörder an Morayn. «Fratz, bist du stark genug, Egil den Arm zu brechen, wenn du mit aller Kraft auf den Knochen drückst?»

Was hatte er vor? «Kaum. Dafür brauchte ich eine Art Hebel.»

«Dann komm her und knie dich hin.»

Vorsichtig schlitzte er den Mantel und die Tunika über Egils Unterarm und Ellbogen auf und bereitete alles vor, während sich die abgebundene Hand erst rot, dann blau verfärbte. Unter anderem suchte er nach zwei bestimmten Hautstellen und rasierte die reichlich vorhandenen Körperhaare des Wachmanns ab. Die Adern, die so sichtbar wurden, schimmerten schwarz vom Gift des Dämons.

Er zeigte Morayn, wo sie auf die Innenseite des Oberarms drücken musste.

«Was immer du tust, Fratz, lass nicht los, bis ich es dir sage», warnte er. «Und du, Egil, halt absolut still.»

Mit zwei präzisen Schnitten öffnete er die Venen und löste dann die beiden Schlingen. Schwarzes Blut strömte aus den Wunden. Als es endlich rot floss, befestigte er die Aderpressen wieder.

«Du kannst jetzt loslassen, Fratz.»

Morayn gehorchte. Ihre Hände zitterten vor Anstrengung, und ihr war flau im Magen. Das Blut störte sie nicht, aber ihren lieben Freund in solcher Gefahr zu wissen und seine Schmerzen zu sehen war schrecklich.

Der Mörder griff in seinen Mantel und zog etwas heraus. Nadeln und eine Art Faden. «Hat jemand hochprozentigen Alkohol?»

Olin ging zu Egils Pferd und kam mit den Satteltaschen zurück.

«Ich bin der Heiler dieser Truppe», antwortete Egil, als er die Überraschung des Mörders bemerkte. Er klang erschöpft, schien aber nicht verängstigt.

«Diese Dämonen sind schlau», seufzte der Mörder. «Hast du etwas wie Heilerde, um das Gift aus der Wunde zu ziehen?»

«Nimm dafür das lila Pulver im grünen Beutel.»

Der Mörder fand das Gesuchte.

Olin nahm ihm den Beutel aus der Hand. «Ich habe seine Anwendung schon unzählige Male beobachtet. Ich werde es auftragen. Du machst mit deiner Arbeit weiter.»

Der Mörder ging durch die anderen Gegenstände in der Tasche, schien aber die Substanzen nicht zu erkennen. «Wie verhindert man eine Infektion?»

«Das kleine Glas mit der fliederfarbenen Salbe.»

Morayn beobachtete, wie er seine Hände, die Nadel und den Faden mit Alkohol wusch. «Du willst die Wunden schließen?», fragte sie ungläubig. «Und was hast du für die Schlingen benutzt? Wer trägt schon Schnüre in den Ärmeln?»

Er sah sie wütend an. «Ich. Sie sind Teil meines Handwerks.»

Morayns Blut rauschte zu ihren Füßen. Ihre Frage war dumm gewesen. Er verdiente seinen Lebensunterhalt, indem er Menschen erdrosselte.

«Du warst offenbar nicht faul, als du Freya um Material und einen Arbeitsraum für deine eigenen Reisevorbereitungen batst. Hast du auch …? — Hey! Das tat weh!»

Olin hatte sie heftig in die Schulter geboxt. Er fuhr mit dem Zeigefinger über die Kehle, während sich sein stürmisch grauer Blick in ihren bohrte. Dann nickte er bedeutungsvoll zum Mörder hin.

Morayn kannte ihn gut genug, um seine Warnung ohne Protest zu akzeptieren. Warum war der Kommandant so besorgt?

Plötzlich bemerkte sie, dass die Hände des Mörders fast unmerklich zitterten und dass er sich mit aller Kraft konzentrierte. Der Mann war innerlich am Durchdrehen. Nur seine eiserne Disziplin hielt ihn davon ab.

Sie schauten schweigend zu, wie er die kleinen Wunden schloss und mit Egil besprach, wie und wo er die Salbe am besten applizierte.

Dann löste er langsam die Aderpressen, zuerst die über dem Ellenbogen, dann die andere am Handgelenk. Die Wunden blieben geschlossen.

Olin übernahm die Kontrolle über die Situation. «Morayn, geh mit dem Wolf in die Hütte. Fiske und Halvard, begleitet sie und sorgt dafür, dass die beiden sicher sind. Wolf, drinnen befindet sich vielleicht der Geist eines alten Wachmanns namens Rangvald. Wenn du kannst, frag ihn, ob die Hütte sicher ist. Iver, wir übernehmen die restliche Versorgung von Egils Wunden und kümmern uns um die Situation hier draußen. Und alle, bleibt wachsam!»

Fiske zog den Mörder auf die Füße und reichte ihn an Morayn weiter. Gemeinsam folgten sie den beiden Wachen in die Hütte. Er lehnte sich schwer auf sie, seine Schritte unsicher.

Das Innere war fast identisch zur ersten, nur unordentlicher. Die wuchtigen Sessel lagen umgestürzt, und Ruß aus der Feuerstelle bedeckte den Boden.

Fiske richtete einen Sessel auf, und Morayn setzte den Mörder hinein. Er rollte sich zu einem Ball zusammen, sobald sein Hintern den Sitz berührte.

«Der Geist hat gerade zu mir gesprochen. Ich weiß nicht, warum. Normalerweise ignorieren sie meine Anwesenheit. Er sagt, dass es an diesem Ort keine Hexerei gibt, dass die Dämonen nur das Feuer und die Stühle durcheinandergebracht haben und dass wir für den Moment sicher sind», drang seine Stimme schwach unter der Kapuze hervor.

«Frag ihn, ob er die Mädchen in Walhalla mag», befahl Fiske.

«Er beantwortet deine Frage mit einer unhöflichen Geste. Ich weiß nicht, was sie bedeutet.»

Fiske schnaubte und senkte seine Streitaxt. «Wir sind in Sicherheit. Versuch zu schlafen, Wolf.»

Morayn brachte ihn sanft dazu, die Beine zu strecken, damit sie ihm die hohen Stiefel ausziehen konnte. Er rollte sich erneut zusammen, kaum dass sie fertig war. Seine Augen waren leer. Da sie die Decken der Zuflucht erst suchen musste, breitete sie ihr eigenes Cape über ihn.

«Was meintest du damit, dass du dir das bisher nur selbst angetan hast?»

Sein Blick streifte ihren, dann schaute er wieder ins Leere. «Der Meister versteckte vergiftete Dornen und dergleichen im Zunfthaus, um unsere Beobachtungsgabe zu testen.»

Ihr Herz wurde schwer vor Entsetzen. Sie seufzte.

«Es tut mir leid, dass ich nicht der furchtlose Krieger sein kann, den du in diesen schwierigen Zeiten brauchst, Fratz», sagte er leise.

Warum entschuldigte er sich nach allem, was er gerade getan hatte?

Morayn küsste seine Stirn. Die Haut fühlte sich klamm an. «Du bist vielleicht kein Krieger, Strolch. Dafür bist du etwas ganz Besonderes», sagte sie lächelnd.

15

Sie weckten ihn, fütterten ihn und nahmen ihm seine Kleider weg, um sie zu waschen. Hätte Morayn ihn nicht in die königliche Kammer geschleppt, hätte er die Nacht einfach im Sessel verbracht. Es kostete viel Kraft sich zu waschen, aber er zwang sich dazu, weil ihn der Gestank von Schnee, Rauch und verdorbenem Blut, der an seiner Haut klebte, anwiderte.

Morayn half ihm ins Bett und ging sich dann auch waschen. Als sie neben ihm unter die Decke schlüpfte, umgab sie der Duft nach Seife und sauberen Handtüchern. Nach dem schrecklichen Tag fühlte sich ihr warmer Körper wie eine sichere Zuflucht an. Sie wirkte ungewöhnlich gefasst — wach, aber gelassen.

«Was ist mit deinem Temperament passiert, Fratz?», konnte er der Frage nicht widerstehen.

«Ich weiß nicht, Strolch. Du scheinst auf mich wie ein Beruhigungsmittel zu wirken. Willst du, dass ich dich anschreie?»

«Nicht wirklich.»

Sie rückte näher, legte ihren Kopf auf seine Schulter und ihre Hand auf sein Herz. «Wie hast du getötet, Wolf?»

Besagtes Herz setzte fast aus. «Wo ist das 'Strolch' hin?», scherzte er.

«Du kannst versuchen, mich abzulenken, aber es wird nicht funktionieren», sagte sie und spielte mit den Haaren auf seiner Brust. «Wie hast du getötet, Emilio?»

Sie würde nicht aufgeben, bis er es ihr verriet. Also tat er das. «So heimlich, schmerzlos und schnell wie möglich. Die meisten meiner Opfer wussten nie, wie ihnen geschah.»

«Sogar die wahren Bastarde, die Schmerzen verdienten? Von denen gab es sicher einige.»

«Es ist schlimm genug, der Henker zu sein. Nimmst du zusätzlich die Rolle des Richters auf dich, beschmutzt du deine Seele. Da ist es besser, das Richten jemand anderem zu überlassen.»

Sie schnaubte leise. «So seltsam! Du übst einen so gewalttätigen Beruf aus, aber in vielerlei Hinsicht bist du der friedliebendste Mann, dem ich je begegnet bin. Du hasstest es sogar, Egil Schmerzen zuzufügen, obwohl du ihm dadurch halfst.»

Er würde sich nicht noch einmal für das entschuldigen, was er war und was nicht.

Ihre Hand wanderte über seine Brust zu seiner Seite. «Soll ich dich weiter ermüden, damit du besser schlafen kannst?»

Sie war wirklich mutig und furchtlos. Und er schien seine Sache gestern Nacht gut gemacht zu haben.

Emilio lächelte und drückte ihr einen Kuss auf den Scheitel. «So gerne ich es möchte, ich fürchte, dass ich heute Abend keine dich befriedigende Leistung erbringen kann.»

Sie hob den Kopf und sandte ihm ein anzügliches Grinsen. «Was, wenn du nur daliegst und mich mit dir spielen lässt?»

Sein Blick brachte sie zum Erröten. «Freya hat mir mal von etwas erzählt, das sie mit Fjellgard angestellt hat. Lässt du es mich versuchen? Es könnte dir gefallen.»

Er nickte und fand heraus, dass es das tat — sehr sogar.

DAS FRÜHSTÜCK WAR eine nüchterne Angelegenheit, überschattet von Olins Frage: «Können wir etwas tun, um besser auf die Gefahren vorbereitet zu sein?» Sie hatten noch keine Antwort gefunden.

Emilio war froh, dass es Egil gut zu gehen schien. Der Schmutz des Kampfes war weg, und der Heiler hatte sich die langen blonden Haare gewaschen. Nur sein Gesicht wirkte etwas zu blass. «Ihr Nordmänner seid unglaublich robust!», sagte Emilio, ohne nachzudenken.

Die Wachen lachten herzlich.

«Ich würde gerne behaupten, dass es weit mehr als Dämonenspucke braucht, um uns umzubringen, doch das wäre gelogen», sagte Egil. «Aber wir sind zäh und heilen mit den richtigen Maßnahmen schnell. Ich habe die Wunden und den Rest meines Körpers heute Morgen mit Olins Hilfe untersucht. Bis jetzt gibt es keine Anzeichen einer Infektion, und ich spüre keine Spätfolgen der Vergiftung. Ich schätze, ich muss dir für mein Leben danken.»

Emilio nickte bestätigend und fügte seine eigenen Beobachtungen hinzu. Diese Männer waren nicht nur robust, sondern auch seltsam. Sie schwiegen tagelang. Gleichzeitig bedurfte es nur eines kleinen Impulses, damit sie sich mit ihm unterhielten, als wäre er schon immer ihr Freund gewesen.

Er schaute zu dem Geist, der mit grimmigem Gesicht und verschränkten Armen auf der Armlehne von Olins Stuhl saß. «Was hat Rangvald für ein Problem mit dir?», fragte er.

Der Kommandant reagierte beunruhigt. «Ist der alte Krieger hier?»

Der Geist starrte Emilio an. Er starrte zurück.

Olin schluckte. «Er sitzt auf meiner Schulter?»

«Auf deiner Armlehne. Geister sind so groß wie während ihres Lebens.»

Der Kommandant seufzte. «Er ist wütend auf mich, weil ich ihm eine Entschuldigung für eine ernste Sache schulde. Er war überzeugt, dass König Eirik eine Gefahr für sich selbst darstellte, und riet mir, ihn zu seinem eigenen Schutz irgendwo in der Burg einzusperren. Ich lehnte ab, da ich nicht erkannte, wie ernst die Krankheit des Königs geworden war. Eirik verschwand. Rangvald und seine Truppe suchten ihn und wurden alle getötet. Seitdem bereue ich meine Entscheidung an jedem einzelnen Tag. Es tut mir so leid, alter Freund.» Er lehnte sich zur Seite, direkt in den Geist.

Emilio sah Tränen in den Augen der geisterhaften Wache, aber auch etwas anderes. «Ich glaube, er vergibt dir, Olin.»

«Trotzdem habe ich einen Fehler gemacht.»

Emilio war sich da nicht so sicher. «Ihr alle erzählt mir, wie schlecht es um die geistige Gesundheit des Königs stand. Wenn du ihn eingesperrt hättest, hätte er die Burg abgefackelt, um zu entkommen. Ein besessener Mann findet immer einen Weg.»

Sogar der Geist nickte. Dann wandte er sich plötzlich dem Kommandanten zu und gab ihm eine geisterhafte Ohrfeige.

«Warum schlägt Rangvald dich, Olin?»

Olin lächelte mit zitternden Lippen. «Er war vor mir Kommandant und lehrte mich alles, was ich weiß. Immer, wenn ich mich dämlich anstellte, schlug er mich.»

Wir waren alle dämlich. Keiner von uns hat je überprüft, ob der König die Burg tatsächlich verließ.

Die Worte des Geistes ließen Emilio erblassen.

«Was?», fragte Morayn.

«Ich muss etwas überprüfen.» Emilio stand auf und ging nach draußen. Als er versuchte, die Tür zu schließen, wurde ihm die Klinke aus der Hand gerissen, und alle folgten ihm in den Schnee.

Pelzige Köpfe schnappten hoch. Der Wolfskönig erhob sich und kam zu Emilio. Da das Tier so groß war, standen sie Nase an Nase.

Unglaublich, dass er trotz der Gefahr für sein Rudel bereit war zu helfen!

Emilio ließ sich in das Bewusstsein des Wolfes hineinziehen und lauschte, um die Bewegungen des menschlichen Königs mit ihren verbundenen Sinnen nachzuvollziehen. Das Ergebnis war nicht eindeutig. Die Spur blieb so lückenhaft wie zuvor.

«Wir haben möglicherweise ein Problem», wandte er sich an seine Begleiter. «Rangvald meint, dass der König die Burg gar nie verließ, als er verschwand. Und die Bergwölfe fühlen genau die gleiche Spur wie ich. Mit ihren Sinnen sollten sie mehr wahrnehmen. Es ist möglich, dass wir getäuscht werden.»

«Verdammt!» Morayn kickte wütend in einen schmutzigen Schneehaufen.

Olin schien nicht überrascht. «Wir müssen das besprechen, aber drinnen. Es ist kalt genug, um uns was auch immer abzufrieren.»

«Geht rein. Ich komme sofort nach.»

«Ich bleibe bei dir», bot Fiske an.

Die anderen gehorchten, nicht ohne misstrauische Blicke. Morayn verweilte am längsten und schlug die Tür hinter sich zu.

«Wie hast du es bemerkt?», fragte Emilio leise.

Fiske spielte mit den Knochenperlen in seinem geflochtenen Bart. «Die Wolfskönigin leckt dauernd ihre Pfote. Ich weiß, dass ich mich dadurch in Lebensgefahr begebe, aber ich kann sie nicht leiden lassen.»

Emilio nickte. «Sie sind nicht ganz sterblich, wie es scheint. Aber sie fühlen Schmerz wie wir. Lass mich versuchen, mit dem Wolfskönig zu verhandeln.»

Es brauchte Geduld und Konzentration, aber schließlich schaute der Wolf über die Schulter zurück und bellte schroff. Seine Gefährtin stand auf und näherte sich ihm mit gesträubtem Fell und gesenktem Kopf.

«Nicht vielversprechend», sagte Fiske.

Es folgte eine Unterhaltung aus Bellen, Knurren und Jaulen. Widerwillig legte sich die Wölfin schließlich auf die Seite. Der Wolfskönig überraschte die Menschen, indem er über sie stieg und mit seinem riesigen Körper ihre Schultern fixierte. Seinen Kopf legte er zwischen ihrem Kopf und ihrer Brust in den Schnee.

«Scheint so, als hätte der Fratz nicht als Einzige ein höllisches Temperament», bemerkte Emilio. «Schau dir ihre Pfote an, aber sag mir, was du tust, damit ich es ihm mitteilen kann.»

Schließlich fiel der Zahn eines Dämons in den Schnee. Fiske streute rasch etwas violettes Pulver in die Wunde.

«Wir gehen jetzt», erklärte Emilio den Wölfen. Er und Fiske zogen sich langsam zurück.

In der Hütte wartete ein weiteres vor Wut spuckendes Weibchen auf ihn, ihr Haar feuerrot. «Bist du verrückt? Sie hätten dich in Stücke reißen können, Strolch!», schimpfte Morayn und schlug ihm auf die Brust.

Emilios eigenes Temperament flammte auf. Gerade noch rechtzeitig bemerkte er die Angst in ihren Augen und das Schmunzeln der Wachen. Es spielte keine Rolle, aber vielleicht respektierten sie ihn mehr, wenn er sich nicht so von ihr behandeln ließ.

«Komm her, Fratz», sagte er herablassend. Er fing die Hand, mit der sie ihn geschlagen hatte, und zog sie in die Arme, um sie zu küssen. Hoffentlich biss sie ihn nicht vor lauter Wut in die Lippen.

Ihre Beschwerden ließen nach. Sie legte ihm die Hände auf die Wangen und erwiderte seinen Kuss voller Leidenschaft.

Emilio ignorierte die anzüglichen Pfiffe der Wachen.

Als er spürte, dass Morayn sich beruhigt hatte, beendete er den Kuss. «Du musst mich tun lassen, was ich am besten kann», flüsterte er. «Im Gegenzug werde ich dich tun lassen, was du am besten kannst.»

Tränen hingen von ihren Wimpern. «Ich hatte solche Angst.»

«Ich weiß.» Er wischte sie sanft mit dem Daumen weg. «Ich auch.»

«Wir hätten dich schon vor langer Zeit küssen sollen, Morayn», scherzte Iver. «Das hätte uns viele blaue Flecken erspart.»

«Komm her und lauf in meine Faust», drohte sie, blieb aber in Emilios Armen.

Er mochte sie dort, obwohl sie in Rüstung längst nicht so kuschelig war wie nackt. «Was machen wir jetzt?», fragte er.

«Wir debattieren immer noch», erklärte der Kommandant. «Morayn glaubt, dass das, was die Spuren ihres Vaters verursacht hat, eine Tagesreise entfernt ist. Kannst du das bestätigen?»

«Ja, vielleicht etwas weniger.»

Olin seufzte. «Ich denke, wir müssen weiterreiten. Wir können nicht riskieren, zu früh umzukehren und dadurch einen Fehler zu machen. Was ist Rangvalds Meinung?»

«Dein geisterhafter Freund nickt.»

«Dann lass es uns tun. Wir brechen in einer halben Stunde auf. Macht alles bereit.»

EMILIO BEHIELT die Wolfskönigin im Auge und war erleichtert, als ihr Hinken im Lauf des Tages verschwand.

Das Wetter blieb bitterkalt und grau. Nach Mittag setzte heftiger Schneefall ein.

Sie erreichten die Ausläufer der Berge. Tannen und Lärchen hatten die Laubbäume des Tieflandes abgelöst.

«Wenn wir der Straße eine Stunde lang den Berg hinauf folgen, erreichen wir ein Hochtal. Dort befindet sich eine weitere Zuflucht. Und die Spuren enden dort», erklärte Morayn für Emilio.

Er betrachtete die umliegenden Hänge. Durch den hohen Nebel, der über allem hing, konnten sie die Gipfel der nächsten Bäume nicht sehen. Die Straße verlor sich zwischen den massiven Stämmen etwa zwanzig Schritte vor ihnen. Und der Schnee türmte sich in alle Richtungen.

«Was für ein Chaos!», schimpfte Morayn. «Das ist die perfekte Falle.»

«Ich weiß», stimmte Olin zu. «Iver und Halvard, ich möchte, dass ihr für eine Weile unseren Weg pflügt. Der Schnee wird immer höher, und die Pferde von Morayn und Fiske müssen ihre Kraft bewahren. Oben im Tal könnte es wirklich schlimm sein.»

Alle nickten grimmig.

«Ich kann versuchen, mit meinen Sinnen nach Gefahren zu horchen, aber jemand muss auf mich aufpassen», bot Emilio an.

«Mach das. Morayn und ich werden dich beschützen.» Olin presste flüchtig seine Schulter.

Sie spornten die Pferde an. Emilio konzentrierte sich. Sein Angebot war dämlich gewesen. Auf offener Straße seinen Geist zu öffnen und nach Spuren zu suchen machte ihn zu einem wehrlosen Ziel. Unter normalen Umständen hätte er so etwas nie getan. Aber er war jetzt Teil einer Gruppe. Als fähige Krieger würden Olin und Morayn ihn mit ihrem Leben beschützen.

Spuren der Reise des Königs erschienen vor seinem inneren Auge. Sie waren seit ihrem Aufbruch aus Burg Icefjell nicht verblasst — ein deutliches Zeichen dafür, dass sie es mit Verrat zu tun hatten. Das Verblassen machte die Spuren nicht unsichtbar. Manche verweilten jahrelang oder, im Falle von Heiligen, sogar jahrhundertelang, aber mit der Zeit nahmen sie den gelblichen Farbton alten Pergaments an und zerbröckelten.

Die Wälder wimmelten von Dämonen. Emilio spürte ihre Anwesenheit überall. Sie waren rastlos und wütend. Warum griffen sie nicht an?

Er öffnete die Augen und sah, dass die Wölfe einen Schutzkreis um die Reiter gebildet hatten.

«Was ist los, Wolf?»

«Dutzende von Dämonen beobachten uns. Sie scheinen die Bergwölfe zu fürchten. Und wir laufen in eine Falle.»

Morayn warf trotzig ihren Kopf zurück. «Wir alle wussten, dass diese Reise in Trauer enden würde. Sehen wir mal, was sie für uns auf Lager haben.»

IN DER ABENDDÄMMERUNG erreichten sie das Hochtal. Es war winzig, viel kleiner als Emilio es sich vorgestellt hatte, nur eine Wiese mit verstreuten Tannen und der üblichen Zuflucht der Wachen. Das Gelände war flach bis auf eine Senke neben dem Gebäude, wo in der warmen Jahreszeit vermutlich ein kleiner Bach floss.

«Schaut unter den Baum links von der Hütte. Seht ihr ihn?», zischte Olin.

Emilio folgte der Aufforderung. Die Wachen fluchten leise.

Ein Mann saß an den knorrigen Stamm der Tanne gelehnt. Geschützt durch die weitläufigen Äste war nur ein Teil seines Körpers schneebedeckt. Sein Kopf hing ihm in einem merkwürdigen Winkel auf die Brust.

Morayn fegte die Kapuze ihres Umhangs zurück. Ihr Haar unter dem Helm glänzte schwarz und schien vor Energie zu knistern. Der Blick ihrer grünen Augen war hart, und ihr blasses Gesicht trug einen kalten, grimmigen Ausdruck.

«Bereitet euch auf den Kampf vor. Wir reiten näher», sagte sie mit unheimlicher Ruhe.

Der Mann unter dem Baum hob den Kopf, als die Königin sich ihm näherte.

Emilio schluckte. *Verdammt, ich hasse Hexerei!*

Die tote Kreatur im Sarkophag des Königs unter der Kirche war eine Sache gewesen. Zu beobachten, wie so etwas sich bewegte ... *Puh!*

In Emilios Zeit gab es Städte im Süden, wo man sich Legenden von Untoten erzählte. Deren Körper zersetzten sich, während sie herumirrten und nach ihren verlorenen Seelen suchen. Er erinnerte sich an Hunderte von Gemälden dieser Wiedergänger, sorgsam gehütet von den Sekten, die sich um die Legenden gebildet hatten.

Dieses Ding sah viel schlimmer aus.

«Morayn», flüsterte es heiser.

«Vater.» Ihre Stimme hätte Glas schneiden können.

Das Wesen erhob sich und kam näher. Bei jedem Schritt wackelte der Kopf auf dem gebrochenen Hals.

Die Königin saß einfach auf ihrem Hengst und wartete.

Hoffentlich wusste sie, was sie tat.

Der Mann hob die Arme. Er war ein Riese. Wenn Morayn nicht aufpasste, konnte er sie mühelos vom Pferd ziehen.

Ihr Hengst begann zu tänzeln. Seine Ohren zuckten aufgeregt.

«Morayn», knurrte der Mann wieder, schon ganz nah.

Ohne zu zögern, rammte die Königin ihr Schwert in sein Herz und drehte gleichzeitig die Klinge. Die unglaublich langen Arme des Dings fielen kraftlos an seine Seiten. Mit der kleinsten notwendigen Bewegung schwang Morayn ihr Schwert und schnitt ihm den Kopf ab.

Er landete mit einem schmatzenden Geräusch im Schnee.

Wie ein Donnerschlag schallte verrücktes Lachen über die Lichtung. Emilio widerstand dem Drang, die Hände über die Ohren zu schlagen, und konzentrierte sich auf die Umgebung.

«Haltet Ausschau nach Dämonen!», schrie Morayn.

Das mussten sie nicht. Dieses Mal materialisierten die Dämonen rund um ihre Truppe. Es waren Hunderte.

Das Lachen stoppte abrupt. Die darauffolgende Stille erschien ihm ebenso ohrenbetäubend.

«Jemand spielt mit uns», knurrte Olin.

«Wir müssen fliehen», stimmte Morayn zu.

Sie trieben die Pferde an. Emilio raste am Kopf des Königs vorbei und packte ihn an den Haaren, ohne seine Stute zu zügeln. Das war ein schwieriges Kunststück auf einem so großen Tier, aber er schaffte es.

Die Wölfe öffneten ihnen einen Korridor durch die Masse der Dämonen. Bald rasten sie die Straße zu den Ausläufern des Gebirges hinunter.

Hinter sich hörten sie den Lärm ihrer Verfolger — schreckliches Gekreisch und berstende Äste.

«Was fummelst du herum?», schrie Olin ihn an.

Emilio hatte endlich den Kopf des Königs in den zusätzlichen Stoff an der Vorderseite des Umhangs gewickelt. Nun band er ihn mit seinen Würgeschlingen fest. «Nichts!»

«Von wegen!», rief Olin. «Augen auf die Straße!»

SIE RITTEN DIE HALBE NACHT, bis Morayn ihr Pferd auf einem kahlen Hügel zügelte. Theoretisch bot sich ihnen hier ein perfekter Ort zum Ausruhen, weil sie ihre Umgebung selbst im schwarzweißen Tumult des Schneesturms leicht kontrollieren konnten. Doch jede neue Böe traf sie wie ein eiskalter Peitschenschlag.

Das Wolfsrudel bildete ohne Aufforderung einen Schutzkreis und legte sich hin.

«Tretet den Schnee flach!», befahl Morayn. Die Wachen gehorchten mit unverminderter Kraft und Einsatzbereitschaft.

Emilio war zu erledigt, um zu helfen. Er hing im Sattel und hoffte auf einen barmherzigen Tod. Nie zuvor hatte er sich so müde und durchfroren gefühlt. In diesem rauen und verfluchten Königreich schien jeder Moment und jeder Kampf eine neue Stufe des Elends mit sich zu bringen.

Die Wachen polsterten den Schnee mit Decken, die sie aus ihren Satteltaschen zogen. Jede kleine Rolle steuerte einen großen Bereich bei. Sie waren aus dem gleichen Fell des Eisfuchses gefertigt, das auch Emilios Mantel säumte. Es war so leicht und fein, dass man ihm auf den ersten Blick keine Wirkung zuschrieb, isolierte aber ausgezeichnet gegen die Kälte.

«Komm her!» Starke Arme zogen ihn vom Pferd und trugen ihn wie ein Kind zu den Decken. «Bitte sag mir, dass die Beule in deinem Umhang nicht das ist, was ich vermute.»

Emilio versuchte Olin anzusehen, aber das Gesicht des Mannes verschwamm vor seinen Augen. «Ich dachte, dass Morayn Gewissheit will. Würdest du mich bitte friedlich erfrieren lassen, anstatt wütend zu sein?»

«Du wirst nicht sterben, Wolf. Das ist nicht das erste Mal, dass wir Wachen im Schnee schlafen müssen. Iver, nimm ihn unter deinen Umhang.»

«Niemand fasst meinen Mann an!», bellte Morayn. «Er sitzt bei mir.»

Emilio schaute überrascht zu ihr. Ihre Wangen leuchteten dunkelrot, aber sie wandte ihren Blick nicht ab. Olin grinste und setzte ihn neben die Königin. Dabei entledigte er ihn geschickt seines Umhangs.

«Hier, du kannst meine Eisfuchsdecke haben.» Sie wickelte Emilio darin ein und schloss ihren Umhang um sie beide. Damit demonstrierte sie einen weiteren ausgezeichneten Nutzen für den zusätzlichen Stoff entlang der vorderen Nähte. «Hast du wirklich den Kopf der Kreatur mitgebracht?»

Emilio nickte. «Es gibt so viele Schichten von Verrat. Ich will, dass du dir absolut sicher sein kannst.»

Olin machte Anstalten die Schnur durchzuschneiden. Auf Emilios bestürzten Protest hin stöhnte er und löste den Knoten mit ungeschickten und vor Kälte steifen Fingern. «Hier!»

Morayn fing die ihr zugeworfene Schnur und steckte sie in Emilios Tasche. Er hätte sich nicht für alles Gold der Welt bewegen mögen.

«Vorsicht, Olin», warnte Iver, als der Kommandant die Falten des Umhangs öffnete.

Alle schwiegen.

«Dieser Hexer ist ein kranker Bastard», sagte Halvard schließlich. «Er versucht, unsere Angst und unseren Aberglauben gegen uns einzusetzen. Ihr anderen wisst vielleicht nicht mehr, wie es war jung zu sein. Meine Träume werden immer noch von den grausamen Märchen heimgesucht, die mir meine Mutter als Gutenachtgeschichten erzählte. Nach einigen von ihnen konnte ich überhaupt nicht schlafen.»

«Du hast recht mit der Angst und dem Aberglauben, und ich werde dir beim nächsten Training eins auf die Ohren geben für deine weiteren Worte.» Olin knurrte frustriert. «Es ist unmöglich zu sagen, ob dieser Kopf einmal menschlich war oder nicht. Mit deiner Erlaubnis, Morayn, werde ich den Test anwenden, den Emilio dem Fjellgard gezeigt hat.»

Er schnitt eine graue Haarsträhne ab und entzündete sie. Unerwartet erfüllte der Geruch von verbranntem Horn die Luft.

Morayn keuchte. «Ist er es doch?»

«Was jetzt, Wolf?», fragte Olin. «Von uns allen scheinst du am besten mit den Täuschungen fertigzuwerden.»

Emilio starrte auf den abgetrennten Kopf. Seine Erschöpfung machte ihn langsam und dumm, was er nicht akzeptieren wollte. Was erzählten die zukünftigen Geschichten des Südens über diese Kreaturen? Konnte er etwas aus ihnen lernen?

Der Blick der grünen Augen war beunruhigend, selbst im wahrscheinlich dauerhaften Tod. Ihre Farbe war die gleiche wie Morayns — dieses temperamentvolle Grün.

Eine Idee entstand. «Zerstör seine Augen.»

«Ich werde es tun, wenn du mir sagst, warum.»

«Intuition. In meiner Zeit gibt es Geschichten über ähnliche Wesen. Solange eine solche Kreatur Augen hat, kennt sie all deine Geheimnisse und kann dir folgen, so sagt man. Wenn das hier eine Illusion ist, sollte sie verblassen, wenn sie dich nicht mehr sehen kann.»

«Außer sie erinnert sich an unsere Geheimnisse», flüsterte Morayn. Unter dem Schutz des Umhangs legte sie die Arme um seine Taille.

Olin zog sein Messer. «Als Konsequenz meiner fortgeschrittenen Jahre», er warf einen zynischen Blick auf Halvard, «habe ich gelernt, dass die Dinge meist simpler sind, als sie scheinen. Dieses Wesen ist tot. Ich glaube nicht, dass es sein Gehirn gebrauchen kann. Seine Augen zu verzaubern, damit es auf unsere Anwesenheit reagiert, scheint die wahrscheinlichste Lösung zu sein. Ich bin bereit, es zu versuchen.»

«Awww.» Morayn wandte den Kopf ab.

Emilio legte eine Hand über ihre, die auf seinem Bauch lag. «Du kannst jetzt schauen, Fratz. Es war eine Illusion. Trotzdem bleibt das Ergebnis traurig.»

Der Kopf eines jungen Mannes lag im Schnee.

«Einar», seufzte Olin. «Er gehörte zu einer der drei reisenden Gruppen von Wachen. Jetzt können wir erahnen, was mit ihnen passiert ist.»

«Was machen wir jetzt?», fragte Fiske. «Es sieht so aus, als ob uns eine kurze Pause gewährt wird, aber sie werden uns weiter verfolgen.»

«Wir sind etwa dreißig Stunden nördlich von Burg Icefjell. Wir tun, was wir in solchen Situationen immer tun. Und ich werde das mit nach Hause nehmen. Zumindest haben Einars Mutter und Frau so etwas zu begraben.» Olin nahm eine Tunika aus seinen Satteltaschen und wickelte sie vorsichtig um den Kopf. «Es tut mir so leid, Junge», sagte er und küsste das Bündel.

Morayn gab Emilio einige Streifen getrocknetes Rindfleisch zu essen und ließ ihn aus ihrer Flasche mit kaltem Wurzeltee trinken. «Jetzt musst du schlafen und dich auf die anstrengendste Reise deines Lebens vorbereiten.»

Die ganze Sache konnte noch schlimmer werden? Was war er doch für ein Glückspilz!

16

S ie erreichten Burg Icefjell am Morgen des zweiten Tages.

Emilio erinnerte sich kaum an den wilden Ritt. Nur, dass er sich in jedem einzelnen Moment absolut schrecklich fühlte, zu drei Vierteln erfroren und so erschöpft war, dass ihm die Augen die ganze Zeit zufielen.

Auf dem Hügel hatten sie zwei Stunden lang geschlafen, einen eiligen Happen gegessen und waren wieder aufgestiegen. Zwölf Stunden später hielten sie für zwei weitere Stunden an, und alles begann von vorne.

Eisstürme und heftiger Schneefall hatten ihre ganze Reise in einen Höllenritt verwandelt ab dem Moment, als sie von ihrem notdürftigen Lager auf dem Hügel aufbrachen. Die Wut der Elemente wurde schließlich so grenzenlos, dass Olin seinen Wachen befahl, Emilio nacheinander unter ihre Umhänge zu nehmen, damit alle Pferde sich die zusätzliche Last teilten.

Als sie auf den Hof ritten, öffneten sich die Türen der Burg und alle rannten ihnen entgegen, ihre Gesichter von Hoffnung und Erwartung erfüllt. Hroar, Freya und Fjellgard versammelten sich um Morayn und überschütteten sie mit Fragen. Mit jeder ihrer Antworten erlosch ihre Hoffnung ein wenig mehr, bis ihre Schultern nach vorn sanken.

Emilio fand die Situation unerträglich. Die ganze Erfahrung hatte seinen Stolz und sein Selbstwertgefühl zertrampelt. An diesem Ort und in dieser Zeit war er nichts weiter als ein Versager und eine Last — zu zerbrechlich, um das raue Klima ohne Hilfe zu überleben. Als schwächstes Mitglied der Gruppe hielt er alle zurück und wurde so zu einer ständigen Gefahr für sie.

Sie erwarteten nicht einmal, dass er sich um seine Stute kümmerte, nun da sie wieder in relativer Sicherheit waren.

Emilio nahm ihre Zügel und führte sie in den Stall. Sie war ein freundliches Tier, nicht liebevoll, aber immer gut gelaunt und kooperativ. Er schuldete ihr was.

Wie erwartet führte sie ihn zu ihrem Platz. Wahrscheinlich war sie erleichtert, zurück zu sein und ihren schwächlichen Reiter loszuwerden.

Er nahm ihr das Zaumzeug ab und streifte ihr das Halfter über. Ihr Fell und ihre Haut waren intakt, obwohl sie den Sattel mehrere Tage lang getragen hatte. Sie war so robust wie die Nordmänner. Emilio hob den Sattel auf die Trennwand zwischen den Standplätzen, um später nach der Sattelkammer zu suchen. Er streichelte ihre Flanke und breitete eine Decke über ihren Rücken.

«Danke, mein Mädchen!», sagte er leise.

In der Nähe erklang ein schwaches Wiehern.

Er hätte es überall erkannt.

«Reina?», rief er.

Sie antwortete. Er folgte dem Geräusch ganz nach hinten in den Stall und erstarrte.

Da war sein Mädchen. Sie hatten ihr eine große geschlossene Box gegeben, damit sie sich frei bewegen konnte, aber wie sah sie aus! Ihr sonst glänzendes fuchsfarbenes Fell wirkte matt und verfilzt, ihre Augen zeigten keinen Glanz, und ihr Kopf hing so tief, dass ihre Nase fast das Stroh auf dem Boden berührte. Sie schien an der Schwelle des Todes zu stehen. Was war mit seinem liebevollen und lebenslustigen Pferd geschehen?

Emilio öffnete die Schiebetür. «Liebes?», rief er leise und näherte sich ihr vorsichtig. Sein Herz schlug schmerzhaft gegen die Stahlklammern, die plötzlich seine Brust einengten.

Noch ein schwaches Wiehern.

«Liebes, was haben sie dir angetan?» Er legte seine Hand auf ihre Schulter und versuchte, ihren Hals zu streicheln.

In dem Moment, als er sie berührte, erhob sie sich drohend auf die Hinterbeine und wieherte voller Wut. Er wich zurück. Sie stürzte sich auf ihn.

Er floh aus ihrer Box und warf die Schiebetür mit einem Knall zu. Sie rannte so heftig dagegen, dass die Absperrung erbebte. Dabei schrie sie vor Wut, wie er es nie zuvor von einem Pferd gehört hatte.

«Reina!», rief er verzweifelt.

Sie gab auf und präsentierte ihm ihr Hinterteil.

Plötzlich war er von Menschen umgeben. Er sah Morayn, Hroar und den Rest der königlichen Familie. An ihrer Verlegenheit erkannte er, dass sie alle von Reina gewusst hatten.

«Warum?», fragte er leise, kaum in der Lage, seine Wut zu zügeln.

Es war Morayn, die ihm nach einem Moment des Zögerns antwortete.

«Wir fanden sie im Hof am selben Tag, als du aufgetaucht bist. Fiske schaffte es, sie in den Stall zu bringen, aber sie ließ uns nicht in ihre Nähe. Wir konnten nicht mit ihr umgehen. Sie hat ihre Box fast zertrümmert. Wutanfälle wechselten sich mit Depressionen ab. Wir wussten nicht, was wir tun sollten.»

Eine seltsame Ruhe kam über ihn. «Und ihr habt nie daran gedacht, mich über ihre Gegenwart zu informieren, damit ich ihr helfen kann?»

Morayn wandte den Blick ab, ihre Miene traurig. Als sie ihn wieder anschaute, straffte sie die Schultern. «Sie ist nicht für diese Zeit und diese Welt gemacht, Emilio. Du auch nicht. Wenn du von ihrer Existenz gewusst hättest, hättest du darauf bestanden, die Reise mit ihr zu machen. Und du hättest keine Chance gehabt. Ihre Beine sind zu zerbrechlich und kurz. Sie …»

Emilios Temperament explodierte. «Sie ist alles, was ich habe und je hatte. Sie ist meine Familie, meine geliebte Freundin und meine Mitstreiterin. Wir haben uns Gefahren gestellt, die ihr euch nicht vorstellen könnt. Sie würde ihr Leben für mich geben, so wie ich meins für sie. Sie hat unsere Haut unzählige Male gerettet, mich in kalten Nächten gewärmt und war die beste Gefährtin, die man sich wünschen kann. Zumindest hätte ich ihr das Leben in diesem verfluchten Königreich mit seinem trostlosen Wetter und seinen unehrenhaften Menschen erleichtern können. Aber anstatt mir eine Chance zu geben, habt ihr mich angelogen, um eure persönlichen Ziele zu erreichen. Ich kann euch nicht sagen, wie sehr ich euch alle verachte. Geht mir aus dem Weg!»

Er stieß gegen Hroars Brust, so dass der Prinzregent mehrere Schritte nach hinten stolperte. Die Menge öffnete sich für ihn. Alle wichen vor seinem brennenden Blick zurück.

Als der Stall endlich hinter ihm lag, begann Emilio zu rennen.

Da er nirgends sonst hingehen konnte, fand er sich schließlich in der

Kammer wieder, in der er die letzten Nächte vor der Reise geschlafen hatte. Sie war bitterkalt, der Kachelofen längst erloschen.

Emilio warf sich auf das Bett. Elend ersetzte die in ihm brennende Wut, bis sein Körper vor Kälte taub wurde. Als ob die hinter ihm liegenden grässlichen Tage nicht peinlich genug gewesen wären, erkannte er, dass er weinte. Dann wurde alles schwarz.

––––––

EMILIO ERWACHTE MIT RASENDEN KOPFSCHMERZEN. Ihm war heiß genug, um aus der Haut zu springen. War er gestorben und zur Hölle gefahren? Er öffnete ein Auge und sah sich einem strickenden Geist gegenüber.

Er seufzte erschöpft. Weshalb konnten diese scheinheiligen Lügner ihn nicht einfach sterben lassen!

Aber wo genau war er? Als er den Kopf hob, stellte er fest, dass das Feuer im Kachelofen brannte. Er lag auf der beheizten Bank, eine dicke Steppdecke als Polster zwischen den Fliesen und seinem Körper. Ein Blick unter sein Federbett zeigte, dass er nackt war und sie ihm den Schmutz der Reise abgewaschen hatten.

Er seufzte erneut und begann sofort zu husten.

Das Geräusch alarmierte die Wachen, denn die Tür öffnete sich. Fiske trat ein. Der große und wild aussehende Wachmann trug ein Tablett mit Speisen und verschiedenen Gegenständen, was ihn etwas lächerlich wirken ließ.

Emilio schnaubte.

«Heißt das, du vergibst uns?», fragte Fiske hoffnungsvoll.

«Darauf könnt ihr lange warten.» Emilio zog die Decke über den Kopf.

Er hörte, wie der Wachmann sich in der Kammer beschäftigte.

«Du hast uns mit deinem Gebrüll überrascht, Wolf. Wir dachten nicht, dass du dazu fähig bist.»

Emilio war nicht in der Stimmung für ein Gespräch. «Warum bist du hier?», fragte er durch die Decken hindurch.

Fiske kam zur Bank und grub ihn aus seinem Nest. «Bitte schau mich an, während ich dir das erzähle.»

«Dann setz dich hin und überrag mich nicht wie ein Turm!»

Der Wachmann gehorchte. Von den zwei verfügbaren Sesseln setzte er sich in den mit dem Geist. Morayns Großmutter rollte die Augen. Emilio las das Wort «Trottel» von ihren Lippen. Sie erhob sich und setzte sich in den anderen Sessel.

Fiske wusste nichts von seinem Vergehen. Er rang, sehr unsicher wirkend, die Hände. «Nachdem ich dich auf unserer Reise kennengelernt hatte, versuchte ich erneut, Kontakt mit deiner Stute zu knüpfen. Gestern schaffte ich es endlich. Sie ist noch nicht wieder glücklich, aber ich glaube, sie genoss das Bürsten und frisst seitdem regelmäßiger. Ich hoffe, damit ist der Anfang gemacht, und dachte, du möchtest das wissen.»

«Wie lange war ich bewusstlos?»

«Drei Tage. Du hattest Fieber und eine Erkältung. Fühlst du dich besser?»

«Geht dich nichts an. Und jetzt verschwinde!» Er schloss die Augen.

Fiske räusperte sich. «So einfach ist das nicht. Die Königin hat mir befohlen, dafür zu sorgen, dass du isst.»

«Warum du?»

Als Fiske nicht antwortete, schaute Emilio ihn an. Der Wachmann war errötet.

«Lass mich raten. Etwas in der Art: 'Du hast es geschafft, das Pferd des Strolches zu füttern. Jetzt mach das Gleiche mit dem Strolch?'.»

Die Farbe auf Fiskes Wangen verstärkte sich, bis sein Gesicht zu brennen schien.

«Nicht ganz, offensichtlich. Dann sagst du also, dass sie deutlichere Begriffe wie 'dämlich' und 'verflucht' verwendet hat.»

Fiske sah ihn verlegen an. «Ich habe nichts gesagt, aber du musst wirklich etwas essen.»

Emilio wusste, dass er recht hatte. Er schwang die Beine über den Rand der Bank und verlor das Gleichgewicht. Fiske sprang auf, um ihn zu fangen. Seine Kopfschmerzen erreichten eine neue Intensität.

«Langsam.» Fiske half ihm in den zweiten Sessel. «Die Erkältung hat dich fast umgebracht.»

Emilio erinnerte sich plötzlich daran, wo er saß, und rutschte nach rechts, so dass der Geist neben ihm auftauchte. Das alte Mädchen schenkte ihm ein fröhliches Grinsen. Sie zeigte auf das Tablett, formte «Iss!» mit ihren Lippen und strickte weiter.

Offenbar war er auf dem besten Weg zum Wahnsinn.

«Lass mich allein», sagte er zu Fiske.

Der Wachmann zögerte.

«Geh einfach!», insistierte er.

«Wenn du deine Medizin nicht nimmst, werde ich zurückkehren und sie dir in den Hals schütten. Ich habe weniger Angst vor dir als vor Morayn», sagte Fiske und gehorchte.

Emilio zwang sich zu essen. Verhungern war eine schreckliche Art zu sterben — und unnötig in seiner Situation. Er kannte tausend Möglichkeiten, wie er sich schmerzfrei umbringen konnte.

Er nahm auch seine Medizin, obwohl sie furchtbar schmeckte. Dann schlief er wieder.

ALS ER DAS nächste Mal die Augen öffnete, war es mitten in der Nacht. Vielleicht waren Stunden vergangen, vielleicht Tage. Seine Erkältung schien etwas nachgelassen zu haben, und das Fieber war weg. Er erhob sich, wackelig auf den Beinen, wusch sich und zog sich an. Dann aß er das auf der Ofenbank warmgestellte Essen.

Emilio ging zur Tür und lauschte mit allen Sinnen. Die Wachen dösten. Ausgezeichnet!

Er öffnete leise die Tür und trat hinaus. Sie reagierten nicht auf seine Anwesenheit, und er schlich sich davon, ohne dass irgendjemand ihn sah.

Das Wetter draußen schien garstiger als jemals zuvor. Eisiger Regen prasselte auf die Burg nieder und stach wie tausend Nadeln in seine Haut. Er eilte über den gefrorenen Hof und achtete darauf, nicht auf den spiegelnden Eisflächen auszurutschen. Als er sich in den Stall schlich, erwartete ihn der Geruch von warmen pelzigen Körpern.

Einige Pferde hoben müde den Kopf und schnaubten. Er interessierte sich nur für den hinteren Teil des Stalls.

Fiske hat nicht gelogen. Sein Mädchen sah besser aus. Ihr gebürstetes Fell glänzte warm, und ihre Mähne und ihr Schweif waren gekämmt. Sie hatte sogar eine warme Decke akzeptiert. Aber sie ließ immer noch den Kopf hängen.

Emilio betrat die Box und setzte sich neben sie.

Sie grollte warnend. Solange sie nicht versuchte, ihn zu zertrampeln, war ihm das egal. Er kannte all ihre Launen, auch die ganz schlechten. Sie waren sich sehr ähnlich — ihr Temperament in der Regel ausgeglichen und kontrolliert. In den extrem seltenen Fällen, wenn es mit ihnen durchging, explodierte es mit ähnlicher Wucht wie die schlafenden Vulkane des Südens. Danach brauchten sie lange, um sich zu beruhigen. Und sie vergaben fast nie.

Etwas schien sie zu stören. Sie schnüffelte an seiner Schulter, dann an

136 | ISA DAY

den Stoppeln auf seinem Kopf. Sein Haar war am Wachsen, aber er sah immer noch hässlich aus. Sie hatte ihn noch nie so gesehen.

Sie schnaubte ihm den Nacken hinab.

«Igitt, was hast du vor?», beschwerte er sich. Er legte ihr eine sanfte Hand auf die Nase und schob sie weg.

Sie versetzte ihm einen Kopfstoß gegen die Schulter, so dass er fast seitlich ins Stroh kippte. Wieder murrte sie.

«Ich weiß, dass du sauer auf mich bist, und es tut mir leid. Ich habe die Richter angefleht, dir einen guten Platz zu suchen, was sie versprachen. Ich weiß nicht, warum sie sich nicht daran hielten.»

Ein weiterer unhöflicher Kopfstoß und das seltsame Summen, das ihr ganz eigenes Zeichen der Wut war.

«Was! Ich wusste nicht, dass du hier bist. Ich fand es erst heraus, als ich von der Mission zurückkehrte.» Aber wahrscheinlich hatte sie beim Aufbruch seine Stimme im Hof gehört und gedacht, dass er sie im Stich ließ.

«Es tut mir so leid, Reina», flüsterte er mit Tränen in den Augen und tastete nach ihrer samtigen Nase. «Ich weiß, dass wir hier sterben werden. Ich habe getan, was ich konnte, um dich zu retten. Es tut mir leid, dass es nicht genug war.»

Sie schnupperte an seinem Gesicht. Die Haare ihrer Nüstern kitzelten seine Haut.

Er küsste die weiche Haut ihrer Nase. «Ich liebe dich, Mädchen.» Er streichelte den weißen Stern zwischen ihren ausdrucksvollen Augen.

Ihre Wut verschwand. Sie legte sich neben ihn und stieß sanft gegen seinen Bauch. Er rutschte zwischen ihre Vorderbeine, hob ihre Decke an und kuschelte sich an ihre Schulter. Das war ihre Art, sich in kalten Nächten gegenseitig warm zu halten.

Umgeben von ihrem beruhigenden Geruch und ihrem kräftigen Herzschlag schlief Emilio innerhalb weniger Augenblicke ein.

17

«Ich sagte dir, dass er weder fliehen noch sich umbringen würde», sagte Olin leise.

Morayn unterdrückte den Drang, mit den Zähnen zu knirschen. Sie musste bald etwas zertrümmern, oder sie würde aus der Haut fahren.

Seit ihrer Rückkehr von der katastrophalen Mission durchsuchte sie mit ihren Wachen die Gewölbe der Burg. Dabei waren sie in längst vergessene Ebenen hinabgestiegen. Sie hatten etwa zehntausend Ratten gefunden, einige Skelette von eingemauerten Gefangenen, einen kleinen Schatz aus Goldmünzen und Schmuck, der wahrscheinlich während einer Belagerung versteckt worden war, und gigantische Spinnen, vor denen sich sogar die Hunde der Wachen fürchteten.

Ansonsten — nichts.

Ihr Vater und sein Körper blieben verschwunden wie zuvor.

Und dann hatte sich die Nachricht verbreitet, dass der Strolch nicht mehr auffindbar war.

Und ihre Wut verwandelte sich in Panik.

Es bedurfte der gemeinsamen Anstrengungen von Hroar und Fjellgard, um sie zur Vernunft zu bringen. Das Gebrüll hatte ihre Schwestern und Freya erschreckt. Wenn sie sich an den ängstlichen Ausdruck ihrer Augen erinnerte, fühlte sie sich immer noch schuldig.

Und das alles wegen diesem zerbrechlichen Mann und seinem ebenso zerbrechlichen Pferd!

Oh, wie sie darauf brannte, ihm ihre Meinung zu sagen.

Olins Hand schoss vor. Er packte ihren Oberarm. «Lass ihn in Ruhe. Einer meiner Männer wird ihn bewachen, während wir unsere Suche fortsetzen.»

«Er kann hier nicht schlafen!», zischte sie.

«Warum nicht? Er wirkt entspannt. Und seine Stute wird dich nicht in die Nähe lassen. Sieh in ihre Augen.»

Puh! Wenn Blicke töten könnten …

Olin grinste. «Und ich dachte, ich hätte schon alles gesehen — eine Frau und ein Pferd liefern sich wegen eines Mannes einen Zickenkrieg. Zum Schreien komisch!»

Morayn wollte ihn gegen das Schienbein treten. Da er sie ausgebildet hatte, erkannte er ihren Angriff sogleich und wich mühelos aus, wobei er ihr den Arm verdrehte. «Abmarsch, meine Königin.» Er schob sie aus dem Stall in den Hof. «Und bitte versuch dich zu beruhigen. Wenn du noch wütender wirst, explodiert dein Kopf.»

«Ich bin nicht wütend! Ich bin …»

«… erfüllt von Sorge, Angst und Schuldgefühlen.»

«Ja. NEIN! Warum bringst du mich durcheinander?» Sie befreite sich aus seinem Griff und starrte ihn wütend an, während die Sturmwinde heftig an ihren Körpern rissen.

Er lächelte nur. «Ich bringe dich nicht durcheinander, Morayn, sondern deine Gefühle. Du hast dich verliebt.»

«Da liegst du falsch! Hör auf mit diesem Unsinn! Du stellst jetzt eine vertrauenswürdige Wache ab, die auf den Strolch aufpasst. Dann kommst du mit einem neuen Trupp zum Eingang der Keller. Wir werden unsere Suche fortsetzen.»

«Und ihr erster Befehl war, ihn zu beschützen!», trällerte Olin und verschwand.

Morayn schrie vor Wut und trat heftig gegen die Außenwand der Ställe. Dem Stein war das egal. Ihrem Fuß nicht, trotz des dicken und zudem gepanzerten Leders ihrer Stiefel.

Eine Träne rann aus ihrem Augenwinkel. Wenn sie sich nur in ihrer Kammer verstecken könnte, um heimlich zu weinen. Nur die reine Willenskraft hielt sie auf den Beinen. Sie war besorgter denn je und wusste nicht mehr, was sie denken sollte. Aber sie musste ihren Vater finden. Rangvald hatte recht. Sie fühlte es. Der König hatte die Burg nie verlassen. Aber wo war er? Und warum konnten sie ihn nicht einmal mit den Hunden finden?

Plötzlich stand Egil neben ihr.

Sie zuckte zusammen.

«Wann hat dein Mann zuletzt gegessen?», fragte er sie.

«Er ist nicht mein Mann!», keifte Morayn ihn an und stürmte davon.

Die Wachen, die am Eingang des Kellers auf sie warteten, grinsten bei ihrem Anblick.

Männer! Die geringste Andeutung von Liebe — verdammt! — Lust verwandelte sie in Idioten.

Ihre Haare schlängelten sich. Sie konnte das verräterische Zappeln ihres Körpers verbergen, aber nicht das ihrer Locken. Außer sie steckte den Kopf in einen Sack — wenn der Stoff dick und dicht gewoben und der Sack groß war.

Olin, plötzlich ernst, berührte eine Strähne, die über ihre Brust fiel. Die violetten Reflexe leuchteten im flackernden Licht der Fackeln intensiver denn je zuvor.

«Komm her, Mädchen!», knurrte er und zog sie in die Arme.

Die Tränen, die hinter ihren Lidern warteten, begannen zu fallen und benetzten seinen Brustharnisch. Es war nicht besonders angenehm, sich in voller Rüstung zu umarmen, aber genau das, was sie jetzt brauchte.

«Wachen, entschuldigt euch für eure Scherze. Die Königin ist zutiefst besorgt und erschöpft. Gebt ihr ein wenig von eurer Kraft.»

Die Stimmung der Truppe veränderte sich. Feste Hände fassten ihre Oberarme. Aufmunternde Worte der Stärke und Zuneigung fanden den Weg in ihr Ohr. Sie liebte jeden Einzelnen dieser Männer wie einen Bruder und konnte sich ein Leben ohne ihre Unterstützung nicht vorstellen.

«Meine Stärke gehört dir, Morayn», flüsterte Halvard zuletzt. «Und deinem Mann.»

Ihre Wut loderte hoch. Sie schwang herum, die Hand zum Schlag erhoben. Er fing sie mit einem Grinsen ab. «Sei ehrlich. Er gleicht einem dieser kleinen Schoßhündchen, die völlig süß und harmlos aussehen.»

Morayn musste trotz ihrer Tränen kichern. «Ja, es sei denn, er beißt. Dann tut es ziemlich weh.»

«Und er kann schreien», bestätigte Olin. «Wer hätte gedacht, dass etwas so Kleines so viel Lärm machen kann?»

Morayn lachte und wischte sich die Wangen trocken. «Es tut mir leid, Männer, und ich danke euch für eure Unterstützung. Wo wollen wir als Nächstes suchen? Ich habe keine Ideen mehr.»

Olin starrte plötzlich ins Leere.

«Ja?», fragte Morayn.

«Seltsam. Ich dachte gerade darüber nach, was *er* auf diese Frage antworten würde. Und mir ist etwas bewusst geworden. Denn das beste Versteck …»

«… ist vor aller Augen!», vollendete Morayn den Satz des Kommandanten.

Olin knurrte. «Die Burg ist riesig, die oberirdischen Gebäude noch viel weitläufiger als die Keller. Wie gehen wir vor?»

Morayn sah in die Gesichter der Wachen. Obwohl sie in Schichten Dienst taten, sahen alle erschöpft aus. Sie hatte sie unermüdlich angetrieben. Es war Zeit für eine andere Strategie, die des Strolchs. «Wir werden die Suche hier und jetzt abbrechen. Wir sind ausgelaugt und hungrig. Ich will, dass ihr alle esst und dann schlafen geht. Tragt ein kleines Blatt Pergament und ein Stück Holzkohle mit euch herum. Überlegt euch, wo ihr eine Leiche in Sichtweite verstecken würdet, und schreibt alles auf, was euch in den Sinn kommt. Morgen treffen wir uns wieder und vergleichen unsere Ideen.»

Mit erleichterten Seufzern schlurften die Wachen davon.

Unglaublich! Er war nicht einmal hier und beeinflusste sie dennoch, als würde er neben ihr stehen.

Morayn befolgte ihre eigenen Befehle, indem sie aß und sich schlafen legte. Tief in der Nacht erwachte sie unruhig und besorgt. Sie vermisste seine Anwesenheit an ihrer Seite.

War er noch im Stall oder in seiner Kammer? Vermisste er sie auch? Und begehrte er sie?

Morayn stieg aus dem Bett und zog einen samtenen Morgenmantel über ihr Nachthemd. Eine versteckte Tür in der Wandverkleidung öffnete sich auf ihre Berührung hin.

Viele Mauern von Burg Icefjell enthielten geheime Tunnel. Sie dienten alltäglichen Zwecken: In der kalten Jahreszeit erlaubten sie den Bewohnern, die Toilettenanlagen der Burg zu besuchen, ohne sich die Zehen abzufrieren. Durch ein ausgeklügeltes Schleusensystem drang die in normalen Korridoren allgegenwärtige Zugluft nicht hinein. War ein Winter extrem kalt, transportierten die gleichen Schleusen warme Luft zu wichtigen Kammern. Und Liebende konnten sich heimlich zwischen den Betten bewegen.

Was, wenn er schlief? Wagte sie es, ihn zu wecken?

Morayn erreichte die Kammer des Strolchs und schob ein Guckloch in der Wandverkleidung auf. Nun konnte sie den Raum unbemerkt überblicken.

Ihr Atem stockte. Er war nicht allein.

REINA KAUTE ETWAS. Emilio schoss mit gezückten Messern aus dem Schlaf hoch.

«Sachte, Wolf! Es wäre eine Verschwendung mich zu töten, nachdem du mir das Leben gerettet hast.» Der Heiler saß im Stroh am Kopf des ruhenden Pferdes, einen Eimer in den Händen. Er wirkte schockiert.

Reina ließ sich von Emilios alarmierter Reaktion nicht stören. Sie war an die schnellen Bewegungen eines Mörders gewöhnt, dabei stets wachsam, aber nie voreilig. Sie würde erst aufspringen, wenn er es befahl.

Er nahm die Messer von Egils Hals und Nacken. «Was gibst du ihr?»

«Hafer und Karotten und ein bisschen Kräutermagie, um mit der Dunkelheit und Kälte fertig zu werden. Die Mischung ist das Äquivalent zu unserem Wurzeltee.»

Er runzelte die Stirn. «Darf sie das essen? Sie ist nicht von hier.»

Egil glättete sanft Reinas Stirnlocke. «Sie darf. Ich habe auch ihr geringeres Gewicht berücksichtigt. Wann hast du zuletzt gegessen?»

«Tu nicht so, als ob dich das interessiert! Und lass uns in Ruhe.» Emilio verschränkte die Arme vor der Brust, wütend auf sich selbst und die Situation. Ohne tödliche Maßnahmen hatte er keine Chance, Egil zum Gehen zu bewegen. Der Wachmann war zu stark und viel zu schwer. Und wenn er ihn tötete, ging nur seine Seele, während sein Körper im Stroh ausblutete.

Egil seufzte. Er sah enttäuscht aus. «Für einen klugen Mann, der über seine Jahre hinaus weise ist, kannst du ziemlich dumm sein.»

Seine Wut entbrannte. «Also würdest du es einfach akzeptieren, wenn dich alle aus Egoismus verraten?»

«Das ist nicht die richtige Frage, Wolf», antwortete Egil, seine Stimme kontrolliert. «Und unsere Gründe waren nicht egoistisch.»

Emilio schnaubte.

Der Eimer war leer. Reina prüfte Egils Taschen, falls er mehr Leckereien versteckt hatte. Sie war normalerweise nicht so freundlich zu anderen Menschen. Nordmänner konnten mit Pferden umgehen, obwohl Emilio das nicht gerne zugab.

«Hast du dich gefragt, was wir in deiner Situation getan hätten? Ich kann es dir sagen. Jeder einzelne Wachmann hätte sie hier gelassen, mit gebrochenem Herzen, ja, aber ohne Groll. Denn wir hätten akzeptiert, dass sie die Reise nicht durchstehen kann und damit zur Gefahr für die Mission wird. Das ist der Hauptunterschied zwischen dir und uns. Es geht nicht um deine Körpergröße, deine Fähigkeiten und schon gar nicht dein jungenhaftes Aussehen. Wir agieren als Gruppe und haben stets die Interessen der Gemeinschaft im Blick. Du hingegen bist ein Einzelgänger. Ich war überrascht, dass du uns auf unserer Mission nicht durch deinen Eigensinn in Gefahr gebracht hast.»

Emilio starrte ihn an. «Deine Worte tun weh!»

«Genau wie deine Anschuldigungen», schoss Egil zurück. «Zeig etwas Anstand und gib Morayn die Chance sich zu entschuldigen.»

Emilio schüttelte den Kopf. «Vergiss es. Und jetzt geh.»

«Ich werde dich jetzt in die Küche bringen, wo du essen wirst. Und wage es nicht, irgendeinen Strolchentrick anzuwenden. Ich bin wütend genug, um dir wie einem Saubengel den Hintern zu versohlen, auch wenn es das Letzte ist, was ich in diesem Leben tue.»

Emilio gehorchte, weil sein Verstand — ganz knapp — über seine wütende Verwirrung siegte.

Freyas Augen leuchteten auf, als er die Küche betrat.

Er hob die Hände. «Lass mich einfach nur essen. Sag nichts.»

Ihr Gesicht wurde traurig.

Emilio aß genug, um seinen knurrenden Magen zu besänftigen. Als er fertig war, ging er ohne ein Wort. Alle folgten ihm mit ihren Blicken. War er zuvor wütend gewesen, fühlte er sich nun zutiefst deprimiert.

Zurück in seinem Gemach kletterte er auf die Fensterbank. Da die Mauern der Burg so dick waren, hatte sie fast die Ausdehnung eines Betts. Kissen schützten seinen Hintern vor dem eisigen Stein. Sie konnten nichts gegen die brutale Kälte tun, die durch die Fensterscheiben drang. Sie sog ihm die Wärme aus Körper und Haut. Es war ihm egal.

Er versuchte nach draußen zu schauen, um irgendetwas zu sehen. Selbst Dachziegel wären ein willkommener Anblick gewesen, doch die Dunkelheit und Stürme ließen die Burg nicht aus ihrem Würgegriff. Vielleicht waren sie alle in der Ewigkeit gefangen und wussten es einfach nicht.

«Die Kälte wird dich töten», sprach eine sanfte Stimme aus seiner verlorenen Zukunft zu ihm — eine Halluzination. Offenbar ging es ihm erneut schlechter.

«Emilio, sieh mich an.»

Er gehorchte. Und glitt schneller als ein Blitz von der Fensterbank. «Vorsicht!», ermahnte sie ihn lächelnd, als er sie hochhob und sich mit ihr um die eigene Achse drehte. Er ließ sie an sich herunterrutschen und presste sie an sich. Sie keuchte leise. «Achte auf deine Stärke, mein Herz.»

Er musste lachen. Dann begannen die Tränen zu fallen, und er vergaß alles bis auf ihre Anwesenheit in seinen Armen.

Mit sanften Worten des Trostes führte sie ihn zum Bett. Sie kletterten auf die Matratze und lehnten sich an das Kopfteil. Er behielt sie dicht an seiner Seite und wollte sie nicht loslassen.

Sie streichelte sein Gesicht. Er fing ihre Hand, um ihre Finger zu küssen. Die längste Zeit hielten sie sich einfach gegenseitig fest.

«Ich habe die Treppen noch nie so grausam erlebt», sprach Faya und streichelte seinen Nacken. Es schien sie nicht zu stören, dass er mit dem geschorenen Kopf hässlich war. «Normalerweise schicken sie die Verurteilten an einen Ort mit einfachen Lebensumständen und freundlichen Menschen. Ich habe gesehen, wie Aristokraten zu Bauern wurden, Krieger zu Händlern. So unwahrscheinlich die Wahl auf den ersten Blick scheint, wendet sich doch meist alles zum Guten. Viele finden sogar Liebe. Ich wünschte, ich wüsste, warum dir das passiert.»

«Wahrscheinlich verdiene ich es», sagte er und konnte seine Verbitterung nicht verbergen.

«Nein, das tust du nicht. Und die Treppen funktionieren nicht so. Wahre Reue gibt jedem eine zweite Chance. Und ich weiß, dass es keinen einzigen Tag in deinem früheren Leben gab, als du es nicht bereutest, ein Mörder zu sein.»

«Dann bin ich vielleicht nur der glücksloseste Mann auf Erden. Wie kommt es, dass du so viel über die Treppen weißt und sie nie erwähnt hast?», fragte er und fühlte sich durch ihre Geheimniskrämerei verletzt.

Sie nahm sein Gesicht zwischen ihre Hände und brachte ihn dazu, sie anzusehen. «Wie ich dir in Eternas Kerker sagte, zwingt mich der Meister zu Missionen, für die ich die Treppen benutzen muss. Es fing vor Jahren an, und er drohte mir mit deinem Tod, sollte ich je ein Wort darüber verlieren.»

Bestürzung erfüllte sein Herz. «Er hat dich immer zum Ziel seines brennenden Hasses gemacht. Ich wünschte, ich hätte an deiner Stelle gehen können. Aber wie bist du dazu in der Lage? Ich fühle mich absolut schrecklich hier, als hätten mir die Treppen alle Kraft geraubt.»

«Das ist eine Folge davon, dass du deinen Platz im Fluss der Zeit verloren hast. Auch was das betrifft, bist du schlimmer betroffen als die

Verurteilten vor dir. Da ich auf Missionen meinen Platz behalte, kann ich ohne diese Konsequenzen die Treppen hinauf- und hinabsteigen. Aber es gibt andere.»

«Welche anderen?» Er streichelte die weiche Haut ihres Gesichts und erinnerte sich an das hilflose Kind, das er einst vor dem sicheren Tod gerettet hatte.

«Ich werde während der Missionen auf den Treppen nicht älter und kehre immer in jenem Moment in meine eigene Zeit zurück, in dem ich sie verlassen habe. Sollte das großartig klingen, glaub mir, das ist es nicht. Nach ein paar Missionen droht dir der Wahnsinn und du musst einen Weg finden, deinen Verstand zu bewahren. Ich tue dies, indem ich meine insgesamt gelebte Zeit ausrechne. Inzwischen sind wir beide etwa gleich alt. Bald werde ich älter sein als du.»

«Bist du deshalb so schnell erwachsen geworden? An einem Tag warst du zwölf. Am nächsten benahmst du dich wie eine Erwachsene.»

Sie grinste bitter. «Ja. Der Meister ist sehr kreativ in seinen Versuchen mich zu töten.»

«Welche Drohung benutzt er nun, da ich weg bin?»

«Ghost Singer, Raghi, Dämon … Es spielt keine Rolle. Im Laufe der Jahre wurde fast jeder Mörder mein Freund.» Sie nahm seine Hände in ihre. «Ich habe ihn noch nie so wütend gesehen wie in dem Moment, als er von deinem Schicksal erfuhr. Er rannte zum Magistratspalast und verursachte eine Szene, als er die Richter wüst beschimpfte. Er drohte ihnen die schlimmsten Konsequenzen an, wenn sie dich nicht zurückholen.»

«Sie gaben nicht nach?»

«Nein. Sie sagten ihm, dass die Treppen über dein Schicksal entschieden haben und dass du nicht mehr gefunden werden kannst. Er musste besiegt abziehen.»

Er sah in ihre tiefschwarzen Augen. «Bist du hier, um mich zu töten?»

«Nein.»

Er seufzte und lehnte seinen Kopf gegen das Holz des Kopfteils. «Es würde mir nichts ausmachen. Das ist ein schrecklicher Ort. Und mein Tod wäre in professionellen Händen.»

«Das ist korrekt. Aber er wäre auch eine perfekte Verschwendung. Bitte gib nicht auf.»

«Du weißt, dass ich hier nicht überleben kann, Namenlos. Und in dieser Zeit und an diesem Ort muss ich mich ständig für das entschuldigen, was ich nicht bin. Ich bin nicht groß genug, nicht stark genug, nicht temperamentvoll genug, nicht robust genug, nicht haarig genug und kein Krieger.»

Faya schnaubte. «Ich habe gestern die Burg ausgespäht und dabei gelernt, dass es in diesem Königreich mehr als genug Haare gibt. Die Männer müssen nicht nur den Kopf, sondern den ganzen Körper bürsten. Einige tun das übrigens. Aber sie sind auch ein freundliches, fürsorgliches und liebevolles Volk. In weniger düsteren Zeiten ist dies ein wunderbares Königreich. Bitte gib sie nicht auf.»

«Faya …»

«Liebst du Morayn?»

Er stöhnte. «Spielt das eine Rolle?»

«Wahrscheinlich nicht, also sag die Wahrheit. Liebst du sie?»

Er wusste, dass sie nicht aufgeben würde. Sie war so hartnäckig wie ein Frettchen, das die Nisthöhle eines Vogels ausräumen wollte. «Möglicherweise — dann, wenn sie mich nicht zu Tode erschreckt.»

Faya grinste. «Sie ist eine furchterregende Kriegerin.»

«Das ist sie.»

«Und sie ist attraktiv und hat genau die richtige Größe für dich. Sie kann dir in den Arsch treten, wenn du dich daneben benimmst, aber du wirst ihr immer noch Meister, wenn es sein muss. Mit ihr musst du nicht so vorsichtig sein.»

Er hörte den Schmerz in ihren Worten. «Du hattest nie Probleme damit, mir in den Arsch zu treten», scherzte er, seine Stimme sanft.

Sie legte ihm den Kopf auf die Schulter. «Ich will nicht, dass es hier endet, mein Herz», sagte sie. «In meinem Leben warst du alles für mich — mein Vater, mein älterer Bruder, mein Geliebter, meine einzige Liebe, mein Lehrer und mein Vertrauter. Ich glaube, ich kann lernen, ohne dich zu leben, aber nur, wenn ich weiß, dass du dein Glück gefunden hast.» Sie hob eine seiner Hände an ihre Lippen und küsste die Knöchel sanft.

Emilio schmiegte seine Wange an ihren Scheitel und erinnerte sich an den Tag, als der Zunftmeister das kleine Mädchen in den Schlafsaal geworfen hatte. Sie war in ein Bett geknallt und hatte sich die Wange verletzt. Schaute er genau hin, konnte er die Narbe noch immer erkennen.

Kaum dass der Meister weg war, rannte er zu ihr, fing ihre blind tastenden Hände und zog ihren zerbrechlichen Körper in seine Arme. «Ich bin hier, Kleines. Du wirst nie mehr allein sein», sagte er.

«Deine Stimme war die erste, die ich in der neuen und beängstigenden Dunkelheit hörte. Ich dachte immer, sie würde als letzte zu mir

146 | ISA DAY

sprechen, bevor ich sterbe.» In Fayas Worten schwang die Einsamkeit von damals mit.

Weil der Meister ihn geschickt hätte, um sie zu töten.

«Stattdessen befahl er dir, mein Liebhaber zu werden. Wie alt war ich damals?»

Emilio schauderte. «Viel zu jung.»

«Du stelltest dich ihm entgegen — für mich, worauf er dich auspeitschen ließ. Aber du gewannst den Streit und verschafftest mir Zeit. Und als der Befehl erneut kam, zogen wir es durch. So wie wir alles andere durchzogen. Du brachtest mir bei zu lesen und zu kämpfen und trotz meiner Blindheit ein Mörder zu sein, und als ich wieder sehen konnte, lehrtest du mich den ganzen Rest. Du bist ein guter Mann.» Sie legte ihre Hand auf seine Brust. «Ein sehr guter Mann, und ich weigere mich zu glauben, dass du ohne Grund genau hier bist. Bitte gib nicht auf. Versprich mir, dass du bis zu deinem letzten Atemzug kämpfst.»

Das konnte viel früher passieren, als sie dachte.

«Versprich es mir, Emilio!»

Er wusste nicht, was er sagen sollte. «Hältst du mich, während ich schlafe?»

«Ja.»

«Wirst du morgen früh da sein?»

«Nein. Hör auf, mich hinzuhalten, und versprich es mir. Bitte, Liebster!»

Er war so unglaublich müde.

Sie hob den Kopf und starrte ihm in die Augen. «Versprich es mir!», flüsterte sie gegen seine Lippen.

Er konnte ihr nicht widerstehen, wenn sie ihn so ansah. «Ich verspreche es.»

18

A m frühen Morgen erhob sich Morayn aus ihrem Bett. In Gedanken verloren wusch sie sich und zog sich an. Nach ihrer Rückkehr von ihrem versteckten Beobachtungsposten hatte sie vergeblich versucht zu schlafen, ihre Gedanken und Gefühle in Aufruhr. Sie war tief berührt von dem, was sie beobachtet hatte.

Und so unglaublich eifersüchtig.

Als sie sah, wie die kleine Mörderin ihn berührte, hatte ihr Haar fast weiß zu glühen begonnen und ihr Magen geriet in Aufruhr.

Nachdem er in den Armen des Mädchens eingeschlafen war, wollte sie bleiben. Sie fühlte den Drang, ihn vor allen Gefahren der Welt zu beschützen. Gleichzeitig konnte sie sich kaum zurückhalten, das Mädchen in Stücke zu reißen. Am Ende überwog die tiefe Faszination für die liebevolle Zärtlichkeit, die diese beiden teilten.

Dann hatte das Mädchen angefangen, ihn zu streicheln. Unschuldige Berührungen wie das Liebkosen seines Armes oder ein Kuss auf seine Schläfe. Wurde er rastlos, beruhigte sie ihn sanft, ohne ihn je zu wecken. Morayn hatte sich wie ein Eindringling gefühlt.

«Konntest du dich sattsehen, meine Königin?», sprach eine sanfte Stimme sie unerwartet an.

Morayn schwang erschreckt herum. Die Bürste, mit der sie wenig gegen ihr unmögliches Haar ausrichten konnte, klapperte zu Boden.

Die kleine Mörderin stand direkt hinter ihr und starrte sie mit diesen unergründlichen schwarzen Augen an. Sie erinnerte Morayn an eine elegante schwarze Katze — winzig, aber tödlich. Das Mädchen war auf dunkle, fremdartige Weise wunderschön.

Morayn straffte ihre Schultern. «Ja.»

«Und hast du erfahren, was du wissen wolltest?» Sogar ihre Stimme klang exotisch. Der leichte Akzent glich jenem, der sich manchmal *seiner* Stimme beimischte. Morayn hörte ihn gerne, denn er zeigte an, dass Emilio entspannt war. In solchen Momenten fiel die seltsame Maske von seinem Gesicht, und seine Gesichtszüge belebten sich. Wie während ihrer gemeinsamen Zeit im Bett.

Unsicherheit erfüllte ihr Herz. Verlegene Hitze stieg in ihre Wangen, aber Morayn hielt dem Blick des Mädchens stand. «Ich bin mir nicht sicher. Ich war nicht da, um zu lauschen. Dich bei ihm zu finden kam als Überraschung.»

Das Mädchen entspannte sich. «Kann ich mir vorstellen.» Sie hob die Bürste auf, die neben ihren Füßen lag, und gab sie Morayn zurück.

«Danke. Warum bist du hier? Bei mir, meine ich. Ich hätte erwartet, dass du so heimlich gehst, wie du kamst.»

«Ich mache mir Sorgen. Und mir fehlen wichtige Hinweise. Es gelang mir, das meiste über eure Situation herauszufinden, aber nicht alles. Worum genau habt ihr die Treppen gebeten?»

Konnte sie ihr vertrauen? Und spielte es eine Rolle, wenn sie ehrlich antwortete?

«Da ich offenbar nicht in der Lage bin, mich mit den Fjellkriegern zu verbinden, bat mein Onkel um einen Prinzen als neuen König des Nordens. Er bat gleichzeitig um jemanden, den ich lieben kann. Sie haben uns einen Mörder geschickt. Wir verstehen nicht warum.»

Das Mädchen runzelte die Stirn. «Hast du mit Emilio darüber gesprochen?»

Morayn seufzte. «Er würde es wahrscheinlich als Schreien bezeichnen. Aber ja, er kennt unsere Gründe.»

Das Mädchen ging zu den Fenstern und starrte durch die matten Scheiben in die undurchdringliche Dunkelheit hinaus. «Alle?»

«Ja.» Niedergeschlagen setzte sich Morayn auf den Rand ihres Bettes. Ihr Körper fühlte sich schwer und müde an. «Warum ist das wichtig?», zwang sie sich zu fragen.

Die Mörderin schnaubte. Zum ersten Mal zögerte sie. Sie wusste etwas und war sich nicht sicher, ob sie sprechen sollte.

«Was weißt du, das ich nicht weiß?»

«Vieles. In erster Linie, dass du ihn echt sauer gemacht hast. Ich nehme an, das Schreien war schlimm?»

Morayn fühlte, wie sich ihr verräterisches Haar bewegte, und errötete. «Ja, und es blieb nicht bei einem Mal.»

Plötzlich stand das Mädchen direkt vor ihr. Da Morayn auf dem Bett saß, waren sie gleich groß. «Liebst du ihn?»

Gab es etwas Dümmeres, als mit seiner früheren Geliebten über ihre Gefühle zu sprechen? «Er fasziniert mich, und ich mag seine Anwesenheit, aber ich hasse diese ausdruckslose Maske, mit der er sich unauffällig macht und seine Emotionen versteckt.»

Das Mädchen grinste. «Ja, die Maske ist nervig.» Ihr Gesicht wurde wieder ernst, und sie zog ein Messer. «Gib mir deine Hand.»

Morayn gehorchte, die Kriegerin in ihr zu stolz, um Furcht zu zeigen.

Mit einer kaum wahrnehmbaren Handbewegung stach die Mörderin in Morayns Daumenballen. Ein einziger Tropfen Blut bildete sich über der winzigen Wunde. Sie tat nicht einmal weh, aber die dadurch vermittelte Drohung war eindeutig.

«Schau mir in die Augen, wenn ich dir das sage, Morayn.»

Sie gehorchte, während ein unbehagliches Prickeln über ihre Wirbelsäule rann. Der Strolch war gefährlich und tödlich, aber diese hier schien besessen.

«Ich werde dir einen Vorteil verschaffen. Solltest du Emilio jedoch jemals einen einzigen Moment der Traurigkeit verursachen oder dich ihm als unwürdig erweisen, komme ich zurück, notfalls von den Toten, und häute dich bei lebendigem Leib. Hast du das verstanden?»

«Ja.» Lächerlich! Warum konnte sie sich nicht bewegen? Wie ein Kaninchen, das im tödlichen Blick einer Schlange gefangen war.

«Frag Emilio, wer sein Vater war.»

«Warum?»

«Wenn du ihn direkt fragst, wird er nicht lügen.» Die kleine Mörderin steckte ihr Messer in die Scheide und wandte sich ab, um zu gehen.

«Warte! Das ist deine ganze Hilfe?»

Das Mädchen drehte sich um. «Das ist alles, was du brauchst.»

Und dann war sie weg, als wäre sie nie da gewesen.

EMILIO STAND die längste Zeit vor der Tür zum Arbeitszimmer des Prinzregenten, während die Wachen stoisch an ihm vorbeistarrten.

Die königliche Familie hatte um seine Anwesenheit gebeten. Ziemlich höflich sogar.

Er sehnte sich nach menschlicher Gesellschaft, obwohl sie ihn zum Narren gehalten hatten.

Ohne Faya aufzuwachen war furchtbar gewesen. Für einen Moment hatte er überlegt, den Eingang zu den Treppen in der Kirche zu suchen und ihr zu folgen. Und damit sein Wort zu brechen. Am Ende hatte er sich dagegen entschieden. Elend verging, und das Leben dauerte nicht ewig. Ehre, einmal verloren, konnte nicht wiedererlangt werden.

Wann hatte er etwas Ähnliches zu Morayn gesagt? Es fühlte sich an wie in einem anderen Leben, war aber nur eine Woche oder zehn Tage her. In dieser ewigen Dunkelheit und durch seine Krankheit hatte er den Überblick über die verstrichene Zeit längst verloren.

Mit einem Seufzer klopfte er an.

«Herein!»

Alle Köpfe wandten sich ihm zu, als er reinkam. Ihre Mienen machten ihn nervös.

«Setz dich!» Der Prinzregent zeigte auf Emilios üblichen Sessel.

Er hatte nicht vor zu gehorchen, solange er nicht wusste, worum es ging. So stellte er sich hinter den Sessel und behielt ihn als Barriere zwischen sich und ihnen.

Machte ihn das zu einem Feigling? Vielleicht. Aber er stand allein einem Stamm von Riesen gegenüber. Alle Mitglieder der Familie waren da, sogar Meryem, die Kleine.

Morayn näherte sich langsam. Ein Blick auf ihr Haar zeigte nichts anderes als aufgeregte Reflexe. Sie blieb vor dem Sessel stehen.

«Wer war dein Vater, Emilio?»

Seine Finger packten die Rücklehne hart. Faya hatte ihn verraten. Verdammt!

Er betrat den geheimen Ort in seinem Kopf, wo ihn niemand erreichen oder verletzen konnte, und spürte, wie der neutrale Ausdruck über sein Gesicht glitt. Morayns Haare leuchteten hellorange auf.

«Einer der Bauernkönige des Südens.»

«Also *bist* du ein Prinz.» Der Fratz schaffte es immer noch, ihre Stimme sanft zu halten.

Ihre Ruhe provozierte ihn, so dass er lauter sprach als nötig. «Ich wurde vom Prinzen zum Sklaven. Was ich jetzt bin, weiß ich nicht!»

Hroar zog Morayn fort. Ihr Haar wechselte so schnell die Farben, dass ihr Kopf in Flammen zu stehen schien. «Setz dich, Wolf!»

Sein Ton ließ keinen Raum für Diskussionen. Emilio gehorchte.

Hroar schob seine Nichte in den gegenüberliegenden Sessel und setzte sich in den dritten, der dem Feuer zugewandt war. Der Rest der Familie versammelte sich um sie herum. Ein Abgrund schien den Raum zu teilen. Sie waren alle auf ihrer Seite, Emilio allein auf seiner.

Hroar rieb sich stöhnend das Gesicht. «Wie kannst du ein Prinz und ein Mörder sein?»

«Alle Mörder des Meisters sind Prinzen, bis auf das eine Mädchen, von dem ich euch erzählt habe. Indem er königliche Kinder stiehlt und ihre Familien erpresst, kontrolliert er die bekannte Welt.»

«So ein verdorbener Bastard!» Hroar schüttelte den Kopf.

Stille senkte sich über die Anwesenden. Nach einer Weile wurde Emilio bewusst, dass alle Morayn anschauten.

Langsam erhob sie sich und blieb vor ihm stehen.

Er beobachtete sie besorgt. Geschwächt vom Fieber war er nicht in der Stimmung für einen Kampf. Seine Augen weiteten sich, als sie auf ein Knie sank und den Kopf beugte.

«Würdest du mich bitte zum Sitz der Macht begleiten und versuchen, dich mit den Fjellkriegern zu verbinden, Emilio?»

Er sah tiefe Verzweiflung in ihren Augen, als sie ihn schließlich ansah. Ihr Gesicht war blass, und zum ersten Mal wirkte sie zerbrechlich.

Eine Klammer schien sich um sein Herz zu legen. Er beugte sich vor, um ihre Hände von ihrem Knie zu klauben, und zog sie mit sich auf die Füße. «Ja.»

«Wirklich?» Nun klang sie hoffnungsvoll.

«Wirklich.»

Sie warf ihm die Arme um den Hals und presste ihn an sich. «Danke.»

Ihm war nicht wohl dabei, sie vor ihrer ganzen Familie zu umarmen, aber sie blieben so entspannt, wie Morayn behauptet hatte. Vielleicht lächelte Hroar sogar. Er konnte nicht sicher sein — nicht mit der jungen Frau in seinen Armen und ihrem lieblichen Duft, der seine Sinne erfüllte.

«Morayn, hör auf, den Mann zu erwürgen. Wir haben mehr zu besprechen.»

Sie schien ihn nicht loslassen zu wollen und zog ihn neben sich auf den Sessel, der ihnen ausreichend Platz bot.

«Es wird also eine weitere Mission geben», fasste Hroar zusammen. «Und wir müssen uns auf die Vorbereitungen einigen. Der Sitz der Macht ist nicht wie andere Orte. Wir sind nicht sicher, wie viele Wachen euch begleiten sollen.»

«Und wir müssen die Leiche des Königs finden, bevor ihr geht», sprach Fjellgard zum ersten Mal. «Während du krank warst, Wolf, schien dein Verstand zu den Wachen zu sprechen. Er riet ihnen nach Verstecken vor aller Augen zu suchen. Ich glaube nach wie vor, dass wir auf dem richtigen Weg sind, aber bisher haben wir die Burg und ihre Anlagen ohne Erfolg durchsucht.»

«Wo habt ihr gesucht?»

Emilio hörte sich die Zusammenfassung des Mannes an und analysierte die Informationen. Er musste sich absolut sicher sein, bevor er sprach. Diese Familie hatte genug durchgemacht. «Wenn ihr an allen Orten gesucht habt, die du aufgezählt hast, bleibt nur einer — der offensichtlichste.»

EINIGE STUNDEN später zitterte er in der gruseligen und bitterkalten Krypta unter dem Weltenbaum vor sich hin. Während er das erneute Öffnen des Sarkophags verfolgte, hoffte er gleichzeitig, dass er sich irrte. Die Familie brauchte endlich Gewissheit. Aber mit ihrer Gewissheit verlagerte sich die gesamte Verantwortung für die Zukunft dieses Königreichs zu ihm, dem Mörder.

Er wollte die Last nicht.

Die Männer arbeiteten umsichtig, ihre Gesichter neutral. Sie hassten, was sie tun mussten, aber es gab keinen anderen Weg.

«Hebt den Betrüger auf die Trage und bringt ihn nach oben.»

Emilio behielt die Überreste im Auge, bis sie verschwunden waren. Die grausige Hülle schien wirklich leer zu sein, ohne dass sich ein Dämon darin versteckte.

Sie hoben das Polster aus kostbaren Fellen und Tüchern heraus. «Sucht nach einer Lücke, aber achtet darauf, den Baum nicht zu verletzen», wies Fjellgard seine Männer an.

Emilio stellte sich neben ihm. Der Sarkophag schien leer zu sein. Wände und Boden waren überraschend eben, eher wie die eines gezimmerten Sarges.

«Da ist nichts, Wolf.» Fjellgard griff in den Sarg und glitt mit den Händen über alle Flächen. «Überhaupt nichts. Es scheint, dass du dich irrst.»

Emilio wusste, dass dem nicht so war. Sie hatten nur noch nicht den Ursprung dieser Täuschung gefunden. «Wie wachsen die Särge? Kann man ihren Platz vorhersagen?»

«Bis zu einem gewissen Grad. Unsere Weisen stellen Vermutungen an, die auf jahrhundertealtem überliefertem Wissen basieren. In der Regel behalten sie recht. Aber ich kann dir den Prozess nicht erklären. Sie verwenden eine komplizierte Zahlenmystik, die ich nie verstanden habe.»

«Ich muss sie nicht verstehen. Ich muss nur wissen, ob es weitere mögliche Orte gibt.»

Fjellgard schickte Halvard, um einen der Weisen zu holen. Aufgrund seiner früheren Erfahrungen erwartete Emilio einen gebildet aussehenden Mann in besonderen Kleidern. Doch er unterschied sich in nichts von den anderen Wachen.

Er führte sie zum ersten alternativen Ort ganz in der Nähe. Er war leer.

Auf dem Weg zum zweiten möglichen Ort begann Fjellgard zu fluchen. Der Sarkophag stand in der dunkelsten und entlegensten Ecke der Krypta, wo das Licht der Fackeln normalerweise nicht hinreichte. Sein helles Holz zeigte, dass er neu war.

«Holt die Königin!», befahl der Fjellgard.

Die Wache brachte nicht nur Morayn, sondern ihre ganze Familie.

«Das ist er also», sagte Hroar. «Der Moment, in dem unsere Ängste Wirklichkeit werden.»

Zwei Wachen hoben den Deckel vorsichtig an.

Morayn trat vor, um hineinzuschauen. Ihre Schultern sanken nach vorn, und sie atmete langsam aus. «Er sieht friedlich aus.»

Emilio hielt sich abseits, um die Familie trauern zu lassen. Die Liebe, die sie teilten, verstärkte seine Einsamkeit. Er stieg die Treppen zur Kirche hinauf, überquerte den Hof und ging in den Stall.

Reina wieherte leise, als er sich ihr näherte.

Sie ruhte auf einer dicken Schicht aus duftendem Stroh. Er kniete sich hin und streichelte ihren langen Hals. Faya schien sie bewegt zu haben, wahrscheinlich in der Halle, wo er den ersten Dämon getötet hatte.

Sie schnaubte gegen seine Brust. Wie zuvor schlüpfte er unter ihre Decke und kuschelte sich an sie.

Das Geräusch ihrer Atmung wirkte entspannend und beruhigte seine sich im Kreis drehenden Gedanken. Er fühlte sich in der Situation gefangen — ein heimatloser Wanderer, der zu etwas gezwungen wurde, das er nicht wollte. Aber wie stets versteckte sich eine einfache Wahrheit hinter dem Schleier aus Nebel und Verwirrung.

Er war nicht das, was die königliche Familie und die Menschen des Nordens brauchten, und musste sie fast zwangsläufig enttäuschen. Aber vielleicht konnte er die Kälte und Dunkelheit zum Verschwinden bringen. Und dann hatte Reina eine Chance zu überleben.

Sie drehte ihren Kopf und sah ihn mit ihren seelenvollen Augen an, als ob sie seine Gedanken gelesen hätte.

«Ich werde versuchen, diese Welt für dich in Ordnung zu bringen», flüsterte er und streichelte ihre Wangen.

«Du könntest versuchen, sie für uns in Ordnung zu bringen», sagte jemand leise.

Emilio schaute in die Schatten vor der Box.

Der Prinzregent näherte sich. Für einen so großen Mann bewegte sich Hroar still wie ein Geist. Er sah traurig und müde aus — und gleichzeitig erleichtert. Das Ende der Hoffnung tat weh, aber nach Wochen der Ungewissheit kam es als Erlösung.

«Bis zu einem gewissen Grad seid ihr die Schöpfer eures eigenen Elends. Sie ist nur ein Opfer.»

Hroar stoppte am Eingang zur Box. «Vielleicht nicht das Einzige. Warum bist du so überzeugt, unsere Erwartungen zu enttäuschen? Es ist offensichtlich, dass du Morayn magst, obwohl sie ganz schön schwierig sein kann.»

Die Kraft von Hroars Augen war hypnotisierend. Sie strahlten so grün wie Morayns und enthielten gleichzeitig die Erfahrung eines langen Lebens.

«Ich weiß nicht, was du meinst.»

«Oh, ich denke schon, und ich wünschte, du würdest dich mir anvertrauen. Wenn du dich jemals dazu entschließt, werde ich zuhören. Aber nun musst du in deine Kammer zurückkehren. Kein Mann sollte bei seinem Pferd schlafen, wenn er eine schöne Frau im Bett hat. Geh nach oben, Wolf.»

Morayn.

Emilio streichelte Reinas Nase und erhob sich. Sie wieherte leise zum Abschied.

«Wie geht es ihr?»

«Das ist schwierig zu sagen. Meryem trägt ihr Herz auf der Zunge. Maira ist liebevoll und freundlich. Morayn hingegen ist kaum zu durchschauen.»

Emilio nickte. Hroar trat zur Seite, damit er die Box schließen konnte.

Lautlos eilten sie über den Hof in die Haupthalle. Für einmal peitschten die Sturmwinde die Burg ohne neuen Schnee, aber es war unsäglich kalt.

Emilio wartete darauf, dass Hroar mit den Fragen fortfuhr. Stattdessen berührte der Prinzregent seinen Oberarm zum Abschied. «Komm heute Abend ins Arbeitszimmer, mit oder ohne Morayn. Wir müssen Pläne für deine Reise schmieden.»

«Das werde ich.»

Da die Königin sich in seinem Gemach aufhielt, standen Wachen im Flur. Emilio ging auf sie zu und spürte ihre fragenden Blicke. Sie wunderten sich, dass Morayn bei ihm — dem Außenseiter — Trost suchte. Er wunderte sich auch.

Lautlos trat er ein und schloss die Tür hinter sich.

Morayn auf dem Bett rührte sich nicht. Im Kachelofen brannte ein Feuer, das den Raum warm und gemütlich machte. So hatte sie ihre Stiefel abgestreift und die meisten Kleidungsstücke ausgezogen. Alles lag willkürlich auf dem Boden verstreut.

Emilio hob einen Stiefel in der Nähe der Tür auf und stellte ihn neben den anderen am Fuß des Bettes. Dann sammelte er die verschiedenen Kleidungsstücke ein und drapierte sie in der richtigen Reihenfolge über den Rücken des Sessels, der dem Bett am nächsten stand — ihren Umhang zuunterst, die Wäsche zuoberst, in der exakten Sequenz, die sie beim Anziehen bevorzugte.

Sie wussten nie, wann sie schnell aufbrechen mussten.

Noch immer kein Mucks von ihr.

Er hielt neben dem Bett und betrachtete sie. Sie schlief auf dem Bauch, in den Armen das Kissen, auf das er nachts seinen Kopf bettete. Ihre Wangen glänzten mit den Überbleibseln von Tränen. Ihr Haar schimmerte dunkel wie Ebenholz.

So sah also Trauer aus. Er hatte schon so viele Farben gesehen, vielleicht zu viele.

Ich frage mich, welche Farbe Liebe hat.

Emilio runzelte die Stirn. Wo war dieser Gedanke hergekommen?

Und was sollte er tun? Sie hatten bis heute Abend, ein paar kostbare Stunden, bevor sie sich wieder auf den Krieg und die böse Hexerei konzentrieren mussten, die dieses Königreich zerrissen.

Er vermisste ihre Anwesenheit in seinem Bett. Zu den unpassendsten Augenblicken blitzten Erinnerungen an ihre Liebesnächte in den Zufluchten auf — wundervolle Stunden trotz der drohenden Gefahr. Morayn war verspielt, neugierig und weit über ihre begrenzte Erfahrung hinaus dreist gewesen. Wenn sie sich mit ihm um die Vorherrschaft im Bett balgte, brannte er vor Verlangen.

Emilio zog sich aus und schlüpfte hinter ihr unter die Decke.

«Strolch?», murmelte sie, als er sich an sie schmiegte.

Er erhob sich auf einen Ellenbogen, um in ihr Gesicht zu schauen. «Ja, Fratz?»

Ein trauriges Lächeln umspielte ihre Lippen. «Wo warst du?»

«Bei Reina.»

«Also magst du deine Stute lieber als mich?» Sie kuschelte ihren Rücken an seine Brust und sorgte für Reibung an den richtigen Stellen.

Das kleine Biest! Emilio küsste ihren Hals. «Sie ist immer bereit mir Trost zu spenden.»

«Du hättest bei uns bleiben sollen. Wir haben genügend Umarmungen für alle, auch für zwergenhafte junge Strolche.»

«Ich bin kein Junge, Morayn. Mach diesen Fehler nicht. Ich wurde zu meiner Zeit gefürchtet und respektiert. Die Dämonen ausgenommen, bin ich hier auf der Burg das gefährlichste Lebewesen. Und meine Selbstbeherrschung ist nicht grenzenlos, wie du herausfinden wirst, wenn du nicht zu zappeln aufhörst.»

Sie grinste selbstgefällig. «Da du in dieser Position nicht mit mir schlafen kannst, bleibt dir nichts anderes übrig, als still zu leiden.»

Ihre Unerfahrenheit brachte ihn zum Lächeln. «Wenn du das sagst.»

Sie betrachtete ihn aus den Augenwinkeln. Er hatte sie neugierig gemacht.

«Wie fühlst du dich, Morayn? Soll ich dir beweisen, dass du dich irrst, oder möchtest du kuscheln?» Er streichelte ihre Seite, von der Schulter bis zur Hüfte.

«Können wir beides machen?» Sie klang hoffnungsvoll.

Er beugte sich vor, um an ihrem Ohr zu knabbern, und fühlte, wie sie wohlig erschauerte. «Das können wir, aber versprich mir, dass du heute nicht mit mir kämpfst. Ich muss in dieser Position vorsichtig sein, damit ich dich nicht verletze.»

«Aber ich kämpfe gern mit dir! Ich bin fast so stark wie du. Als ich das Ringen mit den Wachen trainierte, hielten sie mich mühelos fest und lachten über meine vergeblichen Befreiungsversuche. Und weil sie so groß sind, halfen nicht einmal Tricks. Du kannst keine Kampftechniken anwenden, wenn jemand auf deine Arme und Beine drücken und gleichzeitig seinen Kopf außer Reichweite halten kann.»

Er küsste die weiche Haut ihres Nackens und genoss das Kitzeln ihrer Haare. «Wir können das nächste Mal wieder kämpfen, Fratz, nur nicht heute. Wenn wir uns auf diese Weise lieben, verbinden wir unsere Körper tiefer miteinander. Wir müssen testen, ob das für uns beide funktioniert.»

Sie wurde still.

«Habe ich etwas Falsches gesagt?», fragte er und glitt ihren Arm entlang, um seine Finger durch ihre zu schlingen.

Sie schaute auf ihre verbundenen Hände. Ihr Daumen spielte mit seinem. «Nein, mir ist nur klar geworden, dass ich etwas wissen will. Es fiel mir nach unserer ersten gemeinsamen Nacht ein, aber dann passierte so viel, dass ich es wieder vergaß. Du hast erzählt, dass du in deinem Beruf keine Frau oder Geliebte haben darfst. Wie kannst du dann so viel über Sex wissen?»

Das war eine berechtigte Frage. Er konnte nur hoffen, dass die Antwort sie nicht abstieß.

«Verführung und Sex sind mächtige Waffen. Sie können dir Zugang zu Menschen verschaffen und dir Möglichkeiten zum Mord bieten, die du sonst nicht hättest. Der Meister sorgte dafür, dass erfahrene Frauen und Männer uns unterrichteten, sobald wir alt genug waren.» Die unangenehmen Erinnerungen ließen ihn seufzen. Er knabberte an Morayns Hals und atmete ihren berauschenden Duft ein. Dieser erinnerte ihn daran, dass er genau da war, wo er sein wollte — bei ihr.

«Ich hasste es, auf diese mechanische Weise Sex zu haben, zu wissen, dass meine Partner nur da waren, um eine Funktion zu erfüllen, und sich langweilten. Eine der Lehrerinnen war eine recht alte Frau mit freundlichen Augen. Eines Tages fragte ich sie, ob wir nur reden könnten. Sie fürchtete den Meister zu sehr, um zuzustimmen. Also bat ich sie, mir zu zeigen, was ihr gefiel. Dadurch hoffte ich, dass auch sie es genießen könnte und die ganze Erfahrung weniger schrecklich würde. Danach erlebten wir eine angenehme Zeit, so lange sie halt dauerte.»

Morayn schien in Gedanken versunken. «Ich bin mir nicht sicher, ob ich das verstehe», gab sie zu. «Lehrer für Sex einzustellen scheint so gefühllos. Kann man auf diese Weise Verführung lernen?»

«Ohne Veranlagung? Nein. Und nicht alle hatten so viel Glück wie ich.»

«Und dann hast du Faya unterrichtet.»

Ihre Aussage überraschte ihn. Er stützte sich auf den Ellenbogen, um in ihr Gesicht zu sehen. «Woher weißt du das?»

Morayns Wangen wurden rot, aber sie erwiderte seinen Blick. «Ich nutzte die geheimen Gänge zu deinem Gemach, um mich in dein Bett zu schleichen, und sah euch zusammen. Ich wollte nicht zuhören, aber ihr wirktet so vertraut miteinander, dass meine Füße einfach stehen blieben. Es tut mir leid.»

Wie konnte es sein, dass er ihre heimliche Anwesenheit nicht bemerkt hatte? Emilio wusste, dass er in schlechter Verfassung war, aber das Bewusstsein für die Umgebung gehörte zu den grundlegendsten Fähigkeiten eines Mörders. Ohne sie wurde er zu einer Gefahr für alle an seiner Seite. Gleichzeitig war er erleichtert, dass sie von Faya wusste, die immer einen besonderen Platz in seinem Herzen einnehmen würde.

«Es muss dir nicht leidtun, Morayn. Ich habe über die Jahre unzählige Menschen heimlich beobachtet. Wie kann ich mich da beschweren, wenn es mir passiert? Und du hast recht. Ich führte Faya in die Liebe ein, als ich die Befehle des Meisters nicht mehr länger verweigern konnte. Sie war damals ein Kind.»

«Du musst das sehr gut gemacht haben. Heute Morgen schlich sie sich in meine Kammer. Sie wollte sicherstellen, dass ich dich anständig behandle, und war bereit, dich mit ihrem Leben zu verteidigen. Als meine Antworten sie zufriedenstellten, riet sie mir, dich nach deinem Vater zu fragen. Ich glaube, sie wollte helfen. Sie liebt dich und vertraut dir zutiefst.»

«Und dafür werde ich dem Schicksal ewig dankbar sein. Ich weiß wirklich nicht, wie ich das vor all den Jahren geschafft habe. Hätte ich sie gebrochen … ich glaube nicht, dass ich mit diesem Wissen hätte leben können.» Allerdings war er sich immer noch nicht sicher, was er von Fayas Einmischung hielt.

Die junge Frau in seinen Armen lenkte ihn mit einem strahlenden Lächeln ab, das ihm direkt ins Herz ging.

«Ich bin nicht so überrascht wie du, Strolch. Und ich mag nicht mehr reden. Bist du am Herumspielen interessiert, oder habe ich dich verärgert?» Sie schmiegte sich an ihn und fachte sein Interesse erneut an.

Das Blut sackte ihm aus dem Kopf. «Was ist mit deinem Versprechen, dich nicht mit mir zu balgen?»

«Du hast es. Nun fang schon an!»

Emilio lächelte über ihre Herrschsucht. «Ja, meine Königin.»

Er schob seine Hand zwischen ihr Hemd und ihren Bauch und hob sie sanft an, um den Stoff nach oben zu schieben. Das Hemd war ein gewöhnliches mit Ärmeln, nicht das gepolsterte, das sie unter ihrer Rüstung trug.

«Soll ich mich aufrichten, damit du es abstreifen kannst?»

Der Stoff war durchsichtig, weich und roch nach Seife. Emilio liebte seine zarte Textur unter den Fingerspitzen. «Lassen wir es einfach da, wo es ist. Sonst wird dir kalt.» Er arrangierte den Stoff über ihren Schulterblättern, so dass er den Rest ihres Rückens nach Belieben berühren konnte.

«Mir ist nie kalt, wenn wir uns lieben.»

«Dann bleibt es da, weil es mich erregt.» Er hauchte in ihren Nacken und lächelte, als sie wohlig erschauerte. «Weißt du, dass unsere Wirbelsäule ein Wunder der Natur ist? Sie überträgt Empfindungen zwischen Körper und Gehirn, sendet unseren Gliedmaßen Befehle sich zu bewegen und noch so viel mehr. Dieses Wissen erlaubt mir, jemanden ohne Schmerzen zu töten. Ich kann das gleiche Wissen nutzen, um dir Genuss zu bereiten. Mal sehen, wie empfindsam du bist.» Er strich mit sanften Fingern über ihren Rücken.

Seine Berührungen entlockten ihr nur zu rasch ein Stöhnen, und sie bettelte mit tausend kleinen Bewegungen um mehr. Der Duft ihrer Erregung erfüllte seine Sinne. Als er die zarte, empfindliche Haut in ihrem Kreuz leckte, zuckte ihr Körper lustvoll und sie vergrub mit einem leisen Schrei das Gesicht in ihren Armen.

«Zeit für den nächsten Schritt», sagte Emilio und griff nach einem Kissen.

19

Die Wachen sandten ihnen schiefe Blicke, als sie das Gemach verließen, um sich mit der königlichen Familie im Arbeitszimmer des Prinzregenten zu treffen. Morayn kümmerte sich nicht darum. Ihr Körper kribbelte wohlig von all dem, was er mit ihr angestellt hatte, und ihre Beine waren etwas zittrig. Offenbar beanspruchte Sex andere Muskeln als ihr rigoroses Kampftraining.

Sie fühlte sich auch benommen von der grenzenlosen Lust, die er ihr verschafft hatte. Es gab viel mehr Varianten beim Liebesspiel, als sie je vermutet hatte. Sein Gewicht auf ihrem Rücken fachte ihre Erregung an. Und als er sie tief in ihrem Schoss berührte, verstand sie, weshalb er so vorsichtig war. Zuerst war es nicht angenehm, zwar nicht schmerzhaft, aber kein Genuss.

Ebenso geduldig wie zärtlich hatte er ihre Körper über dem Kissen arrangiert, bis überwältigendes Verlangen ihr Unbehagen verdrängte und sie nicht anders konnte, als bei jedem seiner Stöße vor Lust zu schreien. Nichts hatte geholfen — nicht einmal ins Kissen zu beißen.

Die Intensität der Erfahrung erfüllte sie mit Demut. Wenn sie heute kein Kind von Emilio empfangen hatte, wusste sie nicht, wann es passieren konnte.

Sie waren die ersten im Arbeitszimmer und setzten sich in seinen üblichen Sessel. Morayn kuschelte sich an Emilio. Er nahm ihre Hand.

«Ein Zwerg in einem Land von Giganten zu sein hat auch Vorteile», bemerkte er.

«Weil wir zusammen in einen Sessel passen?»

Er lächelte. «Ja. Wie geht es dir?»

Sie analysierte ihre Gefühle. Die Trauer um ihren Vater war da, aber gedämpft. Tief in ihrem Inneren musste sie die Wahrheit schon seit geraumer Zeit geahnt haben. «Ich bin in Ordnung und mir wird es wieder gut gehen — nicht heute oder morgen, aber irgendwann.»

Ohne seine schützende Maske war sein Ausdruck offen und unverstellt. Sie liebte diese Momente. Mehr und mehr erkannte sie, was für ein attraktiver Mann er war. Sein sehr kurzes Haar bedeckte seinen Kopf schon wieder wie eine blauschwarze Mütze. Vollständig nachgewachsen würde es wunderschön sein.

«Wo sind alle?», fragte er.

«Wahrscheinlich versuchen sie zu entscheiden, was wir brauchen. Ein Ritt zum Sitz der Macht ist keine gewöhnliche Reise.»

«Kannst du mir mehr erzählen?»

Sie kreuzte ihre Beine über seine, was bequemer war, als sich direkt auf seinen Schoss zu setzen. «Der Sitz der Macht ist ein Berg mit einem annähernd kreisrunden Fuß. Die sanften Hänge sind steil und von Wäldern und Wiesen bedeckt. Für mich wirkte er immer künstlich wie ein Grabhügel von Riesen oder der Vulkan, der die Ebenen von Eterna überragt. Existiert er noch in deiner Zeit?»

«Er explodierte vor langer Zeit, tötete alle in Eterna und begrub die Stadt unter reichlich Lava und Schutt. Es dauerte Jahrhunderte, sie auszugraben und wieder bewohnbar zu machen. Ich fragte mich immer, warum sich jemand überhaupt die Mühe machte. Seit ich von den Treppen der Ewigkeit weiß, kenne ich vielleicht die Antwort.»

Seine Worte weckten eine Erinnerung. «Ich wollte dir Fragen über deine Zeit stellen, seit du angekommen bist, aber es ist immer etwas dazwischengekommen.»

Er gluckste. «Dein Temperament?»

«Hey!» Sie starrte ihn hochmütig über ihre Nase an, nur um zu erkennen, dass er recht hatte. «Na ja, gelegentlich.»

«Was willst du wissen, Fratz?»

«Wie sieht die Zukunft aus? Sie muss sich stark von unserer Zeit unterscheiden.»

Sein Gesicht wurde nachdenklich. «Ja und nein. Ich komme aus einer Zukunft, die deiner Gegenwart gleicht. Dazwischen liegen viele verschiedene Epochen — helle und dunkle Zeitalter. Wissen wurde erlangt, ging verloren und wurde zur Legende.»

«Können Menschen fliegen? Ich habe mich immer gefragt, wie das Königreich des Nordens von oben aussehen würde.»

«Alte Geschichten erzählen von Zeiten, als die Menschen flogen oder schreckliche Waffen benutzten, die Feuer und Tod über den Kontinent spuckten. Der Meister schien Details zu kennen. Er sprach selten von seinen Absichten, aber er träumte davon, die Zeit zurückzudrehen.»

«Also ist in deiner Zeit alles ähnlich wie hier?»

«Ja, es tut mir leid, wenn dich das enttäuscht.»

Morayn lächelte. «Ich bin nicht enttäuscht. Ich bin froh. Ich fürchtete, dass die Frauen in deiner Zeit viel intelligenter und gebildeter sind als ich und du mich langweilig finden würdest.»

«Gebildeter? In Einzelfällen. Intelligenter? Sicher nicht. In Bezug auf Geduld und Manieren jedoch ...»

Sie hob ihre Faust an seine Nase. «Sprich weiter, Strolch, und ich werde dich kitzeln, bis du um Gnade schreist!»

Er küsste ihre Knöchel. «Frieden, Fratz. Erzähl mir mehr über den Sitz der Macht.»

Die Realität kehrte zurück, und mit ihr die Bedrohung, die über ihrem Königreich hing. «Der Brauch besagt, dass wir unsere Reittiere am Fuß des Berges zurücklassen und ihn zu Fuß besteigen müssen. Der eigentliche Sitz der Macht liegt in einer Senke unterhalb des Berggipfels, wo eine Quelle entspringt. Sie ergießt sich in ein Becken, das wir den 'Brunnen der Unterwerfung' nennen. Es ist ein seltsamer und beängstigender Ort. Für mich fühlte er sich immer verflucht an.»

«Und der potentielle König taucht sein Schwert in den Brunnen der Unterwerfung, um das Band mit den Fjellkriegern zu bilden, richtig?»

«Ja, als ritualisiertes Opfer. Wird das Opfer angenommen, färbt sich der Brunnen rot und das Band entsteht. Ich habe es nicht selbst gesehen. Mein Vater regierte lange Zeit, wie sein Name es vorhersagte. Eirik bedeutet *König für immer*.»

Morayn lehnte ihre Schläfe an Emilios. Obwohl sie seine distanzierte Maske hasste, liebte sie die Selbstbeherrschung und Gelassenheit, die seine Gefühle erdete. Wenn er bei ihr war, schien die Welt viel weniger verwirrend, und sie fühlte sich sicher und fokussiert.

Im Moment war er jedoch zu still. «Woran denkst du, Strolch?»

«Wer sich wem am Brunnen der Unterwerfung unterwirft. Und dass es viele Faktoren gibt, die gegen uns arbeiten. Ohne Pferde sind wir langsam und wehrlos, und die Kälte wird umso gefährlicher. Und vergessen wir nicht all die Dinge, die sich mit den Dämonen im Gebüsch verstecken.»

«Ich weiß, aber die Regeln sind klar. Wir müssen unsere Pferde am Fuß des Berges zurücklassen. Und der König muss mehr oder weniger allein gehen. Hroar war bei mir, als meine Zeit kam. Als sich das Band nicht für mich formte, versuchte er es an meiner Stelle. Als Eirik König wurde, war es auch Hroar, der ihn begleitete.»

Er schüttelte nachdenklich den Kopf. «Ich verstehe es immer noch nicht. Normalerweise erfordern solche Rituale eine Art Beweis für das Volk.»

«Den gibt es. Der König besteigt den Berg allein. Bei seiner Rückkehr begleiten ihn die Fjellkrieger. Und das rote Wasser des Brunnens fließt den Berg hinunter, um sich im ganzen Königreich zu verbreiten. Das sind die heiligen Ströme des Nordens.»

Er runzelte die Stirn. «Woher kommen die Fjellkrieger, wenn der König allein aufsteigt?»

«Du müsstest meinen Onkel fragen. Vielleicht erinnert er sich. Aber bei den Fjellkriegern weiß man nie.»

«Das werde ich. Ich muss auch mit Egil sprechen. Ich hoffe, er hat etwas für mich, das eine weitere Erkältung verhindert.»

Morayns Herz zog sich schmerzhaft zusammen. «Es tut mir so leid, dass ich dich wieder in dieses schreckliche Wetter hinauszerre. Es ist für uns Nordländer nicht einfach zu ertragen. Mir ist ständig kalt, aber ich schaffe es. Ich kann nur raten, wie schlimm es für dich sein muss.»

«Lass uns die Wärme so lange wie möglich genießen», sagte er und berührte ihre Wange. Seine Lippen lächelten, aber seine Augen strahlten dunkel vor Sorge.

Sie küssten sich gerade hingebungsvoll, als die königliche Familie eintrat, und verpassten so das Öffnen der Tür. Ausgedehntes Räuspern machte sie auf ihr Publikum aufmerksam. Alle waren da — Hroar, Fjellgard, Freya, Maira und Meryem.

«Endlich! Wieso hat das so lange gedauert!», schimpfte Morayn in der Hoffnung, dass niemand ihr rotes Gesicht bemerkte.

Ihr Onkel schnaubte. «Tu nicht so, als hättest du dich gelangweilt, junge Dame.»

Morayn hörte ihr Haar knistern wie stets, wenn die violetten Reflexe darin auftauchten. «Das tue ich nicht, aber ihr habt wirklich lange gebraucht.»

Hroar fiel mit einem Stöhnen in seinen Sessel. «Wir waren in der Bibliothek, recherchierten in alten Texten und sprachen mit unseren Weisen. Wir haben keinen Weg gefunden, die Regeln zu brechen. Ihr zwei müsst allein gehen. Es gab Zeiten, da hielten sich potenzielle Könige nicht daran und ritten mit einem Gefolge auf den Berg. Er warf sie ab und zerschmetterte ihre Körper unter Steinlawinen.»

«Wann ist der Aufbruch?»

Morayn hasste die Resignation in seiner Stimme. Sie nahm seine Hand und wob ihre Finger durch seine.

«Morgen am frühen Nachmittag. Aufs Tageslicht müssen wir nicht achten, da wir hell und dunkel in diesem Durcheinander draußen nicht unterscheiden können, aber so gewinnen wir Zeit, die Ausrüstung vorzubereiten. Und ihr müsst so viel als möglich schlafen. Und damit meine ich schlafen, und nicht etwas anderes!», ermahnte Hroar seine Nichte.

«Warum starrst du mich an?», beschwerte sie sich. «Er kann auch kaum die Hände von mir lassen!»

Emilio neben ihr stöhnte und verbarg das Gesicht in seiner Hand. «Wann wurde mein Liebesleben ein öffentliches Diskussionsthema?»

Hroar lachte laut. Fjellgard, der hinter dem Stuhl des Prinzregenten stand, schloss sich ihm an.

«Willkommen im Norden, Wolf!», sagte der Hauptmann. «Lass uns hoffen, dass du unsere Frauen nie reden hörst. Sie sind noch viel direkter als wir.»

«Damit lasse ich mir Zeit. Was sind das für Vorbereitungen, die ihr erwähnt habt?»

Freya, die ein Blatt Pergament mit einer Liste überprüfte, setzte sich in den dritten Sessel. «Ich habe Änderungen an deiner und Morayns Ausrüstung angeordnet. Wir wären dumm, nicht aus eurer letzten Mission zu lernen. Dir ist klar, dass du nicht deine Stute reiten kannst?»

Alle erstarrten. Morayn drückte beruhigend seine Hand und hoffte, dass er sich beherrschen würde.

«Ich weiß», überraschte er sie mit einer gelassenen Antwort. «Gibst du mir das gleiche Pferd wie zuvor?»

«Nein. Du bist ein exzellenter Reiter. Wir sind sicher, dass du mit einem der großen Pferde umgehen kannst. Und da du kaum schwerer bist als Morayn, kann dein Ross eine ähnliche Rüstung tragen wie ihr Hengst. Ein größeres Pferd hält dich auch wärmer.»

Er nickte. «Was ist mit den Regeln, die dem König verbieten auf den Berg zu reiten? Gilt das nur für Pferde?»

Hroar richtete sich auf. «Woran denkst du?»

«Der Wolfskönig und sein Rudel haben die Umgebung der Burg nicht verlassen. Ich bin fast sicher, dass sie uns folgen werden. Vielleicht, aber nur vielleicht, sind sie bereit, uns auf den Berg zu tragen.»

Er sagte das, als wäre es die natürlichste Sache der Welt. Morayn starrte auf sein schönes Gesicht. Wie konnte er so furchtlos sein? Das waren Bergwölfe, keine Hunde!

«Warum sollten sie bereit sein, dir oder uns zu helfen?», fragte Hroar.

«Beantworte mir zuerst etwas anderes. Wie viele nachgewiesene Todesfälle durch Bergwölfe gab es in der Vergangenheit?»

Fjellgard schnaubte verächtlich. «Mehr als du zählen kannst.»

«Das ist keine Antwort.»

Fjellgard nickte seiner Frau zu. «Sag du es ihm. Du führst die Aufzeichnungen über die Geburten und Todesfälle für unser gesamtes Königreich und protokollierst jede Änderung, die dir deine regionalen Verwalter schicken.»

Freya runzelte die Stirn. Ihre Augen starrten ins Leere, während sie versuchte sich zu erinnern. Sie fing an, aufgeregt an ihrem Daumennagel zu knabbern. «Ich dachte, ich hätte mich geirrt, aber dem ist nicht so. In meiner ganzen Zeit als Verwalterin habe ich keinen einzigen Tod durch einen Bergwolf registriert.»

«Das kann nicht wahr sein, Liebes!»

«Aber das ist es. Es gab immer Gerede, aber keinen einzigen Beweis.»

«Das habe ich vermutet», sagte Emilio. «Ein Ruf aus Schall und Rauch. Der Meister verwendet auch diese Strategie. Er soll Tausende von Feinden ermordet haben. In Wirklichkeit waren es weit weniger, dafür aber weitreichendere Morde.»

«Wir werden deine Idee überprüfen», bestätigte Hroar. «Da könnte etwas dran sein. Ich glaube mich zu erinnern, dass die Texte Pferde explizit erwähnen, aber ich möchte die Informationen von den ältesten Quellen bestätigt haben. Es wäre nicht das erste Mal, dass ein Schreiberling seine eigene Interpretation hinzufügt.»

«Was kannst du uns über die Fjellkrieger sagen, Onkel?», fragte Morayn. «Wie können sie dem König zurück zu Tal folgen, wenn er den Berg allein besteigt?»

«Das ist eine gute Frage. Lass mich versuchen, mich zu erinnern!» Hroar stützte die Ellenbogen auf die Knie und verbarg sein Gesicht hinter den Händen. «Es ist fast ein ganzes Leben her. Ich weiß noch, dass es Sommer war und dass wir den Gipfel gegen Abend erreichten, erschöpft vom Klettern in der heißen Sonne. Aber kann das wahr sein? Die Dunkelheit der Trauer soll sich über unser Königreich legen, wenn der König stirbt ... Warum war es an jenem Tag nicht finster? Wir hatten Vater am dritten Tag nach seinem Tod in der Krypta unter dem Weltenbaum begraben — genau wie es die Überlieferung vorschreibt. Und am nächsten Tag, als wir zum Sitz der Macht aufbrachen, ging die Sonne zum ersten Mal wieder auf. Jetzt erinnere ich mich. Als wir den Brunnen der Unterwerfung erreichten, wurde die Senke von magischen Laternen erleuchtet. Insekten zirpten. Wir waren allein. Eirik steckte sein Schwert in den Brunnen. Dieser wirkte so unwichtig — nur eine weitere Quelle mit einem kleinen Steinbecken.»

Die ganze Familie hatte aufgehört zu atmen. Morayn blickte zu Emilio. Seine Aufmerksamkeit war auf den Prinzregenten gerichtet, und er schien mit allen Sinnen zuzuhören.

«Ich erinnere mich, dass ich froh war, dass Eirik das tun musste und nicht ich. Ich war immer misstrauisch gegenüber den Fjellkriegern. Als mein Vater sie kontrollierte, schienen sie ein stolzer und grausamer Haufen zu sein. Dann wurde das Wasser rot und sie ... sie tauchten aus dem Nichts auf.» Hroar hob den Kopf. «Das kann nicht stimmen. Aber das ist es, woran ich mich erinnere.»

«Da dein Geist in der Vergangenheit weilt, erinnerst du dich an ihre Namen?», fragte Emilio leise.

«Ja, der Anführer der Fjellkrieger, ein wahrer Riese, der der beste Freund meines Bruders wurde, hieß Aigesarri. Da war ein grobschlächtiger Kerl, den sie Bekkha nannten. Und ich erinnere mich an einen Lavrrahas und einen Gavgu.»

«Freya, schreibst du diese Namen auf dein Pergament, damit wir sie nicht wieder vergessen? Machen sie für jemanden Sinn? Weiß einer von euch etwas über ihre Herkunft und Bedeutung?»

In Morayn regte sich eine halb vergessene Erinnerung. «Ich glaube, ich habe sie gelesen, als ich die Geschichte des Königreichs lernen musste. Das sind die Namen alter Könige. Und damit meine ich jene der grauen Vorzeit, lange bevor unser Volk begann, die Jahre in Eternamzeit zu zählen.»

Ihre Worte schienen ihm nicht zu behagen.

«Was?», fragte sie.

«Nichts. Selbst wenn ich recht habe, können wir nichts daran ändern.»

«Noch mehr Geister?»

Er zuckte mit den Achseln. «Vielleicht.»

«Verdammt!» Hroar seufzte wie so oft in den letzten Wochen und Monaten.

Morayn wünschte sich, die Sorgenfalten auf dem Gesicht ihres geliebten Onkels zu glätten und seine Augen mit sanften Küssen zu verschließen, damit er all den verlorenen Schlaf nachholen konnte. Seit dem Tod ihres Vaters bot er ihr bedingungslosen Rückhalt, aber seine Kraft war nicht grenzenlos. Er brauchte Ruhe. Alle von ihnen taten das.

Emilio löste sanft seine Finger aus ihren und erhob sich. «Mit deiner Erlaubnis werde ich jetzt mit dem Heiler sprechen.»

Morayn nickte. «Sein Laboratorium befindet sich etwa fünf Türen von Freyas Arbeitszimmer entfernt. Die angrenzenden Räume sind leer, weil er gelegentlich seine Experimente in die Luft jagt. Willst du, dass ich mit dir komme?» Es widerstrebte ihr, ihn aus den Augen zu lassen.

Er lächelte sie zerstreut an, seine Gedanken klar bei Aufgabe, die ihnen bevorstand. «Das ist nicht nötig. Wir sehen uns morgen für die letzten Vorbereitungen. Genieß die Zeit mit deiner Familie.»

Mit einem Blick, der alle einbezog und etwas länger auf Morayn ruhte, verließ er den Raum.

«... solange du noch kannst», ergänzte ihr Verstand den Teil des Satzes, den er nicht laut ausgesprochen hatte.

20

Die Tür zum Arbeitsraum des Heilers stand offen. Helles Licht malte ein schräges Rechteck auf den Steinboden des Korridors. Emilio zögerte und versuchte sich für eine der möglichen Strategien zu entscheiden. Egil stand in seiner Schuld, weil er ihm das Leben gerettet hatte.

«Warum gehst du nicht rein, und ich schließe die Tür hinter uns?», schlug jemand leise vor.

Emilio zuckte überrascht zusammen. Er hatte den Heiler nicht kommen hören. In seinen mit dicken Lumpen geschützten Händen trug er einen dampfenden Krug. Offenbar war er in der Küche gewesen, um frischen Wurzeltee zu holen.

Emilio folgte der Einladung.

«Setz dich. Möchtest du davon?»

«Ja, bitte.»

Ein weiteres Zimmer, ein weiterer Sessel vor einem Feuer.

Emilio prüfte seine Umgebung. Die beiden großen Fenster waren zugemauert, damit lichtempfindliche Stoffe nicht explodierten. Der Raum glich der Höhle eines verrückten Wissenschaftlers, wie er sie an den Akademien seiner Zeit gesehen hatte. Ausgehend von den vorhandenen Apparaturen waren die Künste der Alchemie und Heilung in diesem Zeitalter ähnlich weit fortgeschritten.

«Was willst du von mir?» Egil reichte ihm einen hölzernen Becher mit dampfendem Wurzeltee und setzte sich in den gegenüberliegenden Sessel.

«Einen Gefallen und dein Schweigen.»

«Werde ich meine Königin belügen müssen?»

«Durch Unterlassung.»

Egil schnaubte. «Worüber hast du draußen im Flur nachgedacht?»

«Welche Argumente ich vorbringen will.»

«Der Gefallen stand als Alternative zu …?»

«Drohung, Erpressung, Schuldgefühlen … Such dir was aus.»

«Und da hast du dich entschieden, um einen Gefallen zu bitten.»

Emilio sah ins Feuer. «Ich passe mich immer den Umständen an. Dieses Königreich scheint auf Liebe, Kameradschaft und Ehre aufzubauen. Meine Wahl schien mir sinnvoll.»

«Das war sie. Ich verspreche, dass ich kein Wort darüber verlieren werde, was du mir erzählst. Und die Wände dieser Kammer gehören zu den wenigen, die keine Geheimgänge enthalten. Eirik ließ sie verstärken. Er konnte meine Explosionen nicht leiden und beschwerte sich, dass ich die Burg eines Tages zum Einsturz bringen würde.»

Emilio musste lächeln. Diese Leute waren wirklich etwas Besonderes.

«Her mit deinem Geheimnis, Wolf. Was ist los?»

Emilio atmete hörbar aus. «Ich sterbe, und ich hoffe, dass dein Wissen mich lange genug am Leben erhält, damit ich das Königreich für Morayn sichern kann.»

Egil starrte ihn erstaunt an. «Du bist krank?»

«Nicht krank, verflucht.»

«Her mit den Fakten.»

«Erinnerst du dich an die Geschichte, die ich euch erzählte, nachdem ich mich mit den Bergwölfen verbunden hatte?»

«Die, dass du einst dank eines Rudels Wölfe in den Bergen überlebtest?»

«Ja.» Emilio starrte in die Flammen. Egils ungeteilte Aufmerksamkeit fühlte sich an wie unzählige kleine Pfeile, die seine Haut durchbohrten. «Ich deutete damals an, dass ich krank war, als ich in die Berge ging. Das ist nicht korrekt. Ich stieg gesund hinauf und kehrte gezeichnet zurück. Es gibt ein altes Märchen, das wir Menschen im Süden 'den Kuss der Schneekönigin' nennen. Es besagt, dass die Königin während eines Schneesturms in ihrer Berghöhle erwacht, in der sie seit der grauen Vorzeit schläft. Verborgen vom fallenden Schnee streift sie durch das Land und sucht nach ihrer verlorenen Liebe, und wenn sie einen Mann oder Jungen findet, beansprucht sie ihn durch einen Kuss für sich. Zuerst passiert nichts. Er kehrt zu seinem Volk zurück, fühlt sich eine Weile fiebrig und wird dann wieder gesund. Sollte er jedoch jemals in das Reich der Schneekönigin zurückkehren, wird er krank und stirbt, um für immer ihr Gefährte zu sein.»

«Und als du hierher kamst, bist du in ihr Reich zurückgekehrt und hast den Fluch aktiviert», vermutete Egil.

«Nicht hier. Es ist schon früher passiert. Dem Meister gefiel es, uns hart für echte oder eingebildete Vergehen zu bestrafen. Eine seiner Lieblingsstrafen bestand darin, uns nackt auf dem Dach des Zunfthauses auszusperren. In meiner Zeit ist Eterna eine Wüstenstadt, die sich über einer kargen Ebene erhebt. Diese Ebene ist im Sommer staubig, im Winter schlammig, und im Frühjahr und Herbst blüht sie zweimal in allen erdenklichen Farben. Das ganze Jahr hindurch sind die Nächte kalt mit Temperaturen unter dem Gefrierpunkt. In einer besonders kalten Nacht war die Reihe an mir.»

«Schade, dass wir nicht die Treppen in die Zukunft hinaufsteigen und den Bastard töten können. Je mehr ich von ihm höre, desto mehr hasse ich ihn. Aber wenn der Fluch aktiviert wurde, wie hast du dann überlebt?»

«Eine furchtlose Freundin schlich sich zu mir hinaus und blieb die ganze Nacht bei mir. Sie hielt mich und hüllte unsere Körper in Decken, die wir mit unserem Atem wärmten. Der Fluch wurde aktiviert, aber nicht vollständig. Ich war danach lange Zeit krank und brauchte teure Medikamente und Pflege. Schließlich erholte ich mich. Der Meister tobte wie ein Verrückter, bezahlte aber alles. Durch meinen Tod hätte er die Kontrolle über meine Familie verloren. Seine Art der Erpressung erfordert eine sorgfältige Balance. Einmal verletzte er sie, indem er einen der anderen Prinzen sterben ließ. Es war keine finstere Absicht, nur Vernachlässigung, aber der Fehler kostete ihn um ein Haar alles, was er hatte.»

«Also ist er nicht unverwundbar.»

Emilio zuckte mit den Achseln. «Er scheint über mehr Leben zu verfügen, als Eterna Kakerlaken hat.»

Egil starrte nachdenklich ins Feuer. «Was sind die Symptome, wenn sich der Fluch aktiviert?»

«Langsam steigendes Fieber und brennende Schmerzen in den Gelenken, die sich mit jedem Atemzug verschlimmern.»

Plötzlich war Egils Blick auf ihn gerichtet. Seine blauen Augen brannten heller als Sterne. «Hast du jetzt Schmerzen?»

«Ich kann damit umgehen», versuchte Emilio die Diskussion abzuwürgen.

«Wie?»

Er war mit der Wahrheit zum Heiler gekommen. Jetzt musste er sich daran halten. «Es gibt einen Ort in meinem Geist, der von meinem Körper getrennt ist. Ich kann dorthin gehen, wenn ich Schmerzen habe, egal ob diese Schmerzen von Krankheit oder Folter stammen. Es ist, als würde ich außerhalb von mir stehen und mich selbst beobachten.»

«Bist du jetzt da?»

Emilio musste seine Lippen zwingen, die Worte zu formen. «Ja, seit ich in diesem Königreich angekommen bin.»

«Verdammt! Wie viel Zeit bleibt dir gemäß deiner Einschätzung?»

«In der Kälte draußen wahrscheinlich ein oder zwei Tage — es sei denn, du kannst mir helfen.»

Der Heiler sprang auf die Füße und begann zu hin und her zu gehen. «Wie fortgeschritten ist die Kunst des Medizin und Alchemie in deiner Zeit?»

Emilio studierte die Geräte. Alles, was er kannte, befand sich hier in diesem Raum. «Ich denke, wir wissen ein bisschen mehr über Operationen als ihr. Öffnest du Schädel, um Tumore zu entfernen?»

«Nur wenn ich unbedingt muss, aber nicht aus dem Grund, den du vermutest. Unsere Schädel sind dick — wirklich, wirklich dick. Danach schmerzen meine Hände und Arme eine Woche lang.»

«Blinddarm?»

«Haben meine Leute fast nie Probleme mit. Aber ich verstehe, was du meist. Adern mit Schweinedarm zu nähen, wie du es bei mir gemacht hast, ist brillant und war mir unbekannt. Also weiß deine Zeit mehr über solche Dinge als ich. Was ist mit den Heilmitteln, die dir gegeben wurden — erinnerst du dich an sie?»

Emilio schüttelte den Kopf. «Es waren so viele, und ich war lange Zeit bewusstlos.»

«Darf ich dich untersuchen?»

«Was, wenn jemand reinkommt?»

Egil ging die Tür abschließen. «Wir sind unerträglich neugierig, aber wir respektieren das Bedürfnis nach Privatsphäre. Unsere Leute sind durch all die männliche Körperbehaarung anfällig für Hautkrankheiten, wie du dir vorstellen kannst.» Er bedeutete Emilio, sich auszuziehen.

«Wie das? Ihr scheint euch alle sorgfältig zu pflegen.»

«Eingewachsene Körperhaare, meist in der Größe von Wachteleiern auf deinem Hintern oder Hodensack.»

Emilio erschauerte.

«Dieses Wolfstattoo ist unglaublich!», sagte Egil und trat hinter ihn.

«Es bedeckt die Narben meiner Peitschenhiebe und beschützt mich.»

Egil begann mit der Untersuchung. Obwohl die Berührung des Heilers sanft war, musste Emilio die Zähne zusammenbeißen.

«Wie kannst du in diesem Zustand mit Morayn schlafen? Ausgehend von ihren Lustschreien, hast du sie glücklich gemacht.»

Emilios Wangen brannten. «Wenn ich über meine Vergangenheit rede, verliere ich den Fokus. Ich bin gleich wieder in Ordnung.»

«Das bezweifle ich ernsthaft. Du hast eine Gänsehaut. Lass uns diese Untersuchung schnell beenden.» Der Heiler tat genau das.

«Zieh dich an, setz dich ans Feuer und wärm dich am Wurzeltee. Ich muss darüber nachdenken, was das sein könnte. Basierend auf dem, was ich fühle, scheint sich Gift in deinen Gelenken und Lymphknoten anzusammeln, vielleicht durch eine Infektion. Ich bin nicht überzeugt, dass es so etwas wie einen Fluch gibt.»

Der Heiler blätterte durch mehrere sehr dicke Bücher.

Emilio begann zu dösen. Dieser Ort fühlte sich friedlich an, und der Winter schien weit weg.

«Kann ich dir weitere Fragen stellen?» Egil setzte sich wieder zu ihm, Schiefertafel und Kreide bereit.

Emilio drehte den Kopf, um ihn anzusehen. «Ja.»

«Wie oft kommt dieser Fluch vor?»

«Ich bin mir nicht sicher. Meine Kindheit im Süden ist lange her, und ich war seither nie mehr da. Als Mörder müssen wir immer mindestens ein Königreich Abstand zu unserem Heimatland halten. Verletzen wir diese Regel, tötet der Meister unsere Familien.»

Der Heiler schaute verwirrt drein. «Welchen Sinn soll das haben?»

«Vergiss nicht, dass jeder Mörder als Prinz geboren wurde und vom Volk seines Vaters oder seiner Mutter für tot gehalten wird. Die meisten Herrscher unterhalten Beziehungen mit benachbarten Königreichen. Ich bin meinem Vater so ähnlich, dass mich dort jemand erkennen könnte.»

Die Erinnerungen an seine ferne Kindheit machten ihm schmerzhaft bewusst, was er verloren hatte. «Um auf deine Frage zurückzukommen: Basierend auf dem, was ich von meinen Eltern und anderen Erwachsenen damals erfuhr, kam auf fünf erfrorene Menschen in den Bergen ein sechster, der den Fluch zurückbrachte. Für unser Volk war das furchtbar, weil viele von ihnen ihren Lebensunterhalt als Ziegen- oder Schafhirten verdienten.»

Die Kreide verursachte quietschende Geräusche auf dem Schiefer, während Egil sich Notizen machte. «Hast du jemals die Leiche von jemandem gesehen, der am Fluch starb?»

Emilio schauderte. «Ja. Die Gelenke schwellen grünlichschwarz an. Dort beginnt dann die Fäulnis.»

Der Heiler schluckte hörbar. «Ich werde dich nicht fragen, woher du das weißt. Besitzt du eine natürliche Immunität gegen Gift?»

Das war eine interessante Frage. «Warum?»

«Weil du am Leben bist. Wenn der Fluch so dominant ist, ist es wahrscheinlich, dass sich unter den Erfrorenen auch Opfer des Fluchs befanden. Und Fiske hat mir gegenüber dein Gespräch mit Morayn erwähnt, dass der Zunftmeister deine Fähigkeiten mit vergifteten Dornen testete.»

Emilio seufzte. Jeder war eine Tratschtante in diesem Königreich. Wenn er dem Heiler antwortete, machte er sich noch verletzlicher, als er schon war. Doch was spielte das für eine Rolle, wenn er doch so gut wie tot war.

«Ich würde es nicht Immunität nennen, aber wenn ich bei guter Gesundheit bin, merke ich sogar bei schnell wirkenden Giften, dass ich vergiftet wurde, und kann rechtzeitig Gegenmaßnahmen ergreifen.»

Egil nickte und schien zu einer Entscheidung zu kommen. «Wir werden wie folgt vorgehen. Ich mische für dich etwas zusammen, das als Gegengift zu den meisten Giften wirkt, entweder indem es die Wirkung verlangsamt, den Körper reinigt oder Schadstoffe bindet. Dazu füge ich Dinge, die den Blutkreislauf anregen und dich dadurch wärmer halten, denn was immer dir schadet gewinnt an Stärke, wenn du frierst. Und ich werde vorschlagen, dass ein Trupp Wachen mit dir zum Fuß des Berges reist, darunter ich.»

Emilio lächelte ein wenig traurig. «Ich bin dankbar für deine Unterstützung, mein Freund, aber solltest du nicht zum Wohl aller hierbleiben? Ich verstehe immer noch nicht, warum Hroar den Heiler der Burg mit uns auf eine Todesmission gesandt hat.»

«Das liegt daran, dass ich nicht der einzige Heiler bin. In jeder Zwanzigschaft Wachen gibt es einen. Alle haben Laboratorien in der Burg, je nach ihren Bedürfnissen. Weil meine Experimente explodieren, bin ich in diesem Teil des Gebäudes, wo die Mauern so massiv sind, dass nicht einmal eine Armee von Riesen sie niederreißen könnte. Und über uns befindet sich ein leerer Lagerraum. Sollte ich die Decke zum Einsturz bringen, ist mein Laboratorium halt doppelt so hoch.»

Emilio musste über Egils verwegenes Grinsen lachen. «Ich bin froh, dass ich dein Leben gerettet habe, mein Freund. Leidest du unter den Folgen des Dämonenbisses?»

«Nein, aber ich nehme etwas Ähnliches wie die Medizin, die ich für dich herstellen werde. Mit ein wenig Glück treiben die Substanzen alle verbliebenen Spuren der Dämonenessenz aus meinem Körper. Diese Bastarde sind gruselig. Der Gedanke, dass ich etwas von ihnen in mir habe, macht mich verrückt.» Egil erhob sich. «Aber zuerst besorge ich uns zu essen. Es sei denn, sie erwarten dich zurück in Hroars Arbeitszimmer oder du musst Vorbereitungen für die Mission treffen.»

«Nein, ich kann bleiben. Morayn verbringt letzte Momente mit ihrer Familie und ist mit ihren eigenen Vorbereitungen beschäftigt. Bevor ich zu dir kam, überprüfte ich meine Waffen und besuchte Reina, um mich von ihr zu verabschieden. Mit deiner Medizin bin ich bereit.»

Sie teilten sich ein geselliges Essen, dann begann Egil zu arbeiten, während Emilio eines der vielen Bücher des Heilers durchstöberte.

Immer stärker wurde ihm bewusst, dass die Treppen es gut mit ihm gemeint hatten, als sie ihn hierher schickten. Was er zunächst für eine prähistorische Ära gehalten hatte, war ein Ort voller Freundschaft und Bildung, mit fröhlichen, fleißigen Menschen, die sich tapfer ihrem schrecklichen Schicksal entgegenstellten.

Leider war es für ihn kein Ort zum Leben, aber es war ein besserer Platz zum Sterben, als er verdiente. Und wenn er sein Bestes gab, erinnerte man sich vielleicht sogar für kurze Zeit an ihn, statt dass er Teil einer anonymen Vergangenheit wurde, als ob er nie existiert hätte.

Er hätte es viel schlimmer treffen können.

21

A ls sie am folgenden Nachmittag aufbrachen, fühlte sich Emilio fast optimistisch. Egils widerliches Gebräu schien zu helfen, und der riesige Hengst, den er ritt, hielt ihn so warm wie ein Ofen. Da das Tier vergleichsweise sanftmütig war, würden sie sich voraussichtlich miteinander arrangieren.

Alle Wachen aus ihrem alten Team waren mit dabei, um sie zum Sitz der Macht zu begleiten, und alle hatten ihn vor dem Aufsteigen männlich forsch umarmt.

«Dachtest du ernsthaft, du wärst uns los? Großer Fehler!», scherzte Fiske mit einem Schulterklopfen, das Emilio fast auf die Knie sandte.

Vom Moment an, als sie einen Huf vor die Burgmauern setzten, verwandelte sich ihre Welt in eine weiße Hölle. Das Wetter war womöglich noch grässlicher als während ihrer ersten Mission. Der heulende Wind riss an ihren Umhängen und schleuderte rasiermesserscharfe Eiskristalle in ihre Gesichter. Die Sicht war auf wenige Schritte beschränkt. Mannshohe Schneeverwehungen säumten den Wegrand.

Sie hatten beschlossen, der zeremoniellen Straße zum Sitz der Macht zu folgen, obwohl sie dadurch ein leichtes Ziel für Angriffe abgaben. Ihnen war keine Wahl geblieben. Es gab kein Durchkommen durch den Wald.

Die Straße führte pfeilgerade nach Nordosten.

Emilio erinnerte sich an Hroars letzte Zusammenfassung, nachdem der Prinzregent und seine Berater alle schriftlichen Quellen erschöpft hatten. Unter normalen Umständen dauerte der Ritt einen Tag. Der designierte König verließ Burg Icefjell im Morgengrauen und erreichte in der Abenddämmerung den Sitz der Macht. Dort verbrachte er die Nacht in Meditation. Mit dem ersten Tageslicht rief die Sonne ihn, sich seinem Schicksal zu stellen, und er begann den Aufstieg zu Fuß.

Bei diesem Wetter kamen sie nur langsam voran und benötigten etwa doppelt so lange.

«Was ist mit dem Gegenwind?», schrie Emilio.

«Fallwind vom Sitz der Macht», brüllte Olin zurück. «Schön im Sommer, aber eine Qual im Winter.»

Nach etwa einer halben Stunde passierten sie die Lichtung, wo die gefälschte Leiche des Königs gefunden worden war. Olin zeigte auf die genaue Stelle, falls Emilio etwas daraus lernen konnte.

«Ich vermute, es ging dem Feind darum, dass die Imitation nicht lange unentdeckt blieb», versuchte Emilio sich über das Heulen des Windes hinweg Gehör zu verschaffen. Es gab nichts anderes an diesem Ort — keine Rückstände irgendwelcher Art und keine Geister.

Der Kommandant nickte nur.

Sie ritten weiter. Emilio zog die Kapuze seines Umhangs über sein Gesicht und lauschte mit allen Sinnen. Dabei achtete er insbesondere auf energetische Spuren. Er fühlte nur die Anwesenheit der Bergwölfe in den Wäldern, die auf geheimen Pfaden unterwegs waren.

Um ihn herum wechselten die Reiter von Zeit zu Zeit die Positionen. Olin und Egil übernahmen die Führung von Morayn und Fiske. Nach ihnen pflügten Iver und Halvard ihren Weg durch den Schnee.

Die Zeit verlor jegliche Bedeutung im endlosen Durcheinander des Sturms, das sich aus Lärm, Kälte und Mühsal zusammensetzte. Im Fegefeuer zu brennen konnte kaum schlimmer sein. Zumindest war es dort warm. Hatten sie überhaupt eine nennenswerte Distanz zurückgelegt? Oder hielt dieser heimtückische Wind sie auf der Stelle fest, während die Pferde mit jedem Schritt gleich weit zurückrutschten?

Nach einer Ewigkeit erreichten sie eine Zuflucht. Die Hütte war vor Kurzem bis auf die Grundmauern niedergebrannt. Der Gestank nasser Asche hing bedrohlich über den Ruinen.

Olin schien nicht überrascht. Er schwang sich vom Pferd und untersuchte sorgfältig die verkohlten Trümmer, während die anderen nach Feinden Ausschau hielten.

Als er wieder auf sein Pferd sprang, winkte er ihnen und führte sie in den Wald.

Sie erreichten den Fuß eines Abhangs. Olin schlug mit der Faust gegen die Felswand und streifte etwas über seinen Kopf — ein Lederband mit einem Schlüssel. Er beugte sich im Sattel vor, steckte ihn in einen Riss, drehte und zog. Große Doppeltüren klappten auf. Wärme und einladendes Licht strömten in die eisige Dunkelheit hinaus.

Sie ritten die Pferde hinein und stiegen ab. Olin folgte zuletzt und schloss die Türen wieder ab.

Obwohl er sich todmüde fühlte, schaffte es Emilio sich umzusehen. Sie befanden sich im Vorraum einer gewölbten, annähernd quadratischen Höhle. Der riesige Raum war nach militärischen Richtlinien ausgestattet.

Entlang der Felswand links von ihnen erstreckten sich etwa fünfzehn aus Brettern gezimmerte Boxen für Pferde. Vier davon waren besetzt. An der Rückwand enthielten Steinregale Proviant und weiteres Material, und es gab ein großes Becken, um das die Felswand hinabrinnende Wasser aufzufangen. Hölzerne Wände mit Türen trennten Seitentunnel ab, die wahrscheinlich zu weiteren Lagerräumen und der Latrine führten. Ein großes Feuer brannte in der Mitte der Höhle, umgeben von dicken Fellen, die in seinem erschöpften Zustand äußerst einladend aussahen.

«Willkommen in der ursprünglichen Zuflucht unseres Königreichs, Wolf», sagte Olin. «Irgendwelche Probleme?», bellte er die vier Wachen an, die sich bei der Ankunft des Kommandanten von ihrem Platz neben dem Feuer erhoben hatten.

«Nein, Olin. Die Dämonen bemerkten uns nicht, als sie den Unterschlupf abfackelten. Sie kamen vor einem Tag.»

Stoisch ertrugen sie Olins Blick, während er um sie herumging und jede Ecke der Höhle und die Tunnel, die von ihr wegführten, inspizierte.

«Sind wir in Sicherheit, Wolf?», fragte er schließlich.

«Ich denke ja», bestätigte Emilio.

«Alle absatteln! Macht es euch bequem.»

Sie gehorchten, erleichtert, der schrecklichen Kälte zu entrinnen.

«Gib mir deine Zügel und leg dich hin, Strolch», sagte Morayn sanft. Sie klang erschöpft, obwohl sie sich gerade hielt. «Leg dich auf eines der Felle beim Feuer.»

Emilio gehorchte, zu müde zum Streiten und unendlich froh, dass er Egil um Hilfe gebeten hatte. Er fühlte instinktiv, dass er den Ritt ohne die Substanzen des Heilers nicht überlebt hätte.

Morayn weckte ihn.

Er setzte sich auf und nahm die angebotene Tasse entgegen. So schnell er konnte, leerte er sie. Der Heiler hatte die Substanzen in starkem Alkohol aufgelöst, der ihm Löcher in die Brust und den Magen zu brennen schien und seinen Körper unangenehm heiß werden ließ. Er hätte die Medizin unter normalen Umständen nie genommen, aber Morayn und ihre Familie waren auf ihn angewiesen.

Während des Essens wurde er sich der frechen Blicke der fremden Wachen bewusst. Sie kehrten immer wieder zu ihm zurück, wanderten über seinen schmalen Körper und merklich zitternden Hände, während sich der Hohn auf ihren Gesichtern vertiefte.

Als alle mit dem Essen fertig waren, sammelten Halvard und der Jüngste der anderen Wachmänner das Geschirr ein und trugen es zu einem hölzernen Trog, um es zu waschen.

Die Stille in der Höhle wurde unangenehm.

Der Anführer des Höhlentrupps spuckte ins Feuer. «Hast du den Verstand verloren, Morayn? Wie konntest du auf so einen Schwächling reinfallen?»

Im einen Moment saß Morayn an Emilios Seite. Im nächsten hockte sie wie ein Raubtier auf der Brust des liegenden Wachmanns, ihr Messer an seiner Kehle.

«Beleidige ihn noch einmal, Halstein, und ich werde dir deine freche Zunge rausschneiden!», knurrte sie. Ihre Stimme war leise und drohend, ihr Haar fast schwarz.

Ein Schauer lief Emilio über den Rücken.

«Komm schon, Halstein! Dein Name bedeutet 'Steinerner Fels', und du bist genauso dämlich. Beleidige nochmals den Mann, den ich zum Gefährten erwählt habe!»

«Morayn … meine Königin …!» Halsteins Stimme war zu einem scheußlichen Quietschen geworden. Er blickte verzweifelt auf Olin, der sich neben Morayn aufgestellt hatte. «Kommandant …»

Olins Gesicht war hart, sein Blick kalt genug, um kochendes Wasser einzufrieren. Er faltete die Arme über die Brust und wartete.

Morayn lächelte und zog langsam die Spitze ihres Messers über Halsteins Kehle. «Komm schon, großer Mann, ich warte!»

«Ich werde ihn nicht noch einmal beleidigen. Es tut mir leid! Bitte akzeptiere meine Entschuldigung für meine unfreundlichen Worte», schrie Halstein, seine Augen riesig vor Angst.

Morayn blieb, wo sie war.

Olin fixierte die drei Wachen von Halsteins Truppe, einen nach dem anderen. «Ich möchte euch daran erinnern, dass rohe Gewalt nicht die einzige Möglichkeit darstellt zu kämpfen und dass einige der kleinsten Tiere die tödlichsten sind. Ihr alle habt euch nicht vorgedrängt, als die Intelligenz verteilt wurde, was in Ordnung ist, denn sonst würden eure Pflichten auf dem Sitz der Macht euch zu Tode langweilen. Ich schlage vor, ihr gewöhnt euch daran, dass euer neuer König anders sein wird. Und wenn ich von weiteren Respektlosigkeiten gegenüber dem Wolf des Südens erfahre, werdet ihr den Tag eurer Geburt bereuen. Habe ich mich klar ausgedrückt?»

Er erhielt gemurmelte Bestätigungen. Nach einem weiteren eisigen Blick sagten alle: «Ja, Olin.»

Morayn sprang auf die Füße. «Wir sind nicht fertig, Halstein. Wir sehen uns auf dem Trainingsgelände, sobald das hier vorbei ist.»

Der Mann vermied es, sie anzusehen. «Ja, meine Königin.»

Alle zuckten zusammen, als etwas gegen das Eingangstor krachte.

Olin wandte sich an Emilio. «Ist es das, was ich denke?»

Er öffnete seine Wahrnehmung und nickte.

«Das ist deine Schuld!» Olin zeigte wütend auf Halstein, der sich nicht von seiner liegenden Position auf dem Boden bewegt hatte. Dann bedeutete der Kommandant Fiske, ihm zu folgen, und ging die Tore öffnen.

Die Wölfe schlichen wachsam herein, immer entlang den Wänden der Höhle. Ihre Schwänze hielten sie gerade ausgestreckt.

Halstein wimmerte vor Angst.

«Beweg dich nicht, wenn dir dein Leben lieb ist», warnte ihn Morayn. «Ihr anderen Idioten, haltet eure Hände von den Waffen fern!»

Der Wolfskönig ging zu Morayn und schnupperte an ihrem Gesicht und ihren Haaren. Emilio hielt den Atem an, als sie den Kopf neigte und ihren Scheitel zur Schnauze des Wolfes bewegte. Der Wolfskönig spiegelte die Bewegung und rieb seine Wange sanft an ihrer Schläfe. Dann wandte er sich Halstein zu und senkte den Kopf.

Der Wachmann zitterte von Kopf bis Fuß. Aus seiner Perspektive auf dem Boden musste der riesige Wolf noch viel massiger aussehen, als er tatsächlich war.

Ein drohendes Grollen füllte die Höhle. Es war so tief, dass Emilio es eher fühlte, als hörte.

Der Wolfskönig steuerte auf den nächsten der neuen Wachen zu, den Jüngsten, der wie versteinert neben Halvard stand, eine vergessene Schale in den zitternden Händen. Das Tier ging ohne einen Blick an ihm vorbei.

Die beiden anderen Wachmänner erhielten wiederum ein drohendes Grollen.

Dann legte sich der Wolfskönig neben Emilio nieder.

Die Wolfskönigin tat dasselbe auf Morayns Platz.

«Alle, bewegt euch wieder, aber langsam», befahl Olin. «Ignoriert die Wölfe und nehmt keinen Kontakt auf. Mal sehen, ob das funktioniert. Wolf, fragst du den König, ob ich die Tore abschließen darf?»

Emilio fing den Blick des Wolfskönigs ein. «Ja. Und wir können uns alle ausruhen. Er und sein Rudel werden über uns wachen.»

Es dauerte eine Weile, bis sich alle beruhigt hatten.

«Wir sollten jetzt schlafen», sagte Olin. «Der zweite Teil der Reise wird nicht einfacher werden.»

«Was, wenn ich pinkeln muss?», fragte Halstein kläglich.

«Dann schlage ich vor, du passt auf dem Weg zur Latrine auf, wo du hintrittst», spottete der Kommandant.

Ihre Ruhepause verlief ohne Zwischenfälle. Morayn erwachte erfrischt, aber immer noch verärgert von der Auseinandersetzung. Emilio schlief in ihren Armen, den Rücken ihr zugewandt. Er hatte sich zusammengerollt.

Auch ohne Egils gluckenhaftes Verhalten hätte sie gemerkt, dass es ihm nicht gut ging. Seine dunkle Haut schimmerte fast weiß, seine Atmung klang verschleimt und seine Finger zitterten. Seltsam, dass das Schicksal ihres Königreichs von der Fähigkeit ihres Strolches abhing, trotz eines Schnupfens und einer Bronchitis funktionsfähig zu bleiben!

Sie legte die Hand auf seine Stirn und war erleichtert, dass er kein Fieber hatte.

Der Wolfskönig neben ihm hob den Kopf. Ohne nachzudenken, küsste Morayn ihre Fingerspitzen und langte über Emilio, um sanft die Wange des Tieres zu berühren. «Danke für alles, was ihr für uns tut», flüsterte sie.

Eine nasse, heiße Zunge leckte ihre Hand.

Was für seltsame Kräfte waren doch am Werk! Sie mochte sich irren, aber dieses Rudel schien in einem Kampf, der sie beunruhigte, Partei ergriffen zu haben. Worin konnte ihr Interesse an ihrem Königreich liegen? Spielte es eine Rolle für diese halbsterblichen Kreaturen, wer auf Burg Icefjell herrschte?

«Morayn, auf ein Wort?», rief Olin ihr leise zu.

Sie stand auf und ging zu ihm, sorgsam darauf bedacht, nicht auf die Pfoten oder den Schwanz der Wolfskönigin zu treten.

Sie gingen in einen Seitentunnel, der als Lagerraum für Ausrüstung diente.

«Wie willst du vorgehen, Morayn? Sollen wir durch die Höhlen reiten oder wieder durch die Kälte?»

Bei den Höhlen handelte es sich um die alte, längst verlassene Heimat der Nordmänner. Die benachbarten Königreiche bezeichneten ihr Volk immer noch scherzhaft als *Riesenzwerge*.

«Haben Halstein und seine Männer überprüft, ob der Weg frei ist?»

«Initiative von diesen Schwachköpfen? Vergiss es! Sie machen ihre Runden am Fuße des Berges und kommen hierher, wenn es ihnen befohlen wird, aber das war's.»

Morayn wog ihre Optionen ab. «Sollten wir auf einen Tunnel stoßen, der durch einen neuen Steinschlag blockiert ist, verlieren wir bei der Rückkehr zum nächsten Ausgang ein oder zwei Stunden. Ich denke, das ist ein akzeptables Risiko, um uns für den wärmeren und sichereren Weg zu entscheiden. Oder befürchtest du, in diesen Höhlen auf Dämonen zu stoßen?»

«Die Dämonen verhalten sich nie so, wie wir es von ihnen erwarten. Ich denke, wir sollten es riskieren. Wecken wir die anderen.»

Morayn ging zuerst zu Egil. Wie die meisten Wachen war er sogleich hellwach.

«Egil, deine Medizin hat Emilios Zustand nicht merklich verbessert. Kannst du versuchen, sie anzupassen? Ich mache mir Sorgen.»

Der Heiler nickte. Ein seltsamer Ausdruck huschte über sein Gesicht — vielleicht Schuld, so als wollte er ihr etwas sagen — verschwand aber sogleich wieder. Nur ein Trick des flackernden Feuers.

Oder vielleicht auch nicht. Morayn verengte ihre Augen.

Egil beschäftigte sich mit seinen Heilmitteln und weckte dann Emilio. Dabei war er sehr vorsichtig und sanft — viel zu vorsichtig für einen Erkältungspatienten. Als die Männer anfingen zu flüstern, wusste sie, dass etwas nicht stimmte. Leider war dies nicht der richtige Zeitpunkt, um sich darum zu kümmern.

Bald waren sie wieder unterwegs und ließen Halstein und seine kleine Truppe zurück.

Olin hatte das uralte magische Beleuchtungssystem der Höhlen aktiviert und Emilio einen Laut der Bewunderung entlockt. Sogar Morayn, die es kannte, war jedes Mal beeindruckt. Das Innere des Berges verwandelte sich dadurch in ein verzaubertes Heim für einen Feenkönig oder eine Feenkönigin.

Das sanft pulsierende Licht glich einem gigantischen Schwarm von Glühwürmchen, die sich auf jeder Oberfläche der Höhlen — dem Boden, der Decke und den Wänden — niedergelassen hatten. Es wirkte lebendig, aber als Morayn den Felsen berührte, wie sie es schon bei ihren vorherigen Besuchen getan hatte, fühlte sie nur kalten Stein. Der Ursprung des Lichts blieb ein Geheimnis wie zuvor.

Sie kamen gut voran. Da die Tunnel hoch und breit waren, konnten sie in der gleichen Formation wie auf der Straße reiten. Die Wölfe folgten ihrer Gruppe und stürzten sich gelegentlich in Seitengänge, um sie zu kontrollieren.

Es war eine langweilige Reise. Der Tunnel verengte und verbreitete sich, wurde niedriger, bis die Decke wieder anstieg. Gelegentlich ritten sie durch riesige Höhlen mit Steinhäusern, die leer standen, seit ihre Vorfahren ausgezogen waren.

In regelmäßigen Abständen bedeckten gemalte Markierungen die Wände des Tunnels. Sie zeigten die verbleibende Entfernung zum Sitz der Macht an. Allmählich verringerten sich die Zahlen.

Als sie die vorletzte Markierung passiert hatten, atmete Morayn langsam aus.

Bald verbreitete sich der Tunnel zu einer Höhle. Sie war eine fast exakte Kopie der vorherigen. Nur die Verteilung der einzelnen Elemente unterschied sich.

Morayns Augen gingen zu dem geräumigen Flur zu ihrer Rechten. Das magische Licht erhellte das Portal an seinem Ende. Bald würden sich diese Flügel öffnen und sie in den Schneesturm ausspucken.

«Wir sind da», sagte Olin. «Lasst uns ein Lager aufschlagen und uns ausruhen. Dann liegt es an Morayn und Emilio, den Berg hinaufzusteigen und über das Schicksal unseres Königreichs zu entscheiden. Mögen die Götter uns gnädig sein!»

22

Emilio erwachte vom Knurren der Wölfe. Sein Nacken kribbelte. Ohne sich zu bewegen, lauschte er und versuchte festzustellen, woher Gefahr drohte. Ein seltsames Wispern erfüllte die Höhle, aber er spürte nur die Anwesenheit der Wölfe und seiner Kameraden. Morayn lag an seinen Rücken gekuschelt und hielt ihn im Schlaf fest.

Das konnte nur etwas bedeuten: Geister.

Emilio öffnete die Augen und hob den Kopf. Sein Herzschlag setzte kurz aus.

«Was ist, Strolch?», flüsterte Morayn ihm ins Ohr.

«Ich glaube, die Fjellkrieger haben uns gefunden. Und jeder Einzelne von ihnen hasst mich auf den ersten Blick.»

«Was?!» Morayn schnellte in eine sitzende Position und schaute wild in der Höhle umher. Sie bemerkte, dass er etwas betrachtete, das sie nicht sehen konnte. «Sie sind Geister?»

Emilio schob sich in eine sitzende Position und versuchte, das Zittern der Schwäche in seinen Armen zu ignorieren. «Ja. Ich glaube, sie sind die Geister der Könige und Krieger der Vorzeit. Durch das Band mit dem lebenden König nehmen sie körperliche Gestalt an und werden nach seinem Tod wieder zu Geistern.»

«Aigesarri! Gavgu! Lavrrahas! Bekkha!», bellte Morayn.

Überall um sie sprangen die gerade noch schlafenden Wachen in Kampfstellung, ihre Waffen bereit.

«Morayn?», fragte Olin, als er keine Gefahr erkennen konnte.

«Hat einer von ihnen reagiert, Strolch?», fragte Morayn.

«Ja. Aigesarri scheint ihr Anführer zu sein.» Emilio erwiderte den brennenden Blick des Riesen, der sich ihm langsam näherte, seine Miene erfüllt von Hass und Verachtung.

Emilio stand auf. Einige Geister waren in der Lage, ihre Kräfte zu bündeln und Menschen zu verletzen, aber das funktionierte in beide Richtungen. Solange ein Geist in diesem veränderten Zustand blieb, konnte er zerstört werden.

Der Riese langte über den liegenden Wolfskönig und versuchte, Emilios Kehle zu ergreifen. Emilio wich aus, wickelte blitzschnell eine Würgeschlinge um den muskelbepackten Unterarm des Geistes und zog mit voller Kraft, alles in einer Bewegung. Das abgetrennte Glied verlor seinen transparenten Schimmer und wurde weißlichgelb, während es auf Emilios Felle fiel.

«Verdammt!», schrie Olin und sprang entsetzt zurück. Iver steuerte seinen eigenen Fluch bei, während der Rest der Männer hörbar schluckte. Morayn zog ihr Schwert.

Der Riese drehte durch. Er machte sich unsichtbar und warf sich auf Emilio. Der Angriff kam mit der Wucht der Sturmwinde, die draußen wüteten, schleuderte Emilio in die Luft und mit schrecklicher Kraft zurück auf den Boden. Sein Kampftraining rettete ihn. Während des Sturzes trat er mit den Beinen gegen die Brust seines unsichtbaren Angreifers und schaffte es, den geraden Fall in eine bogenförmige Flugbahn zu verwandeln, die es ihm erlaubte abzurollen.

Der Riese ließ ihn nicht entkommen. Während er rollte, prallte ein schweres Gewicht auf seine Schultern, riss ihn zu Boden und presste ihm den Atem aus den Lungen.

Er wurde auf den Rücken geschleudert und am Hals gepackt. Ein Berg schien ihm auf die Brust zu fallen. Der Geist materialisierte sich vor seinen Augen.

«Jetzt stirbst du!», knurrte Aigesarri voller Hass auf die minderwertige Kreatur, die es wagte, die Hand nach der Krone dieses Königreichs auszustrecken.

Und dann war sein Kopf weg, einfach so, während der Rest von ihm Emilio immer noch am Atmen hinderte.

Morayn erschien in Emilios Blickfeld. Sie bückte sich und hob den Kopf des alten Königs hoch, um ihm ins Gesicht zu schauen. Wie der abgetrennte Unterarm hatte er seine leuchtende Transparenz verloren und wirkte nun schmutzig weiß.

«Gib ihn sofort frei», sagte sie leise. Ihre Augen brannten mit einem grünen Feuer, das Emilio nie zuvor gesehen hatte. Ihr Haar war komplett schwarz geworden.

Aigesarri spuckte sie an.

«Ich bin die rechtmäßige Königin dieses Königreichs, und befehle dir ihn freizulassen», sagte sie noch leiser.

«Du bist nichts weiter als ein schwaches Mädchen.» Die laute, hallende Stimme des Geistes erschütterte die Höhle wie ein Erdbeben.

Dieses Mal hörte ihn jeder sprechen. Die Wachen überprüften ihre Umgebung hektisch mit vor Schreck geweiteten Augen. Morayns Gesichts zeigte nicht die geringste Regung.

«Vielleicht, aber wie geht es wohl deinem geisterhaften Körper, wenn ich ihn zerhacke, Stück um Stück? Hilf meiner Erinnerung auf die Sprünge. Wie viele Teile braucht man, um einen Hexer für immer verschwinden zu lassen? Zehn?»

Plötzlich verschwand das erdrückende Gewicht von Emilios Brust. Mit einem erbärmlichen Japsen sog er die Luft in die Lungen, rollte sich auf den Bauch und zog die Knie unter sich. Egil eilte zu ihm und half ihm aufzusitzen.

Morayn wandte sich den anderen Geistern zu. Obwohl sie sie nicht sehen konnte, zeigte sie nicht die geringste Unsicherheit. «Hört mir zu, Fjellkrieger, hört gut zu! Indem ihr mir mein Erbrecht verweigert und meinen auserwählten Gefährten — einen Prinzen, dessen Blutlinie um Jahrtausende älter ist als meine — angreift, habt ihr mich und dieses Königreich verraten. Das passiert mit Verrätern, die uns nicht den Respekt erweisen, der uns zusteht.»

Besonnen schob sie ihr Schwert in die Kehle des geisterhaften Kopfes und stieß es nach oben, bis die Spitze die Schädeldecke durchdrang.

Jämmerliches Stöhnen erfüllte die Höhle. Es erinnerte Emilio an den Schwanengesang eines verfallenden Hauses.

«Ich kann euch nicht sehen wie mein Gefährte und ihr seid viele, aber seid versichert! Wenn ihr uns Schaden zufügt oder unsere Reise zum Brunnen der Unterwerfung in irgendeiner Weise behindert, werde ich jeden Einzelnen von euch jagen und in Stücke hacken, denn Verrat wird mit dem Tode bestraft. Habe ich mich klar ausgedrückt? Und wagt es bloß nicht, euch noch länger vor mir zu verstecken.»

Einer nach dem anderen wurden die Geister sichtbar, bis sie allen verfügbaren Raum der Höhle füllten. Fiske wich mit einem Fluch zur Seite, als sich einer um seinen Schwertarm herum materialisierte. Die Bergwölfe, bisher ruhig, erhoben sich mit bedrohlichem Knurren. Ihr Fell war gesträubt, so dass sie doppelt so groß wirkten wie gewöhnlich.

«Du hast dich klar ausgedrückt, Morayn», antwortete einer der Geister.

«Stell dich vor, bevor du mich ansprichst. Wer bist du?», herrschte sie ihn an.

«Lavrrahas. Wir lassen dich dein Glück am Berg und am Brunnen der Unterwerfung versuchen.»

«Ihr könntet uns auch unterstützen, da ihr schon hier sind.»

«Als ob wir euch Abschaum dabei helfen würden, den Thron dieses Königreichs zu erobern.»

Morayn verengte ihre Augen. «Wir reden später darüber. Jetzt verschwindet, ihr alle!»

Lavrrahas begann sich abzuwenden, dann zögerte er. «Was ist mit ihm?» Er nickte Aigesarris Kopf zu.

Emilio bemerkte erst da, dass sich die Augen und Gesichtsmuskeln des alten Königs bewegten.

«Er ist ein Verräter und hat sein Leben verwirkt.» Morayn sah den Wolfskönig an. «Würdet ihr seinen Unterarm für mich in Stücke reißen?»

Mit wütendem Gebell griffen der Wolfskönig und seine Gefährtin das geisterhafte Glied an. Es dauerte nicht lange, bis der aufgespießte Kopf zu verblassen begann. Bald war er verschwunden.

«Und das wird mit euch allen passieren, wenn ihr nicht zur Vernunft kommt.»

Die Geister verließen die Höhle durch die Felswände. Bald waren die Lebenden unter sich.

Emilio schüttelte Egils Hände ab, stemmte sich auf die Beine und ging zu Morayn, die ihr Schwert zurück in die Scheide steckte.

«Danke, dass du mich gerettet hast, meine Königin», sagte er und umarmte sie. «Du warst großartig. Halt dich einfach an mir fest», flüsterte er ihr ins Ohr.

Ihre Arme schlangen sich um ihn. Ihr Griff war härter als ein Schraubstock, aber er ertrug den Schmerz stoisch.

«Setzt du dich mit mir ans Feuer und hältst mich für eine Weile fest?», fragte er laut genug, damit die Wachen es hören konnten.

«Natürlich, Liebster», sagte sie.

Sie setzten sich auf die Pelze. Die Wölfe formten einen Schutzkreis um sie.

«Gönnen wir unseren Verliebten einen Moment der Zweisamkeit, Männer», riss sich Olin endlich aus seiner Erstarrung. «Sie müssen bald aufbrechen. Fiske, du fängst mit dem Frühstück an oder wie auch immer wir unsere nächste Mahlzeit nennen würden, wenn wir in dieser ewigen Dunkelheit die Zeit bestimmen könnten. Der Rest von euch stellt sicher, dass Morayn und Emilio alles haben, was sie für den Aufstieg brauchen.»

«Und was tust du, Kommandant?», fragte Iver spöttisch.

«Wenn du es unbedingt wissen willst: Ich gehe zur Latrine, um mich zu übergeben und dann vielleicht meine Unterwäsche zu wechseln.»

Sein Eingeständnis verursachte keinen Hohn, sondern mitfühlendes Nicken. «Ja, der Rest von uns muss das vielleicht auch tun», sagte Halvard.

Sobald sich die Aufmerksamkeit der Wachen anderen Dingen zuwandte, lehnte sich Emilio zurück, um in Morayns Gesicht zu schauen und es sanft mit den Händen zu umschließen. Ihre Augen waren erfüllt von Grauen. «Du warst so majestätisch und furchterregend wie eine Kriegerkönigin der Vorzeit», flüsterte er.

«Ich hatte solche Angst. Wie kannst du es ertragen, all diese Geister zu sehen? Sie sind schrecklich!»

«Es gibt kaum etwas Schlimmeres als die Geister gefallener Krieger. Sie sind umgeben von so viel Wut und Gewalt. Aber du kannst dich an ihre Anwesenheit gewöhnen, so wie Reina und ich es einst taten. Wie du dir vielleicht vorstellen kannst, ist Eternas Kontinent in meiner Zeit übersät mit alten Schlachtfeldern. Sie sind überall.»

«Ich beneide dich nicht um deine Gabe, sie zu sehen.» Sie schauderte.

«Woher wusstest du, dass ich von einer alten Linie von Königen abstamme?»

Jetzt kicherte sie, obwohl sie nach wie vor zitterte. «Ich wusste es nicht. Aber du bist mehrere tausend Jahre jünger als ich. Da ist es nur logisch, dass deine Vorfahren heute irgendwo herumrennen.»

Er grinste und wurde dann wieder ernst. «Bin ich dein Gefährte, Fratz?»

Ihre Augen standen voller Tränen. «Das bist du, Strolch. Aber du liegst auch im Sterben. Ich weiß nicht, wie ich diesen Schmerz ertragen soll.»

Also wusste sie es. «Wie …?»

Sie schenkte ihm ein zittriges Lächeln. «Ich bemerke alles, was dich betrifft. Bevor wir uns auf den Weg durch die Höhlen machten, wurde mir klar, dass Egil mir etwas verheimlicht. Als du nach unserer Ankunft hier eingeschlafen warst, schnappte ich ihn mir. Ich musste ihm ernsthaft drohen, bis er mit der Wahrheit herausrückte. Es stimmt, nicht wahr? Du stirbst.»

Sie verdiente eine ehrliche Antwort, auch wenn er ihr damit wehtat. «Wahrscheinlich. Ich war vollkommen gesund, bevor ich hierher kam, aber ich kann in dieser Kälte nicht überleben. Selbst wenn wir der Hexerei ein Ende setzen, ist es womöglich zu spät. Deshalb verspreche ich dir jetzt, solange ich es noch kann, dass ich alles tun werde, um dieses Königreich für dich zu sichern. Denn du bist auch meine Gefährtin, Morayn, meine tapfere und schöne Kriegerkönigin.» Er küsste sie sanft und schmeckte ihre Tränen auf den Lippen.

Sie zog ihn an sich und versteckte ihr Gesicht in seiner Halsbeuge. «Ich liebe dich, Emilio.» Ihr Atem kitzelte seine Nackenhaare.

«Und ich liebe dich, Fratz.»

DIE LETZTEN AUGENBLICKE vergingen viel zu schnell. Die Wachen kochten eine nahrhafte Mahlzeit. Während sie aßen, sprachen Morayn und Emilio flüsternd über ihre nächsten Schritte, in der Hoffnung, dass keine unsichtbaren Geister lauschten.

Die Wachen beobachteten sie voller Sorge und vergaßen darüber ihr Essen.

Dann war es schon an der Zeit, Rüstung und Waffen zu kontrollieren. Ihre Freunde halfen und berührten sie dabei immer wieder, ohne dass eine konkrete Notwendigkeit bestand.

«Ich wünschte, ich könnte für dich und ihn gehen, Morayn. Das tun wir alle», sagte Halvard leise. «Mit dieser neuen Entwicklung ... Ich weiß nicht. In den letzten Jahren haben wir uns oft gefragt, ob die Fjellkrieger ein Segen oder ein Fluch sind. Manchmal ist Unwissenheit ein Vorteil.»

Sie nickte nur und beobachtete Egil und Olin, wie sie Emilios Kleidung und Rüstung richteten, als wäre er ein kleines Kind. Er protestierte nicht. Ihm war klar, dass sie sich in ihrer Besorgnis mit etwas beschäftigen mussten.

Als Iver an ihrem Hals herumfummelte und ihren Umhang zum dritten Mal zurechtrückte, fing sie seine Hand. «Danke, lieber Freund.»

Seine Augen glänzten. «Gern geschehen.»

Morayn seufzte und versuchte sich selbst ein wenig zu entspannen.

Sie fühlte sich ausgeruht, aber verwirrt. Nach Egils schlimmer Offenbarung hatte sie nicht geglaubt schlafen zu können, aber Emilios Anwesenheit hatte sie beruhigt, und sie war fast sofort weggedriftet. Nun bedauerte sie, diese kostbaren Stunden verschwendet zu haben. Sie hatten sich kaum kennengelernt und schon ging ihre gemeinsame Zeit zu Ende.

«Können wir ihnen nicht einfach folgen?», fragte Fiske Olin. Der Stallmeister bereitete die Wölfe mit vorsichtigen und langsamen Bewegungen auf ihre Reise vor. Sie bedankten sich dafür mit sabbernden Wolfsküsschen. Die Tiere schienen als Einzige unbeeindruckt von den Gefahren, die sie erwarteten.

Olin schüttelte den Kopf. «Frühere Könige versuchten das mit ihrem Gefolge. Es ging jedes Mal schief.»

«Also, wie geht ihr vor?», fragte Halvard Morayn. «Wir wissen, dass ihr einen Plan habt. Wir sahen alle euren geflüsterten Austausch, während wir aßen.»

Morayn schloss die letzte Schnalle ihrer Rüstung. Wenn sie sie zum nächsten Mal ablegte, hatte sich das Schicksal ihres Königreichs — und auch ihr eigenes — erfüllt. Dann lebte sie entweder in einer neuen Wirklichkeit, oder aber sie wartete als Leiche auf ihr Begräbnis.

«Lauschen irgendwelche Geister, Wolf?», fragte sie.

«Nicht soweit ich das beurteilen kann.»

Morayn sah ihre Freunde an. Es war zu riskant ihnen alles zu erzählen, falls die Wachen während des Wartens über ihre Pläne sprachen und die Fjellkrieger sie belauschten. So entschied sie sich für eine oberflächliche Version der Wahrheit.

«Ihr wisst, dass unsere Traditionen den Aufbruch im Morgengrauen festlegen. Aufgrund der Konfrontation mit den Fjellkriegern und der Tatsache, dass es in dieser ewigen Dunkelheit keinen Tagesanbruch gibt, werden wir jetzt aufbrechen. Ich steuere die Muskeln bei, Emilio das Gehirn. Und wie ihr wisst, haben die Wölfe zugestimmt uns zu tragen. Ich hoffe nur, dass das keine negativen Folgen für sie hat. Sie bringen sich damit selbst in große Gefahr.»

Der Wolfskönig bellte leise und setzte sich an Emilios Seite.

«Du kannst sie nicht von einem Kampf abhalten, der ihnen wichtig ist», sagte er und kraulte das dichte Fell des Tieres. «Vielleicht hat die Herrschaft der Fjellkrieger lange genug gedauert. Wie viele Könige vor Eirik fristeten ihr Lebensende im Wahnsinn?»

Olin überlegte. «Alle, aber sie lebten auch sehr lange. Das Bündnis war schon immer schwierig, denn das Band zwischen dem König und seinen Fjellkriegern ist so allumfassend, dass es anderen Gefühlen keinen Raum lässt. Die Herrscher des Nordens heiraten in der Regel spät, wenn die Notwendigkeit von Erben nicht mehr ignoriert werden kann.»

Morayn trat neben Emilio und nahm seine Hand. Seine Finger waren trotz Egils Medizin kalt. Sie wollte gegen die Grausamkeit des Schicksals wüten. Gleichzeitig war sie ihrem Strolch zutiefst dankbar für das, was er für sie und ihr Königreich durchlitt. Er war das beste Beispiel dafür, dass man nie etwas aufgrund der äußeren Erscheinung beurteilen sollte. In dieser Welt der Riesen wirkte er wie ein zerbrechlicher junger Mann, und doch war er der mutigste und gefährlichste Krieger von allen.

«Emilio und ich werden versuchen, den Aufstieg zum Gipfel in zwei Etappen zu bewältigen. Bei gutem Wetter dauert er von Sonnenaufgang bis zum Abend. Mein Onkel und ich brauchten einen ganzen Tag und eine Nacht in den Schneestürmen. Das Wetter hat sich seitdem verschlechtert, aber mit Hilfe der Wölfe hoffen wir, den Brunnen der Unterwerfung in zwölf bis fünfzehn Stunden zu erreichen.» Sie knurrte frustriert. «Weiß jemand, wie spät es ist? Mein Verstand besteht darauf, von *heute* oder *morgen* zu sprechen und macht mich damit verrückt.»

«Wir verließen Burg Icefjell vor etwas mehr als vierundzwanzig Stunden. Wir ritten etwa neun Stunden lang zu den Höhlen. Dort ruhten wir uns siebeneinhalb Stunden aus. Der Weg durch die Höhlen dauerte weitere fünf Stunden, und wir legten uns vor etwa drei Stunden schlafen. Es sollte jetzt früher Nachmittag sein.»

Alle starrten Emilio an. Er zuckte mit den Schultern. «Jeder Mörder lernt, sich auf seine innere Uhr zu verlassen. Wer es nicht schafft stirbt. Möchtet ihr eine genauere Zeitangabe?»

Olin schnaubte. «Angeber! Ich würde dich jetzt gerne in männlicher Anerkennung hauen, fürchte aber, dass mir deine Gefährtin dafür den Kopf abreißt.»

Morayn grinste. *Männer!* «Ich würde es nicht darauf ankommen lassen.»

Sie sah ihre Freunde an, einen nach dem anderen. Sie hassten es, zurückzubleiben. Das ließ sich nicht ändern, aber sie konnte ihnen wichtige Informationen geben. «Wir erwarten einen Angriff während der letzten Phase unseres Aufstiegs, entweder von den Dämonen oder — leider — von den Fjellkriegern.»

Olin nickte. «Sie spekulieren darauf, dass ihr so nahe am Ziel unvorsichtig werdet.»

«Unser erstes Etappenziel ist das Wäldchen auf dreiviertel Höhe des Aufstiegs, das von hier aus gesehen hinter dem Gipfel liegt. Dort werden wir uns für ein paar Stunden ausruhen. Dann umrunden wir den Gipfel, um herauszufinden, was am Brunnen der Unterwerfung vor sich geht, und entscheiden anhand der gesammelten Informationen über den letzten Teil des Aufstiegs.»

Morayn suchte Bestätigung bei Emilio. Sein Gesicht zeigte wieder die Maske, die sie so hasste. Wenn sie ihm die Schmerzen in seinem Körper erträglicher machte, war sie jedoch bereit, damit zu leben.

Er nickte.

«Dann ist das der Abschied», sagte Olin. «Kommt her, ihr zwei. Ich wünsche euch alles Glück der Welt. Mögen die Götter mit euch sein.»

Der Kommandant umarmte beide. Dabei machte Morayns Nase unsanften Kontakt mit seinem Brustpanzer, weil er nicht auf seine Stärke achtete.

Olin küsste Morayns Stirn, dann Emilios. «Falls du dich fragst, Junge. Das macht dich zu einem von uns», erklärte er schroff und gab sie beide frei.

Die anderen Wachen nahmen ihren ähnlich emotionalen Abschied.

Morayn wartete, bis Emilio sich auf den Rücken des Wolfskönigs geschwungen hatte, unsicher, ob er es in seinem Zustand schaffte. Sie war erleichtert, als es ihm gelang. Etwas ungeschickt tat Morayn es ihm mit der Wolfskönigin gleich.

Egil öffnete die Tore, um sie in den Sturm hinauszulassen. Mit einem letzten Winken machten sie sich auf den Weg.

Ein Raubtier zu reiten fühlte sich anders an, als auf einem Pferd zu sitzen. Ihr großer Hengst bewegte sich ebenso geschmeidig wie gelassen. Weil er so groß war, schien er über Hindernisse zu gleiten, die ein kleineres Pferd überspringen musste.

Die Wölfe passten ihre Richtung ständig an und wechselten ihre Gangart je nach Beschaffenheit des Untergrunds. Trabten sie im einen Moment, sprangen sie im nächsten, nur um dann wieder zu galoppieren. Im Gegensatz zu Pferden wichen sie Hindernissen nicht aus, sondern stellten sich ihnen, und je schwieriger, desto lieber. Morayn fragte sich, wie lange ihr Magen das durchhalten würde.

Sie fühlte sich machtlos, weil sie keine Zügel hatte. Mit Hilfe von Lederriemen hatte Fiske einfache Geschirre mit Fußschlingen für sie angefertigt, so dass sie auf dem geschmeidigen und voluminösen Fell nicht wegrutschten. Aber das war schon alles. Die Wölfe entschieden sich für die beste Route und wie sie sie zurücklegen wollten.

Der Wolfskönig führte das Rudel an.

Morayns Blick ging häufig zu Emilio. Wie lange konnte er in seinem geschwächten Zustand durchhalten? Als Egil ihr von dem Fluch berichtete, hatte sie zuerst mit dem Schicksal gehadert. Ihre Wut wurde rasch durch ein anderes Gefühl ersetzt — Liebe. Die Erkenntnis ließ sie innerlich ganz weich werden.

Ihre Gefühle überraschten sie nicht.

Nach ihrer Rückkehr von der ersten Mission und der vergeblichen Suche nach der Leiche des Königs hatte sie Zeit mit Freya verbracht. Im Arbeitszimmer der Verwalterin erzählte sie ihrer Freundin bei Honigmilch und Keksen von allem, was Emilio für ihr Team getan hatte, von dem schlechten Gewissen, das sie wegen Reina plagte, und wie sehr Emilios Anschuldigungen sie schmerzten.

Als Freya nur mit einem wissenden Lächeln zuhörte, begann Morayn auf ihre Worte und Gefühle zu achten — und erkannte, dass sie sich verliebt hatte.

Und fragte sich, was *er* unter all seinem Zorn und Schmerz für sie empfand.

Diese Reise hatte sie gelehrt, dass er sie auch liebte, trotz ihres furchtbaren Temperaments und ihren noch verrückteren Haaren, und dass er bis zu seinem letzten Atemzug für sie und ihre Sache kämpfen würde.

Wenn sie doch nur ihn retten könnte.

23

Emilio beobachtete ihre Umgebung genau, während die Wölfe die Hänge des Sitzes der Macht erklommen. Ihr Aufstieg war bisher ereignislos verlaufen. Die Stürme wüteten wie gehabt um sie herum und peitschten ihre Körper mit eisigen Böen. Die Dunkelheit blieb undurchdringlich. Die Tannen und Gehölze, an denen sie vorbeikamen, tauchten scheinbar aus dem Nichts auf und verschwanden ebenso geisterhaft wieder in der Dunkelheit hinter ihnen.

Gelegentlich beobachtete der Geist eines Fjellkrieger sie mit brennenden Augen. Emilio hoffte, dass sie für Morayn unsichtbar blieben. Alles an ihnen verströmte Hass und Verachtung.

Er fühlte sich von einer neuen Bestimmung getrieben. Endlich wusste er, warum er hier war. Seltsam, wie alles zusammenlief!

Die Treppen hatten ihn aus einem bestimmten Grund in diese Zeit und an diesen Ort geschickt, genauer gesagt wegen seiner besonderen Fähigkeiten. Wenn er den Gipfel des Berges lebend erreichte, sollte er in der Lage sein, Morayn zu helfen und ihr Königreich vom verderblichen Einfluss der Fjellkrieger zu befreien.

Er fühlte sich ein wenig traurig, nachdem er gesehen hatte, was er frei vom Fluch der Schneekönigin für sich hätte gewinnen können — eine Gefährtin und wunderbare Freunde. Doch hatte er so viel Unrecht in seinem Leben begangen, dass er kein glückliches Ende verdiente und stattdessen mit einem glücklichen Tod zufrieden sein musste.

Die Wölfe eilten den Berg hinauf. Ihr unruhiger Gang machte die Reise anstrengend. Ansonsten fühlte sich Emilio trotz der widrigen Umstände recht wohl.

Das Fell des Wolfskönigs war so lang, dass es sich über Emilios Beine schloss und seine behandschuhten Hände angenehm warm hielt. Der Rest seines Körpers hatte auf dem riesigen Hengst weniger gefroren, aber es war auszuhalten.

Sorgen machten ihm sein linker Oberarm und seine Schulter, die qualvoll zu pochen begonnen hatten. Er hoffte, dass sie sich nicht einem direkten Kampf stellen mussten. Der Schmerz war inzwischen so schlimm, dass er seine Bewegungen beeinträchtigte.

Schließlich blieb der Wolfskönig in einem Wäldchen stehen und kläffte. Die Wolfskönigin trottete an seine Seite.

Emilio prüfte ihre Umgebung. Um sie herum wuchsen Tannen und bildeten eine geschützte kleine Senke. Das Heulen des Windes schien plötzlich weit weg, während die Erinnerung an den Lärm in seinen Ohren klingelte.

«Unglaublich. Wir haben unseren Rastplatz erreicht», sagte Morayn.

Also standen sie vor der letzten Etappe. Emilio rutschte vom Rücken des Wolfes. Er war froh, als seine Beine sein Gewicht trugen.

Um sie herum trabte das Rudel durch die Senke und plättete den Schnee. Vier Wölfe legten sich hin, wobei sie einen schützenden Kreis bildeten. Morayn zog eine Felldecke aus ihrem Rucksack und breitete sie auf dem Boden zwischen den Tierkörpern aus.

«Leg dich hin, Wolf», befahl sie.

Emilio kuschelte sich gehorsam mit dem Rücken an eines der riesigen Tiere, dankbar für die Eisfuchsdecke unter seinem Körper — eines der vielen Wunder dieser Zeit. Die Decke war so groß, dass sie sich darauf legen und die Enden großzügig über sich falten konnten.

Morayn setzte sich neben ihn und nahm die Flasche mit seiner Medizin aus dem Inneren ihrer Jacke. «Hier, trink!»

Er gehorchte. Tränen schossen ihm in die Augen, weil der Trank so scharf war. Er schloss die Flasche und gab sie ihr zurück.

«Iss!» Sie reichte ihm seine Ration Trockenfleisch und Dörrobst.

Sie aßen schnell. Dann verstaute Morayn die Beutel wieder, legte sich neben Emilio hin und wickelte die Enden der Decke über sie beide. Emilio zuckte, als ihre Hand ihm versehentlich über die Schulter strich.

«Was ist los, Liebster?», flüsterte sie.

Die liegenden Wölfe rückten näher, um sie besser vor den Unbilden des Wetters zu schützen. Emilio hörte, wie der Wolfskönig dem Rudel Befehle zubellte. Ihre Pfoten knirschten auf dem Schnee, als sie anfingen zu kreisen. So konnte sich kein Fjellkrieger ihrem Lager nähern.

«Egil sagte mir, dass sich Gift in meinen Gelenken ansammelt. Die Gelenke fühlen sich im Moment vergleichsweise gut an, aber jetzt tut meine linke Schulter weh.»

Er fühlte, wie sie in eine ihrer Taschen griff. Plötzlich flutete ein warmer Schein den Raum unter der Decke und erhellte ihr Gesicht von unten. Sie hielt eine kleine Kugel der magischen Flammen, die ihre Leute benutzten, wenn echtes Feuer zu gefährlich war.

«Ich will dich ansehen, solange ich noch kann», flüsterte sie mit einem traurigen Lächeln.

Für lange Momente lagen sie einfach nur da und taten genau das. Emilio versuchte, jedes Detail ihres schönen und ausdrucksstarken Gesichts aufzunehmen. Sie war anders als jede Frau, die er bisher gekannt hatte.

Er zog seine Fäustlinge unter der Decke aus und tastete mit den Fingerspitzen nach ihrer Schläfe. Sie landeten auf ihrer weichen Haut und einer kleinen Schnittnarbe, ein Überbleibsel ihres harten Trainings.

«Erzähl mir von deinen Träumen. Welches Leben führst du in ihnen?», flüsterte Morayn.

Er lächelte. «Ziemlich genau das Leben, das ihr hier unter normalen Umständen lebt. Ein kleines Königreich mit gutherzigen Menschen, eine liebevolle Frau, Kinder. Meine Familie war vom Schicksal begünstigt. Wir hatten von allem ein wenig und immer genug, um selbst schwierige Zeiten zu überstehen.» Er drückte seine Lippen sanft auf ihre. «Was ist mit deinen Träumen?»

Sie starrte ins Leere. Als ihre Augen zu ihm zurückkehrten, war ihr Blick melancholisch. «Ich wusste es lange nicht. Zuerst dachte ich, ich wollte eine Kriegerin sein. Ich machte den Traum wahr und plötzlich schien das nicht mehr genug. Als mein Vater verschwand, wollte ich meinem Volk eine gute Königin sein. Inzwischen will ich nur ich selbst sein und deine Liebe für alles, was mich ausmacht, in deinen Augen sehen — Kriegerin, Königin, Frau, unmögliches Haar, schreckliches Temperament und was da sonst noch ist.»

Er legte den Arm um ihre Taille, obwohl seine entzündete Schulter protestierte, und zog sie näher zu sich. Ihre Stirn schmiegte sich an seine.

«Mit welchem Ziel gehen wir in den Endkampf?», fragte er leise. «Soll ich die Fjellkrieger wegschicken — in die Vergangenheit, wo sie hingehören?»

«Ich habe darüber nachgedacht, was du mir bei unserer letzten Mahlzeit in den Höhlen gesagt hast. Dass ich die Vergangenheit nicht geringschätzen soll, nur weil ich sie nicht verstehe. Dass die Entscheidungen unserer Vorfahren zu ihrer Zeit Sinn machten und dass ich ihre Gründe begreifen muss, bevor ich sie verurteilen darf.» Sie stockte und sprach dann leise weiter. «Es macht mir Angst, über das Schicksal meines Königreichs zu entscheiden. Habe ich das Recht, mit den Traditionen zu brechen? Oder muss ich sie ertragen, auch wenn mein Volk und ich darunter leiden? Schulde ich den Königen der Vorzeit Respekt und Ehrerbietung, oder schulden sie mir etwas, weil sie tot sind und ich regiere?»

Sie atmete tief ein. Als sie wieder sprach, war ihre Stimme hart wie Stahl. «Ich will, dass du sie in die Vergangenheit schickst, wo sie hingehören.»

«Und genau das werde ich tun», bestätigte er.

Sie ruhten einige Stunden lang. Zwar schliefen sie nie ganz, entspannten sich aber ausreichend, um zu dösen. Emilio, dessen Wahrnehmung an die der Bergwölfe gebunden war, wusste, dass der Wolfskönig jenseits des Wäldchens einen erbitterten Kampf für sie führte.

Die Geister der Fjellkrieger wollten ihre Ruhe stören und sie vor Angst in den Wahnsinn treiben, aber die Wölfe ließen es nicht zu. Wie sich diese Schlacht entwickeln würde, sobald sie sich wieder auf den Weg machten, stand in den Sternen.

Sie umkreisten den Berggipfel wie geplant, als plötzlich Blitze die Dunkelheit zerrissen. Donner rollte die steilen Hänge hinab und hallte von unsichtbaren Hindernissen wider.

Die Atmosphäre knisterte vor Aggression.

Emilio erkannte, dass sich die Dinge dem Ende zuneigten. In der Gleichung hatte sich etwas geändert, und sie mussten schnell handeln. Auch blieben die Geister der Fjellkrieger seit einiger Zeit verschwunden.

«Wir müssen sofort zum Brunnen der Unterwerfung!», rief Emilio Morayn zu. Er klopfte dem Wolfskönig auf die Schulter. «Lauf! So schnell du kannst!»

Sie stürzten sich in die Dunkelheit, ihre Geschwindigkeit weit höher, als Emilio für möglich gehalten hätte. Der muskulöse Körper unter ihm bewegte sich mit geballter Kraft, sprang fast senkrechte Abhänge hinauf und hechtete über Felsbrocken, die größer als ein Nordmann waren. Er hielt sich mit aller Kraft fest.

Ein flackerndes orangefarbenes Leuchten verdrängte die Dunkelheit. Emilio kannte es von Städten, die im Feuerregen belagernder Heere untergingen. Er hatte viele davon in seiner langen und vielseitigen Karriere als Mörder gesehen — zu viele. Dann begannen die Schreie.

Der Wolfskönig stoppte inmitten einer Ansammlung aus riesigen alten Tannen. Emilio rutschte von seinem Rücken. «Hörst du den Kampf, Morayn?»

«Ja. Und der Schneesturm hat plötzlich aufgehört.» Sie sprang neben ihm zu Boden.

Gemeinsam schlichen sie zum Rand des Wäldchens und spähten aus ihrer Deckung. Jenseits der dichten immergrünen Büsche lang ihr Ziel — der Brunnen der Unterwerfung.

«Verdammt!», fluchte Morayn.

In der Senke tobte eine Schlacht, die den ganzen verfügbaren Raum beanspruchte. Dämonen kämpften mit geisterhaften Fjellkriegern, die jene halb manifestierte Gestalt angenommen hatten, in der sie andere Wesen verletzen konnten. Die Gegner trafen mit tödlicher Absicht aufeinander, und der resultierende Lärm war ohrenbetäubend.

Dämonen schrien mit Stimmen, die schrill genug waren, um Sterbliche taub werden zu lassen. Fjellkrieger brüllten Drohungen wie die Giganten von einst.

Da es viel mehr Fjellkrieger als Dämonen gab, schienen sie bisher die Oberhand zu behalten. Emilio sah, wie mehrere von ihnen einen Dämon in Stücke rissen. Auf ihren Gesichtern stand reiner Blutdurst.

«Du kannst sie sehen?», fragte er Morayn, als er bemerkte, wie ihre Augen dem Hieb eines geisterhaften Schwertes folgten.

«Ja, seit der Konfrontation. Hat sich etwas verändert, als sie sich für mich sichtbar machten?»

«Ich fürchte ja. Wenn du Geistern befiehlst, sich dir zu zeigen, kannst du sie danach immer sehen. Unsere Freunde, die nur Zeugen waren, haben vielleicht mehr Glück.»

«Na toll, das fehlte mir noch! Was machen wir jetzt?»

Ihre Situation war kritisch. In der Nähe des Brunnens, der sich als hässliches kleines Becken mitten auf der Lichtung herausstellte, schützte eine große Gruppe von Dämonen eine menschliche Gestalt. Der Mann hielt ein Schwert und versuchte das Becken zu erreichen. Ein Blitzgewitter umgab ihn, und er schmetterte einzelne Blitze auf die Fjellkrieger, die ihm den Weg versperrten. Wenn sie ihr Ziel fanden, explodierte der getroffene Fjellkrieger in tausend Stücke.

«Er darf es nicht zum Brunnen der Unterwerfung schaffen», zischte Morayn besorgt. «Er ist zu mächtig. Auch ohne königliches Blut wird er mein Königreich unter seine Herrschaft knechten und das Band erzwingen. Dann wird er unbesiegbar sein.»

Emilio nickte. «Ich schlage vor, wir trennen uns und jeder versucht, den Brunnen der Unterwerfung auf eigenem Weg zu erreichen. In dieser Aufregung müsste einer von uns es schaffen, und die Fjellkrieger sind verzweifelt genug, ihn als Herrscher zu akzeptieren.»

Morayn nickte. «Tun wir es!»

Sie stiegen auf, streiften ihre Handschuhe ab und zogen ihre Schwerter. Emilio hätte fast jede andere Waffe bevorzugt, aber in der Not durfte er nicht wählerisch sein. Sie trennten sich und schlichen näher ans Geschehen.

«Fjellkrieger, macht Platz für euren rechtmäßigen Herrscher!», brüllte Emilio, so laut er konnte, und presste seine Stimme tiefer, so dass er eher wie ein Nordmann klang.

«Los!», befahl er dem Wolfskönig.

Sie sprangen mitten in den Kampf. Wie erwartet, versuchten die Fjellkrieger ihm Platz zu machen. Sie hassten ihn, aber für einen Krieger war es ein langer Weg von Abneigung zu offenem Ungehorsam. Auch Morayn, die sich dem Brunnen aus einer anderen Richtung näherte, gewann an Boden.

Der Hexer entdeckte sie beide und machte sie zum Ziel seiner Blitze.

«Kämpf nicht, Fratz, reit einfach!», schrie Emilio, als Morayn einen Dämon angriff, der ihr den Weg versperrte.

Der Wolfskönig sprang über die verschiedenen Gruppen aus Kämpfern, beweglich wie eine Raubkatze. Ein Blitz zischte über Emilios Rücken und verursachte fast unerträgliche Schmerzen. Er knirschte mit den Zähnen und hielt durch.

Der Brunnen lag direkt vor ihm. Morayn kam von links und stoppte neben ihm. Emilio ließ sich fallen, packte ihre Schwerthand und zog sie mit sich. Dabei schützte er ihren Körper mit seinem, falls der Hexer gerade zu einem neuen Angriff ansetzte.

Sie landeten schmerzhaft auf dem Rand des Beckens. Emilio stieß ihre verschränkten Hände samt Schwert durch die Eisdecke ins darunterliegende Wasser. Dabei schnitten ihm die eisigen Scherben in die Haut. Das

Wasser wurde rot, aber nicht von Blut. Einer von ihnen war als neuer Herrscher dieses Landes akzeptiert worden. Das Kribbeln in seiner Hand sagte Emilio, dass leider er der Auserwählte war.

«In Deckung!» Er drängte Morayn hinter den Körper des Wolfskönigs.

Seine Vorsicht erwies sich als unnötig. Rund um sie herum erstarrte das Kampfgeschehen.

Als wieder Bewegung einsetzte, bestand sie aus den Fjellkriegern, die einen Schutzkreis um ihn und Morayn bildeten.

Emilio beobachtete den Hexer durch ihre transparenten Körper. Der Mann schien vor Wut zu glühen. Plötzlich stand er in einer Flammensäule, seinem eigenen Schutzkreis. Mit einer wütenden Handbewegung befahl er den Dämonen, sich neben und hinter ihm zu formieren. Der Schachzug war taktisch geschickt, denn so boten sie einen furchterregenden Anblick. Selbst Emilio schauderte trotz seiner umfassenden Kenntnisse der psychologischen Kriegsführung.

«Seht mich und meine Gefolgsleute an, Abschaum! Ihr mögt diese Runde gewonnen haben, aber ich werde mit meiner ganzen Armee zurückkehren, und dann treffen wir uns auf dem Schlachtfeld, wo das hier endet — ein für alle Mal.»

Und mit einem Knall waren sie einfach weg.

«Ist das ein Trick?», fragte Morayn mit einem leisen Flüstern, das nur bis zu Emilio drang.

«Lass uns eine Weile warten. Wenn sie wirklich weg sind, sollten die atmosphärischen Spannungen nachlassen.»

So warteten sie. Die Fjellkrieger um sie herum wurden unruhig, blieben aber wachsam.

Dämmerlicht füllte die Senke. Plötzlich traf ein fast horizontaler Lichtstrahl die Wipfel der Bäume. Morayn und Emilio tauchten in Deckung und warteten auf die Explosion.

«Wenn ich das Arschloch jemals in die Hände bekomme, häute ich ihn bei lebendigem Leib», fluchte Morayn.

Nichts passierte.

Emilio hob den Kopf, erkannte die Ursache des Lichts und staunte. «Morayn, das war kein Angriff. Die Wolken haben sich aufgelöst, und die Sonne geht auf. Die ewige Nacht ist vorbei.»

«Was?!» Sie sprang auf die Füße und lief durch die Geister, die vor Missfallen zischten. Am Rand der Senke blieb sie stehen. Sanft schwankte ihr Körper im Gegenlicht.

Emilio folgte ihr und machte die Geister noch wütender.

Die Aussicht war atemberaubend. Weit unter ihnen erstreckten sich sanfte Hügel, so weit sie sehen konnten.

«Das sind die Ebenen des Ostens, wo das meiste unserer Nahrung wächst», erklärte Morayn leise und nahm Emilios Hand.

Nach der langen Dunkelheit war das Licht der Sonne fast unerträglich grell. Es war ihm egal. Er schloss die Augen und genoss die Wärme auf seinem Gesicht und der Vorderseite seines Körpers.

Um sie herum begann Wasser zu tropfen, und als er den Grund dafür prüfte, sah er, dass der Schnee bereits taute.

«Vor uns liegt eine letzte Pflicht», beendete Morayn ihren gemeinsamen Moment.

«Du willst es durchziehen, trotz der Kriegserklärung des Hexers?»

«Ja. Für unseren Krieg mit ihm ist morgen Zeit. Dieser uralte Krieg endet hier und jetzt.»

Sie wandten sich an die Fjellkrieger, die sich als Mauer hinter ihnen aufgestellt hatten. Eine unausgesprochene Drohung erfüllte die Luft.

Emilio straffte seine Schulter. «Könige und Krieger der Vorzeit, heute hat mich der Brunnen der Unterwerfung zum neuen Herrscher bestimmt. Ihr habt mir dabei geholfen, dieses Ziel zu erreichen, und mich vor dem Hexer beschützt. Eure Pflichten gegenüber diesem Königreich sind erfüllt. Hiermit entlasse ich euch in eure ewige Ruhe.»

Trotz des schweren Klumpens im Magen klang seine Stimme recht zuversichtlich. Was, wenn es nicht funktionierte? Er hatte Ghost Singer oft bei diesem Ritual beobachtet. Aber jene Geister waren voller Schmerz gewesen — nicht rasendem Zorn.

«Du schickst uns weg?», fragte Lavrrahas. Sein Gesicht verzerrte sich vor Wut.

«Ja», bestätigte Emilio.

Brüllend griffen die alten Geister ihn an, alle auf einmal. Ihre Energie prallte gegen seine Brust. Es tat weh, ging aber schnell vorbei. Als er die Augen wieder öffnete, waren sie weg.

«Emilio!», keuchte Morayn neben ihm. Sie schaute auf etwas seitlich von ihnen.

Noch mehr Geister und alle im Kampfmodus, der sie für die Lebenden zur Gefahr machte. Er beobachtete, wie sie sich näherten. Sie unterschieden sich von den anderen Fjellkriegern, wirkten weniger wild und rau. Sie waren auch wesentlich kleiner, eher wie die Wachen, die hoffentlich am Fuß des Berges warteten.

Der Mann, der sie anführte, glich Hroar aufs Haar.

«Was ist mit den Königen und Kriegern der Neuzeit, Wolf?», fragte er.

Emilio packte Morayns Hand, bevor sie etwas Unüberlegtes tat.

«Ich habe die Rolle als König vorübergehend übernommen, weil Morayn von den Königen und Kriegern der Vorzeit erneut abgelehnt wurde. Ich werde bald weg sein und die Verantwortung an sie weitergeben. Wirst du sie als deine rechtmäßige Königin akzeptieren?»

Der Geist sah Morayn an, ein Lächeln auf seinem Gesicht. «Mit all der Liebe in meinem Herzen.»

Emilio wandte sich an sie. Tränen flossen aus ihren Augen, aber ihr Ausdruck war voller Hoffnung. Sie nickte.

«Die Königin hat entschieden», sagte Emilio. «Die Könige und Krieger der Neuzeit dürfen bleiben.»

«Vater!», quietschte Morayn und rannte zu dem Geist. Scheu streckte sie die Hand aus, um seine schimmernde Gestalt zu berühren. «Ich kann dich spüren. Darf ich dich umarmen?»

Wenigstens etwas Gutes schien bei der ganzen Sache herauszukommen. Emilio lächelte, während er Vater und Tochter bei der Wiedervereinigung beobachte. Ein plötzlicher Schwindelanfall ließ ihn taumeln.

«Du solltest dich hinsetzen und dich ausruhen, Wolf.» Ein vage vertraut aussehender Fjellkrieger fing seinen Sturz ab. «Sonst reißen mir Olin und Egil meinen unsterblichen Kopf ab.»

Emilio verengte die Augen und versuchte bei Bewusstsein zu bleiben. «Du bist der Geist aus der zweiten Zuflucht. Rangvald?»

«Der bin ich. Jetzt gib der Erschöpfung nach. Ich werde dich beschützen.»

24

Morayn saß im hellen Sonnenschein neben dem Brunnen der Unterwerfung und bewachte Emilio, der noch nicht wieder aus seiner Bewusstlosigkeit erwacht war. Die Fjellkrieger hatten ihn bäuchlings auf die Eisfuchsdecke gelegt, nachdem sie ihm die Rüstung und die meisten anderen Kleider ausgezogen hatten. Seine linke Schulter und sein Oberarm waren bläulichschwarz verfärbt und voller Beulen.

Seltsamerweise gab es die Massen von Eis und Schnee, die den Berg bei Sonnenaufgang bedeckt hatten, bereits nicht mehr. Einen Moment lang tropften sie und tauten normal auf. Im nächsten Augenblick waren sie verschwunden, als hätten sie nie existiert, und Morayn fand sich auf einer frühsommerlichen Wiese wieder. Die Laubbäume um sie herum standen in voller Pracht. Vögel sangen, und Insekten summten von Blume zu Blume.

Hexerei war etwas ganz Heimtückisches.

Ob die Dunkelheit und der bittere Winter nur als qualvolle Illusion in ihren Köpfen existiert hatten oder ob der Hexer die Zeit angehalten hatte, und sie mit seinem Verschwinden in die Gegenwart zurücksprang, spielte am Ende keine Rolle. Sie würde sich rächen.

Der Donner galoppierender Pferde näherte sich. Sie hörte ihn schon eine Weile lang, je nachdem wie die sanfte Brise die Geräusche zum Gipfel trug.

«Morayn!», rief Olin und sprang neben ihr vom Pferd. «Geht es dir gut? Ist er …?» Er schaute auf Emilio hinab und schreckte zurück. «Was ist das?»

«Ich weiß es nicht», gab sie zu.

«Das ist das Beste, was wir uns erhoffen durften», sagte Egil, zügelte sein Pferd und stieg aus dem Sattel. «Ich konnte nur raten und wagte nicht zu hoffen. Aber es scheint, dass ich recht hatte.»

«Kümmere dich um deinen Patienten, Egil, aber das Wichtigste zuerst. Sind wir in Sicherheit, Morayn?»

Sie schüttelte den Kopf, eine schwere Last in ihrem Herzen. «Emilio hat es geschafft, sich zum Herrscher zu machen. Die Könige und Krieger der Vorzeit konnten einen Prinzen nicht direkt ablehnen. Mit ihrer Hilfe vertrieben wir den Hexer, der uns vor seinem Verschwinden den Krieg erklärte. Das ist die mäßig gute Nachricht. Die schlechte Nachricht ist, dass sich das Band zwischen Emilio und den Fjellkriegern nicht gebildet hat. Sie vertrauen ihm nicht, weil er anders ist als alles, was sie kennen. Solange sich das Band nicht formt, bleiben sie Geister.»

«Warum gibt es noch Fjellkrieger? Ich dachte, du wolltest sie alle fortschicken.»

Morayns Temperament regte sich. «Du hast unser geheimes Gespräch belauscht?»

«Ich lausche nicht. Ich lese Lippen. Emilio stellte sicher, dass ich freie Sicht hatte.»

Ihr Strolch hatte dafür gesorgt, dass ihre Freunde wussten, was sie vorhatten? «Warum?»

«Ich vermute, weil Unsicherheit das Schlimmste ist. Dein Plan war riskant, Morayn. Wir haben gesehen, wozu diese Geister fähig sind.»

«Wozu diese Geister fähig *waren*», korrigierte ihn Morayn. «Bei den Fjellkriegern, die noch hier sind, handelt es sich um die Könige und Krieger der Neuzeit. Und einige von ihnen kennst du. Komm mit mir.»

Sie führte ihn zur Wiese hinter der Senke, wo sich die verbliebenen Fjellkrieger in kleineren und größeren Gruppen versammelt hatten. Die meisten von ihnen sahen so aus wie einst im Leben.

Ihr Vater wartete vor allen anderen und stand allein.

Eirik hatte die nichtmenschliche Form der Fjellkrieger angenommen und zeigte sich als großes Wesen mit langen Gliedern, weißem Fell und leuchtend blauen Augen. Er sah aus wie eine Kreuzung zwischen einer riesigen Katze und einem Affen.

«Kannst du ihn sehen?», fragte sie Olin.

Die Augen des Kommandanten hatten sich verengt. «Leider kann ich das. Warum sagst du, dass ich ihn kenne?»

Eirik verwandelte sich in seine menschliche Form.

«Ich will verdammt sein», atmete Olin.

«Schön, dich wiederzusehen, alter Krieger. Und danke, dass du meiner Tochter geholfen hast.» Eirik konzentrierte seine Energie, wodurch seine geisterhafte Form deutlicher wurde, und versuchte Olin zu umarmen.

Zu Morayns Überraschung stieß Olin ihn grob weg. «Ich scheine der Einzige zu sein, der ihr helfen will. Eirik, du Narr! Warum hast du dich geweigert, dich mit dem Wolf des Südens zu verbinden? Solange du es nicht tust, ist das Königreich weiterhin in großer Gefahr.»

Hass verzerrte das Gesicht ihres Vaters. «Dieser kindliche Schwächling ist kein geeigneter Erbe für den Thron des Nordens. Wenn es mir erlaubt wäre, würde ich ihn gleich jetzt töten, damit Morayn den Thron besteigen kann.»

«Dann bist du ein noch größerer Narr, als ich dachte.» Olin ließ ihn stehen und stapfte zurück zu seinen Männern.

«Warte, Olin, wo gehst du hin?», rief Eirik.

Der Kommandant der Wachen drehte sich um, ohne in seinen Schritten innezuhalten. «Meinem neuen König den Respekt erweisen, den er verdient. Morayn.» Sein Blick befahl ihr, ihm zu folgen.

Morayn sah ihren Vater an, fühlte sich drei Jahre alt und genauso hilflos. «Ich habe dir erlaubt zu bleiben, Vater. Warum verrätst du mein Vertrauen?», fragte sie und verfluchte die Tränen, die über ihre Wangen liefen und ihre Stimme zittrig machten.

Er schnaubte. «Du denkst, du bist verliebt? Warte, bis du einen richtigen Mann zwischen deinen Beinen hast!»

Damit ging er. Morayn blieb allein zurück, verletzt wie nie zuvor in ihrem Leben.

SCHLIEßLICH GING sie wieder zu Olins Truppe, weil sie nicht wusste, was sie sonst tun sollte. Sie flüsterten aufgeregt und warfen sich bedeutungsschwere Blicke zu. Egil kniete neben Emilio und untersuchte seine Blutergüsse mit einer Lupe.

«Komm und schau, Morayn. Das ist gut.»

Wie konnte etwas, das so schrecklich aussah, gut sein? Sie folgte der Aufforderung.

«Schau dir die Schwellungen an. Siehst du, was sie verursacht?» Er gab ihr die Lupe.

Sie konzentrierte sich und kämpfte gegen den Schwindel, der sie immer packte, wenn sich das Bild so plötzlich vergrößerte. «Da ist etwas Schwarzes drin. Dornen?»

«Ja!» Egil grinste. «Unsere Mütter haben uns eingetrichtert, dass wir uns von einem Busch unbedingt fernhalten sollen. Welcher ist das? Und warum?»

«Immergrüne Bergdisteln. Denn ihre Dornen leben nach der Trennung von der Pflanze weiter. Wenn einer von ihnen in deinem Körper stecken bleibt, verursacht das schmerzhafte Entzündungen», antwortete Morayn, ohne nachzudenken.

«Genau. Ich vermutete von Anfang an, dass das, was Wolfs Leute den *Kuss der Schneekönigin* nennen, von einer ähnlichen Pflanze verursacht wird, und ich hatte recht. Diese scheint noch stärker zu sein. Gemäß meiner Beobachtung produzieren ihre Dornen eine giftige Substanz als Reaktion auf die Kälte. Für die Pflanze ist das ein simpler Schutz gegen das Erfrieren. Menschen, die sich unbemerkt an den Dornen stechen, sterben daran. Emilio hat überlebt, weil er eine hohe Toleranz gegenüber Giften hat.»

Auf einmal erkannte Morayn, was der Heiler ihr sagen wollte. «Denkst du, du kannst ihn retten?»

«Ich werde es auf jeden Fall versuchen. Der Eingriff hinterlässt Narben. Ich hoffe, es macht ihm nichts aus.» Als Vorbereitung legte er seine Instrumente auf die Eisfuchsdecke.

Olin berührte Morayns Oberarm und bat still um ihre Aufmerksamkeit. «Ich muss Burg Icefjell informieren. Morayn, bestätige für mich: Der Hexer ist weg, hat aber gedroht, mit einer Armee zurückzukehren. War er präzise, was die Zeit angeht?»

«Nein, aber ich hatte das Gefühl, dass es nicht lange dauern wird.»

«Damit müssen wir rechnen. Wenn ich er wäre, würde ich zuschlagen, solange sich mein Feind von der schrecklichen Kälte erholt.» Er seufzte. «Hör zu, ich muss das sagen, obwohl ich weiß, dass es dich verletzen wird. Ich denke, dass es klug war, den Königen und Kriegern der Neuzeit den Verbleib zu erlauben. Ich erkannte gute Männer unter ihnen, deren Verlust ich tief betrauerte.» Olins Blick ging zu Rangvald, der neben Egil kniete, als ob er nie fortgewesen wäre.

«Aber?», fragte Morayn, als er nicht fortfuhr.

«Aber dein Vater ist eine ganz andere Sache. Ich weiß, er war ein großartiger Vater für dich und ein liebevoller Ehemann für deine Mutter. Als König war er einer der schlimmsten, die unser Königreich je hatte, knapp funktionsfähig und das nur, weil Hroar ständig an seiner Seite blieb, seine Fehler ausbügelte und begangenes Unrecht berichtigte. Dein Onkel ist einer der tugendhaftesten und mutigsten Männer, denen ich je die Ehre hatte zu dienen. Deinem Vater würde ich ohne zu zögern einen Dolch in den Rücken stechen, wenn das deine aktuellen Probleme lösen würde.»

Morayn versuchte nicht einmal, ihre Tränen vor ihrem alten Freund zu verbergen. «Warum, Olin? Ich frage dich nicht, warum du das tun solltest. Wenn ich meine Erinnerungen durchgehe, erkenne ich selbst, dass du die Wahrheit sagst. Aber wie kann ein Mann ein so wunderbarer Vater und Ehemann sein und es ihm doch an allem anderen mangeln?»

Olin dachte über ihre Frage nach. «Alle Handlungen deines Vaters schienen von einer ungesunden Ambition getrieben. Wenn er etwas tat, gab er sich nie damit zufrieden, nur gut zu sein. Er musste mehr als perfekt sein und strengte sich dabei viel zu sehr an. Hroar nannte es manische Besessenheit. Und Eirik konnte nie etwas loslassen. In seinem Kopf explodierten die alltäglichsten Dinge zu riesigen Problemen.»

Morayn nickte traurig und erinnerte sich an all die Vorfälle, die sie in ihrer Trauer um ihren Vater verdrängt hatte. Ihre Augen gingen zu Emilio. Sie war überrascht, als er ihren Blick erwiderte.

Er stemmte sich in eine sitzende Position. Egil und die anderen Wachen, die ihn ebenfalls bewusstlos geglaubt hatten, zuckten erst überrascht zurück und halfen ihm dann. Für einmal konnte er die Schmerzen in seinem Körper nicht verbergen. Sie zeigten sich in jeder Bewegung.

«Kann ich ihn wegschicken, wie du es bei den anderen Fjellkriegern getan hast?», fragte sie.

«Es ist riskant. Er ist kein Geist mehr, aber noch nicht das, was einen gebundenen Fjellkrieger ausmacht. Erlaube ihm nicht, zu denken, und vor allem nicht, dass er dich während des Rituals berührt.»

Denn wenn er sich mit Emilio verband, dann wurden sie ihn nie mehr los. Und wenn er sie während des Rituals packte, dann riss er sie mit sich in die Ewigkeit.

Morayn straffte die Schultern. «Vater?», rief sie fragend und wandte sich der Stelle zu, wo er die Senke betreten musste.

Ihr Herz wurde schwer, als er kam und direkt vor ihr stehen blieb. Er hatte seine menschliche Gestalt nicht abgelegt. Seine Miene zeigte nach wie vor bittere Verachtung. Seine Augen blickten kälter als Eissplitter auf sie herab.

«Was willst du, Morayn? Ich werde den Schwächling, den du als deinen Geliebten erwählt hast, nie als König akzeptieren.»

Seine grausamen Worte vertrieben jeden Zweifel und jedes Bedauern. Sie lächelte. «Nein, Vater. Dank dir wurde mir klar, dass ich einen Fehler gemacht habe.»

Ein selbstzufriedenes Lächeln breitete sich über sein schroffes Gesicht aus. Er nahm ihre Hände. «Ich bin froh, dass du zur Vernunft gekommen bist, Kind. Der Mann, den du erwählst, beeinflusst deinen Ruf und den unseres Königreichs.»

«Ich weiß, Vater. Und ich danke dir für deinen Rat. Deine Pflicht mir gegenüber ist getan. Hiermit entlasse ich dich in die ewige Ruhe.» Sie riss ihre Hände frei.

«Was ich hiermit als König dieses Landes bestätige», hörte sie Emilio hinter sich sagen.

«Du Schlampe!», schrie ihr Vater, während sein Körper zerfiel und transparent wurde. Sein Gesicht schien zu schmelzen. Er sah schrecklicher aus als der Hexer oder jeder Dämon, den sie je gesehen hatte.

«Du verdammte Verräterin!» Die Energie ihres Vaters prallte gegen ihre Brust und schlug ihr den Atem aus dem Körper.

Bei den Göttern, tat das weh!

Morayn versuchte zu atmen, ertrank aber in einem schwarzen See aus Hass und Verzweiflung. Wie hatte Emilio …? Tausend Könige und Krieger der Vorzeit …! Wenn sie nur Luft holen könnte …

War sie so weit gekommen, nur um durch die verderbte Energie ihres Vaters zu sterben?

«Ruhig, Morayn», erreichte Olins Stimme sie durch die nicht enden wollende Qual.

Ihr alter Freund setzte sie auf etwas Weichem ab. Arme umfingen sie. Sie hätte diese Berührung überall erkannt, selbst in der dunkelsten Nacht.

«Es tut mir so leid, Fratz», flüsterte er ihr ins Ohr.

«Halt mich einfach fest, ja?» Als sie ihn dichter an sich zog, zuckte er schmerzerfüllt zusammen.

«Das werde ich», versprach er.

«Das könnte etwas schwierig werden», unterbrach Egil ihre Zweisamkeit. «Ich muss Emilios Rücken behandeln, Morayn. Erinnern wir uns an deine Reaktion beim Öffnen von Geschwüren … Es wäre nicht hilfreich, wenn du ihn vollkotzen würdest.»

Emilios Brust vibrierte mit stillem Lachen. «Heiler, willst du mir sagen, dass dieser tapferen Kriegerkönigin beim Anblick von Eiter übel wird?»

«Oh ja. Auch eingewachsene Nägel oder Haare können ein Problem sein.»

Er küsste ihre Schläfe und streichelte ihren Rücken. «Immer noch menschlich, trotz all des Mutes und der Tapferkeit.»

Egil schnaubte. «Zum Glück. So können wir anderen uns ein wenig männliche Selbstachtung bewahren.»

Die Neckereien taten gut und ließen Morayn staunen. War sie so tapfer und mutig? Momentan fühlte sie sich wie die größte Verräterin aller Zeiten. Welche Strafe stand auf Vatermord?

«Denk nicht einmal daran, Morayn», hörte sie ihn sagen, als hätte er ihre Gedanken gelesen. «Nach allem, was ich gesehen habe, ist der Verstand deines Vaters vor langer Zeit gestorben. Und der Hexer tötete seinen Körper. Du hingegen hast seine unsterbliche Seele und unser aller Leben gerettet.»

Jemand räusperte sich. Olin. Er hatte das tausendmal während ihrer Ausbildung getan, meist wenn sie ihn überrascht hatte. «Es scheint auch, dass du dir bei den verbliebenen Fjellkriegern Respekt verschafft hast. Sie sind deinem Vater gefolgt, als er zu dir kam. Im Moment starren sie dich an, als hättest du zwei Köpfe. Ich werde jetzt gehen und versuchen, Burg Icefjell die Neuigkeiten zu übermitteln. Hoffen wir einfach, dass kein Idiot im Signalturm sitzt. Wenn ich mich dreimal wiederholen muss wie beim letzten Mal, beiße ich in einen Stein.»

«Oder du könntest dich fragen, ob das Problem auf deiner Seite liegt, statt auf ihrer!», sagte Iver, seine tiefe Stimme voller Schabernack. «Ich komme besser mit und stelle sicher, dass du alles richtig machst, Kommandant.»

Morayn öffnete ihre Augen, um die beiden Wachen über Emilios unversehrte Schulter anzustarren. Neckereien waren gut, aber diese grenzte ans Lächerliche. «Wie könnt ihr alle so entspannt sein? Wir haben einen Krieg zu führen.»

Olin grinste sie an. «Der ganze Hexereikram war böse und furchterregend. Jetzt sind wir zurück bei normaler Kriegsführung, und auf die verstehen wir uns. Hab Vertrauen, Morayn. Alles wird gut.»

25

Ein weiterer prächtiger Sonnenaufgang tauchte den Sitz der Macht in helles Licht. Emilio war seit dem Morgengrauen auf den Beinen und hatte den Gipfel mehrmals umrundet, um seine Kenntnisse über das Königreich des Nordens zu verbessern. Der Wolfskönig folgte ihm auf Schritt und Tritt und wartete geduldig, wann immer Emilio sich Zeit zum Beobachten nahm.

Er war überrascht, wie riesig das Königreich war und dass der Sitz der Macht genau in der Mitte lag wie die Nabe eines Rades. Im Norden erstreckte sich eine majestätische Bergkette, deren Gipfel höher waren als alle, die er je gesehen hatte.

«Dein Reich», sagte er zum Wolfskönig. «Vermisst du es nicht?»

Das Tier sah ihn an, dann entspannt zurück zu den Bergen, so als ob es an Emilios Seite gehörte.

Im Westen erstreckten sich die bewaldeten Hügel, die Burg Icefjell umgaben. Der Tag war so klar, dass er die Fahnen auf den Türmen erkennen konnte.

Der Süden wirkte flach, seine Landschaft ein Flickenteppich aus verschiedenen Elementen. Weite Wälder erstreckten sich vom Fuß des Sitzes der Macht und den Toren von Burg Icefjell, so weit er sehen konnte. Zum Horizont hin glitzerten viele kleine und große Seen im Sonnenlicht.

Im Südwesten bemerkte er einen ausgedehnten Fleck helleren Grüns.

Aus der Masse der Bäume stach er fast wie eine Wunde heraus, vielleicht eine Lichtung.

Emilio betrachtete den Osten mit seinen Feldern, Plantagen und Gehöften, als er Schritte hörte. Morayn stellte sich neben ihn und nahm seine Hand.

«Gefällt dir, was du siehst?»

«Euer Reich ist wunderschön. Als du und deine Familie mir davon erzähltet, hörte ich eure Worte, konnte es mir aber nicht vorstellen. Jetzt verstehe ich.»

«Es ist auch dein Reich», erinnerte sie ihn leise. «Vielleicht mehr als das meine, seit der Brunnen der Unterwerfung dich zum König erwählt hat.»

Emilio wandte sich ihr zu. Er wusste, was sie ihm sagen wollte, wagte aber nicht zu hoffen. «Nur solange ich hier bin.»

Sie lächelte etwas müde. «Ich weiß, dass wir einen Krieg zu führen haben. Und dass die Wächter der Treppen über dich urteilen werden. Aber wir sind weit gekommen zusammen, findest du nicht?»

Er hob ihre Hand an die Lippen. «Das stimmt.»

Wenn er ihr nur den Schmerz erleichtern könnte. In der vergangenen Nacht hatte sie in seinen Armen gelegen und so getan, als würde sie schlafen, ihr Gesicht gegen seine Brust gedrückt.

Als er völlig erschöpft eingeschlafen war, sickerten ihre Tränen in sein Hemd. Als er im Morgengrauen vom Singen der Vögel erwachte, hatte sie noch immer im Schlaf geweint. Es schmerzte ihn, sie so verletzt zu sehen.

«Werden uns die Wölfe weiterhin helfen?» Morayn lächelte den Wolfskönig an. Er bellte bestätigend, senkte den Kopf und leckte ihr Gesicht.

Emilio schmunzelte, während Morayn sich den Wolfssabber mit dem Ärmel abwischte.

Er fand großen Spaß daran, von einer hundeartigen Kreatur begleitet zu werden, die so groß wie Reina war. Oft musste er den Wolfskönig zweimal anschauen, weil er sich wunderte, warum sein Pferd plötzlich wie ein Hund auf dem Hintern saß, sich am Ohr kratzte und zufrieden grunzte. Und von dieser gigantischen Zunge abgeleckt zu werden, erinnerte ihn an seine frühe Jugend, als seine Mutter ihm das Gesicht mit einem getränkten Waschlappen gewaschen hatte. Damals hatte er es gehasst, aber jetzt erfüllte die Erinnerung sein Herz mit Nostalgie.

«Ich verstehe das als ein Ja», sagte Morayn. «Bist du bereit, mit mir zu frühstücken, Strolch? Und später reiten wir auf dem Rücken der Wölfe zurück nach Burg Icefjell und erschaffen unsere eigene Legende.»

«Das ist ein ausgezeichneter Plan.»

SIE RITTEN GEMÄCHLICH den Berg hinunter. Burg Icefjell hatte bestätigt, dass der Fjellgard Kundschafter in alle Richtungen entsandt hatte und dass in allen Landesteilen Vorbereitungen für den Krieg eingeleitet wurden.

Emilio war angenehm überrascht vom Kommunikationssystem des Königreichs. Es bestand aus einem magischen Kristall, der ein starkes, wahlweise farbiges Licht erzeugte, und einer raffinierten Anordnung von Spiegeln. Diese Technik erlaubte es den Wachen, Tag und Nacht Nachrichten zu senden.

«Bringst du mir bei, wie man signalisiert, wenn der Konflikt vorbei ist?», fragte er Olin, der wieder an seiner Seite ritt. Der riesige Hengst des Kommandanten reagierte mürrisch auf die Nähe des Bergwolfes, schien aber ansonsten unbeeindruckt.

«Natürlich. Ist dir klar, dass du gerade deine Absicht offenbart hast zu bleiben?» Ein breites Grinsen erschien auf Olins Gesicht.

Emilio rollte die Augen. «Früher schien es nicht möglich, aber jetzt … vielleicht werde ich die Chance erhalten.»

«Wie geht es der Schulter und dem Oberarm?»

Er bewegte sie vorsichtig. Wegen der Hitze trug er nur ein seidenes Hemd unter seinem gepanzerten Mantel. Beide scheuerten an den Schnitten, die Egil gemacht hatte, um die Beulen zu entleeren. Es war eine schmerz- und ekelhafte Prozedur gewesen.

«Besser, denke ich. Die Schwellungen gehen zurück. Ich kann kaum glauben, dass ich nach all der Zeit von dem Fluch geheilt bin.»

«Egil ist ein brillanter Heiler, wenn auch etwas unvorsichtig, wenn es um Sprengstoffe geht.»

«Darüber muss ich mit ihm reden.»

Olin schnaubte. «Du willst den Experimenten ein Ende setzen? Vergiss es!»

«Ich will ihn nicht davon abbringen. Ich will sein Wissen nutzen. Wir haben einen Krieg zu führen.»

Die Brauen des Kommandanten hoben sich. «Jetzt hast du mein Interesse geweckt.»

Auf halbem Weg den Berg hinunter passierten sie eine Signalstation.

Sie kam zum Einsatz, wenn diejenige auf dem Gipfel im Hochnebel verschwand.

Im Schatten des Gebäudes ruhten Halstein und seine Wachen. Sie erblassten, als sie Emilio und sein Reittier sahen.

Olin zügelte sein Pferd und sprach sie an. «Wir erwarten eine Schlacht. Habt ihr davon gehört?»

«Ja, Olin. Die Kundschafter erreichten uns gestern am frühen Nachmittag. Wir sollen beide Signalstationen auf dem Sitz der Macht besetzen. Burg Icefjell wird Verstärkung schicken, die schon bald eintreffen soll.»

«Gut. Ich zähle auf euch.»

Emilio wartete, bis sie außer Hörweite waren. «Sie können signalisieren?»

«Unglaublich, nicht wahr? Mein Schwert allein ist intelligenter als alle zusammen, aber gib ihnen strikte Regeln und es klappt. Trotz meines Zynismus bin ich sehr froh, dass sie hier sind. Ich fürchte, dass der Sitz der Macht für den Hexer weiterhin von Interesse sein könnte, und sie sind mutige und fähige Wachen.»

Als sie den Fuß des Berges erreichten und auf die zeremonielle Straße ritten, blickte Emilio hinter sich. Ihre Gruppe hatte sich automatisch in der gewohnten Weise arrangiert, mit Fiske und Morayn an der Spitze und Egil, Halvard und Iver hinten, aber diesmal waren sie nicht allein.

Ihnen folgten die Fjellkrieger, alle in ihrer Tiergestalt. Ihr Anblick war überwältigend und glich einer pelzigweißen Lawine, die sich über die unteren Hänge des Sitzes der Macht ergoss.

«Sie sind etwa fünfhundert», erklärte Olin leise. «Sie wollten nicht gezählt werden.»

Emilio seufzte. «Sie vertrauen mir nicht. Ich frage mich, ob sie sich im Kampf als Vorteil oder Belastung erweisen werden.»

«Das ist eine gute Frage, aber wir haben noch etwas Zeit. In solchen Situationen kann ein einziger Moment alles verändern. Lass uns traben. Wenn du denkst, dass sie nicht folgen können, wirst du erstaunt sein.»

Sie erhöhten ihr Tempo. Als Emilio das nächste Mal zurückblickte, galoppierten die Fjellkrieger wie riesige Affen auf allen vieren hinter ihnen her. Der Anblick grauste ihm.

Als sie etwa die Hälfte der Strecke nach Burg Icefjell zurückgelegt hatten, standen plötzlich Menschen entlang der pfeilgeraden Straße. Emilio wechselte die Position mit Fiske, der zurückfiel, um neben Olin zu reiten.

Er tauschte einen besorgten Blick mit Morayn.

Sie lächelte grimmig. «Lass uns eine Vorstellung geben, die mein Volk nie vergessen wird.»

Für Emilio war es das erste Mal im Leben, dass er sich präsentieren und Eindruck schinden musste, und er fühlte sich entsprechend unbehaglich. Trotzdem straffte er die Schultern und ritt mit stolzgeschwellter Brust. Der Wolfskönig reagierte auf die Veränderung in seiner Haltung, indem er zu stolzieren begann. Die Wolfskönigin mit Morayn tat es ihm gleich.

«Sehe ich angemessen gefährlich aus, Fratz?», fragte Emilio.

Sie kicherte. «Nein? Ja? Vielleicht? Oh, ich weiß nicht, Strolch. Du siehst gut aus.»

Er warf theatralisch den Kopf zurück. «Das ist alles, was zählt.»

Als sie die Burg erreichten, ging die Sonne unter. Lagerfeuer erhellten die Abenddämmerung, und die Menschen säumten die Straße mehrere Körper tief. Emilio fragte sich, woher sie alle gekommen waren und vermutete, dass es Hütten und kleine Gehöfte in den Wäldern gab, wo diese Männer und Frauen all die schrecklichen Monate seit Eiriks Tod ausgeharrt hatten.

Die königliche Familie wartete vor den Toren der Burg auf sie.

Emilio rutschte vom Rücken des Wolfskönigs, ging um die Königin herum und bot Morayn die Hand dar. Sie legte ihre hinein und landete anmutig an seiner Seite.

Er brachte sie zu ihrer Familie. «Prinzregent und königliche Töchter, Fjellgard, Freya, ich präsentiere euch eure Königin», sagte er laut genug, damit alle Zuschauer ihn hören konnten.

Hroar hüllte sie beide in eine Bärenumarmung. «Kommt her, ihr zwei. Ich habe mir solche Sorgen gemacht.»

ALS MORAYN die Bäder der Burg betrat, war es schon spät. Festlichkeiten hatten keine stattgefunden. Alle Aufmerksamkeit galt dem bevorstehenden Krieg.

Sie fand Emilio in einer großen Holzwanne. Vorsichtig badete er die linke Schulter und den Oberarm.

Nach einem Blick in ihr Gesicht sagte er: «Du hast deine Mutter und Großmutter gesehen.»

Morayns Herz schlug schneller. «Woher weißt du das?»

Er grinste auf die jungenhafte und schelmische Art, die sie so liebte. «Weil du vor Glück strahlst.»

Sie erwiderte sein Lächeln. «Ich habe gebetet, seit du mir sagtest, dass ich Geister nun für immer sehen könne, aber nicht zu hoffen gewagt. Jetzt bin ich glücklicher als seit Langem und erschöpft. Ist das Wasser für mich unbedenklich? Seit unserer Rückkehr sterbe ich für ein Bad.»

Er schnaubte. «Als Egil verschiedene Substanzen hinzugab, betonte er, dass sie wirklich jedem guttun würden. Er zwinkerte mir sogar ein- oder zweimal zu. Es war erbärmlich.»

«Willkommen in meiner Welt der neugierigen Freunde und Verwandten.» Mit einem Seufzer öffnete Morayn die Schnallen ihrer Rüstung. «Ich weiß nicht, ob es schlimmer ist, dieses Zeug im Sommer oder Winter zu tragen. Man friert oder erstickt.»

Sein Blick ging zum Fenster. «Ich erwische mich wieder und wieder beim Wunsch nach draußen zu gehen. Aber es ist zu gefährlich, solange Dämonen dieses Land durchstreifen.»

Morayn schlüpfte unter seinem bewundernden Blick in die Wanne. «Wenn das hier vorbei ist, zeige ich dir alle meine geheimen Plätze in dieser Burg. Es gibt sogar eine versteckte Terrasse, um laue Sommernächte zu genießen.»

Er nickte, während die Maske über sein Gesicht glitt. Er wollte nicht über eine Zukunft sprechen, die vielleicht nie wahr wurde.

«Wie lief dein Treffen mit Egil?»

«Wir begannen mit der Produktion der Brandbomben. Er ist ein ausgezeichneter Heiler, aber seine Faszination für Sprengstoffe ist erschreckend. Da er nun weiß, was vorher schiefgelaufen ist, wird er nicht mehr aufhören zu experimentieren. Keine Sorge», fügte er als Antwort auf ihren besorgten Blick hinzu. «Ich habe ihn schwören lassen, dass er sich an meine Rezepte halten wird, bis der Krieg vorbei ist.»

Morayn stöhnte. «Wir haben ein Monster erschaffen.»

«Oder ihm ein neues Ziel gegeben. Wie war dein Treffen mit Hroar und Fjellgard?»

Er würde sie beim geringsten Anlass zur Beunruhigung warnen. Trotzdem prüfte sie den Raum sorgfältig. «Die Vorbereitungen für den Krieg laufen auf Hochtouren. Wir sollten übermorgen fertig sein. Für jenen Abend hat Hroar eine Feier angekündigt.»

«Und erwartet, dass der Hexer dann in dein Königreich einmarschiert.»

«*Unser* Königreich. Genau. Ich hoffe nur, dass wir bei der Einschätzung des Feindes keinen Fehler gemacht haben. Da er uns den Krieg erklärt hat, muss er sich an überlieferte Regeln halten. Andernfalls werden unser Königreich und unsere Nachbarn ihn zurückweisen, selbst wenn er gewinnt.»

Er lehnte den unversehrten Teil seines Rückens vorsichtig an die Seite der Wanne, tastete nach ihrem Fuß unter Wasser und begann ihn zu massieren. «Was sind das für Regeln?»

«Du erwartest doch nicht, dass ich einen geraden Satz herausbekomme, während du das tust?», fragte Morayn und seufzte genießerisch.

«Betrachte es als Training — wie man sich unter Druck auf die Mission konzentriert.»

«Du verrückter Mann!» Sie lächelte und dachte nach, obwohl es schwierig war. Seine Finger kneteten ihre Knöchel und Fußsohlen an genau den richtigen Stellen. «Unser Feind darf sich nicht ins Land schleichen und heimlich angreifen. Er kann auf die Ebenen des Leids — unser traditionelles Schlachtfeld — einmarschieren. Du hast es vielleicht vom Sitz der Macht aus gesehen. Es liegt etwa einen halben Tagesritt südlich von Burg Icefjell und besteht aus einer weitläufigen Wiese inmitten der Wälder. Dort muss der Feind anhalten, sein Lager aufschlagen und seine offizielle Kriegserklärung abgeben. Wir müssen sie akzeptieren oder unsere Niederlage erklären. Wenn wir die Herausforderung annehmen, legen wir die Zeit für den Kampf fest und stellen uns ihm dann. Sollte er vor diesem Moment einen einzigen Tropfen Blut vergießen, hat er seinen Anspruch auf unser Königreich verwirkt und darf nie zurückkehren.»

«Wer wacht über die Einhaltung dieser Regeln?»

«Der Baum in unserer Kirche. Gewinnt ein Usurpator unrechtmäßig, stirbt der Baum und das ganze Königreich mit ihm.»

Er seufzte. «Vielleicht ist das dem Hexer egal. Zu meiner Zeit wurden Kriege aus reiner Zerstörungswut geführt. Die Eroberung neuer Herrschaftsgebiete spielte dabei keine Rolle.»

«Das mag sein, aber das hier ist meine Zeit, und ich muss glauben, dass selbst ein böser Hexer sich an die Grundregeln der Ehre halten wird.»

Sie war besorgt, als er nur stumm nickte.

«Hör mal!» Sie befreite ihren Fuß aus seinem Griff und rutschte zu ihm, so dass sie sich an seine gesunde rechte Seite schmiegte. «Ich weiß, du hast für mich eine Menge durchgemacht. Ich kann verstehen, dass du dich erschöpft und niedergeschlagen fühlst, aber bitte bleib nicht an diesem dunklen Ort. Es gibt Grund zur Hoffnung.» Sie legte ihm eine

Handfläche auf die Wange und brachte ihn sanft dazu, sie anzusehen. Als er gehorchte, war der Ausdruck seiner Augen verschleiert.

«Indem wir einen mächtigen Hexer auf dem Schlachtfeld treffen? Ich weiß nicht.»

«Aber ich weiß es.» Sie küsste ihn sanft. «Deine Erfahrung und Fähigkeiten machen dich zu einer tödlichen Waffe, aber ich habe durch die Geschichte meines Königreichs Einblicke in die Strategien der Kriegsführung. Der Hexer wollte unsere Krone heimlich stehlen. Erst als wir ihm keine andere Wahl ließen, erklärte er seine Absicht. Das bedeutet normalerweise, dass er nicht so übermächtig ist, wie er uns glauben machen will.»

«Oder er versuchte zuerst den einfachsten Weg. Warum eine Armee an ein Königreich vergeuden?»

«Warum wochenlang gegen die Geister der Fjellkrieger auf dem Sitz der Macht kämpfen? Hroar konnte heute mit ihnen sprechen, bevor sie erneut verschwanden. Der Kontakt brachte vergessene Erinnerungen zurück, und er erfuhr interessante Fakten.» Morayn küsste ihn, diesmal länger und härter. Emilios Atmung veränderte sich. Als sie sich zurückzog und ihre Blicke sich ineinander verfingen, glühten seine Augen orangebraun vor Leidenschaft.

«Sprich weiter!», forderte er sie atemlos auf.

«Die Könige und Krieger der Vorzeit versuchten, das Band zu meinem Vater zu monopolisieren, so wie mit den Herrschern zuvor. Aber in ihrer Arroganz bedachten sie nicht alle Fakten. Weil sie Hroar für unwichtig hielten, verboten sie den Königen und Kriegern der Neuzeit nicht, sich mit ihm anzufreunden. Einige taten es, angezogen von der Ehre und dem Pflichtbewusstsein meines Onkels. Das kommt uns jetzt zugute.» Ihre Hand strich über seine Brust bis zu seinem Nabel.

Er fing sie ein und presste die Lippen auf ihr Handgelenk. «Hör auf, mir meine Worte heimzuzahlen, Fratz. Das ist zu wichtig. Was habt ihr herausgefunden?»

Sie kuschelte sich an ihn. «Nachdem sich die Dunkelheit der Trauer in unserem Königreich verbreitet hatte, versuchte der Hexer immer wieder, sein Schwert in den Brunnen zu tauchen. Nur während Hroar und ich dort waren, versteckte er sich. Die Geister der Fjellkrieger konnten ihn jedes Mal abwehren.»

«Warum hat uns Rangvald nichts davon erzählt, als wir uns in seiner Zuflucht aufhielten?»

«Hroar fragte das auch. Rangvald starb nach meinem Vater. Er wusste nichts von seiner Bestimmung zum Fjellkrieger, bevor der Brunnen der Unterwerfung ihn zum Sitz der Macht rief, um sich mit dir, dem neuen König des Nordens, zu verbinden.»

Emilio dachte über ihre Worte nach. «Können wir auf Hroars Freundschaft mit den jüngeren Fjellkriegern aufbauen?»

Sie lächelte, wie stets beeindruckt von seinem scharfen Verstand. «Ja, Strolch. Sie versprachen, zum Kampf zurückzukehren und sich Seite an Seite mit uns dem Feind zu stellen — obwohl sie nach wie vor nicht bereit sind, sich mit dir zu verbinden. Sie würden alles für unser Königreich tun. Unvoreingenommen betrachtet, erfüllten sogar die arroganten Fjellkrieger der Vorzeit ihre Pflicht gegenüber diesem Königreich. Wenn sie sich doch nur für Hroar und mich sichtbar gemacht und uns erklärt hätten, was los ist.»

«Ja, wenn doch nur. Seltsam, wie alles nach einer gewissen Zeit ins Böse kehrt! Wir werden wahrscheinlich nie die Wahrheit kennen, aber es ist möglich, dass der Schöpfer der Fjellkrieger es gut meinte und schlicht und einfach das Wissen und die Erfahrung seiner Vorfahren bewahren wollte. Aber dann weigerten sich Aigesarri und die anderen Könige und Krieger der Vorzeit in die Ewigkeit zu gehen, als ihre Zeit gekommen war. Ihrer Meinung nach verdarb die königliche Blutlinie und wurde schwächer, was sie verhindern wollten. Als Folge davon trieben sie die lebenden Herrscher dieses Landes in den Wahnsinn.»

«Hoffentlich passiert uns das nicht.» Morayn folgte seinen Schlüsselbeinen mit dem Finger und genoss die Zartheit seiner braunen Haut. Diesen Aspekt ihrer Nähe hatte sie nicht erwartet — dass sie beieinander sitzen und sich in philosophischen Überlegungen verlieren konnten. «Glaubst du, dass meine Blutlinie verdorben ist?»

Er schnaubte. «Es ist immer einfach, Schlechtes in Veränderungen zu sehen, die wir nicht mögen. Beim Anblick von Aigesarri und seinen Zeitgenossen lernte ich, dass es das Zeitalter der Riesen tatsächlich gab. Wie groß war er? Einen ganzen Kopf größer als Hroar?»

«Könnte sein, vielleicht auch mehr.»

«Und Hroar ist ein Kopf oder mehr größer als ich.» Er zuckte mit den Schultern. «Die Menschen scheinen im Laufe der Äonen kleiner zu werden. Ist das normal oder schlecht? Wen kümmert's! Wir haben uns nicht selbst gemacht, und dieses Zeitalter und dieses Leben gehören uns.»

Morayn grinste. «Das gibt mir ein gutes Stichwort. Wie können wir uns im Wasser lieben und gleichzeitig auf deine Schulter aufpassen?» Sie schwang ihr Bein über seine Hüften und setzte sich auf seinen Schoß.

Sogleich schimmerten seine Augen wieder orange. «Wenn ich dich umarme und du dich an den Rändern der Wanne festhältst, sollten wir es schaffen.» Mit einer fließenden Bewegung hob er sie an und zog die Unterschenkel unter sich, so dass er im Wasser kniete.

Morayn keuchte.

«Zweifel, Fratz?»

Sie grinste verwegen. «Ich wünschte, du würdest endlich aufhören, mich das zu fragen.»

26

Mehr als eine Woche verging ohne Zwischenfälle. Am Abend des zweiten Tages feierte Burg Icefjell die Krönung des neuen Königs des Nordens. Noch nie in seinem Leben hatte sich Emilio so fehl am Platz gefühlt. Der Wechsel vom Prinzen zum Mörder war viel einfacher gewesen, als seine Existenz als Sklave hinter sich zu lassen und König zu werden.

Er bestand darauf, dass Morayn mit ihm gekrönt wurde.

Während der schlichten Festlichkeiten erkannte er, dass sowohl die Wachen wie auch die Männer und Frauen von Burg Icefjell seine Anwesenheit gelassen akzeptierten. Sie beobachteten genau, wie er mit Morayn umging, und entspannten sich mit jedem Lächeln und jeder zärtlichen Geste von ihr etwas mehr.

Die Invasionsarmee blieb aus.

Emilios Arm und Schulter heilten. Er ritt Reina täglich in der Halle und begann wieder zu trainieren. Morayn wollte dabei seine Partnerin sein, aber er schlug ihren Wunsch mit der Bitte um Geduld ab.

Stattdessen bat er Olin und seine Freunde unter den Wachen ihm jeden Messer-, Schwert- und Axtkampftrick beizubringen, den sie kannten, und hörte nicht auf zu trainieren, bis er alle im Schlaf parieren konnte.

«Was machst du, Wolf?», fragte Fiske eines Nachmittags, als sie alle keuchend im Sägemehl lagen und der Schweiß in Strömen ihre Körper hinablief.

«Ich bin immer noch ein Fremder in dieser Zeit und an diesem Ort und muss verstehen, wie ihr kämpft. Ich traue dem Hexer nicht. Er wird mit dem Verrat nicht aufhören, nur weil er uns den Krieg erklärt hat.»

«Dann musst du auch mit mir trainieren, Wolf!», bestimmte eine tiefe Stimme. «Ich bin es leid zu hören, wie gut du bist. Zeig diesem alten Krieger deine Fähigkeiten.»

Emilio fühlte sich kaputt. Selbst für jemanden mit seiner Ausbildung und Beweglichkeit war es anstrengend, gegen eine Gruppe von Giganten mit schier unbegrenzter Kraft zu bestehen. Aber Hroar sah aus, als könnte er einen guten Kampf gebrauchen. Der Geduldsfaden des Prinzen war dünn geworden.

Zehn Tage waren seit ihrer Rückkehr vergangen, und der Hexer hatte sich noch nicht gezeigt.

«Ich fühle mich geehrt», sagte Emilio und kämpfte sich auf die Beine.

Sie umkreisten sich wachsam. Emilio beobachtete jede Bewegung von Hroar. Durch den Lauf der Zeit lag das beste Mannesalter hinter dem Prinzen, aber er besaß lebenslange Erfahrung als Krieger.

Es dauerte nicht lange, bis er seine Zustimmung bereute. Hroar war ein ausgezeichneter Kämpfer, immer noch flink auf den Füßen und trotz seiner Größe blitzschnell. Emilio entkam seinen Angriffen oft erst im letzten Moment. Die unglaubliche Reichweite des Mannes half auch nicht. Seine Arme schienen doppelt so lang wie Emilios.

«Bitte sag mir, dass er der Beste ist und es nicht noch schlimmer kommt», sagte er keuchend zu Olin, als der Kommandant ihm nach einem ungeplanten Hechtsprung auf die Beine half.

«Er war und ist der Beste. Du hältst dich gut.»

Emilio schnaubte. «So fühlt es sich aber nicht an.»

Er wandte sich wieder Hroar zu, der gelassen auf ihn wartete.

Sie setzten ihr Training fort. Die Augenblicke dehnten sich zu einer Ewigkeit, während Emilios Glieder immer schwerer wurden. Er erkannte genau den Moment, als Hroar mit ihm zu spielen begann. Kurz darauf flog ihm die Waffe durch einen Tritt aus der Hand, ein langer Arm wickelte sich um seine Schultern, und die Spitze von Hroars kurzem Schwert drückte gegen seine Kehle.

«Und jetzt wärst du tot!», sagte Hroar mit grimmiger Genugtuung.

«Du aber auch», antwortete Emilio. Er griff in Hroars Nacken, entfernte das stumpfe Trainingsmesser aus der Rüstung des Prinzen und bot es ihm dar.

Hroar nahm es mit einem angewiderten Blick. «Das hättest du mir bei einem normalen Kampf in den Nacken gestoßen?»

Emilio beugte sich vor, stützte die Hände auf die Knie und versuchte wieder zu Atem zu kommen. «Ja.»

«Hätte es dich gerettet?»

«Wahrscheinlich nicht, aber ich werde immer bis zu meinem letzten Atemzug kämpfen.»

Hroar grinste und schlug Emilio hart auf den Rücken. «Das ist die richtige Einstellung, Junge!»

DAS ABENDESSEN NAHM er wie üblich mit der königlichen Familie ein. Nach zehn Tagen des Wartens hatte es sich zu einer angespannten Angelegenheit entwickelt. Alle waren nervös. Die drei Schwestern stritten sich ständig, während Hroar versuchte, zwischen ihnen zu vermitteln. Fjellgard sprach kein einziges Wort mehr, und Freya sprang während jeder Mahlzeit mehrmals auf, um etwas zu überprüfen, das sie möglicherweise vergessen hatte.

Emilio liebte die Gegenwart seiner neuen Familie, aber in solchen Momenten wünschte er sie weit, weit weg, um in Frieden essen können.

Ein Teil der Spannung entstand durch den Umstand, dass sie aus Sicherheitsgründen die Fenster geschlossen hielten, was selbst er mit all seiner antrainierten Geduld unmöglich fand.

Der Frühsommer hatte Morayns Königreich in ein Wunderland für junge Liebende verwandelt, das er unbedingt gemeinsam mit ihr erforschen wollte. Es war eine Qual, den jubilierenden Vögeln zuzuhören und den berauschenden Duft der Jahreszeit zu atmen — dies aus einem steinernen Käfig. Er beneidete jeden Einzelnen der graublauen Schmetterlinge, die im strahlenden Sonnenschein um die blühenden Kletterpflanzen auf den Burgmauern flatterten.

Aber sie mussten vorsichtig bleiben. Die letzten Augenblicke eines Krieges, einer Schlacht oder einer Reise waren immer die gefährlichsten. Die Leute wurden leichtsinnig und überheblich, weil sie sich schon siegreich am Ziel wähnten, nur um im letzten Moment alles zu verlieren. Ganze Kriege und unzählige Leben waren auf diese Weise verloren gegangen.

Als er seine Befürchtungen vorbrachte, hatte Hroar ihm sofort zugestimmt, gefolgt von Morayn. Freya, Fjellgard und die königlichen
Schwestern brauchten etwas länger, bis sie sich überzeugen ließen, aber
schließlich stimmten alle zu. Diese in tiefer Liebe verbundene Familie
hatte viel zu verlieren und wusste es, aber das machte ihnen das Warten
nicht einfacher.

Meryem nahm es am schwersten. Sie wollte die Welt um sich herum
erkunden, um mehr über sich selbst zu erfahren und ihre besonderen
Fähigkeiten zu verfeinern. Jung, wie sie war, kam ihr jeder mit Warten
verbrachte Tag wie eine Ewigkeit vor.

«Mein Herz blutet, obwohl ich weiß, dass das Aushalten dieser Spannung sie in ihrer Entwicklung weiterbringt. Das ist der Schmerz eines
Vaters», sagte Hroar zu Emilio in einem ruhigen Moment. Plötzlich
grinste er verwegen. «Aber du wirst das früh genug selbst herausfinden,
so wie du Morayn jede Nacht beglückst.»

Emilio funkelte den älteren Mann an, wohl wissend, dass Hroar ihm
mit diesem Geplänkel seinen Segen gab. Er war dankbar dafür, hielt den
Zeitpunkt aber für verfrüht. Die Wege des Schicksals waren unberechenbar und voller unerwünschter Konsequenzen.

Nach dem Essen wurde seine Geduld weiter geprüft. In seinem
Gemach musste Emilio sich mit Morayns Schmollen auseinandersetzen.

«Du kämpfst mit meinem Onkel, Strolch, aber nicht mit mir!»,
beschwerte sie sich, warf sich aufs Bett und schmiss ein Kissen nach ihm.

Ihr Haar knisterte mit orangefarbenen Reflexen.

Er kannte die Zeichen inzwischen gut. Sie forderte ihn heraus, sie im
Bett für sich zu gewinnen. Immer noch müde von den Prügeln, die Hroar
ihm in der Trainingshalle verpasst hatte, gehörte ein weiterer Kampf
nicht zu seinen Prioritäten.

Etwas anderes hingegen schon.

Emilio setzte sich auf das Bett, nahm Morayns Hand und verschränkte
seine Finger mit ihren. «Morayn, ich weiß, es gefällt dir nicht, dass ich
nicht mit dir kämpfe, und vielleicht würde ein anderer Mann es tun. Aber
ich hatte nie jemanden, zu dem ich nach Hause kommen kann, der mich
mit offenen Armen empfängt und mich festhält, egal was passiert ist. Es
bedeutet mir alles.» Er sah ihr in die Augen, die mit jedem seiner Worte
größer geworden waren. «Ich liebe dich und verspreche, der Mann zu
werden, den du brauchst. Alles, worum ich bitte, ist etwas mehr Zeit, um
das zu genießen, was ich nie hatte.»

Sie setzte sich langsam auf. Eine einzige Träne tropfte von ihren langen Wimpern. «Wir müssen nicht kämpfen», sagte sie mit einem leichten Zittern in der Stimme. «Ich dachte nur ... ich war mir nicht sicher, wie du mich am liebsten magst, und hielt die wilde Königin für die beste Wahl.»

Emilio lächelte wehmütig. Er vergaß manchmal, wie jung sie war. «Ich liebe alle Aspekte von dir, Morayn, das neugierige Mädchen, die tapfere Kriegerin, die temperamentvolle Königin. Bist du in meiner Nähe, ist meine Welt in Ordnung. Und ich muss mich bei dir nicht verstellen. Du fürchtest dich nicht vor dem, was ich bin oder war. Du bist so stark wie ich, vielleicht sogar stärker. Ich glaube nicht, dass es perfekter werden kann.»

«Nein, das kann es nicht», bestätigte sie. Schüchtern berührte sie seine Brust. «Ich liebe es, wenn du so zärtlich zu mir bist, dass ich vor Glück zu weinen anfange — und vor Lust schreie.» Röte breitete sich auf ihrem Gesicht aus, während sich die Reflexe in ihrem Haar zu Purpur verdunkelten. «In diesen Momenten fühle ich mich, als wären wir ein Wesen, das zusammen atmet. Wenn ich schon nur darüber nachdenke, wird mir ganz warm.»

Er rückte näher, um sie an sich zu ziehen. «Du liebst das Liebesspiel, Morayn. Den kämpferischen Aspekt von Sex kannst du mit fast jedem Partner genießen. Zärtlichkeit, wie du sie beschreibst, entsteht nur mit wahrer und tiefer Zuneigung.»

Ihre Arme schlichen sich um seine Taille. Ihre Stirn schmiegte sich an seine Schläfe. «Ich liebe dich, Emilio», wisperte sie. «Ich wusste es schon, bevor ich die Worte zum ersten Mal in der Höhle sagte, aber ich wollte meine Gefühle verbergen. Dann passierten all diese verrückten Dinge, und die Liebeserklärung schlich sich aus meinem Herzen, ohne mein Gehirn zu informieren. Ich war überrascht und verängstigt, aber sie fühlte sich zutiefst richtig an. Nun bin ich nicht mehr überrascht, nur besorgt, was die Zukunft bringen wird.»

Emilio streichelte ihren Rücken und genoss das Spiel ihrer Muskeln. «Wir alle haben bei den Vorbereitungen unser Bestes gegeben. Jetzt liegt es am Schicksal. Lass mich dich aufmuntern, Liebste. Lasst uns die zärtlichen Aspekte der Liebe weiter erforschen.»

Als er sie küsste, fühlte er, wie sich ihre Lippen zu einem Grinsen verzogen. «Gib's zu, Strolch, du willst mich vor Lust schreien lassen und dich später über die Blicke der Wachen amüsieren.»

Trotz des drohenden Unheils immer noch so tapfer.

«Das stimmt, Fratz. Macht es dir was aus?» Er knabberte an ihrer Unterlippe.

«Nein, geben wir ihnen etwas, worüber sie tratschen können.»

HROAR STÜRMTE FRÜH AM MORGEN, ohne zu klopfen, in ihr Gemach. Emilio, der nach dem letzten Liebesspiel auf Morayn eingeschlafen war, sprang direkt aus dem Tiefschlaf in Kampfposition.

Hroar stoppte und starrte.

«Was?!» Verärgert senkte Emilio seine Messer. Hinter ihm auf dem Bett bewegte sich Morayn. Als er sie anschaute, hatte sie den Kopf gehoben, den Blick auf ihren Onkel gerichtet.

Der Prinz schluckte hörbar. «Ich habe noch nie jemanden so schnell reagieren sehen. Und ihr müsst euch bereit machen. Unsere Feinde sind einmarschiert und haben uns ihre Kriegserklärung gesandt. Ich habe die Herausforderung in eurem Namen angenommen. Die Schlacht findet morgen im Morgengrauen auf den Ebenen des Leids statt.»

Emilio atmete tief ein und versuchte zu akzeptieren, dass sich seine gestohlene Zeit des Glücks dem Ende zuneigte.

Da sie gut vorbereitet waren, konnten sie es gemächlich nehmen.

Das letzte gemeinsame Frühstück ihrer Familie endete in Umarmungen und Tränen. Gemäß ihrem Masterplan blieben Maira, Meryem, Freya und Fjellgard in der Burg und bildeten mit der Hälfte der Wachen die letzte Verteidigungslinie, falls ihre Strategie auf dem Schlachtfeld nicht funktionierte. Der Wolfskönig und sein Rudel blieben ebenfalls bei ihnen und bewachten die Umgebung der Burg.

Kritische Blicke bohrten sich in Emilios Rücken, während er Reina im Hof sattelte. Wer auch immer die Stute in diese Zeit gebracht hatte, hatte an ihr Zaumzeug und ihren Sattel gedacht — was unerlässlich war. Sich auf dem Schlachtfeld an neue Ausrüstung anzupassen hätte sie beide stark beeinträchtigt.

«Junge, bist du sicher, dass du auf ihr in die Schlacht reiten willst?», fragte Hroar ihn ein letztes Mal. Der Prinz trug bereits volle Rüstung, ein beeindruckender und furchterregender Anblick.

Seit Emilios Rückkehr vom Sitz der Macht stritten sie deswegen.

«Und wenn du mich noch tausend Mal fragst, wird meine Antwort immer *ja* lauten. Es ist Sommer, der Boden ist trocken, und ich vertraue ihr mit meinem Leben!»

Hroar nickte. «Das mag sein, aber damit vertraust du ihr unser aller Leben und das deines Volkes an. Du bist kein einsamer Wolf und Mörder mehr. Jetzt bist du ein König und somit verantwortlich für ein ganzes Volk — dein Volk.»

Ein eisernes Band schloss sich um Emilios Brust. Deswegen war er in den dunkelsten Stunden der Nacht wach gelegen, während Morayn friedlich an seiner Seite schlief. Es war keine Frage des Vertrauens, sondern der Wahrscheinlichkeit. Jedes Pferd im Kampf war doppelt so groß wie seine Stute. Morayns Hengst konnte sie mühelos zertrampeln.

Gleichzeitig hatten sie als Außenseiter schon immer schlauer sein müssen als alle anderen, selbst in ihrer eigenen Zeit.

«Ich kann nur auf das hören, was ich tief in meinem Herzen fühle, Hroar. Und da drin gibt es nur eine Antwort. Reina und ich sind gemeinsam hier angekommen, und wir werden das gemeinsam beenden.»

Es war offensichtlich, dass der Prinz seine Entscheidung nicht mochte, aber er nickte. «Dann sei es so.» Sein Ausdruck wurde weicher. «Und obwohl ich es nicht zugeben will, verstehe ich dich. Sie ist ein wunderschönes Fohlen. Wenn sie die richtige Größe hätte, würde dich jeder Wachmann um sie beneiden.»

Mit einer langsamen Bewegung bot er Reina die Hand an. Die Stute schnüffelte, entschied, dass Hroar ein Freund war, und ließ sich streicheln. Als er seine Liebkosungen beendete, stieß sie sogar mit der Nase gegen seinen gepanzerten Bauch und verlangte mehr.

Allzu früh waren sie bereit zu gehen und verabschiedeten sich von den zurückbleibenden Familienmitgliedern.

Freya und Fjellgard befanden sich bereits im Kampfmodus. Sie hatten ihre Gefühle unter Kontrolle, und ihre Mienen zeigten grimmige Entschlossenheit. Nur Krieger mit wahrer Opferbereitschaft waren fähig zurückzubleiben und nur zu beobachten, bis ihre Fähigkeiten gebraucht wurden. Diese beiden würden ihren Pflichten vollauf gerecht werden.

Freya legte ihre Hände auf Emilios Wangen und küsste seine Stirn. «Geh und befreie uns von diesem bösen Hexer!», verlangte sie.

«Das werde ich», versprach er.

«Viel Glück!», knurrte Fjellgard, als er an die Reihe kam, und umarmte ihn männlich.

Emilio grinste. «Glück ist etwas für Amateure. Ich bevorzuge

Geschick», scherzte er und verdiente sich ein Schulterklopfen, das ihn fast in die Knie zwang.

Maira warf sich in seine Arme und benetzte seine Rüstung mit ihren Tränen. «Lass dich nicht umbringen, kleiner Bruder. Morayn wäre am Boden zerstört.»

Er unterdrückte einen Seufzer und küsste ihre Schläfe. *Kleiner Bruder!* Würden sie ihn jemals für voll nehmen und sich nicht von seinem Aussehen täuschen lassen? «Ich verspreche es, Maira. Wirst du Fjellgard und Freya helfen, Burg Icefjell zu verteidigen?»

Sie richtete sich auf und erwiderte seinen Blick mit neuer Entschlossenheit. «Das werde ich!»

Meryem war an der Reihe. Emilio kniete nieder, um ihre Hände zu nehmen. «Du musst alle auf Trab halten, Kleines», flüsterte er ihr ins Ohr. «Du bist so stark wie Morayn. Treib sie an, wenn es nötig wird.»

Ihre Arme schlichen sich um seinen Hals. «Ich verspreche es — solange du versprichst zurückzukehren.»

Er konnte sie, die Jüngste, nicht anlügen. «Ich werde alles tun, was ich kann. Es ist vielleicht nicht genug. Und dann liegt es an dir und allen anderen auf Burg Icefjell, dieses Königreich zu beschützen.»

Der Kleine schniefte. «Pflicht und Ehre bis zum Tod», sagte sie. Als er sie nicht verstand, stellte sie klar: «Das ist das Motto unseres Wappens. Es ist blöd. Wir müssen ein neues für dich finden, etwas mit 'gerissen' und 'verstohlen'.»

Er schmunzelte und presste sie an sich.

Dann war es Zeit aufzubrechen. Seine Truppe stieg auf und ritt durch die Tore der Burg auf die Straße. Hroar und Morayn führten ihre kleine Armee an. Emilio und Olin folgten direkt dahinter.

Emilio fühlte sich auf Reina völlig fehl am Platz. Alle überragten sie, und sie musste traben, um mit den langen Schritten der anderen Reittiere mitzuhalten.

Die Nordmänner und -frauen am Straßenrand beobachteten sie beim Durchreiten. Unfreundliche Blicke streiften Emilio.

Egal wohin er ging, er würde immer ein Außenseiter bleiben.

Mit dieser Erkenntnis straffte er die Schultern und hielt den Kopf hoch. Er konnte nicht ändern, was er war, und er würde sich verdammt nochmal nicht dafür entschuldigen.

Das traditionelle Schlachtfeld lag südlich der Burg, nur etwa einen halben Tagesritt entfernt.

Auf ihrer Reise schlossen sich ihnen weitere Gruppen von Wachen an, bis ihre kleine Armee etwa dreihundert Köpfe zählte.

Sie erreichten die Ebenen des Leids in der prallen Mittagssonne. Die abrupte Veränderung der Landschaft war spektakulär.

Im einen Moment folgten sie der Straße durch einen dunklen und wilden Wald, der sich bis in alle Ewigkeit zu erstrecken schien. Dann ritten sie um eine Kurve und erklommen einen kleinen Hügel, wo die Bäume plötzlich endeten und sich eine weitläufige Senke vor ihnen ausbreitete. Sanfte Hänge führten zu einer Wiese mit roten Blumen hinab. Eine liebliche Brise spielte mit den Grashalmen und ließ die Blüten tanzen.

Emilio fand den Anblick zugleich schön und traurig.

Während Hroar, Morayn und die Wachen hinab zu den bunten Zelten ritten, die eine Vorhut für ihre Armee aufgebaut hatte, blieb Emilio mit Olin und seiner kleinen Truppe auf dem Hügel.

«War meine Beschreibung korrekt, Wolf?»

«Ja, aber es fühlt sich seltsam an, ein altes Schlachtfeld ohne Geister zu sehen.»

Wie durch seine Beobachtung gerufen, wimmelte es in ihrer Umgebung plötzlich von Fjellkriegern in ihrer tierischen Gestalt. Vielleicht hatten sie zwischen den Bäumen gewartet. Oder sie waren ihnen durch die Wälder gefolgt und hatten ihre geisterhaften Körper vor Emilios Augen verborgen. Es spielte keine Rolle.

Er seufzte erleichtert.

Sie waren gekommen, um ihr Versprechen an Hroar zu ehren.

«Da sind deine Geister, Wolf. Unsere sehen nur ein wenig anders aus als die, die du gewohnt bist.»

Er nickte. «Gibt es hier jemanden, der mir etwas über die Geschichte dieses Schlachtfeldes und seine Gefahren erzählen kann?», wandte er sich an die Fjellkrieger.

Einer von ihnen wuselte zu Reina. Sie beobachtete seine Annäherung aufmerksam. Emilio fiel es schwer, seine Abneigung zu zügeln. Obwohl er sie schon mehrmals in ihrer nichtmenschlichen Gestalt gesehen hatte, fand er sie nach wie vor gruseliger als alles, was er kannte. Sogar die Dämonen schienen weniger schlimm zu sein.

Und sie waren riesig, wie er erneut feststellen musste. Als der Fjellkrieger sich aufrichtete, war er genauso groß wie Emilio auf Reinas Rücken und sie konnten sich gerade in die Augen schauen.

«Das wäre dann ich.» Rangvald verwandelte sich in seine menschliche

Gestalt — und blieb genauso groß, wie er es im weißen Fellkleid gewesen war.

Reina brummte.

«Whoa!» Olin beruhigte seinen plötzlich nervösen Hengst. «Was macht sie da?»

«Sie bedroht ihn. Und sie sagt mir, dass etwas nicht so ist, wie es sein sollte.» Emilio starrte auf Rangvald. «Dir ist schon klar, dass es von schlechten Manieren zeugt, seinen König zu erschrecken?»

«Oh, tut mir leid! Ich bin noch nicht an diese dauernden Gestaltänderungen gewöhnt», sagte der alte Wachmann mit einem Grinsen und klang überhaupt nicht reumütig.

Er wurde um etwa zwei Köpfe kleiner, während um sie herum ein seltsames Zischen, ähnlich der Brandung des Südmeeres, aufstieg und hellblaue Augen zu funkeln begannen.

Konnte es sein?

«Falls du dich fragst, Wolf. Das ist ihre Art zu lachen», sagte Olin tonlos.

«Das habe ich mir gedacht. Rangvald — die Geschichte?»

«Willst du sie in ihrer ganzen Hässlichkeit?»

Emilio ließ seinen Blick über das Schlachtfeld schweifen. «Ja, bitte.»

Rangvald nickte. «Dann sei es so. Gehen wir etwa einhundert Schritte nach Westen. Ein beträchtlicher Teil der Ebenen des Leids liegt hinter den Bäumen zu unserer Linken verborgen.» Er führte Emilio und Olin entlang des Waldrandes.

Die Aussicht öffnete sich, und Emilio erkannte, dass das, was er für ein weitläufiges Becken gehalten hatte, eine gigantische Ebene war. Weit weg auf der anderen Seite sah er schwarze und goldene Punkte — die Zelte ihres Feindes.

Rangvalds Blick schweifte über das Land. Hätte Emilio nicht bereits gewusst, dass er zu seinen Lebzeiten ein Kommandant gewesen war, hätte er es spätestens nun an der bolzengeraden Haltung des Mannes und der selbstbewussten Art, wie die Hand auf dem Griff seines Schwertes ruhte, erkannt.

«Man sagt, dass in alten Zeiten, als noch Riesen das Land durchstreiften, dichte Wälder jeden Winkel unseres Königreichs bedeckten. König Aigesarri benötigte ein Schlachtfeld, um Krieg gegen die Götter zu führen, und befahl die Rodung dieser Ebene. Er entsandte tausend Krieger, die die Bäume fällten und ihre Stämme verbrannten. Die Götter, alarmiert durch diesen Ungehorsam, regneten Feuer und Blitze vom Himmel.

Alle Krieger starben. Ihr Blut durchtränkte den Boden. Es ist bis heute sichtbar.»

Rangvald bückte sich, um etwas aus dem Gras zu pflücken, und hielt es Emilio hin. Es war eine kleine Blume, deren rote Blüten die Form von Tränen hatten.

«Ein anderer König hätte eine zweite Armee geschickt und — nachdem auch diese getötet worden wäre — sogar eine dritte. Aber nicht Aigesarri. Er hatte sich tief in die Lehre der Hexerei verstrickt und seine Seele und das königliche Blut des Nordens den dunkelsten Kräften der Urzeit versprochen. Aus der rot getränkten Erde und den verbrannten Knochen seiner Krieger erschuf er einen Zauber, der die Toten in Geister verwandelte. Er soll Wochen, ja sogar Jahre gebraucht haben, um das zu erreichen, aber er gab nie auf, auch nicht, als der Gestank der Fäulnis so giftig wurde, dass er gewöhnliche Sterbliche sogleich tötete.»

Rangvald zerdrückte die Blume und ließ sie fallen. Sein Blick schweifte wieder über die Ebene.

«Als Aigesarri es schließlich schaffte, seine toten Krieger zur Wiederauferstehung als Geister zu zwingen, verband er sich mit ihnen — erneut durch unsägliche Hexerei. Und selbst dann war er mit seiner Schöpfung nicht zufrieden. Er verlieh seiner geisterhaften Armee die Fähigkeit, körperliche Gestalt anzunehmen, nicht zu unterschieden von der lebender Menschen. Und als Zeichen seines Triumphes errichtete er durch Hexerei einen riesigen Grabhügel — den Sitz der Macht — und darauf den Brunnen der Unterwerfung, wo jeder nachfolgende König sein Schicksal mit dem Aigesarris und seiner unsterblichen Armee verbinden sollte. Dabei ging er zu weit. Bis zu jenem Moment hatten die Götter und Göttinnen nur zugesehen, weil Aigesarris Eskapaden für sie von geringer Bedeutung schienen. Aber als der Weltenbaum vor Trauer um die misshandelten Seelen der toten Krieger weinte, empfand eine der jüngeren Göttinnen Mitleid mit ihrer Verdammnis und gab ihnen eine zweite Gestalt. Sie konnte nichts gegen ihre dämonengleichen Körper und Glieder tun, aber sie bedeckte sie mit reinem weißem Fell und gab ihnen unvorstellbar blaue Augen, damit jeder sogleich erkannte, dass ihre Seelen noch rein waren. Und das ist der Schöpfungsmythos der Fjellkrieger.»

Emilio erschauerte ob der Erzählung des alten Wachmannes und beobachtete die fernen Zelte ihrer Feinde. Das Lager schien verdächtig ruhig. Keine Menschen oder Dämonen waren zu sehen. Was bedeuteten diese Informationen für ihren Krieg? Und welche Konsequenzen hatten sie für die Zukunft?

Ein warnendes Kribbeln im Nacken ließ ihn den Kopf drehen, und er fand sich im Fokus von Rangvalds brennendem Blick.

«Bald darauf erkannten die Götter, dass Aigesarri vor ihren Augen eine Waffe gegen sie erschaffen hatte. Die Fjellkrieger fuhren mit der Rodung des Landes fort. Weil sie nicht mehr sterblich waren, konnten die Götter sie nicht töten, und schließlich war das Werk vollendet. Seitdem haben die Ebenen des Leids unzählige Schlachten erlebt. Aigesarris Hexerei und das in Strömen geflossene Blut haben den Boden vergiftet, so dass hier nichts mehr wächst außer Dämonengras und die Blumen des Leids.»

Emilio stieg ab und trat neben den alten Wachmann. Reina folgte ihm auf dem Fuß. Rangvald überragte ihn wie die meisten Nordmänner, aber er ließ sich davon nicht einschüchtern. «Warum haben die Fjellkrieger dich zu ihrem Sprecher erwählt? Und was ist deine Bitte an Morayn und mich?»

Olin schloss sich ihnen leise und mit konzentrierter Miene an. Emilio hatte das Gefühl, zwischen zwei riesigen Bäumen zu stehen.

Rangvald schnaubte und schüttelte den Kopf. «Wir sind genauso verwirrt wie du. Als Eirik deine Entscheidung auf dem Sitz der Macht in Frage stellte und nach dem Schicksal der Könige und Krieger der Neuzeit fragte, hatte er keine Kontrolle über uns. Wir hätten mit Aigesarri und seinen Gefolgsleuten in die Ewigkeit gehen können. Ich weiß, dass ich bleiben wollte, weil meine Treue zu diesem Königreich wie Feuer in meinem geisterhaften Blut brennt. Bei den anderen Zurückgebliebenen scheint es ebenso viele Gründe wie Krieger zu geben. Unterm Strich, denke ich, bitten wir euch um Zeit. Wir werden diesen Kampf an eurer Seite führen. Sollten wir siegreich bleiben, werden wir uns überlegen, was wir sind und wer wir sein wollen. Und ich sage dir das, weil die anderen Fjellkrieger dachten, du würdest mir vertrauen, da Olin und deine Freunde mich zu Lebzeiten kannten.»

Emilio nickte. «Ich verstehe. Und wenn es ein Morgen gibt, werdet ihr alle Zeit bekommen, die ihr braucht. Jetzt sag mir: Was hältst du von unserem Feind?»

«Die Späher sagen, dass das Lager nicht so leer ist, wie es scheint. Wisst ihr Fjellkrieger mehr?», knurrte Olin,

Rangvald grinste und griff über Emilio, um seinem Freund auf die Schulter zu klopfen. «Hör auf zu grollen. Ich weiß, dass du nicht verstehst, weshalb wir nach der Rückkehr vom Sitz der Macht nicht bei unserem neuen König und seiner Königin auf Burg Icefjell blieben, aber jetzt sind wir hier.»

«Damit habt ihr der königlichen Familie, den Wachen und so ziemlich jedem unnötige Sorgen bereitet. Euch zu verstecken war keine eurer klügeren Entscheidungen. Wir haben sowieso schon die schlechteren Chancen in diesem Krieg.»

«Zudem trampelt ihr gerade ziemlich auf dem Geduldsfaden dieses Königs herum», fauchte Emilio. «Nimm deinen Arm weg, Rangvald, oder ich werde dich an den höflichen Abstand erinnern.»

«Wenn du auf deinem Minipferd säßest, würde dir das nicht passieren», scherzte Olin.

Beide Nordmänner schnaubten. Mit einem Starren brachte Emilio sie zum Schweigen — nicht für lange.

Olin zeigte von oben auf ihn und zwinkerte. «Sein Temperament ist explosiver als das von Morayn, auch wenn man Zeit braucht, es zu entfesseln. Ich würde tun, was er sagt, alter Freund.»

«Ich habe bemerkt, dass an ihm mehr dran ist, als man auf den ersten Blick sieht — im übertragenen Sinn natürlich.»

Sie neckten ihn, wobei in Rangvalds Worten ein Hauch von Herausforderung mitschwang, während er die Geduld seines Königs auf die Probe stellte. Emilio beschloss mitzuspielen. Mit etwas Glück folgte Kameradschaft auf die Neckerei.

«Ich denke nicht, dass die Schlacht hier und jetzt stattfinden sollte, sondern morgen früh dort unten», nickte er zur Ebene hin.

«Richtig.» Rangvald seufzte. «Wir Fjellkrieger haben über die bevorstehende Auseinandersetzung nachgedacht. Wir denken, dass ihr Sterblichen sehr vorsichtig sein müsst. Die alten Gesetze besagen, dass der Sieg auf dem Schlachtfeld errungen werden muss, nachdem alle Regeln der Kriegserklärung eingehalten wurden. Mit welchen Mitteln das zu geschehen hat bleibt offen.»

«Also ist Verrat eine gültige Strategie.» Emilio hatte es vermutet und die Bestätigung zugleich gefürchtet.

«Ja, solange er nach der Morgendämmerung während der Schlacht auf den Ebenen des Leids stattfindet.»

«Und der Einsatz von Hexerei im Kampf, Rangvald? Gibt es etwas, das du mir sagen kannst?»

«Nur, dass es schon vorkam. Die Fjellkrieger, die sich damit auskennen, sind sich einig, dass ein Hexer nicht allmächtig ist. Er kann eine substanzielle Anzahl von Kreaturen erschaffen und kontrollieren, vielleicht sogar eine Armee. Es gelingt ihm aber nur sehr bedingt, verschiedene Täuschungen zur gleichen Zeit aufrechtzuerhalten.»

«Das heißt, er kann Dämonen erschaffen, um uns zu bekämpfen, aber nicht Dämonen und gleichzeitig einen Drachen?»

«Ja. Falls er es schafft, solltet ihr Dinge bemerken, die nicht stimmen.»

«Also Vorsicht vor unerwarteten Veränderungen», fasste Olin zusammen und nickte nachdenklich.

Emilio grübelte über das, was sie erfahren hatten. «Unterscheidet sich deine Wahrnehmung als Fjellkrieger von deiner früheren als Mensch?»

Rangvald runzelte die Stirn. «Ich denke, der größte Unterschied besteht darin, dass der Tod keine Gefahr mehr für uns darstellt.»

Also kam es morgen auf schieres Glück an. Emilio unterdrückte ein Seufzen. Sich aufs Glück zu verlassen war das Gegenteil von guter Vorbereitung. Er hatte in Ermangelung von Alternativen schon so vorgehen müssen, aber er hasste es.

«Olin, was genau haben die Kundschafter berichtet?»

«Sie näherten sich dem Lager des Feindes über die umliegenden Wälder und beobachteten mit einem Fernglas, was vor sich ging. Das größte Zelt beherbergt einen Mann, auf den deine Beschreibung des Hexers passt. Die anderen Zelte scheinen Rittern und ihren Kriegern zu gehören. Die Späher kopierten die verschiedenen Wappen auf den Fahnen. Hier!» Er überreichte Emilio einen kleinen Stapel Pergament, wobei jedes Blatt die detaillierte, farbige Wiedergabe eines Wappens zeigte. «Ich konnte sie während unseres Ritts hierher anschauen, nachdem ein Kundschafter sie mir übergeben hatte, aber ich erkenne kein Einziges. Tust du das?»

Emilio blätterte stumm durch die Zeichnungen. Ein schweres Gewicht formte sich in seinem Magen. Was konnte das bedeuten?

«Ich erkenne jedes Einzelne», sagte er. Er wählte jenes, das er verabscheute. «Hier ist das Wappen des Meisters. Der Rest gehört Eternas führenden Familien.»

«Der Hexer und seine Ritter kommen aus deiner Zukunft? Bist du deswegen hergeschickt worden?», fragte Olin mit finsterem Gesichtsausdruck.

Das hatte Emilio sich auch gewundert, bevor seine Beobachtungsgabe sich gegen hirnlose Panik durchsetzte. «Ich glaube nicht. Es gibt feine Unterschiede. Irgendwann in der Zukunft teilt sich der Schild dieses Wappens, weil sich der Clan mit einer wichtigen Familie vereint.» Er hielt ein besonders farbenfrohes und geschmackloses Motiv in die Höhe. «Ähnliches gilt für alle anderen.»

«Götter, erbarmt euch meiner Seele! Dieses ganze Durcheinander ist mein Fehler», keuchte Rangvald plötzlich. «Du hast es erraten, mein König, nicht wahr?»

Emilio nickte.

Olin verstand nichts. «Wovon redest du, alter Freund?»

Emilio legte eine beruhigende Hand auf Rangvalds Schulter, obwohl er ziemlich weit nach oben langen musste, und hoffte, dass der Mann nicht ohnmächtig wurde. «Als die Königin krank wurde, reiste sie in Begleitung von Familienmitgliedern, Wachen und Fjellkriegern nach Eterna. Während ihres Aufenthaltes muss jemand das Geheimnis der Fjellkrieger herausgefunden und ihr Potential erkannt haben. Sie planten und warteten wahrscheinlich ab, bis Eirik in seinem Wahnsinn so unberechenbar wurde, dass die Fjellkrieger das Vertrauen in ihn verloren, dann handelten sie.»

«Ich stellte die Eskorte damals zusammen. Ich hätte die Gefahr erkennen sollen …» Rangvald schlug die Hände vors Gesicht und fiel auf die Knie.

Emilio atmete langsam aus, während um sie herum das Leben seinen für dieses Königreich üblichen Gang nahm. Der Sommer kam in Schwung. Überall tummelten sich Tiere — auf dem Boden, in den Bäumen oder sogar am Himmel wie die beiden Falken, die hoch über ihnen Fangen spielten.

Es war die Jahreszeit der Liebe und Freude und nicht des Kampfes und Todes, doch das Schicksal hatte anders entschieden.

«Reiß dich zusammen, Rangvald. Eterna, die ewige Stadt, war schon immer ein Drecksloch, bevölkert von gefährlichen, mächtigen und vor allem äußerst geduldigen Menschen, die ständig nach einem Vorteil suchen. Vielleicht war es die Eskorte, die sie auf die Fjellkrieger aufmerksam machte. Vielleicht kannten sie euer Geheimnis schon lange und fanden schließlich einen Weg, den Menschen des Nordens die Kontrolle über die Fjellkrieger abzuringen. Lass uns nicht die Vergangenheit bedauern, sondern uns auf die Gegenwart konzentrieren. Wie groß ist die Armee unseres Feindes?»

«Etwa eintausend Männer, vierhundert mehr als wir es sind.»

«Plus Dämonen», fügte Emilio hinzu.

«Ja.» Rangvald nickte.

«Wir sollten zu unserem Lager reiten», entschied Emilio. «Olin, informierst du Rangvald über unsere Pläne, damit die Fjellkrieger morgen kampfbereit sind? Benutz dafür ein Zelt und stell Fjellkrieger als Wachen auf. Kannst du in Gedanken mit deiner Art kommunizieren, Rangvald?»

«Ja», bestätigte der ehemalige Kommandant und erhob sich.

«Dann sehen wir uns im Morgengrauen.»

27

Der Ritt hinab in die Ebenen des Leids dauerte länger als erwartet. Nach und nach wurden die Zelte größer, und Emilio erkannte, warum er sich zeitlich verschätzt hatte. Die provisorischen Behausungen waren für die Könige und Krieger der Vorzeit geschaffen worden. Die heute lebenden Nordmänner wirkten daneben klein wie Kinder.

Ohne dass er die Anweisung gegeben hätte, sicherten die Fjellkrieger den Umkreis des Lagers gegen Eindringlinge. Als Geister brauchten sie nicht zu schlafen und würden die kleine Armee des Nordens während der Nacht beschützen.

Morayn wartete vor dem königlichen Zelt. Sie nahm Reinas Zügel, als Emilio absprang. Die Stute beschnupperte sie liebevoll. In den letzten Tagen auf Burg Icefjell waren die beiden wichtigsten Frauen in seinem Leben Freundinnen geworden.

«Sie ist stärker, als sie aussieht.» Morayn glättete Reinas lange Mähne, bis jede Strähne perfekt lag.

«Und ausdauernd und schnell. Habt ihr abgesattelt, du und dein Onkel?»

«Ja. Sollten wir Opfer eines Überraschungsangriffs werden, können wir unsere Pferde ohne Zaumzeug und Sattel reiten. Es ist wichtig, dass sie sich bis morgen früh ausruhen.»

«Dann werde ich das auch tun.»

Morayn lächelte. «Mit deiner Erlaubnis helfe ich dir.»

Sie befreite Reina von ihrem Zaumzeug, während er den Sattel der Stute abschnallte und sicherstellte, dass sie nirgends Druckstellen hatte. Ihre letzte gemeinsame Reise war Wochen her — und hatte in einem anderen Zeitalter stattgefunden. Unter diesen Umständen lohnte es sich, vorsichtig zu sein.

Fiske kam mit einem Halfter. «Ich werde sie hinter das Zelt führen, damit sie essen und trinken kann und um sie zu untersuchen. Halvard wird sich um ihr Zaumzeug kümmern. Sie wird nie weiter als ein paar Schritte entfernt sein.»

Emilio bestätigte Fiskes rücksichtsvolle Erklärung mit einem Nicken.

Er überprüfte flüchtig das Innere des riesigen Rundzeltes, das er mit Hroar und Morayn teilte. Es war eine einfache und ältere Konstruktion, die von Weitem fast neu gewirkt hatte. Aus der Nähe zeigte das Wachstuch Verfärbungen durch die Sonne und die eisigen Winter. Die groben Möbel bestanden aus kleinen Tischen und Sesseln, ähnlich der Ausstattung der Zufluchten, und einigen Feldbetten.

«Ich entschuldige mich für die Spuren des Alters», sagte Hroar von seinem Sessel aus. «Im Norden ist uns Tauglichkeit wichtiger als Schönheit.»

Er saß vor dem Zelt, vor der Sonne geschützt durch eine improvisierte, aber wirkungsvolle Markise. Die Planen, die normalerweise die Wände des Zeltes bildeten, wurden horizontal aufgespannt und an Stangen befestigt, wodurch eine große schattige Fläche entstand. Trotzdem sahen die Wangen des alten Kriegers etwas röter aus, als sie sollten. Die blasse Haut der Nordländer verbrannte im grellen Sonnenlicht schnell, und die sanft abfallenden Ränder der Ebenen des Leids verstärkten seine Kraft zusätzlich.

«Ich habe kein Problem damit», sagte Emilio. Er setzte sich in den Sessel neben Hroar und beobachtete die laufenden Vorbereitungen im Lager. Morayn schloss sich ihnen an und zog ihre Sitzgelegenheit näher zu Emilio.

«Ich konnte diese Momente noch nie ausstehen», sagte Hroar leise. «Du kannst deine Ausrüstung nicht ewig überprüfen, sonst wirst du zur Gefahr für dich selbst. Ich kannte Krieger, die sich an ihren eigenen Schwertern oder Äxten verletzten, weil sie nicht in der Lage waren, sie zur Seite zu legen.»

«Dann werde ich die Zeit nutzen, um dir zu berichten, was ich über die Fjellkrieger und ihre Geschichte gelernt habe.» Emilio fasste sein

Gespräch mit Rangvald zusammen. «Sie haben um Bedenkzeit gebeten, wenn alles vorbei ist. Ich habe dem alten Krieger versprochen, dass sie diese erhalten, und hoffe, dass ihr meine Entscheidung unterstützt.»

«Das werde ich», sagte Morayn.

Hroar nickte. «Und ich auch. Nachdem ich diesem Land so lange gedient habe, kann ich Rangvald verstehen. Sollten die Fjellkrieger sich für den Gang in die Ewigkeit entscheiden, hoffe ich, dass sie sich vorher verabschieden. Ich sah viele geliebte Freunde im Lauf der Jahre sterben. Es würde mir viel bedeuten, ein letztes Mal mit ihnen zu sprechen.»

Während des ganzen Gesprächs verhielt sich Morayn ungewöhnlich still. Ihr Haar glänzte fast schwarz. Emilio hob ihre Hand an seine Lippen. «Ist alles in Ordnung, Fratz?»

Ihre grünen Augen blitzten ihn an. «Was denkst du, Strolch?»

«Ich denke, dass du in den letzten Wochen viel zu verarbeiten hattest und dass du noch nicht ganz fertig damit bist. Möchtest du davon berichten?»

Sie presste seine Hand und beobachtete das Treiben im Lager, offenbar um etwas Zeit zu schinden. Aus den Augenwinkeln sah Emilio, wie Hroar sich seiner Nichte zuwandte, um sie anzusehen.

«Ich fühlte mich seltsam, nicht schlecht — nur anders und nicht ganz ich selbst», begann Morayn zu sprechen. «Ich konnte den Finger nicht darauf legen. Und dann habt du und Hroar euren Plan für diese Schlacht ausgeheckt. Als ich ihn hörte, hasste ich ihn sogleich und erwartete, dass mein Temperament wie immer explodierte. Aber das tat es nicht. Stattdessen schien ein Engel auf meiner Schulter zu sitzen. 'Das ist genau das, was die Situation erfordert', sagte er, und ich hörte zu.»

Hroar lachte erstickt. Emilio wandte sich ihm zu. Mitleid, Verständnis und tiefe Liebe vermischten sich in der Miene des Prinzen. Diesen besonderen Gesichtsausdruck bekamen nur ein Vater oder eine Mutter hin.

«Was entgeht mir?», fragte er.

«Etwa tausend Auseinandersetzungen während ihrer Jugend», sagte Hroar leise.

Morayns Mundwinkel hoben sich in einem traurigen kleinen Lächeln. «Ich trainierte, um der beste und perfekteste Krieger aller Zeiten zu werden. Ich glaubte, dass die Abgrenzung zwischen Schwarz und Weiß in Stein gemeißelt war. Immer wenn mein Onkel meinen Vater zu einem Kompromiss drängte, wurde ich wütend und beschuldigte ihn, die Ehre in seinen Überlegungen zu vernachlässigen.»

«Wie du dich sicher vorstellen kannst, tat sie das sehr laut und wortreich», ergänzte Hroar.

«Ja, das ist richtig. Mein lieber Onkel blieb immer geduldig und sagte nur, dass ich ihn eines Tages verstehen würde. Dass die Welt nicht aus absoluten Wahrheiten gebaut sei, und dass sogar mein Temperament sich eines Tages der Vernunft beugen täte. Er hatte recht. Alles hat sich genauso zusammengefügt, wie er sagte.»

«Es ist das Privileg der Jugend, an absolute Wahrheiten zu glauben, Nichte. Ich wünschte, du hättest die Illusion etwas länger bewahren können. Die Wahl zwischen den verschiedenen Schattierungen von Schwarz und Weiß, richtig und falsch, oder gut, schlecht und noch schlimmer ist ein trauriges Geschäft. Und mit jedem zusätzlichen Lebensjahr merkt man, dass die Grautöne zwischen den beiden Extremen noch zahlreicher sind, als man dachte. Irgendwann legen sie sich mit ihrem ganzen Gewicht auf dich und du fühlst dich einfach nur alt.»

Als sie verstummten, blickte Emilio von seiner Gefährtin zum Prinzen und staunte über die tiefe Verbundenheit, die sie teilten.

«Noch fühle ich mich nicht alt, Onkel», sagte Morayn nach einer Weile. «Erwachsen, ja, und mit allem verbunden. Ich wünschte nur, mein Temperament würde zurückkehren. Im Moment fühle ich mich eher wie ein Schaf als ein Wolf.»

Hroar grinste. «Keine Angst, es wird mit Sicherheit zurückkehren. Und wenn es explodiert, wirst du dir wünschen, es wäre nicht passiert.»

«Woher willst du das schon wissen?», forderte Morayn ihn heraus und schaute ihn über ihre Nase hinweg an.

Damit brachte sie alle zum Lachen.

ALS OLIN SEINE SCHULTER SCHÜTTELTE, dachte Emilio zuerst, der Kommandant müsse sich irren. Er war doch gerade erst eingeschlafen. Es konnte nicht schon vier Uhr morgens sein.

«Doch, ist es», antwortete Olin, und Emilio erkannte, dass er seine Zweifel ausgesprochen hatte. «Geschäftige Nacht?»

Emilio rieb sich den Schlaf aus den Augen. «Eigentlich nicht», sagte er leise und streichelte Morayns Nacken, um sie zu wecken. «Hroar bot an, uns das Zelt zu überlassen, aber wir lehnten ab.»

«Die letzte Nacht auf Burg Icefjell lässt sich kaum überbieten», sagte Olin mit einem anzüglichen Grinsen. «Die ganze Burg hat euch gehört.»

Zum Teufel, die Dämonen, die sich in den Büschen draußen versteckten, haben euch gehört.»

«Was ist los?», nuschelte Morayn. Sie hob langsam den Kopf vom Kissen.

«Olin beschwert sich, dass du beim Sex nicht still sein kannst», sagte Emilio todernst, obwohl der Kommandant ihn durch aufgeregtes Winken zum Schweigen bringen wollte.

«So, so. Dann sag ihm, dass ihn einige Trainingsrunden mit mir erwarten, sobald dieser Krieg vorbei ist.»

Olin hörte auf zu winken und sandte Emilio einen finsteren Blick.

«Wie lange?», fragte Emilio.

«Etwa eineinhalb Stunden. Die Sonne geht um zwanzig Minuten vor sechs auf.»

Einhundert Minuten, bevor die letzte Phase seines Lebens begann.

Emilio schaute zu Hroars Feldbett und stellte fest, dass der alte Krieger bereits aufgestanden war und frühstückte.

Sie wuschen sich und schlossen sich ihm an. Allzu bald war es an der Zeit, ihre Rüstung anzulegen.

«Gibt es einen Grund, weshalb ich vor dem Kampf nicht singen sollte?», fragte Emilio Hroar.

Hroar, der nach seinem Kettenhemd langte, stoppte mitten in der Bewegung. «Nein, warum? Ist deine Stimme so schrecklich, dass du unsere Feinde damit zu vertreiben hoffst?»

Emilio schnaubte. «Natürlich nicht. Es ist nur so, dass die Könige des Südens während der letzten Vorbereitungen einer Schlacht singen. Ich möchte mich einmal wie ein richtiger König fühlen.»

«Dann tu es! Was immer dich glücklich macht», sagte Hroar und hob sein Kettenhemd auf, als ob es nichts wiegen würde. Am Abend zuvor, als Morayn ihrem Onkel beim Ausziehen seiner Rüstung half, hatte sie es an Emilio weitergereicht und er war von dem Gewicht fast umgestürzt.

Emilio suchte in den Erinnerungen an seine lange vergangene Kindheit, als er seinen Vater bei den gleichen Vorbereitungen beobachtet hatte. Er erinnerte sich zuerst an die Worte in der alten Sprache. Die Melodie folgte. Das Lied war nichts Besonderes, nur die Klage eines Mannes, der in die Schlacht zog, sich um seine Familie und sein Königreich sorgte und sich fragte, ob er zurückkehren und sie wiedersehen würde.

Wenn er jetzt sang, brach er mit allem, was der Meister ihn einst gelehrt hatte. Mörder mussten stets im Schatten bleiben und durften weder gesehen noch gehört werden. Aber er war kein Mörder mehr. Er war jetzt ein König und hatte viel zu verlieren.

Emilio ging zum Eingang des Zeltes. Der Türvorhang war hochgerollt, damit er aus dem Weg war. Jene Planen, die an heißen Tagen als Markisen dienten, waren für die Nacht heruntergelassen worden, um die Wände des Zeltes zu bilden.

Er hatte einen freien Blick auf den Himmel. Sogar die Sterne waren nicht die, an die er sich erinnerte. Einige hatten sich voneinander entfernt. Andere standen näher beieinander. Viele von ihnen wirkten kleiner. Ein paar fehlten. Wo waren sie hin? Und war das wichtig?

Der Himmel war so schön wie in seiner verlorenen Heimat.

Er ging zurück zu seiner Ausrüstung und begann zu singen. Das Wuseln um sie herum, die Geräusche von mehreren hundert Fjellkriegern und Wachen, die sich auf den Kampf vorbereiteten, verstummte.

Als er das Lied von Anfang an wiederholte, gesellte sich ihm eine zweite Stimme bei. Sie kannte die Worte und folgte seiner Melodie leicht. Er sah Morayn fragend an.

«Unsere Leute singen gerne», sagte sie leise. «Mach einfach weiter.»

Emilio gehorchte und verlor sich in der Melodie. Für die dritte Runde verbanden sich weitere Stimmen mit seiner.

Hroar hinter ihm keuchte.

Immer noch singend fuhr er herum und zog sein Schwert.

«Hör nicht auf zu singen, Wolf! Was auch immer passiert, hör nicht auf», sagte der Prinz eindringlich und zeigte auf ein seltsames purpurnes Licht, das entlang der Kanten des Zeltes huschte und den Boden kreuz und quer überzog. Sein Gesicht war erfüllt von Hoffnung, nicht Angst. Was konnte das sein?

Morayn begriff seine Verwirrung. «Es ist das Band zu den Fjellkriegern, Emilio. Es bildet sich!»

Ihm blieb kurz die Luft weg. Die Lichtströme flackerten und begannen zu verblassen. Da wusste er, was er zu tun hatte. Er gab all seine Hoffnungen und Träume in das Lied hinein. Damit lockte er die Magie zu sich und versprach, sich ihr würdig zu erweisen.

Er winkte Morayn herbei.

Sie kam näher und beobachtete die tanzenden Lichter auf dem Boden. Sie bildeten einen Kreis mit Ausläufern um ihn herum, ähnlich einem Sonnenrad. Zögernd tasteten einige von ihnen nach seinen Beinen und zuckten vor dem Kontakt wieder zurück.

Du kannst das nicht halb machen. Selbst auf die Gefahr hin, dass du stirbst und all deine Träume zerbersten, musst du alles geben. Du kannst nicht gewinnen, wenn du dich auf ein Sicherheitsnetz verlässt.

Emilio sah Morayn an und sang für sie mit all der Liebe in seinem Herzen.

Die Lichter flammten auf und eilten ihm entgegen. Als sich die ersten transparenten Ranken um seine Beine wickelten, griff er nach Morayn und zog sie an seine Brust.

Die Welt wurde purpurn.

Er presste die Augenlider zu, darum betend, dass sein Plan funktioniert hatte, und beendete das Lied.

Nie zuvor hatte er eine so tiefe Stille erlebt. Emilio öffnete die Augen und wagte nicht zu hoffen.

Die magischen violetten Lichter waren noch da und flackerten um ihn und Morayn herum. Sein Blick ging zu Hroar.

Der Prinz schaute tief bewegt. Tränen der Rührung und Erleichterung strömten aus seinen Augen. «Das Band hat sich gebildet, Wolf. Du solltest es fühlen können.»

Emilio hörte auf seine innere Stimme und wusste, dass Hroar recht hatte. Langsam ließ er Morayn los und entfernte sich von ihr. Selbst als er sie nicht mehr berührte, blieben die Lichter um sie herum.

«Es hat funktioniert», atmete er auf. «Du bist auch mit ihnen verbunden. Jetzt bist du wirklich die Königin dieses Landes.»

Sie sah auf ihre Hände und runzelte die Stirn. «Warum? Wie kann man Magie durch eine einfache Berührung austricksen?»

Ihr Onkel fing an zu husten und wandte sich schnell ab. Sein Husten verwandelte sich in ein Lachen.

Morayn fuhr zu ihm herum, und ihr Haar flammte auf. «Was?!», knurrte sie.

Und da war ihr Temperament wieder.

Emilio trat hinter sie und fasste ihre Schultern. «Erinnere dich an die Mechanik des Liebesspiels, Morayn», flüsterte er ihr ins Ohr. «Solange du deinen Körper mit mir teilst, wirst du immer etwas von mir in dir tragen.»

«Oh!» Ihre Wangen wurden rot, und purpurne Reflexe knisterten in ihrem Haar. «Ja, in der vorletzten Nacht haben wir diese Anforderung — äh — mehrmals erfüllt.»

Er lächelte und fühlte sich gleichzeitig traurig und glücklich. «Sei diesem Königreich eine gute Königin, Fratz. Du bist einzigartig und wirst eine wundervolle Herrscherin sein.»

Sie wandte sich ihm blitzschnell zu und versetzte seinem Brustpanzer aus Leder und Schuppen einen Hieb. «Glaub bloß nicht, dass du mir entkommst! Du gehst da raus und besiegst diesen verdammten Hexer, Strolch. Dann kommst du zu mir zurück, und wir werden zusammen über dieses Königreich herrschen und für immer glücklich sein!»

«Damit das funktioniert, müssen wir uns an den Plan halten», sagte Hroar. Seine nüchternen Worte brachten sie beide zur Vernunft.

«Wie lange wird sich das Band zeigen?», fragte Emilio den Prinzen.

«Du kannst es jederzeit unsichtbar machen. Stell dir einfach vor, wie sich Dunkelheit um dich legt. Wenn Eirik die Wahrheit sprach, bleibt das Licht aus, bis du es freiwillig aktivierst. Es hat keinen anderen Nutzen, als dekorativ und beeindruckend zu sein.»

Emilio hatte sogleich Erfolg.

Morayn tat dasselbe, runzelte die Stirn und versuchte es erneut. Die Flammen verblassten langsam. «Offenbar braucht es einiges an Fokus», sagte sie.

Alle fuhren zusammen, als Olin ins Zelt stürzte. Seine dunkelgrauen Augen strahlten wie Sterne und sein konzentrierter Gesichtsausdruck zeigte, dass er sich bereits voll im Jetzt befand — in jenem Zustand, wenn ein Krieger sich ausschließlich auf den Kampf fokussierte und alles andere als bedeutungslos wegfiel.

«Macht euch bereit! Wir reiten in zwanzig Minuten!»

28

S eltsam, dass sich so viele Männer so leise bewegen konnten! Emilio ritt an der Spitze ihrer Armee, die ihn wie eine der großen Wellen des Südmeeres vorwärtszutreiben schien. War das Meer ruhig, rollten sie mit spielerischer Anmut, aber während der Winterstürme stürzten sie mit ungehemmter tödlicher Gewalt auf die Ufer. Sogar der Klang war ähnlich — ein unaufhörliches Flüstern und Rauschen.

Das also war der Moment, in dem sein Leben endete.

Er schaute über das Schlachtfeld. Die ersten Sonnenstrahlen zeigten sich über den weit entfernten Bergen links hinter ihnen. Sie ließen die Spitzen der Bäume im Rücken der gegnerischen Armee orangegolden aufleuchten, während bläuliches Dämmerlicht die Ebene erfüllte. Das war der einzige Vorteil, den sie hatten — die feindlichen Streitkräfte mussten mit dem Sonnenaufgang in ihren Augen kämpfen. Nicht, dass das viel half. Sie waren in der Unterzahl.

Eine Armee aus Dämonen und Kriegern stand vor ihnen. Sie waren viel zahlreicher, als ihre Kundschafter berichtet hatten. Emilio fragte nicht einmal, woher die Verstärkung kam. Der verdammte Hexer war fleißig gewesen.

Oder es handelte sich um eine gigantische Illusion, aber machte die den Feind weniger gefährlich? Manche Illusionen waren nur Schall und Rauch, andere so tödlich wie das, was sie darstellten.

Sie zügelten ihre Pferde und warteten auf das Signal der Morgendämmerung. Fiske war dafür verantwortlich. Nur noch ein paar Minuten.

«Olin!», sprach er den Mann an, der ihn und Reina auf seinem großen Hengst überragte.

«Ja.»

«Denk an den Plan.» Der Kommandant musste kaum daran erinnert werden, aber Angst machte Emilio das Atmen schwer. Er war nicht um sein eigenes Leben besorgt. Wenn er heute starb, bedauerte er einzig den Verlust der wunderbaren Dinge, die er für sich in diesem Königreich gefunden hatte — Morayn ... die königliche Familie, die ihn als einen der ihren behandelte ... Freunde wie Olin. Er musste sie beschützen, auch wenn er noch nicht wusste, wie.

Ein kalter Blick glitt über ihn. «Ich erinnere mich an den Plan. Wirst du durchhalten? Gemäß deinen Erzählungen hast du nie in einer Schlacht gekämpft.»

Das war eine berechtigte Frage, und Olin hatte sie lange für sich behalten.

Emilio schätzte den Takt des Kommandanten. «Ja, in meiner Zeit sind die alten Schlachtfelder von Geistern bevölkert, die immer wieder die gleiche Schlacht durchleben. Ich habe alles gesehen, von der heldenhaftesten Tat bis zum niederträchtigsten Verbrechen. Es war mir eine Ehre, dich zu kennen, mein Freund.»

Olin schnaubte. «Glaub nicht, dass du so leicht davonkommst. Wir kämpfen, wir gewinnen, und dann werde ich dich unter den Tisch trinken. Aber nur, um sicher zu gehen: Die Ehre war ganz meinerseits.» Er schickte Emilio ein schelmisches Grinsen.

Die letzten Momente des Friedens verstrichen.

Emilio wusste, dass der Hexer sich wegen seiner neuen Verbindung mit den Fjellkriegern auf ihn fokussieren würde. Die Energie, die heute Morgen durch ihr Lager geströmt war, musste seine Aufmerksamkeit erregt haben. Hoffentlich hatte er nicht bemerkt, dass auch Morayn das Band teilte.

Sie hatten die Hälfte der Fjellkrieger bei Hroar und der Königin gelassen, die ihnen mit ihren Truppen den Rücken freihielten und eine Einkreisung verhinderten. Die zweite Hälfte kämpfte hier an der Front.

«Überleben vor Ehre», sagte Olin leise. «Ich hätte nie gedacht, dass ich so eine Strategie erleben würde.»

«Für mich geht sie in Ordnung, denn unser Feind bedachte uns mit nichts anderem als Verrat.»

Aus den Augenwinkeln sah Emilio die Bewegung, die er fürchtete. Fiske hob das Kampfhorn an die Lippen.

Ein schwermütiges Dröhnen erfüllte kurz die Ebenen des Leids.

Ihr Feind begann sich ihnen in tödlicher Stille zu nähern, während die Armee um Emilio und Olin sich nicht bewegte.

Plötzlich stiegen mehr als einhundert feurige Bögen mit einem hohen Pfeifen über dem Schlachtfeld auf, stießen auf die feindlichen Truppen hinab und explodierten. Jede Brandbombe zerriss und tötete alles in einem Radius von zwölf Schritten.

Mit einem markerschütternden Schlachtruf hoben die Nordmänner ihre Waffen und griffen an.

AM MITTAG FÜHLTE sich Emilio nur noch schrecklich. Ein Mörder zu sein war nichts Gutes, aber rein. Er konnte dabei so schnell, sauber und barmherzig sein, wie er wollte. Im Vergleich dazu war das Gemetzel auf dem Schlachtfeld ... Er fand keine Worte, um das Grauen zu beschreiben.

Ihre Strategie des Angriffs und Rückzugs hatte bisher gut funktioniert. Nach jeder Explosion führten die Fjellkrieger eine neue Angriffswelle an und rissen die Männer und Dämonen des Hexers im wahrsten Sinne des Wortes auseinander. Die Wachen folgten direkt hinter ihnen, töteten die Überlebenden und hackten die Überreste der Dämonen in harmlose Stücke.

Die feindlichen Truppen erlitten herbe Verluste. Jeder Hagel aus Brandbomben hinterließ eine neue Flut aus Körperteilen und Blut, durch die die Krieger beider Seiten hindurchwaten mussten.

Gleich nach dem ersten Überraschungsangriff hatte der Hexer seine Strategie angepasst und Truppen abgestellt, um die Katapulte der Brandbomben zu vernichten. Da die Standorte versteckt lagen und einfach zu verteidigen waren, bisher ohne Erfolg.

Berichte von Morayns und Hroars Truppen zeigten, dass auch sie in Gefechte verwickelt wurden, aber durchgehend siegreich bleiben. Die Fjellkrieger vor Ort bestätigten das über ihre Verbindung zu Emilio.

Da alle ehemaligen Könige verrückt geworden waren, hatte er sich Sorgen gemacht, wie sich das Band auf ihn auswirken würde. Es war nicht so schlimm wie erwartet. Er fühlte ihre Anwesenheit als sanfte Berührung in seinem Geist und konnte ihre Stimmung lesen. Da sie unsterblich waren, sorgten sie sich nicht um ihre eigene Sicherheit, sondern um die Menschen, deren Leben ihnen anvertraut waren.

Einige von ihnen blieben immer in der Nähe von Emilio und Olin und stellten sicher, dass sie nicht voneinander getrennt wurden. Gemäß ihrem Plan verfolgte die Gruppe unter Morayns und Hroars Kommando dieselbe Strategie.

Nachdem das Gemetzel des letzten Angriffs abgeflaut war, zügelte Olin seinen Hengst neben Emilio. «Wir scheinen zu gewinnen.»

Um sie herum hatte sich eine dieser unheimlichen Blasen aus Ruhe gebildet, so als ob die Zeit stehen geblieben wäre. Das Kampfgeschehen fand vor ihnen statt, lag aber weit genug entfernt, dass es nicht ihre sofortige Aufmerksamkeit erforderte. Sie nutzten den Moment zur Erholung.

Emilio war sich nicht sicher, ob er rechtzeitig wieder zu Kräften kommen konnte. Die Sonne brannte mit voller Wucht auf sie nieder und verwandelte seine Rüstung in einen Ofen. Der Gestank des Schlachtfeldes war schlimmer als alles, was er je erlebt hatte, noch grauenhafter als die Felder des Todes, wo Eterna ihre Toten verbrannte — einige davon, nachdem sie wochenlang herumgelegen hatten.

«Wenn wir zu gewinnen scheinen, bedeutet das nur, dass die gefährlichste Phase der Schlacht begonnen hat.» Emilio betrachtete sein Schwert voller Abneigung. Die Klinge tropfte vom Blut und der Hirnmasse ihrer Feinde. Kein Mörder würde je mit so dreckigen Werkzeugen arbeiten, aber er war jetzt ein Krieger und eine Schlacht in etwa das Schmutzigste, was es gab.

Olin stürzte den Inhalt seiner Wasserflasche hinunter und wischte den Schweiß auf seiner Stirn mit dem Handrücken ab, wobei er farbenfrohen und unsagbaren Schmutz auf dem Gesicht verschmierte. «Ich bin nur froh, dass wir Nordmänner seit Jahrhunderten daran gewöhnt sind, Seite an Seite mit den Fjellkriegern zu kämpfen. Sie sind tödliche Waffen von unmenschlicher Effizienz. Ich habe sie viele Male in Aktion gesehen, aber der Anblick dreht mir immer noch den Magen um.»

Also war er nicht der Einzige, dem die Gewalt zu schaffen machte. Emilio hatte sich gewundert.

Ein Aufruhr lenkte den Blick des Kommandanten auf die Nachhut der feindlichen Armee. Wachsam stand er in den Steigbügeln auf, um eine bessere Übersicht zu erhalten. «Einige der menschlichen Krieger scheinen zu desertieren. Die Endphase hat tatsächlich begonnen.»

«Vielleicht, aber das hier wird nicht vorbei sein, bis der Hexer tot ist.» Emilio beobachtete das feindliche Heer — und bemerkte etwas, das er sowohl gefürchtet als auch erhofft hatte. Ganze Stoßtrupps aus Dämonen verschwanden, als hätten sie nie existiert. «Sieh mal, Olin, der Hexenzauber bröckelt.»

«Bröckelt er wirklich oder macht der Bastard die Dämonen unsichtbar?», knurrte Olin mit misstrauischem Gesicht.

«Unser Feind ist verschlagen und intelligent. Da passt es, wenn er seine erfolglose Strategie aufgibt.»

«Und genau das ist das Problem. Eine weitere List?»

Sie warteten nervös, bewacht von ihrer Leibgarde aus Fjellkriegern, die weder Ungeduld noch Aufregung zeigte.

«Sie lösen sich wirklich auf», bestätigte Olin. «Und ihre Reihen werden rasant dünner durch all die Dämonen, die verschwinden.»

Was bedeutete, dass der Hexer seine böse Magie für eine andere Art der Täuschung bündelte.

Eine Gruppe von Kundschaftern stoppte ihren wilden Ritt in ihrer Nähe und identifizierte sich. Wie alle in der Armee des Nordens befolgten sie den Befehl zusammenzubleiben, um dem Hexer möglichst wenig Angriffspunkte zu bieten.

Olin winkte sie näher.

«Mein König. Kommandant.» Der älteste Kundschafter nickte zum Gruß. «Gerüchten zufolge hat der Hexer seine Armee im Stich gelassen. Die feindlichen Kräfte fliehen.»

Olin suchte Emilios Blick. «Zeit für die nächste Phase?»

Emilio nickte mit einem schweren Gefühl im Magen. Das war noch lange nicht vorbei. Das konnte noch nicht vorbei sein! Ihr Feind hatte alles in diesen Krieg investiert.

Auf Olins Signal blies Fiske wieder das Horn. Der grausige Klang ließ Emilio die Zähne zusammenbeißen.

Ihre Truppen gehorchten wie von einer unsichtbaren Hand geführt und teilten sich in kleinere Einheiten, die jeweils aus Wachen und Fjellkriegern bestanden. Sie jagten die Überlebenden und trieben sie zusammen.

«Nichts zu tun außer zu warten», kommentierte Olin und rutschte von seinem Hengst. Mit einem Stöhnen ging er in die Knie und stützte die Hände auf die Oberschenkel, um den Rücken zu strecken.

Emilio tat es ihm gleich. Obwohl sein gepanzerter Mantel gut passte, spürte er das brennende Gefühl aufgescheuerter Haut, kein Wunder, denn im Kampf hatte er sich darin stärker bewegt denn je zuvor.

Ein Unterstützungstrupp brachte Wasser für die Kämpfer und ihre Pferde.

Emilio kümmerte sich zuerst um Reina, löste ihren Sattel und bot ihr einen Eimer mit strohbedecktem Wasser an, damit sie nicht zu schnell trinken konnte. Sein armes Mädchen war schmutzig und schweißgebadet, ihr Fell viel dunkler als ihr übliches Fuchsbraun. Trotzdem schien sie die Tortur besser überstanden zu haben als er. Ihre Augen und Ohren waren wachsam und kontrollierten ständig, was um sie herum vorging.

Er streichelte ihren Hals, dankbar für ihre Anwesenheit und die Sicherheit, die sie ihm gab. Er nutzte einen Teil seiner eigenen Wasserration und Allzwecklumpen aus den Satteltaschen, um den Schmutz von ihr abzuwaschen.

Als er damit fertig war, trank er durstig und wischte dann seine Rüstung und Waffen mit den feuchten Lumpen ab. Er bekam sie nicht so sauber, wie er es sich gewünscht hätte. Das Ergebnis war trotzdem die Mühe wert.

Schließlich setzten er und Olin sich auf eine vergleichsweise saubere Stelle in der Wiese, während die Sonne ihren Zenit überschritt und den Abstieg zum Horizont antrat. Reina blieb bei Emilio, spendete ihm mit ihrem Körper Schatten vor den grellen Strahlen und döste. Da sie von den Wüstenpferden des Südens abstammte, konnte sie stundenlang ohne negative Folgen so ausharren.

Olin lieferte sich einen Willenskampf mit seinem Hengst, bis das Pferd ihm die gleiche Höflichkeit erwies. «Dickköpfiges Maultier!», hörte Emilio ihn murren.

Am Nachmittag erstatteten Boten in regelmäßigen Abständen Bericht. Die meisten der menschlichen Feinde waren festgenommen worden. Der Hexer wurde immer noch vermisst.

Emilio fühlte sich zu Tode erschöpft. Wachen hatten sie mit Nahrung versorgt. Er hatte sich zu einigen wenigen Bissen gezwungen, gerade genug, um seine Kraft aufrechtzuerhalten. Aber selbst das war eine schlechte Idee gewesen. Durch den Verdauungsvorgang fühlte er sich noch träger.

Zwei neue Boten trafen ein. «Königin Morayn und Prinz Hroar bitten um die Erlaubnis, sich zu nähern», gaben sie ihre Botschaft weiter.

Emilio und Olin teilten einen fragenden Blick.

Schließlich zuckte der Kommandant mit den Schultern. «Sie hatten den Befehl, für sich zu bleiben und auf unsere Rückkehr zu warten, aber der Kampf ist schon seit Stunden vorbei. Ich denke, es schadet nicht, wenn sie zu uns kommen. Deine Königin wird sich versichern wollen, dass es dir gut geht.» Er grinste suggestiv.

«Meinetwegen», antwortete Emilio und versuchte, die Nebel der Müdigkeit aus seinem Kopf zu vertreiben.

Olin gab den Boten ihre Befehle.

Um sie herum hatte die Säuberung der Ebenen des Leids begonnen. Massige Pferde zogen Lastkarren. Sterbliche und unsterbliche Krieger sortierten die Überreste des Blutbads, trennten Nordmänner vom Feind und menschliche von dämonischen Leichenteilen. Waffen und Rüstungen wurden auf kleinere Wagen verladen.

«Da kommen sie, aber warum zu Fuß? Was zum Teufel ist mit ihren Pferden passiert?», beschwerte sich Olin, seine Augen zu Schlitzen verengt, als er gegen den Sonnenuntergang anblinzelte. «Und ich muss mit dem Mädchen reden. Sie ist so vernarrt in dich, dass sie ihre Rüstung abgelegt hat, nur um gut für dich auszusehen. Hroar auch! Der Prinz sollte wirklich mehr gesunden Menschenverstand haben.» Er erhob sich mit einem Stöhnen.

Emilio tat dasselbe, Reinas Zügel in der Hand. Die Stute stand neben ihm und beobachtete Morayn und ihren Onkel.

Inzwischen hatte die untergehende Sonne die Wipfel der Bäume entlang der Ebene erreicht. Ihre fast horizontalen Strahlen trafen Morayn und Hroar von hinten und warfen lange Schatten in Emilios und Olins Richtung. Das Licht färbte das Haar der Königin hellorange, so dass es zu brennen schien. Emilio hatte das Kleid, das sie trug, nie zuvor gesehen. Es war dunkelrot, golden und weiß und machte sie unglaublich schön. Hroar war seiner Vorliebe treu geblieben und trug gedämpfte Braun- und Grüntöne. Keine Spur der Schlacht zeigte sich auf ihnen.

Morayn trat vor Emilio und schenkte ihm ein strahlendes Lächeln. «Wir haben gewonnen, Liebster. Es ist endlich vorbei», sagte sie und öffnete ihre Arme, um ihn an sich zu ziehen.

Reina an Emilios Seite brummte.

Bevor Morayn ihn packen konnte, rammte Emilio seinen Dolch in ihr Herz und zog ihn blitzschnell wieder zurück, um Hroars Kehle aufzuschlitzen.

Beide Körper stürzten mit einem schrecklichen Geräusch ins Gras.

«Du hast gerade die Königin und den Prinzen getötet!», hörte er Olins entsetzten Schrei.

Endlich löste der Nebel in seinem Kopf sich auf. Emilio zog sein Schwert und hackte den Kopf der Frau ab. «Hexer!», rief er und nickte zu Hroar. «Dämon. Olin, schlag zu!»

Der Kommandant gehorchte, seine Miene grauenerfüllt.

Emilio schickte seinen Verstand weg und zerstückelte die Frau, die vor ihm lag. Immer mehr Blut bedeckte das schmutzige Gras, doch Morayns leuchtend grüne Augen beobachteten ihn aus ihrem überirdisch schönen Gesicht.

«Du musst dich irren, Wolf!», schrie Olin hysterisch. «Sieh dir an, was du getan hast! Das sind weit mehr als zehn Stücke. Du hast Morayn getötet!» Und doch hackte er weiter auf die Leiche ein, die aussah wie Hroar.

«Hör nicht auf! Nordwestlich, die beiden Reiter neben dem altersschwachen Wagen. Das sind die echten Morayn und Hroar», rief Emilio und verdoppelte seine Anstrengungen. Wie konnten diese grünen Augen im abgetrennten Kopf ihn nach wie vor so lebendig und böse anschauen? Die Nordländer behaupteten, ein Hexer musste in zehn Stücke zerteilt werden, damit er starb. Warum also tat dieser Bastard es nicht?

Plötzlich wurde ihm klar, was er zu tun hatte.

Mit letzter Entschlossenheit und Kraft hob er sein Schwert, hackte direkt durch die Augen, und trennte so die Krone vom Rest des Schädels.

Es schien ewig zu dauern, bis endlich etwas geschah.

Wütendes Gebrüll erfüllte die Luft. Die Überreste zu Emilios Füßen nahmen männliche Umrisse an, und Morayns Gesichtszüge verwandelten sich in das unscheinbare Gesicht des Hexers. Nach ein paar Sekunden begann sein Fleisch zu schrumpfen und verrotten. Dann zerfiel es, bis nur grauer Staub übrig blieb.

Die Kreatur, die aussah wie Hroar, erlitt ein ähnliches Schicksal. Der kurze Blick auf ihre wahre Form offenbarte sie als eine Art Dämon, wahrscheinlich ein dauerhafter und mächtigerer als die üblichen Schöpfungen des Hexers.

Absolute Stille legte sich über das Schlachtfeld. Sterbliche und Unsterbliche waren mitten in der Bewegung erstarrt, gelähmt durch das schreckliche Schauspiel.

Emilio war der Erste, der sich aus der Starre löste. Er ließ sein Schwert fallen, sank auf die Knie und schlang die zitternden Armen um sich selbst. Dann beugte er sich vornüber, bis seine Stirn fast das Gras berührte.

Er hoffte, dass ein gütiger Gott Mitleid mit ihm hatte und ihn sofort hinrichtete. Vielleicht konnte er dann vergessen, wie er die Frau, die er über alles liebte, getötet hatte.

Nach den alptraumhaften vergangenen Monaten und dem schrecklichen Tag auf dem Schlachtfeld war sich Morayn sicher gewesen, dass nichts sie jemals wieder überraschen konnte — bis sie beobachtete, wie Emilio eine perfekte Kopie ihrer selbst tötete. Seine rücksichtslose und gründliche Effizienz waren, gelinde gesagt, beunruhigend.

Noch beunruhigender war die Erkenntnis, dass nur er die verzweifelte letzte Täuschung des Hexers durchschaut hatte. Sogar die Fjellkrieger, die ihren König bewachen sollten, ließen die Betrüger blind passieren.

Zu sehen, wie der Hexer sich in Staub verwandelte, erfüllte sie mit tiefer Befriedigung.

«Und so wissen wir endlich, warum uns die Treppen nicht nur einen Prinzen, sondern auch einen Mörder schickten», sagte Hroar mit grimmiger Anteilnahme. Sein Gesicht war blasser, als Morayn es je gesehen hatte, selbst in tiefster Trauer.

Ihr Blick ging zurück zu Emilio. Olin stand wie eine Statue in seiner Nähe. Der Arm mit dem Schwert hing schlaff von der Schulter des Kommandanten, und sein Gesichtsausdruck war leer.

Ihr Gefährte begann zu schwanken. Alle Kraft schien seinen Körper zu verlassen, und er sank ins Gras. Er hatte diesen Krieg für sie gewonnen, aber er wirkte besiegt und am Boden zerstört, so als hätte er alles, aber auch wirklich alles verloren.

Sie wickelte die Zügel um das Sattelhorn und sprang vom Pferd.

Als sie zu Emilio gehen wollte, beugte sich Hroar vor und packte ihre Schulter. «Nicht. Denk darüber nach, was er tun musste. Er ist nach wie vor gefährlich.»

Morayn fühlte, wie ihr Temperament sich regte, und zügelte es resolut. Sie brauchten Vernunft und nicht noch mehr Drama. «Wenn ich jetzt nicht zu ihm gehe, werde ich ihn verlieren, und der Hexer gewinnt trotz all dem, was wir heute erreicht haben. Willst du das?»

«Natürlich nicht.» Hroar ließ sie los. «Sei einfach sehr vorsichtig, Nichte. Dieser Mann hat gerade seinen schlimmsten Albtraum durchlebt. Ein weniger entschlossener Mann hätte nicht fertiggebracht, was er tun musste. Und er kann immer noch daran zerbrechen.»

«Ich weiß. Deshalb muss ich zu ihm.»

Morayn zwang ihre Atmung in einen regelmäßigen Rhythmus und nahm einen vorsichtigen Schritt nach dem anderen. In den weiten Ebenen des Leids schien nur sie sich zu bewegen.

Als sie ihn fast erreicht hatte, schoss Emilio auf die Füße. «Komm nicht näher!», befahl er, den Blick von ihr abgewandt. Seine Wangen waren nass vor Tränen und sein ganzer Körper zitterte. Am schlimmsten war, dass sein Gesicht die verhasste ausdruckslose Maske trug.

Morayn gehorchte. «Wer bin ich, Emilio?»

Er konnte sich nicht dazu durchringen, sie anzusehen.

«Wer bin ich, Strolch?», insistierte sie.

Er bewegte seinen Kopf nicht, beobachtete sie aber verstohlen aus den Augenwinkeln, bevor er wieder aufs Gras schaute. Der kurze Blick war ein Anfang und gab ihr Hoffnung.

«Morayn, die Königin des Nordens», hörte sie seine Stimme. Sie klang tot und hohl.

«Und was bin ich sonst noch?»

Er wollte nicht antworten. Morayns Temperament regte sich. Sie zwang es erneut unter Kontrolle und konzentrierte jedes bisschen Willenskraft darauf, die Geduld zu bewahren.

Die Stille wuchs. Die Szene um sie herum blieb eingefroren. Olin starrte noch immer voller Entsetzen auf die Stelle, wo der Hexer und der letzte Dämon sich in Staub verwandelt hatten.

«Wer bin ich, Strolch?!», insistierte Morayn erneut. Ihre Worte klangen harsch, weil sie so sehr fürchtete, ihn zu verlieren.

Er drehte den Kopf, um sie anzusehen. Seine Miene gab nicht das geringste Gefühl preis. Er hätte ein Fremder sein können.

Angst durchströmte ihren Körper. Ihre Lippen begannen zu zittern. «Verdammt, Strolch! Musst du mich vor all unseren Wachen und Kriegern zum Weinen bringen?»

Er beobachtete die Träne, die von ihren Wimpern tropfte und über ihre Wange lief.

Morayn streckte die Hände aus. «Ich bin Morayn, die Königin des Nordens und deine Gefährtin, so wie du mein Gefährte bist. Komm zu mir, Emilio. Lass nicht zu, dass dieser verdammte Hexer uns trennt.»

Er blickte auf den grauen Staub — das Einzige, was von ihrem Feind übrig blieb. «Ich habe dich getötet, Fratz. Wie kannst du meine Berührung je wieder ertragen?»

Er klang so unendlich allein.

In diesem Moment entschied Morayns Temperament, dass es jetzt reichte, und sprengte die Ketten. Sie rannte zu ihm, packte seinen Kopf und presste einen Kuss auf seine Lippen. Ihre Rüstungen schlugen mit dem dumpfen Klang einer zerbrochenen Glocke gegeneinander. Zum Glück war er zu überrascht, um sich zu verteidigen.

«So einfach kann ich dich berühren, du Idiot!», fauchte sie ihn an und starrte ihm in die Augen. «Ich liebe dich, und solange du an meiner Seite bist, kann ich alles ertragen. Und hör auf, meine Fähigkeiten als Kriegerin zu beleidigen! Als ob etwas von dem, was du in Verteidigung unseres Königreiches auf dem Schlachtfeld tust, mich abschrecken könnte!» Sie versetzte seinem Brustharnisch einen Fausthieb.

Er starrte sie nur an.

Irgendwo links von ihr begann ein Mann zu lachen. «Das, Morayn, war die schlimmste Liebeserklärung, die ich je gehört habe. Warum versuchst du es nicht noch einmal? Und diesmal, ohne ihn zu schlagen.»

Morayn wandte den Kopf, um Olin anzustarren. «Wie schön, dass auch du wieder unter den Lebenden weilst. Du hast lange genug gebraucht! Seit wann verwandelt dich ein wenig Enthauptung und Zerstückelung in eine Memme?»

Ihr Onkel trat zu ihnen. Hroar war nach wie vor blass, aber er grinste. «Frieden, meine Freunde und Familie», sagte er mit funkelnden Augen. «Während ein hitziges Wortgefecht gelegentlich unterhaltsam sein kann, ist dies weder die Zeit noch der Ort. Wie geht es dir, Junge?» Er legte eine Hand auf Emilios Schulter.

Seine Augen verdunkelten sich. «Ich weiß nicht.»

«Das ist keine Überraschung. Gib dir etwas Zeit. Ich schlage vor, dass wir jetzt zu den Zelten zurückkehren. Wie ihr seht, haben wir hier nichts mehr zu tun. Die Fjellkrieger werden damit fortfahren, das Schlachtfeld zu säubern, unterstützt durch unsere Wachen. In wenigen Tagen wird nur zertrampeltes und verfärbtes Gras übrig bleiben.»

29

Sie brauchten eine Weile, bis sie etwas Ruhe fanden. Der Ritt
zurück zu den Zelten war deprimierend. Obwohl sie gewonnen
und ihr Königreich erfolgreich verteidigt hatten, waren Dutzende
ihrer Männer gestorben. Emilio erinnerte sich an das eine Mal, als er den
König des Südens vom Schlachtfeld zurückkehren sah, und an seinen
gequälten Gesichtsausdruck. Nun verstand er, wie sein Vater sich gefühlt
hatte.

Morayn schien seine Gedanken zu lesen. «Bei einem so starken und
durchtriebenen Feind hätte es viel schlimmer kommen können», sagte sie
philosophisch. «Und seltsamerweise bleiben unsere gefallenen Freunde
bei uns, zumindest vorerst. Im Gegensatz zu den Fjellkriegern, die
während der Schreckensherrschaft von Aigesarri entstanden, kehren sie
zu ihren Familien zurück. Schade, dass wir ihn und die Könige der
Vorzeit nicht für ihre Grausamkeit belangen können. Indem sie neuen
Fjellkriegern verboten, sich ihren sterblichen Familien zu zeigen, stahlen
sie uns so viel, rissen auseinander, was zusammengehört, und verur-
sachten enormes Leid.»

«Die Ehefrauen und Geliebten der Gefallenen werden nicht glücklich
sein. Ihre Männer zogen lebend und mit warmen Körpern in die Schlacht.
Jetzt kehren sie als Geister zurück. Das kann nicht einfach sein.» Emilio
seufzte.

«Das ist richtig, Liebster», stimmte Morayn zu. «Aber vergiss nicht, dass unser Volk den Pragmatismus erfunden hat. Sie werden einen Weg finden, sich auf die neue Situation einzustellen.»

Das Lager sah etwas zerrupft aus, war aber bereits aufgeräumt.

Als Emilio zur Rückseite des königlichen Zeltes ritt, um sich um sein Pferd zu kümmern, folgten ihm alle und taten dasselbe. Es fühlte sich gut an, von Gleichgesinnten umgeben zu sein.

Emilio nahm Reina Sattel und Zaumzeug ab. Er wusch ihr Fell und war dabei, die letzten Spuren der Schlacht zu entfernen, als ihre Freunde zu ihnen stießen.

Fiske hinkte, war aber sonst unverletzt. Egil trug einen Verband am Arm. Ivers Körper und Gesicht waren mit Schnitten und Kratzern bedeckt, verursacht durch das Schrapnell einer Brandbombe. Halvard, der Jüngste, hatte sich in einen Fjellkrieger verwandelt.

Morayn umarmte ihn. «Es tut mir so leid, mein geliebter Freund.»

Halvard grinste. «Eigentlich ist das gar nicht so schlecht. Und ich bin immer noch hier, oder? Ich frage mich, wie den Frauen mein Fell gefallen wird — also das meines nichtmenschlichen Körpers.»

«Mit all den Haaren auf deinem menschlichen Körper werden sie den Unterschied nicht einmal bemerken», scherzte Morayn.

«Wir werden sehen. Wenn du erlaubst, unterstütze ich dich beim Abspülen deines Hengstes. Ich hätte Emilio geholfen, aber mit seinem Minipferd hat er ja kaum etwas zu waschen.»

Emilio warf einen nassen Lappen nach ihm. Mit einem Grinsen duckte sich Halvard, seine Reflexe als Fjellkrieger blitzschnell.

Nachdem sie ihre Rüstungen abgelegt, sich gewaschen und frische Kleider angezogen hatten, versammelten sie sich vor dem königlichen Zelt und gönnten sich eine schlichte Mahlzeit. Einige saßen auf Decken im Gras. Andere besetzten die vorhandenen Sessel. Emilio und Morayn teilten sich einen davon.

Die Nacht war mild. Alle Wandpaneele des Zeltes waren hochgerollt worden, so dass die Grenzen zwischen innen und außen verschwammen. Ein Baldachin aus funkelnden Sternen wölbte sich hoch über ihren Köpfen.

Überall um sie herum ging das Lagerleben mit gedämpften Geräuschen weiter. Die Wachen schliefen oder ruhten, pflegten die Verwundeten, teilten einen Moment mit Freunden oder saßen in Trauer oder Dankbarkeit da. Andere kümmerten sich um alltägliche Dinge wie das Reinigen von Waffen und Rüstungen oder das Kochen.

Weit weg auf dem Schlachtfeld bewegten sich Lichter. Die Fjellkrieger, die nicht schlafen mussten, setzten ihre düstere Arbeit die ganze Nacht hindurch fort.

Alle sprangen auf die Füße und zogen ihre Waffen, als ein ungewöhnlicher Blitz über sie hinwegzischte.

Hroar und Olin beobachteten das pulsierende Phänomen aufmerksam und entspannten sich nach wenigen Augenblicken.

«Steckt eure Waffen weg, alle», befahl der Prinz. «Das Übermitteln von Nachrichten hat begonnen. Bald werden wir wissen, wie es der Burg und dem Rest des Königreichs erging.»

«Wo genau ist die Signalstation?», fragte Emilio, nicht bereit, diese Informationen einfach so zu akzeptieren.

«Westlich von hier, etwa zehn Minuten mit dem Pferd. Unsere Vorfahren bauten dort einen Turm, weil das Gebiet flach und die Bäume gigantisch sind.»

Emilio steckte sein Schwert zurück in die Scheide. Er setzte sich wieder hin und legte die Waffe neben den Sessel, wo sie leicht zu erreichen war. Die anderen folgten seinem Beispiel.

Der erste Bericht traf ein. Olin ging zu den Boten und las das Pergament, das sie ihm überreichten.

«Es gab einen massiven Überraschungsangriff gegen Burg Icefjell und einen kleineren gegen den Sitz der Macht. Die Wölfe haben unsere Leute an beiden Orten sicher beschützt.» Seine Augenbrauen hoben sich. «Sie wurden von Fjellkrieger-Kontingenten unterstützt, von deren Existenz wir nichts wussten. Ich dachte, alle Fjellkrieger kämpften hier mit uns.» Er starrte Halvard an.

Der junge Wachmann hob seine Hände zur Verteidigung. «Schau nicht mich an. Ich bin erst seit ein paar Stunden ein Fjellkrieger.»

«Wer ist euer Anführer, derjenige, der Aigesarris Funktion übernahm?», ließ Olin nicht locker.

«Kannst du es dir nicht denken?»

Olin starrte Halvard an, während seine Augen sich nachdenklich verengten. «Wenn Ehrenhaftigkeit und Intelligenz den Ausschlag gaben, müsste es Hel sein. Er war ein Meisterstratege, der unser Königreich vor dem schlimmsten je erlebten Ansturm von Feinden beschützte», fügte er mit einem Blick zu Emilio hinzu.

Halvard grinste. «Wenn du schon alles weißt, weshalb fragst du mich dann?»

Olin kratzte sich den Bart. «Das dürfte interessant werden. Er soll ein gerissener und launischer Bastard sein. Ich frage mich, was du von ihm halten wirst, Wolf.»

«Das ist ein Problem für einen anderen Tag!», bestimmte Morayn und wob ihre Finger durch Emilios. «Wir haben überlebt, weil wir zusammenhielten und alle ihr Bestes gaben.»

Olin schickte die Boten mit einem eigenen Bericht zurück zur Station. Als er sich wieder setzte, schüttelte er den Kopf. «Ich werde alt. Wie konnte ich vergessen, Burg Icefjell über den Ausgang der Schlacht zu informieren? Sie müssen halb verrückt vor Sorge sein.»

«Angesichts der seltsamen Umstände unseres Sieges denke ich, dass dir vergeben ist», sagte Hroar mit einem benebelt wirkenden Gesichtsausdruck. «Und das bringt mich zu einer Frage, die ich euch beiden schon seit Stunden stellen will. Was zum Teufel ist da draußen passiert? Woher wusstet ihr, dass ihr es mit Illusionen zu tun habt? Und wie habt ihr eure Zweifel überwunden und uns getötet?»

Olin erwiderte Emilios Blick mit gequälter Miene.

Emilio antwortete an seiner Stelle. «Mein Beruf verlangt von mir, dass ich beobachte, ohne zu urteilen. Es gab zu viele Dinge, die nicht passten. Ihr kamt zu Fuß und hattet eure Rüstung abgelegt. Ihr seid beide ausgebildete Krieger. Ihr würdet niemals durch eine solche Dummheit den Ausgang eines Kampfes gefährden. Dann war da noch deine Schönheit, Morayn.»

Emilio schaute ihr in die Augen und berührte mit seinen Fingerspitzen sanft ihre Schläfe. «Du bist sehr schön, Liebste, aber es ist eine irdische Schönheit voller kleiner Unvollkommenheiten, die dich einzigartig machen — die Narbe an deiner Schläfe vom Kampftraining, deine Sommersprossen, die mit jedem Tag in der Sonne stärker werden. Deine Kopie war ebenfalls schön, aber eine sehr kalte und harte Weise.»

«Deshalb konntest du deine Gefühle ignorieren und den Betrüger töten. Du hast dich auf deine Intelligenz verlassen und nicht dein Herz», fasste Hroar zusammen und schüttelte den Kopf. «Ich glaube nicht, dass mir das unter den Umständen gelungen wäre.»

Emilio lächelte ein wenig traurig. «Du gibst mir zu viel Anerkennung. In meinem Kopf kannte ich die Wahrheit, aber meine Gefühle lähmten mich. Dann bekam ich Hilfe.»

Olin setzte sich auf. «Deine kleine Stute! Sie machte dieses seltsame Geräusch — halb Knurren, halb Summen —, das ihre Missbilligung zeigt. Da wusste ich, dass etwas nicht stimmte, und konnte auf deinen Befehl reagieren und meinen Prinzen angreifen. Aber warum habe ich nicht gemerkt …?»

Er sank kraftlos zurück, die Augenbrauen zusammengezogen. «Ich fühle mich wie ein Narr! Ich habe alles gesehen, was du beschreibst. Ich sagte sogar zu dir, dass ich mit Morayn und Hroar wegen ihrer Dummheit schimpfen werde, aber ich zog die falschen Schlüsse.»

Emilio nickte. «Manchmal ist der Verstand unser größter Feind. Er bevorzugt es zu urteilen, statt zu beobachten. Erkenne ich keinen Sinn in den Handlungen einer Person, dann verstehe ich ihre Motivation nicht. Das lernte ich einst auf die harte Weise.»

Ihre Gruppe schwieg, trank und beobachtete die Sterne und die Signalblitze, die über sie hinwegzischten. Wer auch immer an den Lichtern saß, hatte viel mitzuteilen.

Morayn neben Emilio schien in Gedanken versunken. «Bin nur ich es oder war dieser Hexer weniger fähig, als wir glaubten?», sprach sie schließlich «Ich habe versucht, einen Grund für seine Fehler während des Endspiels zu finden. Ich kam zu dem Schluss, dass ihm wichtige Informationen für die Täuschung fehlten. Er schickte die Betrüger zu Fuß und in normaler Kleidung, weil er nicht genügend Informationen über unsere Pferde und Rüstungen hatte. Und er versuchte, mich attraktiver zu machen, damit mein Gefährte nicht über etwaige Unstimmigkeiten nachdenkt.»

«Vielleicht das», antwortete Hroar. «Vielleicht war es etwas viel Einfacheres. Mächtige Männer neigen dazu, arrogant zu sein. Sie schätzen andere Männer gering und verachten Frauen. Nimm Aigesarri. Er erschuf die Fjellkrieger aus seinen Männern und hielt sich für den Anführer der furchterregendsten Armee aller Zeiten. Wäre er nicht ein eingebildeter Idiot gewesen, hätte er seinen Trugschluss erkannt.»

«Ich bin mir nicht sicher, ob ich das verstehe, Onkel.»

Hroar lächelte sie an und streckte seine Hand aus. Morayn griff über den Raum zwischen ihren Sesseln und nahm sie. Ihre andere Hand ließ sie bei Emilio, der damit zufrieden war, schweigend zuzuhören.

«Um die furchterregendste Armee aller Zeiten zu erschaffen, hätte er die Frauen wählen sollen, Morayn. Du bist das beste Beispiel dafür. Eine unbezähmbare Kriegerin, gerissen, belastbar, mutig, hartnäckig und einfallsreich. Rohe Gewalt wird einen Mann weit bringen, aber moderate Stärke verbunden mit Intelligenz viel weiter. In seiner Arroganz unterschätzte der Hexer dich, so wie er den Mann unterschätzte, den du zum Gefährten gewählt hast. Emilio erkannte sofort, dass du deine Ausbildung nie verraten würdest, nur um hübsch für ihn auszusehen.»

Hroars Blick suchte Emilios. «Da dies die Nacht der Beichten ist, bitte ich dich um Vergebung, Wolf. In meiner eigenen Arroganz machte ich fast einen ähnlichen Fehler wie der Hexer.»

«Soweit ich mich erinnere, hast du mir eine einfache Frage gestellt und meine Antwort akzeptiert. Ich sehe nicht ein, wieso das Vergebung erfordert.»

«Wovon redet ihr beide?», fragte Morayn und schaute zwischen ihnen hin und her. Dabei strichen die Strähnen ihres Haares gegen Emilios Wange.

«Ich focht seine Entscheidung, auf Reina in die Schlacht zu reiten, an und äußerte meine Ängste und Zweifel. Hätte er auf mich gehört, würden wir jetzt nicht hier sitzen.»

Wie eine düstere Wolke legten sich die Worte auf ihre Gruppe.

«Wenn wir uns weiterhin in erschreckenden Was-wäre-wenns ergehen, werde ich etwas Stärkeres als Wasser trinken müssen», sagte Egil. «Da wir kein Bier haben, nicht einmal Wurzeltee, und da ich nicht vorhabe, meine interessanteren Kräuter mit euch zu teilen, kann das nur in Depressionen enden. Als Heiler bin ich auch für eure Zuversicht verantwortlich und verlange deshalb, dass wir die Diskussion hier und jetzt beenden und uns über unser Überleben freuen —», seine Augen gingen zu Halvard, «— oder so ähnlich.»

Seine Worte brachen die Spannung. Alle lachten.

Morayn ließ die Hand ihres Onkels los, wandte sich Emilio zu und legte ihm die Arme um den Hals. «Das ist eine gute Idee. Ist dir klar, was die heutigen Ereignisse bedeuten? Die Gefahr ist gebannt, und nichts kann uns je wieder trennen.»

Sie küsste ihn leidenschaftlich.

«Pack ihn dir, Mädchen!», feuerte Olin sie an und stieß einen unanständigen Pfiff aus. Andere schlossen sich ihm an.

Emilio erwiderte Morayns Kuss mit all der Liebe in seinem Herzen. Sein Verstand suchte derweil nach Worten, die ihre Hoffnungen nicht zerstören würden.

Plötzlich verstummten die Pfiffe und anfeuernden Rufe ihrer Familie und Freunde.

Als er die Augen öffnete, wurde ihm klar warum. Drei Gestalten in schwarzen Kapuzenumhängen waren aus dem Nichts vor ihnen aufgetaucht — die Richter, deren Erscheinen er gefürchtet hatte. Ihre Umrisse schluckten das Licht, so dass sie aus der Realität herausgeschnitten schienen.

Emilios scharfer Atemzug alarmierte Morayn.

Sie sprang auf die Füße und zog ihr Schwert. «Wachen! Fjellkrieger! Beschützt euren König», schallte ihre Stimme durchs Lager. Sie schritt den Eindringlingen entgegen, um sie abzufangen.

Sogleich bildeten die Fjellkrieger einen weitläufigen, mehrere Körper tiefen Ring. Hroar und Olin erhoben sich verwirrt. Emilio tat es ihnen gleich und stieg auf den Sitz des Sessels — ohne dass es etwas brachte. Da die Fjellkrieger auf zwei Beinen weit größer waren als er, sah er nur eine Wand aus weißem Fell und spitzen Ohren. Aufgrund der Geräusche rund um sie herum nahm er an, dass auch die Wachen Stellung bezogen hatten.

«Es gibt keinen Grund zur Gewalt, Königin Morayn. Wir sind nicht hier, um dir den Wolf des Südens wegzunehmen», sagte eine Stimme, an die er sich gut erinnerte.

«Warum dann?», forderte Morayn den Richter heraus. Wenn sie diesen unnachgiebigen Tonfall verwendete, wurde ihr Haar für gewöhnlich ganz schwarz.

Ein kleinerer Fjellkrieger — Halvard — näherte sich Emilio und hob eine krallenbewehrte Klaue an die Schnauze. «Morayns Befehle. Komm!», flüsterte er.

Nicht sicher, was er tun sollte, sprang Emilio vom Sessel und gehorchte. Ein Teil des Kreises öffnete sich und bot einen schmalen Durchgang ins königliche Zelt.

Offenbar wollte Morayn, dass er floh. Als Emilio zu den Pferden gehen wollte, packte ihn Halvard stattdessen und warf ihn sich wie ein Kind auf den Rücken.

«Wir sind hier, um den Wolf des Südens von seinem Versprechen zu befreien. Er hat sich würdig erwiesen und wird erlöst.»

Halvard zögerte.

«Woher weiß ich, dass ich dir vertrauen kann?», forderte Morayn den Richter heraus.

«Weil du keine andere Wahl hast. Da seine Seele an die Treppen gefesselt ist, können wir ihn überall finden. Schau!»

Das königliche Zelt verschwand. Emilios Nacken kribbelte. Als er nach oben blickte, sah er die Treppen der Ewigkeit, die sich über ihm drehten, fast so wie beim ersten Mal, als er sie in Eternas Magistratspalast gesehen hatte. Aber nun leuchteten die steinigen Stufen, die die Vergangenheit darstellten, mit einem hellblauen Licht. Ein zarter Ausläufer dieses Schimmers verband die unterste Stufe mit seinen Körper und hüllte ihn ein.

«Es tut mir leid», flüsterte Halvard und setzte Emilio wieder auf die Füße.

«Komm her, Wolf des Südens!», rief ihn der alte Richter.

Er gehorchte und ging durch die neue Lücke, die die Fjellkrieger für ihn öffneten. Sie führte ihn an Morayns Seite.

Sie streckte ihren Arm aus, um ihn zu stoppen. «Bevor das hier weitergeht, beantworte mir eine Frage, Wächter. Angeblich sollen die Treppen gnädig sein. Warum haben sie Emilio dann so grausam behandelt? Warum musste er so leiden?»

Die Kapuze wandte sich Emilio zu. Er spürte den Blick des Richters.

«Weil er es brauchte. Als guter Mensch kannte der Wolf des Südens schon immer Recht von Unrecht, war aber gezwungen schreckliche Taten zu begehen. Ohne durch Leid dafür zu sühnen, hätte er sich seines neuen Lebens nie als würdig erachtet. Jetzt tut er es.»

Morayn lehnte sich zu Emilio. «Spricht dieser aufgeblasene Arsch die Wahrheit?», flüsterte sie.

Ihre Respektlosigkeit riss ihn aus seiner Erstarrung, und er schnaubte. «Ich denke schon.»

«Was passiert nun, da er sich würdig erwiesen hat?», verlangte Morayn, alles zu erfahren.

«Ich werde mit meiner Hand den Energiefaden durchtrennen, der ihn an die Treppen bindet. Danach gehört er voll und ganz in diese Zeit. Darf ich mich nähern?»

Morayn nickte und beobachtete den Richter genau. Als er vor ihnen anhielt, zischte sie: «Eine falsche Bewegung und ich weide dich aus.»

«Das ist mir klar», sagte der Mann gelassen.

Emilio versuchte, das Gesicht unter dem Schatten der Kapuze zu erkennen. Wie beim ersten Mal im Kerker konnte er nur die Augen des Mannes glänzen sehen.

Er beobachtete, wie der Richter seine Hand hob und damit den Energiestrang kappte, der Emilio mit den Treppen verband. Der Ausläufer über dem Schnitt wurde langsam kürzer, bis sein Licht mit der letzten Stufe der Treppen verschmolz und diese zu verblassen begannen. Das Schillern um Emilios Körper verschwand.

«Du kannst stolz auf dich sein und auf das, was du erreicht hast, Wolf des Südens», sprach der Richter und legte Emilio die Hand auf die Schulter. Die Kapuze bewegte sich, als sein Blick zu Morayn ging. «Ich wünsche euch beiden alles Glück dieser Zeit.»

Damit drehte er sich um und ging zurück zu seinen stummen Gefährten.

Ihre Gestalten lösten sich in Luft auf, als hätten sie nie existiert.

Unbändige Freude explodierte in Emilios Herz und raste wie Sternenlicht durch seinen Körper. Er hob Morayn hoch und drehte sich mit ihr, bis er das Gleichgewicht verlor und sie auf ihn ins Gras fiel. Dann küsste er sie leidenschaftlich und lange.

Seine Wildheit machte ihr nichts aus. Sie hielt ihn genauso fest, wie er sie.

Als er sie schließlich losließ, strahlten ihre Augen heller als Sterne. Ihr Gesicht leuchtete rot, und ihr Haar knisterte mit bunten Lichtern.

«Weißt du, was das bedeutet?», flüsterte sie, während ihre Tränen des Glücks auf seine Stirn und Wangen fielen. «Jetzt beginnt alles von Neuem. Mit uns. Zusammen.»

30

Sie hatten einen verspielten Nachmittag in den Wäldern rund um die Burg verbracht, ihre Kräfte gemessen, Fangen gespielt und sich bei jeder Gelegenheit geliebt. Nun ruhten sie auf einer Blumenwiese neben einem Teich aus klarstem Quellwasser, während ihre vom Schwimmen nassen Körper trockneten.

Emilio hatte sich einen Platz in der Sonne ausgesucht und saugte die Strahlen förmlich in sich auf. Würde er nach dem schrecklichen unnatürlichen Winter jemals genug von ihrer Wärme bekommen?

Morayn, deren blasse Haut leicht verbrannte, lag an seiner Seite im gesprenkelten Schatten eines überhängenden Zweiges. Die Brise bewegte die Blätter des Baumes, wodurch sich Flecken aus Sonnenlicht über ihren bezaubernden Körper jagten. Sie streichelte Emilios Brust und folgte den Hügeln und Tälern seiner schlanken Muskeln.

So fühlte sich Glück an.

Zwei Monate waren seit ihrer Rückkehr aus der Schlacht vergangen. Damals hatte er sich Sorgen gemacht, was die Zukunft bringen würde und ob das Volk des Nordens ihn jemals als rechtmäßigen König akzeptierte.

Die Leute rund um Burg Icefjell legten erneut ihren unerschütterlichen Pragmatismus an den Tag. Nach einem langen zweiten Blick auf ihn entschieden sie, dass er das mit dem Königsein schon hinbekommen würde, und wandten sich wieder ihrem eigenen Leben zu. Es war alles etwas enttäuschend.

Hroar grinste nur und öffnete die Burg für Besucher.

Danach kamen tägliche neue Reisegruppen aus dem ganzen Königreich.

Abends luden Emilio und Morayn als neue Herrscher des Nordens sie zum gemeinsamen Abendessen im großen Saal ein.

Nachdem seine anfängliche Nervosität verflogen war, genoss Emilio diese Anlässe sehr. Er hatte die Gesellschaft von Menschen immer geliebt, obwohl seine Karriere ihm einen einsamen Weg aufgezwungen hatte.

In seiner früheren Zeit waren die Bauernkönige des Südens für ihre Gastfreundschaft bekannt. Sein Vater empfing alle mit der gleichen Herzlichkeit, egal ob es sich bei dem Besucher um einen Feldarbeiter, Diplomaten oder Regenten handelte.

Die königliche Familie auf Burg Icefjell folgte den gleichen Prinzipien.

Emilio liebte sein neues Volk mit jedem Tag mehr. Die Menschen des Nordens waren fleißig, absolut loyal, erfrischend respektlos und sagten immer ihre Meinung. Er lernte, Schulterklopfern automatisch auszuweichen, scherzte mit Riesen und Großmüttern über seine mangelnde Körpergröße und ließ nie den geringsten Zweifel daran, dass Morayn seine gleichberechtigte Partnerin war. Das führte zu ungläubigem Schnauben und hochgezogenen Augenbrauen, bis erneut der Pragmatismus einkehrte. Einige warnten ihn: «Pass bloß auf dich auf, kleiner König. Mit diesem Mädchen ist nicht zu spaßen!» Mehr Kritik kam nicht.

Dann kehrten Hroars junge Frau und Geliebte mit seinen kleinen Kindern aus dem Exil zurück, und Emilio sah ein weiteres Beispiel dafür, wie die Menschen des Nordens das Beste aus dem machten, was nötig war. Beide Frauen waren jung genug, um Hroars Enkelinnen zu sein. Jede hatte einen Wachmann in den Zwanzigern an ihrer Seite, der ihre Hand hielt. Hroar begrüßte alle — die jungen Frauen, Kinder und Männer — mit derselben liebevollen Zuneigung, die sie von ganzem Herzen erwiderten.

Als Morayn Emilio anbot, ihn vorzustellen, wusste er, dass seine neue Familie gerade viel größer geworden war.

«Woran denkst du, Strolch?», rief Morayn ihn zurück in die Gegenwart.

Er drehte den Kopf, um sie mit einem gelösten Lächeln anzusehen.

«An Hroar und seine jungen Familien. Daran, wie viel Glück ich habe.»

Morayn erwiderte sein Lächeln. Ihr Gesicht und Körper waren völlig entspannt. Sie lag auf dem Bauch, die Arme unter dem Kopf gefaltet, und ihre langen Locken bedeckten ihren Rücken. Es hatte eine Weile gedauert, bis die Spuren der dunklen Monate aus ihren Gesichtszügen und ihrer Haltung verschwanden. Inzwischen waren sie komplett weg. Ihre Haut schimmerte vor Gesundheit, und ihre Augen strahlten vor Glück.

Sie berührte seine Brust und verglich ihre unterschiedlichen Hauttöne. «Als du ankamst, hatte deine Haut die Farbe von Bronze. Durch die Sonne ist sie inzwischen walnussbraun.» Sie griff hoch, um mit den kurzen Strähnen seiner nachwachsenden Haare zu spielen. Ihr Ausdruck war voller Bewunderung.

Er fing ihre Hand und küsste die Finger. «Ich liebe dich, Fratz», flüsterte er.

«Und ich liebe dich, Strolch.» Sie grinste ihn an. «Bist du fertig damit, dich zu erholen? Oder brauchst du mehr Ruhe?»

Emilio schmunzelte über ihre Herausforderung und wusste, dass sein Leben mit ihr nie langweilig werden würde. Bevor er antworten konnte, fegte ein großer Schatten über sie hinweg.

Beide sprangen in Kampfposition, ihre Waffen in der Hand.

«Was zum Teufel …!», knurrte Morayn und starrte überrascht auf den Fjellkrieger, der sich auf zwei Beinen aufrichtete und in Halvard verwandelte.

Der junge Mann wirkte angespannt. «Es tut mir leid, eure gemeinsame Zeit so zu stören, aber in der Burg ist ein Geschenk eingetroffen — ein sehr anspruchsvolles und kapriziöses Geschenk. Fiske lässt fragen, ob ihr einen Blick darauf werfen könntet.»

Emilio fühlte Besorgnis. Wenn Fiske dem Geschenk nicht Herr wurde, musste es ein echtes Problem darstellen.

Sie zogen sich schnell an.

«Geh, wir rennen dir nach, so schnell wir können», befahl Emilio.

Vom Rand der Lichtung hörte er ein leises Bellen, gefolgt von Welpengekläff.

Der Wolfskönig, der mit dem Rudel seine dösende Familie bewacht hatte, erhob sich. Die Tiere waren nach dem Krieg in den Wäldern rund um die Burg geblieben, und Emilio fragte sich, ob sie all die Jahre nur deshalb in den Bergen gelebt hatten, um Aigesarris Schreckensherrschaft zu entkommen.

Dann, nicht lange nach der Endschlacht, hatte die Wolfskönigin einen Wurf Welpen zur Welt gebracht. Im Alter von sechs Wochen war jeder von ihnen so groß wie ein Schaf, unmöglich anhänglich und ungeschickter als alles, was Emilio je gesehen hatte. Sie waren bezaubernd, und er hoffte, dass er sie aufwachsen sehen würde.

Der Wolfskönig kam zu ihm in Begleitung eines großen Weibchens, einer Schwester der Königin.

«Danke!», flüsterte Emilio und schwang sich auf den Rücken des Wolfes. Morayn tat dasselbe mit der Wölfin.

Halvard verwandelte sich in seine nichtmenschliche Form und führte den Weg an.

Während des Ritts bewunderte Emilio seine Agilität und Schnelligkeit, froh, dass sein Freund sich wie die meisten anderen Fjellkrieger entschieden hatte zu bleiben. Nur einige der älteren, ihre Familien längst untergegangen im Sand der Zeit, hatten darum gebeten, in die Ewigkeit entlassen zu werden.

Emilio war überzeugt, dass die Lebenden und Toten ein Bündnis schmieden konnten, das beiden Seiten entsprach.

Eins war bereits sicher: Die jüngeren Generationen der Fjellkrieger würden sich nicht von den Lebenden absondern. Diejenigen, die in der letzten Schlacht ihr Leben gegeben hatten, waren alle zu ihren Familien und Freunden zurückgekehrt. Diejenigen, die schon länger tot waren, versuchten neue Bande zu knüpfen. Was dabei entstand, würde die Zeit zeigen.

Burg Icefjell kam in Sicht.

Emilio hörte Reina wiehern. Sie klang begeistert. Was zum Teufel?

Die Tore zum Hof waren geschlossen. Ein Wachmann wartete vor ihnen. Als er Emilio und Morayn sah, winkte er sie herbei.

«Lasst die Wölfe draußen», quietschte er.

Als sie gehorchten, öffnete er ein Tor gerade so weit, dass sie hindurchschlüpfen konnten.

Der Hof befand sich in Aufruhr. Freya, Fjellgard und Morayns Schwestern beobachteten die Vorgänge von der Treppe zum Palas. Die anwesenden Wachen drückten sich gegen die Burgmauern und machten sich dabei so klein wie möglich. Hroar und Fiske versuchten Reina zu beruhigen. Und mitten im Hof ...

«Wo kommt er denn her?», fragte Morayn, ihre Augen schmal.

«Das glaube ich jetzt nicht», sagte Emilio und trat vor, um den Neuankömmling abzufangen, der mit rollenden Augen und stolz erhobenem Schweif und Kopf auf ihn zu trabte.

Der Hengst blieb direkt vor ihm stehen, schnaubte und schüttelte die lange silberne Mähne. Emilio bot ihm die leere Handfläche dar. Eine samtige Nase berührte seine Haut. Alle Unruhe fiel von dem Tier ab, als ob sie nie existiert hätte.

Emilio streichelte den anmutig geschwungenen Hals und bewunderte das rauchfarbene Fell des Hengstes.

Morayn näherte sich vorsichtig. «Noch ein Minipferd.»

«Ein Wüstenpferd wie Reina. Sein Name ist Minstrel», erklärte er. «Faya reitet seinen Zwillingsbruder.»

«Also ist dieses Geschenk von ihr.» Morayn hielt ihre Hand neben Emilios.

«Mir fällt keine andere Erklärung ein.» Hoffentlich würde der Hengst sie akzeptieren. Nicht alle Wüstenpferde waren so freundlich wie Reina.

Nach einem aufmerksamen Schnüffeln wieherte Minstrel sanft.

Morayn folgte der Einladung und streichelte den weißen Stern auf seiner Stirn. «Da ist eine Nachricht an seine Mähne gebunden. Soll ich versuchen, sie zu lösen?»

Emilio nickte und wusste, dass sie vorsichtig und sanft sein würde. «Hier.»

Es war eine Pergamentrolle, gehalten von einer roten Schleife. Er öffnete sie und fand zwei Briefe. Der erste war von Faya.

Mein Herz,
Kümmere dich gut um Minstrel und mach dir keine Sorgen um mich. Ich dachte, Reina würde seine Gesellschaft schätzen. Niemand sollte sein Leben allein verbringen müssen.
Genieß dein Glück und erinnere deine Königin an das Versprechen, das ich ihr gegeben habe.
Faya

PS: Du hast mich nicht zum letzten Mal gesehen. Als ich jung war, hast du mir eine Million Umarmungen versprochen, und ich beabsichtige, mir jede einzelne abzuholen.

Emilio wandte sich an Morayn. «Welches Versprechen hat Faya dir gegeben, Fratz?»

«Mich lebendig zu häuten, sollte ich dich je unglücklich machen — wenn nötig, indem sie von den Toten zurückkehrt.» Sie grinste.

Er bewunderte ihren Mut. Wenn Faya solche Drohungen aussprach, sanken selbst die mächtigsten Männer für gewöhnlich auf die Knie, um zu betteln.

Er hob Fayas Brief, um den darunterliegenden zu betrachten, und sein Herz blieb fast stehen. Er erkannte das Siegel am unteren Ende und die Handschrift, die zittriger war, als er sich erinnerte.

Liebster Sohn und Bruder,

Vor etwa zehn Jahren begann deine kleine Freundin uns zu besuchen und erzählte uns jeweils von deinem Leben und Wohlbefinden. Als sie diesmal kam, war ihre Geschichte kaum zu glauben, aber wunderbar.

Unsere Seelen bluten, weil wir dich an eine längst vergangene Zeit verloren haben. Gleichzeitig singen unsere Herzen vor Freude und Glück. Zu erfahren, dass du diesem schrecklichen Mann entkommen bist und Liebe und eine Familie gefunden hast, bedeutet uns alles.

Auch wenn du für immer außerhalb unserer Reichweite bist, wirst du immer in unseren Herzen sein.

Deine dich liebende Familie,

Sein Vater, seine Mutter und seine Schwestern hatten unterschrieben. Am Ende der Notiz zeigte ein kleiner Familienstammbaum, dass alle seine Schwestern geheiratet hatten, und führte die Namen ihrer Ehemänner und Kinder auf.

Morayns Arme schlichen sich um ihn. «Es muss schwer für dich sein zu wissen, was du verloren hast», sagte sie leise.

Er sah ihr in die Augen und lächelte durch seine Tränen. «Ich habe sie vor langer Zeit verloren, zusammen mit einem lebenswerten Leben. Jetzt habe ich hier alles, was ich je wollte — mit dir.»

ENDE

DANKSAGUNG

Als Independent Autorin mache ich alles selbst und freue mich, dabei auf tolle Unterstützung zählen zu dürfen.

An dieser Stelle deshalb ein herzliches Dankeschön an meine Vorableser von **Isa Days Gilde**, die mich beim Release von «Wolf des Südens» mit ihren Rezensionen und Beiträgen so tatkräftig unterstützt haben. Es ist wunderbar, dass es euch gibt, und ich freue mich schon auf die nächste Veröffentlichung!

Auch als normale Leserin/normaler Leser kannst du mich unterstützen. Wenn dir mein Roman gefallen hat, schreib bitte eine Rezension bei Amazon, LovelyBooks, Goodreads oder einer anderen Buchplattform. Damit hilfst du mit, meine Bücher bei einem großen Leserkreis bekannt zu machen.

Ich wünsche euch allen viele spannende Buchentdeckungen und Lesestunden.

Isa

ÜBER ISA DAY

Wer schon mit elf Jahren Geschichten von mehreren hundert Seiten schreibt ist mit einer normalen beruflichen Karriere im Büro nicht unbedingt gut bedient. Isa Day versuchte es trotzdem und erwarb über die Jahre hinweg viele nützliche Fähigkeiten und mehrere Titel – darunter einen Master in Englischer Linguistik und auch den eher zweifelhaften als Quotenfrau im Management. Seit einiger Zeit fokussiert sie auf das Dasein als Schriftstellerin. Zu ihren bevorzugten Genres gehören Fantasy, historische Liebesromane und Thriller mit einem romantischen Twist, und sie ist überzeugt, dass jede gute Geschichte mindestens eine Katze, einen Hund, einen Wolf oder einen Drachen benötigt — natürlich abhängig vom Genre. Gemeinsam mit ihrem Mann versucht Isa, ihr Leben immer wieder von neuem interessant zu gestalten. So lebte sie einmal ein halbes Jahr lang in einem winzigen weiß-und-purpurfarbenen Zigeunerwagen. Aber das ist eine Geschichte für einen anderen Tag.

Isa folgen

Website: Isaday.net
Newsletter: Isaday.net/newsletter
Facebook: www.facebook.com/isaday.net
Instagram: www.instagram.com/isadayauthor
Twitter: www.twitter.com/isadayartist
BookBub: www.bookbub.com/authors/isa-day
Goodreads: www.goodreads.com/author/show/15048740.Isa_Day